Le bal des immortels

COLLEEN GLEASON

Le bal des immortels

NOCTURNE

éditions HARLEQUIN

Collection : NOCTURNE

Titre original : THE VAMPIRE VOSS

Traduction française de FABRICE CANEPA

HARLEQUIN®
est une marque déposée par le Groupe Harlequin
NOCTURNE®
est une marque déposée par Harlequin S.A.

Réalisation graphique couverture : L. SLAWIG (Harlequin SA)

83-85, boulevard Vincent-Auriol, 75646 PARIS CEDEX 13.
Service Lectrices — Tél. : 01 45 82 47 47
www.harlequin.fr
ISBN 978-2-2802-7808-9 — ISSN 2104-662X

Prologue

OÙ UNE ARRIVÉE INATTENDUE INTERROMPT UNE PLAISANTE PARTIE DE CARTES.

Londres, 1804

— Par les sept boucs de l'enfer, murmura Dimitri, comte de Corvindale, en reposant précautionneusement son verre de brandy sur la table. Qu'est-il donc venu faire ici ?

Il n'était pas le seul à observer avec attention le personnage qui venait d'entrer dans le cercle de jeu clandestin du White Club. Nul ne pouvait pénétrer en ces lieux sans connaître le mot de passe qui permettait de franchir la porte bien gardée séparant les salles ouvertes au public de celles réservées à ceux de leur espèce.

Que le nouveau venu ait eu connaissance de ce sésame constituait un fait des plus fâcheux, quoique peu surprenant.

L'homme — si tant est que l'on puisse le qualifier de tel — s'avança crânement dans la pièce qu'il parcourut d'un regard vaguement amusé.

Il était de taille moyenne, avec les cheveux mi-longs caractéristiques d'un dandy, une mâchoire volontaire et une fossette au menton. Son apparence séduisante et son charme indéniable devaient lui assurer un succès certain auprès de la gent féminine.

— Je me demande bien depuis combien de temps

je ne l'avais pas revu, murmura Giordan Cale, l'un des compagnons de jeu de Dimitri.

Il fronça les sourcils et, dans ses yeux, brilla une lueur rougeâtre, signe de l'antipathie que lui inspirait le nouveau venu. Il posa les cartes qu'il tenait à la main sur la table, près de l'imposante pile de pièces et de billets qui se trouvait devant lui.

— En tout cas, ce devait être il y a plus de soixante ans, reprit-il. Soixante-dix peut-être.

Il haussa les épaules.

— Le temps passe si vite quand on est immortel…

Si Dimitri se garda de le contredire, il était loin en revanche de partager cette opinion. La perspective de sa propre immortalité lui paraissait souvent vertigineuse. Et, s'il était quelquefois rassurant de savoir que l'on devait vivre presque éternellement, c'était le plus souvent à ses yeux une source d'angoisse et de lassitude.

Au grand déplaisir de Dimitri, Voss avait remarqué sa présence et paraissait bien décidé à engager la conversation. Il laissa filtrer dans son regard une mise en garde muette que l'autre ne voulut pas comprendre.

— Je ne crois pas non plus l'avoir croisé depuis bien des années, indiqua alors lord Eddersley qui se trouvait également à leur table.

— Estimez-vous heureux d'avoir évité cet importun, répondit Dimitri en regardant Voss approcher d'un pas faussement nonchalant.

L'assurance dont il faisait preuve n'était pas complètement injustifiée. En dépit de sa longue absence, Voss avait parfaitement le droit de se trouver en ces lieux.

Le White Club était ouvert à tous ceux qui portaient la marque du Malin. Ici, ils pouvaient s'entretenir librement et boire ce qu'ils désiraient, sans craindre d'être surpris par un mortel trop curieux. C'était l'un des rares endroits où ils avaient réellement le droit d'être eux-mêmes.

Voss fit un léger détour pour aller prendre un verre sur le plateau de l'un des serveurs qui circulaient d'une table à l'autre. Il rejoignit ensuite la table de Dimitri, y posa son verre et tira une chaise pour y prendre place sans se soucier de demander la permission à quiconque.

— Corvindale ! s'exclama-t-il avec bonhomie. Eddersley, je suis ravi de vous revoir.

— Moi de même, répondit ce dernier en inclinant légèrement la tête.

— Cale, je vous présente Voss, l'héritier de lord Dewhurst, lança Dimitri. Voss, je vous présente Giordan Cale.

— Nous nous connaissons déjà, déclara Voss en inclinant la tête à l'adresse de Cale. Quant à moi, je ne suis plus seulement l'héritier du titre, mais le légitime titulaire. Père est mort, il y a un an. Paix à son âme…

Dimitri ne put s'empêcher de sourire. Le père en question n'était autre que Voss lui-même qui, en incarnant son propre fils, s'était offert une nouvelle jeunesse.

Le subterfuge était couramment utilisé par les *draculs* qui, pour une raison quelconque, ne souhaitaient pas quitter un endroit où ils séjournaient depuis plusieurs décennies. De fait, il leur était impossible de dissimuler indéfiniment leur étonnante longévité et leur immuable jeunesse.

— Cette disparition a dû attrister plus d'une femme, à n'en pas douter, ironisa Dimitri.

— Je me plais effectivement à le croire, rétorqua Voss sur le même ton.

Il devait sentir combien sa présence agaçait le comte, mais paraissait s'en divertir au plus haut point. D'un geste théâtral, il sortit de sa poche un portefeuille bien rempli et en tira une poignée de billets qu'il jeta sur la table.

— Je vois que vous avez terminé cette partie, lâcha-t-il. Permettez-moi d'être des vôtres pour la prochaine.

Dimitri fut tenté de se lever et de quitter la table. Voss

dut le sentir car son expression perdit brusquement sa fausse jovialité.

— Vous devriez rester assis, Corvindale, déclara-t-il. Ce que j'ai à dire pourrait vous intéresser. Considérez cela comme un cadeau de ma part.

Un sourire sardonique se dessina sur les lèvres de Dimitri.

— La dernière fois que vous m'avez apporté un tel présent, j'ai perdu une véritable fortune et j'ai failli me faire transpercer le cœur.

Il s'abstint d'ajouter que la mort d'une femme en avait résulté. Voss n'aurait sans doute pas compris que la disparition d'une simple mortelle ait pu l'affecter.

— Je pensais que vous aviez oublié cet incident, répliqua son interlocuteur. Ce malencontreux épisode viennois s'est produit voici plus de cent ans. Ne me dites pas que vous avez ressassé vos désagréments d'alors durant tout ce temps…

Dimitri aurait voulu pouvoir prendre les choses avec autant de légèreté, mais il en était incapable. Certes, Voss n'était qu'indirectement responsable de ce qui s'était passé à l'époque. Mais, sans son intervention, les choses n'auraient pas dégénéré de cette façon.

— Soit, concéda Dimitri en se forçant à ravaler la colère qu'il sentait monter en lui. Dispensons-nous des querelles d'arrière-garde et dites ce que vous avez à dire.

Voss porta son verre de vin à ses narines et huma délicatement son contenu avant de hocher la tête d'un air approbateur.

— Excellent bourgogne. L'avez-vous fait venir en dépit du blocus ou provient-il de votre réserve personnelle ?

La paix fragile établie entre la France et l'Angleterre par le traité d'Amiens signé deux ans auparavant n'avait duré qu'un an. A cette brève accalmie avait succédé une tension des relations, accompagnée de l'inévitable embargo sur les produits venus de France.

Il devenait donc de plus en plus difficile de se procurer des vins convenables et les cours atteignaient des prix astronomiques. Fort heureusement, Dimitri bénéficiait de certains contacts parmi les contrebandiers qui risquaient régulièrement leurs navires entre les côtes des deux nations ennemies.

— Réellement divin, ajouta Voss après avoir avalé une gorgée de vin. Voilà qui complète à merveille le sang que m'ont offert ces charmantes jeunes personnes, un peu plus tôt dans la soirée. Trois adorables créatures, en vérité, et peu avares de leurs charmes…

— Des filles de la campagne, à n'en pas douter, lança Dimitri.

— De fait, concéda Voss. Leur sang est bien plus riche que celui de ces pimbêches de la bonne société que vous affectionniez autrefois. Mais peut-être est-ce cela qui vous a détourné du sang humain. Le palais doit se lasser de toute cette consanguinité. Cela étant, je ne puis imaginer que vous vous soyez passé de cette manne durant des décennies.

Voss frissonna ostensiblement.

— Quand j'y pense… Se nourrir de sang de porc pendant toutes ces années… Avez-vous seulement songé aux risques que comportait cette pratique ? Ne craignez-vous pas que les humeurs de ces animaux ne déteignent sur vous ?

Cette insulte à peine déguisée aurait pleinement justifié une provocation en duel. Mais Dimitri avait vécu suffisamment longtemps pour ne pas céder à de telles provocations.

Il avait parfaitement conscience de l'inconnue que représentait Voss après toutes ces années d'absence. L'attaquer de front pouvait, au mieux, le priver d'un allié objectif et, au pis, lui faire subir une défaite plus humiliante encore que ces railleries.

D'ailleurs, Voss ne faisait qu'exprimer à voix haute ce que la majorité des *draculs* pensait en son for intérieur. Rares étaient ceux qui comprenaient le refus de Dimitri de boire du sang humain. N'était-ce pas leur principale prérogative ?

Mais seul Cale, qu'il considérait comme son unique ami, s'était parfois risqué à l'interroger à ce sujet. Les autres *draculs* le redoutaient trop pour oser le faire. Cette déférence apeurée faisait parfaitement l'affaire de Dimitri, lui garantissant une certaine tranquillité et lui permettant de poursuivre librement les recherches qu'il avait entreprises.

En dehors des obligations mondaines auxquelles il était soumis et des quelques moments de détente qu'il s'accordait, ces recherches accaparaient la quasi-totalité de son temps, faisant de lui un être à part, même parmi les *draculs*.

Voss était également un solitaire. Et lui aussi était redouté, quoique pour des raisons différentes. Au fil des décennies, il avait effectivement collecté toutes sortes d'informations dont il faisait commerce et qui lui permettaient d'exercer une influence toujours croissante sur ses semblables.

Voss était passé maître dans l'art d'obtenir ces renseignements. Et c'était probablement ce qui lui avait permis de demeurer en vie en dépit de ses bravades et de ses forfanteries perpétuelles. C'était aussi ce qui faisait de lui un interlocuteur crédible, quoique fort irritant.

— Allez-vous continuer à déblatérer des absurdités ou vous déciderez-vous enfin à me dire pourquoi vous avez interrompu cette partie de cartes ? s'enquit Dimitri d'une voix glaciale.

Voss effleura du bout de son doigt le bord de son verre, faisant naître un son flûté et cristallin.

— Narcise Moldavi a disparu, souffla-t-il alors de façon à n'être entendu que de ceux qui se trouvaient à leur table.

Cale se figea brusquement, mais Dimitri se contenta de hausser les épaules.

— Cezar Moldavi n'a jamais été capable de contrôler sa sœur bien-aimée, répondit-il d'un ton faussement indifférent. Ce n'est pas vraiment nouveau…

En dépit de son apparent détachement, Dimitri sentit monter en lui une brusque tension. La nouvelle ne lui disait rien de bon.

— Faites-moi grâce de cette prétendue indifférence, lui dit Voss. Vous savez mieux que moi que c'est vous que Moldavi rendra responsable de cette disparition, que vous le soyez ou non.

— Une fois de plus, vous ne m'apprenez rien de très nouveau, insista Dimitri. J'ai bien peur que vous ne vous soyez déplacé pour rien, mon cher…

— Mon interruption aura au moins eu le mérite de vous épargner de nouvelles pertes, Corvindale, répliqua Voss en désignant d'un geste moqueur les pièces et les billets qui se trouvaient devant Cale.

Dimitri fixa son interlocuteur avec une attention accrue. Il ne pouvait croire que ce dernier soit rentré à Londres uniquement pour échanger avec lui quelques piques et lui communiquer des informations aussi anodines.

De toute évidence, il devait avoir une motivation plus puissante pour revenir au pays après tout ce temps. Connaissant le personnage, Dimitri était prêt à parier que ce retour inopiné était en rapport avec une femme. Car Voss avait la réputation d'être un libertin, tant sur le plan intellectuel que sentimental.

C'était d'ailleurs l'un des aspects de sa personnalité qui agaçaient le plus Dimitri. Ce dernier en effet estimait avoir fait le tour depuis bien longtemps des plaisirs superficiels que pouvaient lui procurer l'hédonisme et l'irrévérence.

— Je dispose d'une autre information qui, contrairement aux précédentes, pourra peut-être vous intéresser, déclara alors Voss.

— Au point où nous en sommes, j'imagine que je n'ai plus grand-chose à perdre à vous écouter, soupira Dimitri.

Devinant sans doute combien cela agaçait son auditoire, Voss prit le temps de faire chanter de nouveau son verre de cristal.

— La dernière personne avec qui l'on a aperçu la belle Narcise n'était autre que Chas Woodmore, indiqua-t-il enfin. Et lui aussi a disparu…

Cette fois, Dimitri ne put s'empêcher de tiquer. Quelle mouche avait donc piqué Chas ? L'autoproclamé chasseur de vampires était censé abattre Moldavi et non enlever sa sœur. Ce faisant, espérait-il prendre l'ascendant sur son adversaire ? Ou bien avait-il succombé au charme dévastateur de la belle *dracul* ?

Une chose était certaine, en tout cas : cette nouvelle sonnait le glas de la tranquillité dont jouissait Dimitri. Car Chas Woodmore lui avait fait promettre de veiller sur ses trois sœurs au cas où il lui arriverait malheur. Face à son insistance, Dimitri avait fini par s'incliner sans vraiment réfléchir aux conséquences d'un tel engagement.

Un frisson glacé le parcourut… D'ici à quelques jours, trois jeunes femmes envahiraient son antre de célibataire endurci, bouleversant ses habitudes. C'en serait alors fini de sa précieuse solitude et de la tranquillité qui lui permettait de se consacrer corps et âme à ses recherches.

Bien sûr, il aurait pu refuser d'honorer sa promesse. Mais cela aurait probablement condamné les demoiselles Woodmore à un châtiment pire encore que la mort. Car Cezar Moldavi ne laisserait pas un tel affront impuni et ne manquerait pas de s'en prendre aux proches de Chas.

Evidemment, il ne saurait être question de cohabiter de façon informelle avec trois jeunes femmes en âge de se marier. Le mieux serait sans doute de faire venir Mirabella et d'engager une personne de confiance qui serait susceptible de les chaperonner.

S'efforçant de dissimuler la frustration qui montait en lui, Dimitri porta son verre à ses lèvres et avala une gorgée de vin. La coupe était aussi amère que s'il s'était agi d'un verre de vinaigre.

1

Où miss Woodmore voit ses talents mis à contribution.

Voss rajusta son manteau et le lissa du revers de la main. Au cours des cent quarante années qu'avait duré son existence, il avait vu se succéder toutes sortes de modes vestimentaires, des plus élégantes aux plus disgracieuses.

Fort heureusement, les perruques et les cols empesés qui étaient de rigueur sous le règne de Charles II étaient tombés en désuétude, cédant la place à des tenues nettement plus pratiques et confortables.

Voss était pourtant prêt à parier que Dimitri Corvindale déplorait cette évolution, l'attribuant probablement à une dégénérescence généralisée des mœurs. Cette pensée amena sur ses lèvres un sourire amusé qui fut de courte durée.

En arrivant à Londres, Voss avait espéré trouver en Corvindale sinon un allié, du moins un sympathisant. C'était d'ailleurs la raison pour laquelle il lui avait livré cette information concernant Narcise et Chas Woodmore.

Il n'avait pourtant pas tardé à comprendre que Corvindale ne lui avait pas pardonné le mauvais tour qu'il lui avait joué à Vienne en 1690.

Une telle rancœur lui paraissait quelque peu disproportionnée. S'il avait commis une erreur de jugement à l'époque, c'était surtout parce qu'il manquait d'expérience. Cela ne faisait alors que six années qu'il avait rejoint les rangs des *draculs* et il n'avait pas encore assimilé toute la finesse et la subtilité qui présidaient à leurs rapports.

Et ce n'était pourtant pas lui, mais Cezar Moldavi, qui avait causé la destruction de la propriété de Dimitri et la mort de sa maîtresse.

Hélas, Dimitri ne paraissait pas partager cette analyse. C'était d'autant plus regrettable qu'en l'absence de Woodmore Voss allait avoir besoin de son aide ou, à tout le moins, de sa coopération tacite.

Il y avait en effet peu de chances pour que Chas, un simple mortel, revienne un jour en Angleterre. Même un chasseur de vampires aussi redoutable que lui ne pourrait échapper très longtemps à Cezar Moldavi et à ses sbires.

Voss passa en revue les arguments dont il pourrait se servir pour faire pression sur Dimitri, mais n'en trouva aucun de valable. Corvindale était exempt de tout vice. On ne lui connaissait aucune maîtresse depuis la mort de Lerina à Vienne. Il avait suffisamment de richesses pour être hermétique à toute tentative de subornation. Et il ne buvait même pas de sang humain…

A cette pensée, Voss ne put s'empêcher de frissonner. L'idée lui paraissait tout aussi détestable que celle de se retrouver condamné à la chasteté.

— Quelle horreur, murmura-t-il.

— Plaît-il, monsieur ? s'enquit Kimton, son valet, qui était en train de ranger les tenues que Voss avait successivement envisagé de porter avant de les rejeter.

— Rien, mon ami. Je pensais à voix haute…, répondit Voss.

Il s'empara de ses gants, de son chapeau et d'une canne au pommeau d'argent qui dissimulait un pieu acéré, seule arme véritablement efficace contre les *draculs*. Jetant un dernier coup d'œil en direction du miroir, il ajusta l'épingle en forme de croix qu'il avait accrochée à sa lavallière couleur saphir.

Il estima sans fausse modestie qu'il avait fière allure et se demanda laquelle des sœurs Woodmore succomberait la première à son charme. Cela n'avait pas beaucoup d'importance, bien sûr : l'essentiel était qu'il découvre au plus vite laquelle d'entre elles possédait le don de double vue.

Il ne lui resterait plus qu'à soutirer à celle-ci l'information dont il avait besoin avant de quitter définitivement la ville. Evidemment, ce plan reposait en grande partie sur le fait que Moldavi ignorait tout de ce don prophétique. S'il l'apprenait, Voss n'aurait plus de prise sur lui.

A tout le moins, songea-t-il, la situation ne manquait pas de piquant. De tous les protagonistes de cette affaire, Voss était indéniablement celui qui avait le plus de cartes dans sa manche. Et c'était ce qu'il préférait.

A ses yeux, la vie était un immense jeu de hasard, d'habileté et de stratégie. Il n'aimait rien tant que relever les défis sans cesse renouvelés qu'elle lui lançait.

Mais quel autre sens aurait-il pu donner à son existence, lui qui vivrait éternellement et possédait de quoi satisfaire le moindre de ses désirs matériels ?

Bien sûr, c'était précisément ce goût immodéré pour le jeu qui avait causé ce différend durable entre Dimitri et lui, compliquant la situation aujourd'hui. Mais après tout on ne pouvait espérer miser sans prendre quelques risques...

Une chose était certaine : il était ravi d'être de retour dans la vieille Europe après plus de vingt années passées dans les tout jeunes Etats-Unis d'Amérique. La vie de l'autre côté de l'océan Atlantique était un peu trop rustique à son goût. Mais ce séjour lui avait permis de faire oublier son visage à Londres et d'assumer le rôle de son propre fils.

Quant à l'homme qu'il avait engagé pour jouer celui de son père au cours des vingt dernières années, il coulait désormais des jours paisibles dans les montagnes suisses.

Ces jeux de masques devenaient de plus en plus fastidieux à mesure que les moyens de communication allaient en s'améliorant. Autrefois, il lui aurait suffi de s'installer à Paris ou à Berlin pour être sûr de ne pas être reconnu.

Mais à présent les gens parcouraient le monde avec une facilité proprement déconcertante. Les Anglais, notamment, avaient pris la fâcheuse habitude de voyager jusqu'aux antipodes.

Fort heureusement, le temps était du côté des *draculs* et il leur suffisait de s'armer de patience pour s'assurer que tous les mortels qui les avaient croisés étaient morts et qu'aucun témoignage ne risquait de compromettre leur identité d'emprunt.

Bien sûr, certains d'entre eux n'hésitaient pas à accélérer les choses. C'était le cas notamment de Cezar Moldavi, dont l'ambition ne connaissait pas de limites et qui envoyait régulièrement ses hommes se débarrasser de témoins jugés embarrassants.

Ces méthodes expéditives étaient caractéristiques de Moldavi, qui était originaire du Moyen Age et avait été élevé dans la conviction que le sang noble qui courait dans ses veines le dispensait de rendre des comptes à qui que ce soit.

Voss, qui n'avait pourtant rien d'un ange, avait été plus d'une fois horrifié par ses pratiques. Cette répulsion se doublait néanmoins d'une certaine fascination face à l'ambition démesurée qui caractérisait le personnage.

Etait-ce parce qu'il venait de Transylvanie ? Parce qu'il appartenait à un peuple qui avait été brutalement dominé successivement par les Magyars, les Turcs et les Autrichiens ? Parce qu'il estimait avoir une revanche à prendre sur l'Histoire ? Voss en était intimement persuadé.

De loin, il avait assisté à l'inexorable ascension de Moldavi qui, dans l'ombre, avait tissé une toile qui s'étendait à l'Europe tout entière. Récemment, il était même parvenu à se faire admettre auprès du Premier consul

Napoléon Bonaparte dont il était devenu l'un des plus influents conseillers.

Doté d'un tel allié, il apparaissait aujourd'hui incontestablement comme le plus puissant de tous les *draculs*. Et, bien qu'il soit très attaché à son indépendance, Voss en venait parfois à se demander s'il ne ferait pas mieux de rallier ouvertement son camp.

Ecartant momentanément ces pensées qui l'accablaient, Voss quitta sa chambre et se dirigea vers la porte d'entrée devant laquelle il trouva son majordome, le très obséquieux et bien nommé Moross.

— Votre voiture vous attend, monsieur, lui annonça-t-il avec autant d'allégresse que s'il venait de lui annoncer quelque décès.

— Avez-vous vu Eddersley et Brickbank ? s'enquit Voss en jetant un coup d'œil en direction de la pendule de l'entrée.

Elle indiquait 11 heures, ce qui signifiait que ses deux compères auraient dû arriver depuis plus d'une demi-heure.

— Nous sommes ici, vieille branche, s'exclama Brickbank de cette voix aiguë qui le caractérisait.

L'allégresse dont il faisait preuve tendait à indiquer qu'il avait déjà puisé dans la réserve de brandy de Voss. Ce dernier espéra que son ami serait en état de tenir sa langue, ce qu'il avait parfois du mal à faire lorsqu'il avait un peu trop forcé sur la bouteille.

Dans ces cas-là, Brickbank avait également une fâcheuse tendance à courir le jupon et plus d'une jeune débutante lui devait ses premières émotions amoureuses.

En temps normal, Voss trouvait fort réjouissant ce genre d'aventures. Malheureusement, les circonstances ne s'y prêtaient guère. Pour parvenir à ses fins, il allait devoir faire preuve d'une certaine subtilité et il ne pouvait se permettre de voir ses efforts réduits à néant par les facéties de Brickbank.

Ce dernier s'avança vers lui d'une démarche légèrement titubante. Ses yeux brillants et son nez rougi confirmèrent le diagnostic de Voss. Derrière lui venait Eddersley, reconnaissable à sa silhouette dégingandée et à ses cheveux noirs éternellement en bataille. Avisant l'expression de Voss, il haussa les épaules d'un air fataliste.

Comprenant qu'il ne servirait strictement à rien de tancer Brickbank, Voss soupira intérieurement.

— Allons-y, dit-il. Le temps que nous arrivions, le bal devrait battre son plein.

— Etes-vous certain que les demoiselles Woodmore se trouveront là-bas ? s'enquit Eddersley.

— S'il faut en croire les informations dont je dispose, elles y seront, assura Voss. A moins, bien sûr, que ce cher Corvindale n'ait jugé bon de les garder sous clé…

— Je doute qu'il les ait déjà fait venir chez lui, objecta Eddersley. Vous ne l'avez informé de la situation qu'il y a deux jours de cela et il n'a probablement pas eu le temps de prendre toutes les dispositions nécessaires.

— Je n'ose imaginer la tête de ce bon vieux Corvy, lorsque vous lui avez annoncé qu'il allait devoir cohabiter avec trois jeunes mortelles ! s'écria Brickbank en s'esclaffant.

— Je dois dire que son expression valait son pesant d'or, approuva Voss avec un demi-sourire.

Une fois de plus, Voss se demanda si Dimitri avait conscience du pouvoir que détenait l'une au moins des trois sœurs Woodmore. Chas, leur frère, avait tout fait pour le dissimuler aux *draculs*, comprenant probablement qu'un tel atout s'avérerait un jour déterminant dans les luttes de pouvoir qui opposait ces derniers.

Mais, s'il avait choisi Dimitri comme protecteur légitime de ses sœurs, peut-être lui avait-il également révélé leur secret. Dans ce cas, le comte redoublerait probablement de précautions pour assurer leur sécurité, ce qui compliquerait encore un peu la situation

Les trois hommes quittèrent la maison et prirent place dans la voiture de Voss. D'un coup du pommeau de sa canne, ce dernier donna l'ordre à son cocher de démarrer. L'attelage s'élança à vive allure et ne tarda pas à remonter le long de St James Park.

Tandis que ses amis discutaient avec animation de la soirée qui les attendait, Voss ne prêtait guère attention à la conversation, admirant la vue qui s'offrait à lui par la fenêtre du landau.

Il appréciait l'élégance architecturale de cette ville qui tranchait avec la rusticité de celles qu'il avait visitées lors de son séjour dans le Nouveau Monde. Il y avait tant à voir ici, et tant à faire, même au beau milieu de la nuit, qu'il se demandait rétrospectivement comment il avait bien pu se passer de cette extraordinaire richesse.

Mais, comme il contemplait ce paysage, il sentit un léger malaise s'insinuer subrepticement en lui. C'était tout à fait inhabituel. Les immortels comme lui n'avaient quasiment rien à redouter en dehors de leur propre *asthenia,* cet allergène unique à chaque *dracul* et qui pouvait provoquer chez lui une lassitude plus ou moins durable selon l'intensité de l'exposition.

L'*asthenia* de Voss était l'hysope, une plante médicinale qui entrait dans la composition de certaines liqueurs. Comme tous ses semblables, il avait toujours pris soin de dissimuler cette faiblesse.

En revanche, l'étude des *asthenias* des autres *draculs* était l'un de ses passe-temps favoris. Non seulement cette recherche pouvait s'avérer utile en certaines circonstances mais, de plus, elle constituait un passionnant défi intellectuel.

La découverte d'une *asthenia* constituait toujours une victoire personnelle aux yeux de Voss, couronnant souvent des mois ou des années d'enquête minutieuse.

Et il rêvait d'identifier un jour celle des *draculs* les plus puissants comme Cezar Moldavi.

Cette passion pour l'information remontait à sa plus tendre enfance. Voss avait grandi entouré de cinq sœurs plus âgées que lui qu'il prenait un malin plaisir à espionner. Il avait très vite compris que l'information était source de pouvoir.

Combien de jouets et de sucreries avait-il gagnés en découvrant qui avait embrassé qui, quelle robe porterait telle ou telle rivale, ou bien encore où se trouvait la correction du thème ou de la version latine imposés par leur percepteur ?

A quinze ans, Voss avait quitté cet environnement privilégié pour rejoindre un collège de garçons. Dès son entrée à l'internat, il avait découvert que ses talents d'espion pouvaient aussi garantir sa sécurité personnelle.

Sous ses aspects raffinés et policés, Eton College s'était révélé être une véritable jungle où prévalait la loi du plus fort. Dès le premier jour de classe, Voss avait été victime d'un bizutage particulièrement humiliant. Non seulement il faisait partie des plus jeunes mais, de plus, il paraissait plus fragile que nombre de ses condisciples.

Cependant il avait rapidement compris que la faculté d'observation qu'il avait développée au fil des années lui permettrait de se sortir de bien des mauvais pas. En découvrant les secrets les plus intimes et les plus inavouables de ses bourreaux, il était parvenu à les dissuader de s'en prendre à lui.

Une fois découverts, les tricheries de l'un, les escapades nocturnes de l'autre ou le goût immodéré d'un troisième pour les garçons avaient constitué autant d'arguments très dissuasifs.

Fort de cette découverte, Voss l'avait appliquée à ses professeurs, découvrant leurs vices et s'en servant contre eux sans le moindre état d'âme. Après tout, les victimes de ses chantages étaient les principaux responsables de leurs propres malheurs : l'ascendant qu'il prenait sur eux tenait uniquement aux fautes et aux erreurs qu'ils commettaient.

Bien plus tard, après avoir rejoint les rangs des *draculs*, Voss s'était rappelé cette leçon durement apprise. Face à des adversaires supérieurs à lui par l'ancienneté et le pouvoir, il avait su user de ruse et d'intelligence pour découvrir leurs points faibles.

Cela lui avait valu une réputation sulfureuse parmi ses semblables, qui se méfiaient de lui comme de la peste. Il trouvait cette réaction assez injuste. Après tout, il ne se servait quasiment jamais de ces informations : le simple fait de les détenir était bien assez dissuasif.

Au fil des décennies, Voss avait appris à se satisfaire du relatif isolement auquel il se trouvait réduit. Cette distance le protégeait des querelles de clocher qui opposaient bien souvent les différentes factions de *draculs*. Elle lui offrait un recul salutaire vis-à-vis de ses congénères.

Voss fut brusquement tiré de ses pensées par la vision fugitive d'une jeune femme poursuivie par un homme d'aspect menaçant. Instantanément, il frappa du pommeau de sa canne pour ordonner au cocher de s'arrêter. Sans prendre le temps de répondre aux questions de ses deux camarades, il s'élança vers la ruelle qu'il avait repérée.

Elle était plongée dans l'obscurité, mais les sens de Voss possédaient une acuité surnaturelle qui lui permettait de distinguer les silhouettes de la victime et de son assaillant. L'homme avait acculé la jeune femme contre un mur et s'apprêtait visiblement à lui faire subir les derniers outrages.

Un rictus cruel se dessina sur les lèvres de Voss tandis que sa main se crispait sur le pommeau de sa canne. S'il y avait une chose qu'il ne supportait pas, c'était les hommes qui prenaient ce genre de libertés avec une femme.

Voss se déplaça si rapidement que l'agresseur ne le vit pas approcher. Il ne perçut sa présence que lorsque ses mains se posèrent sur le col de sa veste et l'arrachèrent brutalement à sa proie.

L'homme était nettement plus massif que Voss, mais cela n'empêcha pas ce dernier de le projeter violemment contre le mur le plus proche. Sans se soucier de lui, il se tourna vers la jeune femme sur le visage duquel se peignait toujours une expression de terreur glacée.

Elle était plutôt séduisante, avec de beaux yeux verts, une jolie bouche et des traits bien marqués. Quelques mèches de longs cheveux blond-roux avaient échappé à son chignon et venaient lui caresser la joue.

Ses vêtements étaient trop élégants pour être ceux d'une mendiante ou d'une prostituée, mais pas assez pour appartenir à une jeune fille de la haute société. Une domestique, peut-être, ou la fille d'un petit commerçant, songea Voss.

Elle ne paraissait guère plus rassurée par son sauveteur que par l'agresseur qui venait de se redresser péniblement derrière lui.

Voss ne prêta aucune attention à ce dernier.

— Je pense que vous devriez vous garder des ruelles si peu éclairées, dit-il à la jeune femme. C'est le genre d'endroit que choisissent les crapules pour s'en prendre à plus faibles qu'elles…

La douceur de sa voix parut rassurer l'inconnue qui se détendit légèrement. Voss remarqua alors que sa mâchoire était légèrement tuméfiée, comme si l'on venait de la gifler. Une petite coupure ornait sa lèvre inférieure et l'odeur alléchante de son sang vint lui chatouiller les narines.

Il se força à détourner les yeux du filet vermillon et tendit le bras à la jeune femme.

— Suivez-moi, lui commanda-t-il.

Mais il vit alors ses yeux s'agrandir de nouveau sous

l'effet de la frayeur. Comprenant ce qui se passait, Voss se retourna juste à temps pour faire face à la canaille qui se jetait sur lui. D'un pas de côté, il esquiva une lame acérée et fit rempart de son corps de façon à protéger la jeune femme.

Il enchaîna par un coup de canne très sec sur le poignet de son agresseur. L'os se brisa avec un craquement de branche morte, arrachant au malfaiteur un hurlement de douleur. Voss le frappa alors violemment à la nuque et il s'effondra comme une poupée de chiffon.

— Mon Dieu, murmura la jeune femme d'une toute petite voix. Est-ce qu'il est mort ?

— Il est juste sonné, prétendit Voss qui ne tenait pas à l'effrayer encore plus. Son mal de crâne lui apprendra peut-être à ne plus importuner les jolies filles.

Un pâle sourire se dessina sur les lèvres de sa compagne.

— Je me présente, lui dit-il en s'inclinant légèrement. Lord Voss Dewhurst, à votre service.

— Emily, répondit-elle. Emily Denton, à votre service, milord.

Elle esquissa une petite révérence qu'il trouva tout à fait délicieuse. Lui prenant la main, il la baisa, ce qui la fit rougir de façon charmante. Elle devait se sentir intimidée de se retrouver en présence de quelqu'un de haute naissance. Mais il sentait également qu'à ce trouble se mêlait une pointe de désir.

Cela n'avait rien d'étonnant : chez la plupart des humains, les pulsions sexuelles étaient intimement mêlées aux pulsions de violence et de mort.

C'était peut-être ce qui expliquait l'ambivalence de leurs sentiments à l'égard des *draculs*. Entre fascination et répulsion, admiration et horreur, la relation qui unissait les deux espèces était éminemment complexe.

Plongeant son regard dans celui d'Emily, Voss lui sourit. Elle ne put réprimer un petit frisson et ne chercha pas à retirer sa main qu'il tenait toujours dans la sienne. Il sentit les battements de son cœur s'accélérer tandis que ses pupilles se dilataient légèrement.

— J'aimerais beaucoup vous embrasser, murmura-t-il.

Elle frémit de nouveau et ne répondit rien. Les yeux toujours fixés sur les siens, elle se trouvait entièrement en son pouvoir. Voss fit un pas vers elle et posa une main sur sa joue. Les lèvres d'Emily s'entrouvrirent et il n'eut qu'à se pencher vers elle pour y cueillir un baiser.

Il sentait la chaleur de son corps qui se pressait contre le sien, en proie à un désir grandissant. Poussant son avantage, Voss laissa sa bouche glisser de celle d'Emily à son cou qu'il effleura du bout de sa langue.

Elle tremblait de nouveau, mais ce n'était plus de peur, cette fois. Voss relâcha enfin le contrôle impérieux qu'il exerçait sur lui-même. La soif de sang déferla en lui et ses canines s'allongèrent soudain.

Il les plongea délicatement dans la carotide d'Emily. Celle-ci frissonna violemment et ses mains se crispèrent légèrement sur ses épaules. Les yeux mi-clos, elle renversa la tête en arrière pour mieux s'offrir à lui.

Voss sentit son sang envahir sa bouche. Il était brûlant, plus grisant que le plus enivrant des vins, à la fois sucré et épicé. C'était un nectar sans pareil, l'ambroisie qui lui apportait la vie éternelle. Et, tandis qu'elle s'écoulait en lui, il se sentait empli d'une énergie renouvelée, d'une force nouvelle.

Emily tressaillait contre lui, laissant échapper de petits gémissements, emportée par un plaisir aussi puissant que celui de la chair. Son corps tout entier pulsait au rythme de cette extase. Il aurait pu faire d'elle ce qu'il voulait, en cet instant.

Elle se serait offerte à lui sans hésiter, se serait soumise à la moindre de ses envies, au moindre de ses caprices. Et, s'il avait exigé sa vie, elle la lui aurait donnée. Mais il n'en demandait pas tant. Cela faisait bien longtemps, en fait, qu'il n'avait pas pris la vie de l'une de ses victimes consentantes.

La plupart des *draculs* qu'il connaissait étaient dans le même cas : ils savaient combien il était risqué d'attirer sur eux l'attention des humains. Plus d'une fois, un cadavre retrouvé vidé de son sang avait donné lieu à une véritable chasse aux sorcières, causant des dizaines de victimes aussi bien parmi les *draculs* que parmi les humains.

Après quelques délicieuses gorgées, Voss mit donc un terme à sa sanglante étreinte et effleura de sa langue la plaie qui se referma presque instantanément au contact de sa salive. Comme il se redressait, il entendit un bruit derrière lui.

— J'aurais dû m'en douter, fit la voix d'Eddersley.

Voss se tourna vers son ami qui le considérait d'un œil moqueur.

— Je vois que vous êtes toujours incapable de refréner vos pulsions, poursuivit-il.

Voss ne put s'empêcher de sourire. S'il s'était agi d'un bel éphèbe et non d'une charmante jeune femme comme Emily, Eddersley n'aurait probablement pas fait preuve de plus de retenue.

Le goût de son compagnon pour les personnes du même sexe lui avait d'ailleurs valu bien des problèmes dans un pays qui, contrairement à la France, considérait toujours ce genre de penchants comme un crime pouvant être puni de mort.

— J'imagine que vous n'êtes pas intéressé, répliqua Voss en désignant Emily, qui était plongée dans un état d'hébétude.

Lorsqu'elle en émergerait, elle ne garderait qu'un souvenir très flou de ce qui s'était produit.

— Non merci, répondit Eddersley. Je préfère attendre la soirée. J'ai toujours préféré le sang bleu…

— Vous ne savez pas ce que vous perdez, déclara Voss, en se tapotant les lèvres à l'aide de son mouchoir.

Il se tourna vers Emily et lui tendit la main. Elle la prit et il l'escorta hors de la ruelle pour éviter qu'elle ne se retrouve face au cadavre de son agresseur lorsqu'elle reprendrait ses esprits.

— Rentre chez toi, lui dit-il. Il est tard.

Elle hocha rêveusement la tête et s'éloigna sans mot dire. Voss la suivit des yeux.

— Je pensais que vous étiez pressé de vous rendre chez les Lundhames, reprit Eddersley.

— Je ne pense pas que les sœurs Woodmore s'éclipsent avant la fin de la soirée, répondit Voss en haussant les épaules. S'il faut en croire mes informateurs, elles n'ont pas si souvent l'occasion de s'amuser.

Les deux hommes regagnèrent le landau dans lequel les attendait Brickbank. Lorsque l'attelage repartit et que Voss s'adossa à la banquette, il sentit une douleur familière dans son épaule droite, à l'endroit où Lucifer avait apposé sa marque.

Le prince des ténèbres aurait préféré que ses serviteurs sacrifient toutes les personnes dont ils se nourrissaient. En revanche, il voyait d'un très mauvais œil les actes de bonté, de charité ou de compassion. Le fait que Voss ait sauvé la vie d'Emily et qu'il ne l'ait pas vidée de son sang n'avait pas manqué d'irriter Lucifer, qui venait ainsi de manifester son déplaisir.

En temps normal, la marque du Malin formait une fine ligne pâle semblable à une cicatrice courant de sa nuque à son épaule. Mais en cet instant elle devait avoir enflé et pris une teinte presque écarlate.

Ce stigmate était le symbole du pacte qui unissait Voss au diable. Ce dernier lui était apparu en rêve, plus d'un siècle auparavant, et lui avait expliqué que l'un de ses ancêtres n'était autre que Vlad Tepes, parfois surnommé Dracula.

Des siècles auparavant, il avait passé un pacte avec Lucifer. Ce dernier lui avait offert l'immortalité en échange de son obéissance et de celle de sa famille. Dracula avait accepté sans hésiter de façon à asseoir son pouvoir sur la Transylvanie.

Depuis, le prince des ténèbres choisissait certains de ses descendants, auxquels il conférait la vie éternelle. En retour, il s'arrogeait le droit de recourir librement à leurs services.

Cela ne s'était produit que rarement au cours de la vie de Voss. La plupart du temps, il s'était juste vu confier des missions bénignes : transmettre une lettre, localiser une personne, organiser le voyage d'une autre…

Mais Voss savait que tôt ou tard Lucifer lui imposerait une obligation qui irait à l'encontre de ses principes. Il préférait ne pas imaginer ce qui se produirait alors. Accepterait-il de renier ses propres convictions ou se résignerait-il à être anéanti ?

Cette question éveillait en lui une angoisse sourde qui ne le quittait jamais vraiment et le poursuivait parfois jusque dans ses rêves.

Pourtant il ne parvenait pas vraiment à regretter le pacte qui liait sa famille à Lucifer. Car, sans lui, il serait déjà mort depuis bien longtemps.

Cet accord lui permettrait de vivre éternellement s'il se gardait des pieux et de son *asthenia* qui, fort heureusement, n'était pas si courante que cela. Il avait connu un *dracul* qui était sensible aux aiguilles de pin. Moldavi l'avait découvert et s'était servi de cette information pour se débarrasser de lui.

Ce n'était ni le premier ni le dernier *dracul* que Moldavi avait exécuté dans sa quête effrénée de pouvoir. Mais Voss tenait peut-être le moyen de se protéger durablement contre lui. Tout ce qu'il aurait à faire pour cela serait de persuader l'une des sœurs Woodmore de lui livrer quelques informations…

— J'aimerais faire appel à vos services, miss Woodmore.

Angelica se tourna vers la femme qui venait de lui adresser la parole et qu'elle apercevait à travers le feuillage d'une épaisse plante verte. De toute évidence, son interlocutrice tenait à faire preuve d'une certaine discrétion.

Angelica jeta un coup d'œil en direction de Clayton Beemish avec qui elle venait de danser un quadrille endiablé et qui était allé lui chercher un verre de citronnade. Il s'écoulerait probablement plusieurs minutes avant qu'il ne parvienne à fendre la foule qui se pressait autour du buffet puis à se frayer de nouveau un chemin jusqu'à elle.

L'inconnue qui l'avait abordée avait piqué sa curiosité et, en l'absence de lord Harrington, le plus séduisant de tous ses soupirants, Angelica était tout à fait disposée à lui accorder quelques minutes de son temps.

— Qui vous a parlé de mes modestes talents ? s'enquit-elle.

En l'absence de recommandation, elle préférait éviter de faire usage de ses pouvoirs. Elle ne tenait pas à ce que le bruit se répande qu'elle était à demi sorcière.

— C'est Chastity Drury qui m'a conseillé de m'adresser à vous, répondit la jeune femme. Je suis Gertrude Yarmouth.

— Très bien, approuva Angelica qui avait effectivement entendu parler d'elle. Et que puis-je faire pour vous ?

A travers les branchages, Gertrude tendit la main vers elle et déposa une pièce dans la paume de sa main.

— Est-ce que cela vous suffirait pour me fournir des informations au sujet du baron Framingham ? s'enquit-elle.

Angelica jeta un coup d'œil à la guinée en or, s'efforçant de paraître blasée. C'était pourtant bien plus qu'elle ne touchait généralement pour des services de ce genre. Elle se promit donc de verser une partie de cette somme aux sœurs de l'orphelinat Saint Anselme.

— Avant d'accepter, je me dois de vous poser quelques questions, annonça Angelica.

— Je vous écoute.

— Est-ce que Framingham a demandé votre main ?

De telles fiançailles n'avaient pas encore été officialisées. Et, si le baron avait effectivement proposé le mariage à cette demoiselle Yarmouth, cela ne l'avait pas empêché de faire toutes sortes de déclarations empressées à plusieurs autres jeunes femmes au cours de la soirée.

— Il a parlé à mon père ce matin même, déclara Gertrude.

— Est-ce que votre père approuve cette union ?

— Bien sûr.

— Et vous-même ?

— J'ai demandé à mon père une journée pour y réfléchir. Il y a consenti de mauvaise grâce. Je savais que vous deviez assister à cette soirée et je tenais à vous consulter avant de prendre la moindre décision. Chastity m'a dit que vous l'aviez beaucoup aidée.

Angelica se garda de tout commentaire sur cette dernière remarque : elle accordait beaucoup d'importance à la confidentialité de ses tractations.

Trop de gens se plaisaient à bavarder à tort et à travers sur le compte de leurs prochains, à transmettre les rumeurs les plus folles et à les amplifier à loisir.

— Est-ce que vous êtes amoureuse de Framingham ? s'enquit Angelica.

Si tel était le cas, il valait sans doute mieux qu'elle décline l'offre de Gertrude. Le cœur avait ses raisons que la raison ignorait bien souvent et, le cas échéant, il lui serait difficile de dissuader la jeune femme d'épouser un homme qu'elle aimait profondément.

— Je le connais à peine, avoua Gertrude. Tout ce que je sais de lui, en fait, c'est qu'il a presque vingt ans de plus que moi, qu'il n'est pas particulièrement beau et que ses sujets préférés sont la chasse et son élevage de chiens. Par contre, il est très fortuné. De plus, j'ai déjà décliné deux autres demandes en mariage. Mon père n'appréciera pas que je repousse un troisième soupirant…

Angelica hocha la tête : le fait qu'il s'agisse d'un mariage de raison et non d'amour lui faciliterait la tâche. Si ce qu'elle découvrait au sujet de Framingham s'avérait trop déplaisant, elle pourrait livrer ces informations sans craindre de briser le cœur de la jeune femme.

Angelica glissa donc la pièce dans le réticule qui était accroché à sa ceinture. Puis elle jeta un nouveau coup d'œil en direction de Clayton Beemish qui patientait toujours devant le buffet.

— Vous devez me fournir quelque chose que Framingham a touché de sa main nue, indiqua-t-elle à Gertrude. Vous avez bien conscience du fait que je ne pourrai vous dire qu'une seule chose au sujet de cet homme, n'est-ce pas ?

— C'est ce que Chastity m'a expliqué, s'exclama sa cliente.

— La seule chose que je puisse discerner, c'est une image de la personne au moment de sa mort. Cela me permettra peut-être d'estimer son âge à ce moment-là ainsi que la façon dont il mourra.

— Je comprends, fit Gertrude d'une toute petite voix.

— Il est inutile de me demander quoi que ce soit de plus, insista Angelica. Mon pouvoir se limite à cela.

En réalité, ce n'était pas tout à fait exact. Angelica faisait aussi des rêves prémonitoires. Mais, contrairement au don qu'elle parvenait dans une certaine mesure à maîtriser, ces songes échappaient entièrement à son contrôle.

Elle ne put s'empêcher de frissonner en repensant à celui qui l'avait visitée quelques nuits auparavant. Elle aurait voulu se convaincre qu'il ne signifiait rien, qu'il s'agissait d'un rêve comme un autre mais, au fond d'elle-même, elle savait pertinemment qu'il n'en était rien.

— Je vous retrouverai dans le cabinet de toilette des dames dans une demi-heure. Ne soyez pas en retard.

— Mais comment suis-je censée trouver l'objet dont vous avez besoin en l'espace de trente minutes ? s'exclama Gertrude, sidérée.

— Je suis certaine que vous trouverez un moyen. Il le faudra bien, d'ailleurs, car sans lui je ne pourrai strictement rien pour vous. Bonne chance. Et à tout à l'heure.

Sur ce, Angelica se détourna et fit mine de se diriger vers le buffet. Mais elle fut interceptée par sa sœur Maia à qui sa conversation n'avait apparemment pas échappé.

— Crois-tu vraiment que le moment soit bien choisi pour jouer les voyantes ? lui souffla-t-elle d'un ton ouvertement réprobateur.

— Tu n'as pas besoin de te montrer aussi désobligeante, protesta Angelica, vexée.

— Je te rappelle que notre frère est peut-être mort, à l'heure qu'il est.

Angelica faillit lui répondre qu'il n'en était rien, mais y renonça aussitôt. Maia n'accordait guère de crédit au pouvoir dont elle était dotée. Elle ne comprenait d'ailleurs pas pourquoi Angelica s'entêtait à en faire usage : à ses yeux, cette activité était indigne d'une jeune femme de leur milieu.

Maia avait toujours été la plus sage et la plus raisonnable des trois sœurs. Peut-être était-ce parce qu'elle était l'aînée : elle avait déjà soufflé ses vingt bougies alors qu'Angelica n'avait que dix-neuf ans et Sonia, treize. Chas, lui, était âgé de vingt-sept ans. Et depuis la mort de leurs parents, dix ans auparavant, il était le chef de la famille.

Les Woodmore n'étaient pas nobles, mais ils étaient assez fortunés, possédant deux domaines, l'un dans le

Shropshire et l'autre dans le Derbyshire, ainsi qu'une petite maison à Londres. Ce patrimoine permettait aux trois sœurs d'être accueillies à bras ouverts dans toutes les bonnes familles du royaume.

Peu de gens savaient que leur arrière-arrière-grand-mère avait épousé en secondes noces un Tsigane. On disait qu'il s'agissait d'un puissant médium et que c'était de lui que certains membres de leur famille tenaient leurs pouvoirs psychiques. Angelica en avait hérité, de même que sa sœur Sonia, qui ne les maîtrisait pas encore.

— Je n'ai toujours pas vu le comte de Corvindale, reprit alors Maia.

Angelica haussa les épaules.

— A dire vrai, je ne suis pas certaine que je le reconnaîtrais, déclara-t-elle. Tu es sûre qu'il doit venir ?

— Tout ce que Londres compte de gens importants sera là ce soir, répondit sa sœur. De plus, je lui ai envoyé un message hier pour lui rappeler que nous devions assister à ce bal.

Maia haussa les épaules.

— Très franchement, je ne l'ai fait que pour obéir aux instructions de Chas. Je ne suis pas sûre que nous ayons besoin de cet homme. Je n'ai d'ailleurs pas caché mes réserves à ce sujet dans ma lettre…

Angelica se rembrunit. Le fait qu'elle sache ne rien avoir à craindre pour la vie de son frère ne l'empêchait pas de s'inquiéter pour lui. Car, s'il n'était pas inhabituel de le voir s'absenter ainsi, il s'efforçait généralement de leur donner régulièrement des nouvelles.

Lorsqu'il s'éloignait longuement, il chargeait généralement Mme Fernfeather, l'une de leurs cousines éloignées, de servir de chaperonne à ses sœurs. Mais, dans sa dernière lettre, il leur avait demandé de se placer sous la protection du comte de Corvindale au cas où il ne donnerait pas de nouvelles au bout de deux semaines.

Le fait même qu'il ait envisagé une telle disparition paraissait rétrospectivement un peu inquiétant.

— Chas sait que nous sommes capables de nous occuper de nous-mêmes, reprit Maia. N'est-ce pas ce que nous faisons régulièrement ? D'ailleurs, ce Corvindale a la réputation d'être un célibataire endurci et bougon. Il ne verra sans doute pas d'un très bon œil l'arrivée de trois jeunes femmes sous son toit.

— Chas l'a toujours tenu en très haute estime, objecta Angelica. S'il a jugé bon de nous adresser à lui, il devait avoir de bonnes raisons de le faire...

— Sans doute, concéda Maia de mauvaise grâce. Mais j'aurais préféré qu'il nous les expose de façon plus explicite.

— Peut-être était-il pressé par le temps, suggéra Angelica. Sa lettre était pour le moins laconique.

Maia tapota nerveusement ses lèvres du bout de ses doigts gantés.

— J'espère que Corvindale sera plus bavard. Il sait peut-être ce que mijote Chas... Mais il n'a même pas jugé bon de répondre à ma lettre !

— Laisse-lui le bénéfice du doute. Mieux vaut ne pas nous fâcher avec l'homme qui est censé veiller sur nous. Il pourrait nous rendre la vie impossible.

— Ce n'est pas une raison pour tolérer un tel manque de courtoisie, objecta Maia. D'autant que je ne suis plus une jeune débutante. Je suis fiancée et ne vais pas tarder à me marier !

De fait, Maia avait promis sa main à un charmant jeune homme qui était très épris d'elle. Alexander Bradington devait l'épouser dès qu'il serait de retour en Angleterre. A condition, bien sûr, que Chas revienne également d'ici là...

— Tâche tout de même de ménager la susceptibilité de Corvindale. Contrairement à toi, Sonia et moi n'avons pas la chance d'avoir trouvé l'homme de nos rêves.

— Ne t'en fais pas, je saurai faire montre de tout le tact nécessaire, lui assura Maia.

Angelica ouvrit la bouche pour lui répondre, mais la referma aussitôt. Un frisson glacé parcourut sa colonne vertébrale tandis qu'elle regardait les trois hommes qui venaient de pénétrer dans la salle de bal.

— Mon Dieu, murmura-t-elle.

— Que se passe-t-il ? s'enquit Maia.

Angelica ne répondit pas. Comment aurait-elle pu lui expliquer que l'un de ces trois personnages était l'homme dont elle avait rêvé, quelques nuits auparavant.

2

Où miss Yarmouth et le vicomte Dewhurst sont aussi déçus l'un que l'autre.

— Corvindale n'est pas encore arrivé, lança Voss qui avait observé attentivement la salle de bal.

Les robes des femmes qui se trouvaient là formaient un véritable kaléidoscope de couleurs chatoyantes couvrant toutes les nuances de l'arc-en-ciel. Au milieu de ces gracieux papillons tranchaient les habits sombres des hommes qui s'empressaient auprès de leurs cavalières.

L'air était empli de parfums : eau de rose, lys, lavande, poudre de riz et musc se mêlaient en une fragrance entêtante. Ils ne parvenaient pourtant pas à masquer à l'odorat affûté de Voss une autre odeur, plus troublante encore : ce mélange d'excitation, de désir et d'adrénaline qui émanait des jeunes hommes et femmes qui évoluaient au gré de la musique.

— Le violon est légèrement désaccordé, ajouta Voss à l'intention d'Eddersley, qui inclina la tête en signe d'approbation.

Son ami était tout aussi mélomane que lui et ce genre de détail avait tendance à le mettre hors de lui. Brickbank, au contraire, n'en avait cure. Sa démarche vacillante indiquait que ni la durée de leur trajet en voiture ni la fraîcheur de l'air nocturne n'avaient suffi à le dégriser.

Voss se promit que, la prochaine fois que son ami lui rendrait visite, il demanderait à Moross de fermer à clé le cabinet dans lequel étaient rangées ses liqueurs.

S'efforçant de faire abstraction de l'agacement que lui inspirait l'attitude de Brickbank, Voss se concentra de nouveau sur la scène qui s'offrait à lui. Il n'avait plus l'habitude d'assister à des soirées aussi élégantes et il se prit à admirer l'impeccable maintien des convives. Il y avait en eux une grâce qui ne devait rien à la nature, mais tenait uniquement à l'apprentissage d'une étiquette sourcilleuse.

Tout ici était savamment codifié : la façon de se mouvoir, de s'adresser aux dames, de les inviter à danser, de mener une conversation, de se situer socialement vis-à-vis de ses interlocuteurs… Il y avait là quelque chose d'admirable et d'absurde à la fois.

— Je crois que je suis resté absent trop longtemps, murmura Voss.

— Ne vous en faites pas, vous retrouverez rapidement vos marques, lui assura Eddersley.

— Je me fais l'impression d'être un étranger dans mon propre pays.

— Ce n'est pas étonnant. Je me suis laissé dire que les Américains n'étaient pas les gens les plus civilisés au monde.

— J'imagine que c'était le prix à payer pour rejeter le joug de l'Angleterre, répliqua Voss. L'avenir nous dira si le jeu en valait la chandelle.

— Je gagerais que, d'ici à quelques années, les anciennes colonies quémanderont le droit de rejoindre la Couronne, argua Eddersley.

— Je n'en suis pas si convaincu. Sous bien des aspects, nos cousins sont en train de réussir leur pari et de bâtir un nouveau monde…

Il s'interrompit en voyant approcher une charmante

jeune femme dont l'ample robe couleur vieux rose ne suffisait pas à dissimuler les formes harmonieuses. Le regard qu'elle lança en direction de Voss trahissait un mélange de curiosité et d'intérêt et il y répondit par un léger sourire.

Ses yeux devaient pourtant exprimer son appréciation de façon suffisamment éloquente car la jeune inconnue s'empourpra légèrement. Voss admira ouvertement sa silhouette gracile. Il inspira son parfum fleuri que venait relever une note poivrée.

La belle s'enhardit et l'observa à son tour. Il sentit son regard glisser sur lui comme une caresse, prélude aguicheur aux délices à venir.

— Charmante, déclara Brickbank derrière lui.

Elle ralentit légèrement en passant devant eux, espérant sans doute que Voss l'aborderait. Il se garda pourtant de le faire, préférant profiter de l'absence de Corvindale pour localiser les sœurs Woodmore et obtenir les informations dont il avait besoin.

Il serait toujours temps de la retrouver par la suite et de passer une fin de soirée délicieuse en sa compagnie. Visiblement déçue, la charmante inconnue se dirigea vers le buffet.

Décidément, en dépit de ce médiocre violoniste, la soirée s'engageait de façon fort prometteuse. Comme il la suivait des yeux, une autre femme attira son regard. Elle était nettement plus jeune que la précédente, ne devant guère avoir plus de dix-sept ou dix-huit ans.

En temps normal, Voss ne lui aurait pas prêté plus d'attention que cela. Il préférait les femmes plus mûres, suffisamment expérimentées en tout cas pour pouvoir lui rendre un peu du plaisir qu'il leur donnait.

Mais il émanait de cette femme quelque chose qui le prit au dépourvu : une impression de volonté et de force que l'on ne s'attendait pas à trouver chez quelqu'un d'aussi jeune. La plupart des personnes du beau sexe qui se trouvaient là étaient venues pour voir et être vues. Elles étaient autant de trophées consentants, prêts à être remportés par le plus méritant ou le plus insistant.

La brunette qui s'avançait dans leur direction, en revanche, ne cherchait pas à attirer sur elle les regards. Elle ne cherchait pas à séduire. Et pourtant, par bien des aspects, elle était l'une des plus charmantes de toutes celles qui se trouvaient là.

Il y avait en elle quelque chose de sauvage et de naturel, une nature encore indomptée qui se reflétait dans ses grands yeux taillés en amande. Sa peau n'avait pas cette pâleur alanguie des belles anglaises. Légèrement dorée, elle évoquait plutôt la beauté des Italiennes ou des Espagnoles.

La robe jaune qu'elle portait ajoutait encore à cette impression d'exotisme et il se demanda si elle n'avait pas du sang romani. Quelque chose en elle évoquait irrésistiblement ce peuple qui, comme les *draculs,* était originaire d'Europe centrale.

La considérant avec plus d'attention encore, Voss comprit qu'il ne s'était pas trompé. Il ne parvenait pas à s'expliquer comment une descendante de ce noble peuple était parvenue à se hisser dans les rangs très fermés de la haute société britannique. Car les Roms comptaient indubitablement parmi les minorités les plus mal aimées.

Mais, avant que Voss ait pu hasarder une hypothèse à ce sujet, quelqu'un lui tapota l'épaule. Il se retourna, s'attendant à se trouver face à Brickbank ou Eddersley, et retint une exclamation de surprise. C'était Dimitri Corvindale qui venait de l'aborder de façon aussi cavalière.

Voss se demanda comment il avait bien pu l'approcher sans qu'il se doute de rien. Peu de gens étaient capables d'un tel exploit.

— Corvindale, s'exclama-t-il d'un air faussement détaché. Ravi de vous voir ! Peut-être pourriez-vous aller trouver nos hôtes pour leur demander de nous débarrasser de ce violoniste ? Cet homme est le digne successeur des plaies de l'Egypte !

— Qu'êtes-vous venu faire ici, Dewhurst ?

Le ton de voix de Corvindale était aussi peu avenant que sa question. Tout chez cet homme respirait la dureté et l'intransigeance. Ses vêtements étaient d'une sobriété que n'aurait pas reniée un puritain.

Il n'était cependant pas dépourvu d'un certain magnétisme et exerçait un mélange de respect et de fascination sur tous ceux qui le fréquentaient, qu'il s'agisse de simples humains ou de *draculs*.

Mais la froideur dont il faisait preuve dissuadait généralement toute tentative de rapprochement. Seuls quelques heureux élus avaient su franchir la distance que Dimitri plaçait entre le monde et lui et pouvaient se vanter d'être ses amis.

— Je suis venu danser, bien sûr, répondit Voss d'un ton ironique. C'est un bal, après tout... En revanche, j'ai du mal à comprendre ce que vous, vous faites ici. Je n'aurais jamais pensé que vous puissiez apprécier ces soirées surpeuplées à l'ambiance si frivole. Vous connaissant, je ne crois pas non plus que vous soyez venu y chercher une épouse ou une victime consentante.

— Contrairement à vous, j'imagine, répliqua Dimitri. J'aimerais cependant qu'une chose soit parfaitement limpide entre nous : si je vous vois vous approcher des sœurs Woodmore, je vous tuerai.

Ces paroles avaient été prononcées d'un ton glacial qui aurait probablement suffi à dissuader la plupart des gens. Mais Voss ne se laissait pas impressionner aussi facilement.

— Vous ne seriez pas le premier à essayer, répondit-il d'un ton faussement insouciant.

Il était sur le point de tourner le dos à Corvindale,

mettant un terme à leur conversation de façon particulièrement cavalière, lorsqu'il avisa la jeune femme à la robe jaune qu'il avait préalablement repérée.

Elle s'était rapprochée d'eux et il crut un instant qu'elle s'apprêtait à l'aborder. Mais, à son grand étonnement, elle se dirigea droit vers Brickbank, qui se tenait légèrement en retrait.

Elle passa pourtant si près de Voss qu'il eut tout loisir d'inspirer son odeur. Un voluptueux frisson le parcourut de part en part. Le parfum de l'inconnue fit naître en lui un accès de désir aussi inattendu qu'irrésistible.

Il n'aurait su dire ce qui le troublait à ce point. Sans doute était-ce une forme d'affinité naturelle, l'une de ces inexplicables appétences qui poussaient parfois un être vers un autre.

Mais la jeune femme ne lui prêtait pas la moindre attention. Elle paraissait bien décidée à aborder Brickbank, allant ainsi à l'encontre de toutes les règles de l'étiquette. L'ami de Voss, visiblement interloqué par cette audace, la considéra avec stupéfaction lorsqu'elle lui adressa la parole.

— Il faut absolument que je vous parle, milord, lui dit-elle d'un ton pressant.

— Eh bien…, lâcha Brickbank. Mais certainement… Que puis-je pour vous, miss ?

Voss se rapprocha légèrement, désireux de savoir ce qui pouvait bien motiver une telle infraction au protocole. Il ne put s'empêcher au passage d'admirer la carnation délicate de la jeune femme. Il émanait d'elle un désarçonnant mélange de jeunesse et d'assurance, d'inexpérience et de maturité.

Sans doute était-elle un peu plus âgée qu'il ne l'avait pensé initialement. Dix-neuf ou vingt ans, peut-être…

— Je m'appelle Angelica Woodmore, dit-elle à Brickbank.

Voss eut du mal à cacher sa surprise et jeta un bref coup d'œil en direction de Corvindale. Jamais il n'avait imaginé que les pupilles dont ce dernier venait d'hériter puissent être aussi charmantes. Il se rappela la mise en garde du comte et ne put réprimer un sourire amusé. Voilà qui ne rendait que plus intéressante encore la mission qu'il s'était fixée en arrivant à Londres.

— Miss Woodmore, je suis le comte de Corvindale, déclara ce dernier.

Angelica le considéra avec un mélange d'étonnement et de réprobation.

— Ma sœur s'est efforcée de vous joindre, lui dit-elle d'un ton lourd de reproches. Mais vous n'avez pas répondu à sa lettre.

Le sourire de Voss s'élargit encore un peu. Corvindale ne devait pas avoir l'habitude d'essuyer de telles rebuffades, particulièrement de la part de personnes de cet âge. La plupart des femmes étaient bien trop impressionnées — et parfois trop charmées — pour se permettre ce genre de sorties.

Cela ne fit que renforcer l'opinion déjà très favorable que Voss s'était faite d'Angelica.

— Cette lettre m'est parvenue hier, répondit sèchement Corvindale. Pensez-vous vraiment que je réponde instantanément à toutes les sollicitations dont je fais l'objet, miss Woodmore ? Mes journées n'y suffiraient pas, je vous l'assure.

La fougueuse brunette ouvrit la bouche pour lui répondre, mais fut interrompue par l'arrivée d'une autre femme.

— Angelica ! s'exclama celle-ci d'un ton réprobateur.

Se tournant vers elle, Voss avisa la ressemblance qui existait entre elles et comprit qu'il avait probablement affaire à Maia, la sœur aînée des Woodmore. Corvindale s'était également tourné vers elle et, lorsqu'il l'aperçut, son expression s'adoucit quelque peu.

— Miss Woodmore, fit-il en se courbant légèrement.

— Milord, répondit-elle en s'inclinant à son tour.

La sécheresse de son ton n'échappa nullement à Voss. Si Maia était plus diplomate que sa sœur, elle n'en était pas moins dotée d'un solide tempérament. Connaissant leur frère de réputation, Voss ne s'en étonna pas outre mesure.

Ignorant cet échange, Angelica s'était de nouveau tournée vers Brickbank.

— Je suis venue vous mettre en garde, lui lança-t-elle.

Brickbank la considéra avec étonnement.

— Me mettre en garde ? répéta-t-il d'une voix qui était toujours légèrement pâteuse.

Voss s'avança alors vers Angelica.

— Je suis désolé de vous interrompre, lui dit-il. Mais ce que vous venez de dire à mon ami a suscité ma curiosité. Permettez-moi de me présenter, ajouta-t-il. Je suis le vicomte Voss Dewhurst, pour vous servir.

Galamment, il prit la main qu'elle lui tendait par réflexe et la porta à ses lèvres. Une fois de plus, il ne put s'empêcher d'inhaler l'odeur de sa peau qui filtrait au travers du fin gant de soie qu'elle portait.

— Angelica Woodmore, répondit-elle en esquissant une révérence. Je suis ravie de faire votre connaissance, lord Dewhurst. Peut-être pourrez-vous persuader votre ami de tenir compte de ma mise en garde.

— Très certainement, lui assura-t-il. Mais en quoi consiste-t-elle, au juste ?

Pour la première fois depuis qu'elle avait fait son apparition, Angelica parut hésiter.

— J'ai fait un rêve, déclara-t-elle.

Voss leva un sourcil étonné, attendant qu'elle poursuive.

— J'ai fait un rêve au cours duquel j'ai vu votre ami mourir, reprit-elle d'une voix légèrement étranglée.

L'importance qu'elle semblait accorder à son rêve indiquait peut-être qu'il avait affaire à celle des sœurs Woodmore qu'il recherchait. Le seul fait qu'elle ait pu voir en songe un homme qu'elle n'avait jamais rencontré auparavant tendait à confirmer cette hypothèse.

— Continuez, suggéra-t-il donc.

Angelica se tourna de nouveau vers Brickbank. L'inquiétude qu'elle éprouvait à son sujet paraissait authentique.

— J'ai rêvé que vous mourriez en tombant d'un pont, reprit-elle.

Voss fronça les sourcils. S'il paraissait étonnant qu'Angelica ait pu rêver de Brickbank, son rêve lui-même ne paraissait guère convaincant. Un *dracul* ne pouvait être tué en tombant d'un pont : aucun choc, si violent soit-il, ne pouvait lui être fatal et il était incapable de se noyer.

Bien sûr, ce n'était guère le genre de choses qu'ils pouvaient expliquer à la délicieuse jeune femme qui observait toujours Brickbank d'un air anxieux. Ce dernier s'était détendu, apparemment rassuré de découvrir que la menace qui était censée peser sur lui n'était pas si sérieuse.

— Je vous remercie pour votre mise en garde, miss Woodmore, lui dit-il. Je me garderai durant quelques jours de traverser le moindre pont, ce qui devrait m'éviter tout désagrément.

La jeune femme ne parut guère convaincue par le ton léger qu'il avait employé.

— Tâchez à tout le moins de ne pas traverser de pont ce soir, insista-t-elle.

— Pourquoi spécifiquement ce soir ? s'étonna Brickbank.

— Parce que dans mon rêve vous étiez vêtu exactement de la même façon, répondit-elle en désignant le costume qu'il portait.

Voss la considéra avec étonnement : elle paraissait réellement convaincue de ce qu'elle avançait. Cela signifiait-il que son don n'était pas aussi fiable qu'il l'avait espéré ? Ou bien qu'elle avait mal interprété sa vision ?

Peut-être avait-elle vu Brickbank tomber du haut du

pont et en avait-elle déduit qu'il mourrait de cette chute. Le fait que son ami soit fin soûl ce soir-là rendait cette éventualité tout à fait crédible. Il lui était même arrivé de plonger de son plein gré dans la Tamise à l'issue de soirées bien arrosées.

— Très bien, déclara Angelica. J'ai fait mon devoir. Maintenant, si vous voulez bien m'excuser, messieurs, j'ai à faire.

Sur ce, elle s'inclina légèrement devant eux, tourna les talons et s'éloigna à grands pas.

— Alors ? Que voyez-vous, miss Woodmore ? s'enquit Gertrude Yarmouth d'un ton anxieux.

Angelica rouvrit les yeux et secoua doucement la tête.

— Ces choses-là prennent un certain temps, déclara-t-elle.

Cela faisait trois fois que miss Yarmouth l'interrompait de la sorte, ce qui rendait sa tâche d'autant plus délicate.

— J'ai besoin de concentration et de silence, ajouta-t-elle en s'efforçant de réprimer son agacement.

Elle referma les paupières et effleura de nouveau le gant du baron Framingham que lui avait confié Gertrude. Au bout de quelques instants, elle parvint à atteindre cet état d'esprit si particulier qui la rendait réceptive aux émanations psychiques des objets qu'elle manipulait.

C'était une sensation difficile à décrire, une sorte de flottement qui lui donnait l'impression de se retrouver à mi-chemin entre le monde des vivants et celui des esprits.

La seule sensation qui s'apparentait à cette expérience, c'était celle que l'on éprouvait lorsqu'on était sur le point de s'éveiller et qu'on avait conscience de ses rêves sans parvenir à les maîtriser pour autant. L'image se stabilisa peu à peu, lui permettant d'étudier en détail la scène qui s'offrait à elle.

— Il est beaucoup plus âgé, déclara-t-elle. Cinquante ans, peut-être ? Il a une tonsure au sommet du crâne et de nombreuses rides. Il est étendu sur un lit, les yeux clos... Une fenêtre s'ouvre non loin de là. Je distingue un arbre couvert de feuilles. Ce doit être le printemps ou l'été. Le ciel est lumineux. Malheureusement, je ne vois personne d'autre dans la pièce...

C'était un mensonge : il y avait là une femme qui ne ressemblait en rien à Gertrude. Mais Angelica préférait ne pas en faire mention car une telle information risquait d'induire la jeune femme en erreur. Après tout, il pouvait s'agir tout aussi bien de quelqu'un de la famille, d'une domestique ou d'une garde-malade.

— Pouvez-vous dire de quoi il est mort ? s'enquit Gertrude.

— Je ne vois aucun signe de blessure, peut-être meurt-il de maladie ou de vieillesse. Une chose est sûre : il est nettement plus âgé qu'aujourd'hui. Cela signifie que, si vous l'épousez, vous vivrez longtemps à ses côtés.

— Cela ne me dit pas si cette existence sera heureuse, objecta Gertrude.

— Effectivement, concéda Angelica. Mais je vous avais prévenue : mon don se limite à distinguer l'instant de la mort d'une personne. Vous avez désormais un peu plus d'éléments que vous n'en aviez précédemment : à vous de décider si vous comptez vous engager sur le long terme ou si vous préférez conserver votre liberté.

Seule Sonia aurait pu lui donner plus de précisions au sujet de l'avenir. Mais, contrairement à elle, sa sœur cadette considérait leur pouvoir comme une malédiction. C'était d'ailleurs la raison pour laquelle elle avait demandé à entrer au couvent où elle espérait pouvoir se protéger de cette influence occulte.

Sonia refusait d'ailleurs catégoriquement d'user volontairement de son don de double vue. Jusqu'à ce jour,

Angelica ne l'avait jamais vraiment compris. Mais le rêve qu'elle avait fait au sujet de lord Brickbank l'avait mise terriblement mal à l'aise. Si Sonia était sujette à de telles visions, il n'était pas étonnant qu'elle cherche à les ignorer.

Le pire, c'est que ni Brickbank ni son ami ne l'avaient prise au sérieux : il était évident qu'ils n'avaient pas cru un traître mot de ce qu'elle leur avait raconté. Elle avait pourtant senti chez lord Dewhurst un véritable intérêt, sans trop savoir si c'était vis-à-vis d'elle ou des visions qu'elle prétendait avoir.

Ecartant ces pensées, Angelica se laissa glisser au bas du tabouret sur lequel elle s'était juchée puis regarda Gertrude droit dans les yeux.

— Je vais vous laisser, lui dit-elle. J'espère que vous prendrez la bonne décision et je vous souhaite tout le bonheur du monde, quel que soit le choix que vous fassiez.

Elle esquissa une révérence et quitta le cabinet de toilette dans lequel Gertrude et elle s'étaient installées pour pouvoir discuter à l'abri des regards indiscrets. Mais, comme elle émergeait de cette pièce et s'apprêtait à regagner la salle de bal, elle se retrouva nez à nez avec lord Dewhurst.

— Quelle heureuse rencontre ! s'exclama ce dernier d'une voix joviale.

Le cœur battant, Angelica jeta un coup d'œil aux alentours et s'aperçut qu'ils étaient seuls, ce qui dérogeait à toutes les règles du savoir-vivre. Elle se demanda un instant si lord Dewhurst ne l'avait pas suivie et ne put réprimer un frisson anxieux.

Elle se morigéna intérieurement : rien ne lui permettait d'entretenir de tels soupçons à son égard.

— J'espérais pouvoir solliciter une danse si votre carnet de bal n'est pas déjà plein, lui dit-il.

Préoccupée par sa rencontre fortuite avec Brickbank et par son entretien avec Gertrude, Angelica avait complètement oublié ledit carnet de bal qu'elle avait glissé dans son réticule. Il était complet depuis le début de la soirée et elle avait raté au moins deux danses.

Les cavaliers qu'elle avait éconduits en solliciteraient probablement de nouvelles, ce qui signifiait qu'elle devrait en décevoir certains. La perspective de ces tractations diplomatiques lui parut accablante et, sans vraiment y réfléchir, elle décida d'accepter la proposition de lord Dewhurst.

— J'ai bien peur d'avoir égaré mon carnet de bal, prétendit-elle effrontément. Et j'avoue ne pas me rappeler à qui j'avais promis les prochaines danses.

— Je serais ravi de vous épargner un tel embarras, répondit-il galamment. Vous n'aurez qu'à m'accuser de vous avoir détournée de vos obligations.

Il lui tendit le bras et, après un instant d'hésitation, Angelica le prit. Tandis qu'ils se dirigeaient vers la salle de bal, elle ne put s'empêcher de lui jeter un regard à la dérobée.

Lorsqu'elle s'était entretenue avec lui, elle était bien trop préoccupée par le sort de Brickbank pour lui prêter réellement attention. Mais elle s'apercevait à présent que lord Dewhurst était un homme très séduisant.

De haute taille, il avait été doté par la nature d'une stature athlétique. Sa peau avait une teinte légèrement dorée qui laissait deviner des origines étrangères, probablement méditerranéennes. Ses cheveux avaient la couleur du miel et ses yeux étaient d'un brun très clair, presque doré.

Les traits de son visage possédaient une forme de noblesse naturelle : des pommettes hautes, un nez droit et une bouche bien dessinée aux lèvres pleines et sensuelles. En l'observant, Angelica ne put réprimer un léger frisson.

Elle se réprimanda mentalement. Ce genre de réflexion était parfaitement indigne d'une jeune femme bien élevée.

Pour s'en convaincre, il suffisait de penser à ce qui était arrivé à Eliza Billingsly, au cours de la saison précédente.

Surprise dans une position compromettante en compagnie de M. Deetson-Waring, elle n'avait eu d'autre choix que d'épouser ce dernier. Et, s'il fallait en croire la rumeur, cette union forcée ne paraissait satisfaire aucun des deux conjoints.

— J'espère que Corvindale vous autorise à danser la valse, reprit alors lord Dewhurst.

Angelica sentit les battements de son cœur s'emballer. Cette danse avait été inventée à Vienne, une dizaine d'années auparavant. Elle était récemment devenue très populaire à Paris, mais avait longtemps été interdite en Angleterre où elle passait pour trop lascive. Aujourd'hui encore, on n'en jouait que très peu lors des bals de la haute société.

— Lord Corvindale ne s'est guère préoccupé de nous jusqu'à présent, répondit Angelica d'un ton faussement décontracté. Et je doute fort qu'il se soucie d'une simple danse.

Malgré le ton réprobateur qu'elle venait d'employer, Angelica n'était pas convaincue que l'attitude de Corvindale soit forcément une mauvaise chose. Le peu d'enthousiasme qu'il semblait éprouver à l'égard de ses nouvelles responsabilités lui permettrait peut-être de jouir d'un peu plus de liberté.

Bien sûr, elle n'avait pas l'intention de commettre des folies. Mais, contrairement à sa sœur, elle considérait qu'une femme n'avait pas forcément pour seule vocation de patienter en attendant l'homme qui lui donnerait des enfants. Il y avait bien trop de livres à lire, d'endroits à visiter, de gens à rencontrer et de choses à découvrir avant cela…

— Vous vous trompez, miss Woodmore, lui dit alors son compagnon.

— A quel sujet ? s'enquit-elle, surprise.

— Au sujet de la valse. Ce n'est pas une simple danse, croyez-moi.

La main de lord Dewhurst ondula dans l'air comme une caresse.

— Si les pas en sont simples, l'impression qu'elle procure lorsque les partenaires se meuvent à l'unisson peut être aussi douce et enivrante que le plus capiteux des champagnes. C'est un moment privilégié, une rencontre à la fois gracieuse et sensuelle.

Si les paroles du vicomte étaient envoûtantes, le son de sa voix l'était plus encore.

— J'espère ne pas vous décevoir, répliqua Angelica, troublée malgré elle. Je n'ai encore jamais dansé la valse.

— Ne vous en faites pas, la rassura-t-il d'un ton qui n'était pas dépourvu de malice. Je vous guiderai. J'ai une certaine expérience de la chose.

Angelica ne put s'empêcher de rougir. Les mots que son compagnon venait d'employer laissaient transparaître un double sens qu'elle n'était pas sûre de vouloir interpréter. Elle jugea donc préférable de détourner la conversation au plus vite.

— Milord, croyez-vous vraiment que votre ami ait pris ma mise en garde au sérieux ?

Le visage de lord Dewhurst se rembrunit légèrement et le regard qu'il posa sur elle se teinta d'une certaine gravité.

— Il a probablement été très surpris de recevoir un tel conseil, répondit-il prudemment.

— En d'autres termes, il n'a pas l'intention d'en tenir compte, n'est-ce pas ?

Lord Dewhurst ne prit pas la peine de la détromper.

— Vous pouvez certainement comprendre ses doutes. Etes-vous coutumière de ce genre de prédictions ?

— Non, reconnut-elle, légèrement embarrassée. Mais

c'est justement pour cette raison que vous ne devriez pas prendre celle-ci à la légère. Je…

Angelica s'interrompit brusquement. Pouvait-elle vraiment lui parler du don dont elle avait hérité sans passer pour une folle ?

Jamais encore elle n'avait été confrontée à un rêve prémonitoire aussi clair et aussi funeste et elle n'avait aucune idée de la façon dont elle devait gérer une telle situation. Elle devait pourtant trouver un moyen de le convaincre du sérieux de ce qu'elle avançait.

— Ce n'est pas la première fois que je fais ce genre de rêve, reprit-elle prudemment. Mais jusqu'à présent je n'avais jamais rencontré la personne concernée…

— Vous ne pouvez donc pas savoir si vos songes précédents se sont réalisés, argua lord Dewhurst.

— C'est vrai, reconnut-elle. Mais mon arrière-grand-mère possédait le don de double vue et j'ai appris à ne pas négliger ce genre de signes, même s'ils peuvent sembler irrationnels au premier abord…

Avisant le doute qui se lisait toujours dans le regard de son interlocuteur, Angelica fronça les sourcils.

— Je vous en prie, milord. Croyez-moi, vous devriez prendre cet avertissement très au sérieux. Tâchez de tenir votre ami éloigné du pont de Blackfriars, particulièrement cette nuit-ci.

— Parce que dans votre rêve il était vêtu de la même façon que ce soir ?

— Précisément.

— Miss Woodmore, il est regrettable que tous ne partagent pas le souci que vous avez de vos semblables. Le monde serait un endroit bien plus vivable s'il en était ainsi.

Angelica se demanda si lord Dewhurst n'était pas en train de se moquer d'elle. Mais le sourire qui se dessinait sur ses lèvres trahissait moins d'ironie que de sympathie.

— Et si je vous disais que lord Brickbank ne risque rien ? Qu'il lui serait impossible — aussi étrange que cela puisse paraître — de trouver la mort dans les circonstances que vous avez décrites ?

Angelica le considéra avec étonnement.

— Je ne comprends pas, objecta-t-elle. Que voulez-vous dire, exactement ?

Lord Dewhurst marqua un temps d'hésitation. Mais avant qu'il n'ait eu le temps de lui répondre ils furent interrompus par lord Corvindale qui paraissait furieux.

— Je croyais avoir été clair, Dewhurst, lâcha-t-il sèchement. Je ne vous permets pas d'importuner mes pupilles.

— Mais, milord, protesta Angelica, lord Dewhurst m'a seulement invitée à danser…

— Une valse ? s'exclama Maia qui suivait de près lord Corvindale. Ce ne serait pas convenable !

— Ne sois pas si vieux jeu. Tout le monde danse la valse de nos jours.

— Pas moi.

— Je suis certaine que tu le ferais si ton fiancé était revenu du continent, répliqua Angelica, agacée par l'attitude protectrice de son aînée.

— Cela n'a rien à voir, s'emporta Maia.

Elle jeta un coup d'œil en direction de lord Dewhurst qui avait assisté avec intérêt à leur échange.

— Si vous voulez bien nous excuser, lui dit-elle.

— Mais certainement, répondit-il, visiblement à regret.

Maia entraîna Angelica un peu à l'écart.

— Cela n'a rien à voir, répéta-t-elle de façon à ne pas être entendue des deux hommes qui s'entretenaient également à mi-voix. Lord Dewhurst n'est pas ton fiancé, que je sache.

— Je ne risque pas d'en trouver un si tu continues à

me couver de la sorte. J'ai hâte que Chas revienne. Il est nettement moins mère poule que toi.

L'expression de Maia se modifia brusquement, laissant apparaître un mélange d'angoisse et de détresse qui ne lui ressemblait guère.

— J'espère seulement qu'il reviendra, murmura-t-elle.

Angelica sentit son cœur se serrer dans sa poitrine.

— J'en suis sûre, déclara-t-elle.

Maia lui jeta un coup d'œil plein d'espoir.

— Est-ce que tu l'as *vu* ? lui demanda-t-elle.

Il n'était pourtant pas dans ses habitudes de solliciter les pouvoirs de sa sœur. Le simple fait qu'elle lui pose cette question indiquait combien elle était inquiète.

— Non, répondit Angelica à contrecœur. Mais je suis certaine que, si la vie de Chas était menacée, je le sentirais. Nous sommes si proches les uns des autres, depuis que papa et maman ne sont plus là…

— C'est vrai, approuva Maia. J'ai la même impression… Mais je n'ai jamais eu l'instinct dont Sonia et toi êtes dotées. Et j'aimerais vraiment en avoir le cœur net.

— Tu sais que je n'ai pas de visions concernant les personnes qui sont très proches de moi, objecta Angelica.

C'était un mensonge, bien sûr. Dès son plus jeune âge, Angelica avait eu des visions très claires de la mort de son frère et de celle de ses sœurs. Elle avait également su que leurs parents décéderaient dans la fleur de l'âge et que tous quatre se retrouveraient seuls.

Mais elle avait décidé très tôt qu'il s'agissait d'un fardeau bien trop cruel pour le partager avec ceux qu'elle aimait et qu'elle devrait le porter seule jusqu'à la fin de ses jours.

3

OÙ NOTRE HÉROS SE VOIT CONFIER UNE TÂCHE DES PLUS INOPPORTUNES.

Voss contemplait pensivement le reflet que lui renvoyait le miroir en pied de sa chambre à coucher. Un sourire sardonique se dessina alors sur ses lèvres. Il avait ce que l'on appelait vulgairement une mine de déterré, ce qui ne manquait pas d'une certaine ironie pour un vampire comme lui.

Mais cela faisait bien longtemps qu'il ne s'était pas senti aussi choqué. Au cours des dernières décennies, il croyait avoir tout vu, le meilleur comme le pire, et s'être préparé à n'importe quelle situation.

Or il s'était lourdement trompé.

Etait-ce sa faute ? Aurait-il dû imaginer qu'une telle chose se produirait ? Il avait encore du mal à le croire alors qu'elle s'était déroulée sous ses propres yeux…

Après l'avoir intercepté au moment où Voss s'apprêtait à danser avec Angelica Woodmore, Corvindale lui avait demandé de quitter les lieux sans attendre. Voss aurait pu refuser, bien sûr. Après tout, le comte ne se trouvait pas chez lui.

Mais un tel esclandre ne serait certainement pas passé inaperçu. Or Corvindale était dans son fief à Londres. Voss était demeuré absent bien trop longtemps pour lui disputer le respect et la confiance dont il jouissait. En s'en prenant ouvertement à lui, il serait devenu *persona non grata* dans la plupart des grandes demeures de la ville.

S'il voulait accomplir la mission qu'il s'était fixée avant de retourner sur le continent, Voss ne pouvait se permettre de passer pour une brebis galeuse. Il devait avoir accès aux soirées de la bonne société londonienne, où il aurait l'occasion d'interroger plus avant la troublante Angelica Woodmore. Car elle lui avait avoué qu'elle était celle qu'il cherchait et il avait eu la confirmation de l'existence de ses pouvoirs.

A ce souvenir, un frisson glacé le parcourut.

En quittant le bal des Lundhames, Eddersley, Brickbank et lui avaient décidé de se rendre chez Rubey. Bien sûr, la véritable Rubey était morte, des années auparavant. Mais l'établissement qu'elle avait fondé en plein cœur de Londres existait encore et était toujours tenu par une femme qui se faisait appeler Rubey.

Elle faisait partie de cette minorité d'humains qui avait conscience de l'existence des *draculs*. Et elle avait compris que leurs exigences très particulières étaient susceptibles de lui rapporter beaucoup d'argent.

Ses pensionnaires étaient triés sur le volet. Il y avait aussi bien des hommes que des femmes qui mettaient à disposition leurs corps et leur sang en échange de sommes rondelettes.

L'établissement offrait aussi l'une des meilleures tables de la capitale. Car si les *draculs* n'avaient pas besoin de se restaurer ils n'en appréciaient pas moins la bonne cuisine. Et même les plus blasés d'entre eux étaient forcés de reconnaître le talent exceptionnel du chef français qui officiait chez Rubey.

La cave était tout aussi réputée en dépit de l'embargo et l'on trouvait même de l'opium, tout droit venu de Chine. Bien plus qu'une simple maison de tolérance, il s'agissait d'un véritable palais de délices qui avait fait du raffinement une marque de fabrique.

En temps normal, Voss y trouvait toujours de quoi attiser ses sens. Mais, la veille, il s'était contenté de boire le sang dont il avait besoin avant de vider une bouteille de bordeaux. Il lui avait fallu un certain temps pour identifier ce qui le préoccupait et il avait été très étonné de découvrir que c'était Angelica Woodmore qui monopolisait ses pensées.

Cela faisait bien longtemps que Voss ne s'était pas laissé distraire à ce point par une femme, *a fortiori* par une simple mortelle. D'autant qu'Angelica n'était encore qu'une enfant, manquant cruellement d'expérience.

Et, pourtant, force était de reconnaître qu'elle avait su éveiller en lui un étrange écho, une forme de sympathie mêlée de curiosité et qui n'était pas départie d'une pointe de désir.

Il y avait en elle une étrange alliance d'assurance et d'innocence, qu'il trouvait désarmante. Contrairement à la plupart des femmes qu'il connaissait, elle ne cherchait pas à jouer de ses charmes. Sans déroger aux règles de la politesse, elle l'avait traité en égal, faisant montre d'un esprit aussi vif et incisif que nombre d'hommes.

Elle paraissait d'ailleurs être immunisée contre son pouvoir de séduction. Comme tous les *draculs,* Voss possédait une faculté surnaturelle, une forme de magnétisme comparable aux forces que Franz Anton Mesmer avait mises en évidence une vingtaine d'années auparavant.

Elle lui permettait de charmer ses victimes ou même de les faire sombrer dans un profond sommeil. Rares étaient les personnes qui, comme Angelica, demeuraient insensibles à cette influence occulte.

Voss détacha sa lavallière et la laissa tomber au sol. Il se défit ensuite de sa veste, révélant sa chemise blanche maculée de sang. Ce n'était pas celui d'une victime ni de l'une des filles de chez Rubey, mais bien celui de son ami Brickbank, dont la mort avait été prophétisée par Angelica Woodmore.

Réprimant un nouveau frisson, Voss ferma les yeux, se remémorant les événements de la nuit. Lorsque Eddersley et Brickbank avaient achevé de satisfaire leurs désirs, tous trois avaient quitté l'établissement de Rubey. D'un commun accord, ils s'étaient dirigés vers Lambeth pour prendre l'air dans les jardins de l'archevêché.

Ce n'est que lorsqu'ils étaient arrivés en vue du pont de Westminster que Voss s'était rappelé la mise en garde d'Angelica. Il avait failli en parler à ses compagnons, mais s'en était abstenu, de peur de paraître ridicule.

Que pouvait-il bien leur arriver ? N'étaient-ils pas des *draculs* immortels, dotés d'une force et d'une agilité surnaturelles ? Ils n'avaient rien à redouter des brigands qui écumaient les rues de Londres à la nuit tombée. De plus, ce n'était pas le pont de Westminster contre lequel Angelica l'avait mis en garde, mais celui de Blackfriars.

Tous trois s'étaient donc engagés sur le pont en devisant joyeusement. Ils étaient d'ailleurs sur le point d'atteindre la rive opposée lorsqu'un fiacre avait débouché à vive allure, les forçant à s'écarter précipitamment pour ne pas être renversés.

Voss n'avait pas vu ce qui s'était passé précisément. Il avait entendu Brickbank crier et s'était retourné juste à temps pour voir ce dernier basculer par-dessus la rambarde du pont. Sidéré, il était demeuré immobile durant quelques instants avant de se précipiter vers le garde-corps, imité par Eddersley.

Il s'attendait à apercevoir Brickbank émergeant de l'eau en pestant ou en riant de cette mésaventure. Mais la scène qu'il avait découverte en contrebas lui avait arraché un frémissement d'horreur.

Brickbank n'était pas tombé à l'eau, mais sur un ponton

de bois qui s'avançait légèrement sur la Tamise. Une telle chute se serait révélée inoffensive s'il ne s'était empalé sur l'un des poteaux de bois qui soutenaient la structure.

Eddersley et Voss avaient échangé un regard interdit.

— Ce n'est pas possible, avait murmuré son compagnon, livide.

— Elle ne s'était pas trompée…

Ils avaient rapidement gagné l'extrémité du pont et étaient descendus sur le ponton pour tenter de porter secours à leur ami. Malheureusement, le pieu avait dû lui transpercer le cœur de part en part, le faisant passer de vie à trépas.

Accablés par la brusque disparition de Brickbank — qui leur rappelait cruellement leur propre vulnérabilité — Voss et Eddersley étaient allés trouver la maréchaussée pour faire part de l'incident. Après avoir supervisé la levée du corps, ils étaient allés au White Club pour boire un dernier verre à la mémoire de leur ami.

Le cœur lourd, ils s'étaient séparés et Voss était rentré chez lui alors que le jour était déjà en train de se lever. Fort heureusement, l'épaisse couverture nuageuse qui surmontait Londres ce jour-là avait suffi à le protéger de la lumière du soleil.

Après s'être dévêtu, il alla se plonger dans le bain qu'il avait commandé à ses domestiques. Le contact de l'eau brûlante l'aida à atténuer la tension nerveuse qui l'habitait et à dénouer ses muscles. Il se lava de la tête aux pieds comme pour se purifier du contact de la mort. Il se rasa ensuite méticuleusement.

Lorsqu'il émergea de son bain, la matinée était déjà bien entamée. En temps normal, il serait allé se reposer jusqu'au soir. Mais, ce jour-là, il doutait fort qu'il parviendrait à trouver le sommeil. Après s'être habillé, il prit donc un copieux déjeuner puis gagna son bureau pour traiter ses affaires en souffrance.

Après avoir rédigé les ordres qu'il adresserait à ses courtiers, il passa en revue les renseignements que lui avaient fait parvenir ses nombreux informateurs. Voss possédait un véritable réseau d'espions répartis à travers l'ensemble de l'Europe et des Etats-Unis d'Amérique.

Ils lui faisaient part des déplacements et des activités des principaux *draculs* ainsi que des humains auxquels il était susceptible de s'intéresser. Parmi ceux-ci figurait en première ligne l'ambitieux Premier consul de la France, Napoléon Bonaparte, qui venait de se faire proclamer empereur par plébiscite.

Lorsque Voss eut terminé sa correspondance, l'après-midi touchait à sa fin. Il décida qu'il n'avait que trop repoussé la visite qu'il brûlait de rendre à Angelica Woodmore depuis que sa funeste prophétie s'était réalisée sous ses yeux.

Evidemment, ce ne serait probablement pas du goût de Corvindale. Voss envisagea donc brièvement de la rencontrer en secret. Mais il jugea que ce serait pire encore que d'agir au grand jour. De fait, le comte finirait immanquablement par apprendre la vérité et cela ne ferait qu'attiser inutilement ses soupçons.

De plus, Voss n'était pas d'humeur à se soucier de ce que Corvindale pouvait bien penser. Et, si ce dernier entendait en venir aux mains, il trouverait à qui parler. Qui sait ? Une telle confrontation l'aiderait peut-être à oublier ce qui était arrivé à Brickbank…

La famille Woodmore possédait une maison dans le quartier de Mayfair. Elle n'était pas immense, mais ne manquait pas de charme et paraissait être méticuleusement entretenue. Protégé des rayons du soleil par un long manteau, des gants et une ombrelle, Voss descendit de la voiture qui l'avait conduit jusque-là et se dirigea vers la porte d'entrée.

En chemin, il avait pris conscience du fait que les sœurs Woodmore avaient peut-être déjà quitté cet endroit pour rejoindre la demeure de Corvindale. Aussi fut-il rassuré d'entendre le majordome lui répondre que les demoiselles n'avaient pas encore déménagé.

Il prit son manteau et sa carte et lui demanda de patienter dans le petit salon attenant au hall d'entrée. Apparemment, Corvindale ne l'avait pas encore explicitement déclaré *persona non grata*. Quelques instants plus tard, le majordome le rejoignit.

— Mlles Woodmore vont vous recevoir, monsieur, annonça-t-il. Si vous voulez bien vous donner la peine de me suivre.

Voss lui emboîta le pas et se laissa guider jusqu'à un autre salon où se trouvaient effectivement Maia et Angelica Woodmore. Malheureusement, elles n'étaient pas seules. Une dizaine de personnes, des hommes jeunes pour la plupart, se trouvaient là, devisant autour d'une tasse de thé.

Cela n'aurait probablement pas dû l'étonner : Londres était connu pour les salons mondains et littéraires que tenaient la plupart des jeunes femmes de la bonne société.

— Le vicomte Voss Arden de Dewhurst, annonça le majordome.

Tous les visages se tournèrent vers le nouveau venu, qui salua la compagnie d'un signe de tête.

— Milord, je suis ravie que vous ayez décidé de vous joindre à nous, déclara Angelica, qui paraissait aussi surprise que réjouie par son arrivée inattendue.

Fort heureusement, les mises en garde que Corvindale n'avait pas dû manquer de prodiguer n'avaient pas suffi à lui aliéner la sympathie de la jeune femme.

— Puis-je vous offrir une tasse de thé ? ajouta-t-elle.

— Très volontiers, répondit-il par pure politesse.

En réalité, il n'avait pas plus envie de boire un thé que

de perdre son temps en bavardages oiseux. Mais depuis qu'il était rentré en Angleterre il avait eu l'occasion de constater que l'étiquette s'était singulièrement durcie, adoptant un formalisme empesé qui régentait chaque moment de l'existence de la bonne société londonienne.

— Lord Dewhurst, lui dit alors Maia, l'aînée des Woodmore, d'un ton nettement moins avenant. C'est un honneur de vous recevoir parmi nous.

Voss s'inclina légèrement, remarquant que la jeune femme était également très jolie. Il émanait cependant d'elle une forme de retenue, de raideur, qui tenait sans doute moins à son éducation qu'à une inclination naturelle de son caractère.

Voss se demanda si elle possédait également le don de double vue dont Angelica lui avait offert la plus convaincante des démonstrations. D'après les informations dont il disposait, elles avaient une troisième sœur qui se trouvait au couvent. Elle aussi était peut-être dotée de tels pouvoirs.

Une jeune domestique apporta à Voss une tasse de thé fumante. Il la porta à ses lèvres et avala une gorgée. Il s'agissait d'un délicieux Oolong relevé d'une pointe de cardamome.

Voss reposa sa tasse sur une console toute proche et s'approcha d'Angelica.

— Je suis désolé de m'être présenté sans même avoir pris la peine de me faire annoncer, lui dit-il à mi-voix. Mais il fallait impérativement que je vous parle…

— Prenez donc un siège, milord, lança Maia d'un ton légèrement réprobateur. Nous étions en train de discuter de la nouvelle pièce qui se joue actuellement au théâtre de Drury Lane.

— J'ai bien peur de ne pas l'avoir encore vue, répliqua Voss en s'efforçant de gommer l'agacement qui perçait dans sa voix. J'en suis d'ailleurs désolé, miss Woodmore, car il paraît que l'interprète principale est divine… Je n'ai que très peu de temps, malheureusement, ajouta-t-il à l'intention d'Angelica. Serait-il possible de vous dire deux mots en privé ?

— Mais certainement, milord, répondit-elle en se levant.

Son regard trahissait une indicible curiosité, probablement parce qu'elle n'était pas habituée à fréquenter des hommes aussi directs.

Mais Voss savait qu'il n'avait pas de temps à perdre : d'ici peu de temps, les sœurs Woodmore iraient s'installer chez Corvindale et il lui serait dès lors beaucoup plus difficile de les rencontrer.

Angelica s'avança vers lui et il lui offrit son bras. Tous deux traversèrent la pièce sous le regard étonné des invités qui se trouvaient là et se demandaient probablement qui pouvait être Voss et quels étaient ses liens avec les demoiselles Woodmore.

Maia, quant à elle, arborait une expression ouvertement désapprobatrice.

— Si vous voulez bien nous excuser, dit Angelica sans s'adresser à quiconque en particulier.

— Angelica, ce n'est pas convenable, protesta sa sœur.

— Ne vous inquiétez pas, miss Woodmore, rétorqua Voss avec une pointe d'ironie dans la voix. Malgré toutes les remarques peu flatteuses que Corvindale a pu proférer à mon encontre, sachez que mes intentions sont parfaitement honorables. Je ne retiendrai votre sœur que quelques instants dans le hall.

Il s'inclina de nouveau et sortit, entraînant Angelica hors du petit salon.

— Nous serons mieux dans la bibliothèque pour parler, suggéra celle-ci.

Elle le guida jusqu'à une vaste pièce aux murs couverts de rayonnages. Un coup d'œil dans leur direction apprit à Voss que les ouvrages qui se trouvaient là étaient moins destinés à décorer les lieux — usage exclusif de la plupart des bibliothèques londoniennes — qu'à être compulsés.

On trouvait en effet plus d'éditions courantes que de volumes reliés de cuir. Parmi elles, il repéra plusieurs recueils de poésie contemporaine que lui-même avait dévorés avec passion. Il se demanda si Angelica les avait lus.

Se tournant vers elle, il vit qu'elle était allée se poster devant la grande fenêtre qui laissait entrer la lumière du jour. Le soleil avait apparemment trouvé le moyen de transpercer momentanément l'épaisse couche de nuages qui surplombait la ville et Angelica se trouvait nimbée d'une lumière dorée qui soulignait sa beauté.

Voss demeura quelques instants saisi par cette vision. S'il avait été un brin mystique, il aurait pu se croire face à l'un de ces anges auxquels son prénom rendait hommage. Il émanait d'elle une forme de grâce évanescente, une impression de pureté qui lui faisait brusquement prendre conscience de sa propre imperfection.

Le désir qu'elle lui inspirait se doublait d'une forme d'admiration confinant à la vénération. La gorge serrée par cette émotion qui ne lui était guère familière, Voss admira la perfection de ses traits, la douceur satinée de sa peau légèrement hâlée et la profondeur vertigineuse de son regard d'obsidienne.

— Est-ce que vous vous sentez bien, milord ? lui demanda-t-elle, inquiète. Vous êtes tout pâle.

— Ce doit être la fatigue, répondit-il. Je viens de vivre une nuit très éprouvante.

Une soudaine pâleur envahit le visage d'Angelica et ses yeux se teintèrent d'inquiétude.

— C'est votre ami Brickbank, n'est-ce pas ? murmura-t-elle d'une voix tremblante. Il lui est arrivé quelque chose…

— J'en ai bien peur, soupira Voss. C'est d'ailleurs la raison pour laquelle je devais vous parler.

— Mon Dieu, balbutia Angelica d'une voix blanche.

Elle s'appuya sur la table qui se trouvait à côté d'elle, comme si elle craignait que ses jambes ne se dérobent brusquement sous elle.

— Est-ce qu'il est mort ? demanda-t-elle.

— Oui. Il est tombé du haut d'un pont en tentant d'éviter une voiture qui avait débouché à toute allure en face de nous. Il aurait certainement survécu à cette chute s'il n'avait atterri sur un ponton de bois.

Voss s'abstint de préciser qu'il avait été embroché par un poteau. Il ne tenait pas à renforcer encore l'horreur qui se lisait déjà sur le visage d'Angelica.

— Je suis désolée, souffla-t-elle. J'ai essayé de l'avertir… J'aurais dû insister…

— Vous n'êtes aucunement responsable de ce qui s'est passé, lui assura Voss. Je vous assure que rien ni personne n'aurait pu convaincre Brickbank de la véracité de cette vision.

Voss hésita un instant avant de poursuivre.

— Quant à moi, je n'ai pas complètement négligé votre mise en garde, reprit-il. Nous ne sommes pas passés par le pont de Blackfriars dont vous m'aviez parlé, mais par celui de Westminster. Malheureusement, cette précaution n'a pas suffi…

Angelica fronça les sourcils.

— Je suis pourtant sûre que c'est celui de Blackfriars qui m'est apparu en rêve, déclara-t-elle.

— En êtes-vous bien certaine ?

— Oui, répondit-elle. Les deux ouvrages ne sauraient être confondus.

— De fait, concéda Voss. Que pensez-vous de cette divergence ?

— Que la mort de ce malheureux Brickbank était écrite, fit une voix familière derrière eux. Et qu'aucune précaution n'aurait suffi à l'éviter.

Voss se retourna vers Corvindale dont l'imposante

silhouette se découpait dans l'encadrement de la porte. Le majordome qui l'avait accueilli se tenait quelques pas en arrière, le manteau et la canne du comte à la main.

Voss maudit intérieurement ce dernier. Il semblait bien décidé à interrompre chacune de ses conversations avec la délicieuse Angelica.

— Je suis très surpris de vous trouver ici, poursuivit Corvindale sans chercher à cacher sa réprobation. J'imagine que miss Woodmore vous a expliqué que sa sœur et elle comptaient s'installer dès demain dans ma demeure de Blackmont Hall.

— Vraiment ? feignit de s'étonner Voss en faisant de nouveau face à Angelica.

Elle inclina légèrement la tête.

— Monsieur le comte a la bonté de nous donner asile jusqu'au retour de notre frère, expliqua-t-elle.

— Je vous plains, répondit Voss en souriant. Corvindale est réputé pour l'austérité de ses mœurs. Et sa maison est tragiquement dépourvue de toute note féminine.

— C'est précisément ce que je me suis dit, rétorqua Corvindale. C'est d'ailleurs la raison pour laquelle j'ai demandé à ma sœur Mirabella de venir s'installer à Blackmont Hall. Elle est arrivée hier en compagnie de notre tante Iliana et est absolument ravie à l'idée de passer un peu de temps en compagnie de personnes de son âge…

Voss ne put s'empêcher de rire.

— Ainsi donc, ce n'est pas une mais trois jeunes femmes que vous allez lancer dans le monde, cette saison ! s'exclama-t-il malicieusement. Je suis impressionné, Corvindale ! Vous allez devoir supporter les bals, les fêtes champêtres, toutes les pièces de théâtre à la mode, les courses à l'hippodrome et même la présentation à la reine… Ce doit être un choc pour l'ermite que vous êtes. Croyez bien que je ne manquerai cela pour rien au monde.

— J'ai bien peur que vous ne soyez contraint de renoncer

à ce divertissement, hélas, riposta Corvindale. Je reviens tout juste de chez White où vous avez été choisi pour accompagner la dépouille du regretté Brickbank jusqu'à sa dernière demeure, en Transylvanie.

N'obtenant pas de réponse, Maia frappa une seconde fois à la porte du comte et attendit patiemment qu'il daigne lui répondre. Elle avait été très surprise par la rapidité avec laquelle leur hôte les avait fait venir à Blackmont Hall. Corvindale ne leur avait même pas laissé le temps de faire leurs bagages, chargeant leurs domestiques de s'en occuper.

Jusqu'alors, il n'avait pourtant guère paru pressé de les voir s'installer chez lui. Fallait-il voir un lien entre ce brusque revirement et la visite inopinée de Voss Dewhurst? Il était évident que les deux hommes ne s'appréciaient guère. Mais quel rapport cela pouvait-il avoir avec elles?

— Entrez! s'exclama Corvindale, tirant Maia de ses réflexions

Elle prit une profonde inspiration et poussa la porte du bureau. Le comte était assis à sa table de travail et il ne prit pas même la peine de se lever pour l'accueillir. Il était en train d'écrire dans un livre vierge relié de cuir qui paraissait trop grand pour être un journal intime.

De là où elle se trouvait, Maia ne pouvait distinguer les mots qu'il avait tracés d'une écriture petite et précise. Elle aperçut en revanche plusieurs croquis qui dénotaient un incontestable talent de dessinateur. Il y avait là des formes géométriques imbriquées les unes dans les autres et dans lesquelles étaient inscrits des caractères étranges, peut-être de l'hébreu.

Sur la page adjacente, elle avisa plusieurs crayonnés représentant des plantes, principalement des tubercules. Il y avait aussi plusieurs formules mathématiques. Maia se demanda ce qui pouvait motiver une telle cohabitation de textes hébraïques, de botanique et d'algèbre.

Quoi qu'il en soit, elle était très étonnée de découvrir que le comte se passionnait ainsi pour la science. Et, vu l'abondance des livres entassés un peu partout dans la pièce, c'était loin d'être son seul centre d'intérêt.

Il y avait là des ouvrages aussi bien savants que religieux, des monographies traitant des sujets les plus divers, des récits de voyage et même des recueils de contes et légendes. Et, s'il fallait en croire les couvertures, Corvindale comprenait aussi bien l'anglais que le français, l'allemand, le latin et le grec. Malgré elle, Maia se sentit impressionnée.

— Vous n'êtes pas obligé de frapper comme un sourd, bougonna le comte qui n'avait toujours pas levé les yeux de son manuscrit. J'avais entendu la première fois !

Maia s'éclaircit la gorge et Corvindale releva enfin la tête.

— Miss Woodmore ! s'exclama-t-il, embarrassé. Je ne savais pas que c'était vous…

— Je l'espère, répondit-elle un peu sèchement. Je veux croire que vous ne vous permettriez pas de vous adresser de cette façon à ma sœur ou à moi.

Maia jeta un coup d'œil en direction des fenêtres que voilaient de lourds rideaux de velours bleu nuit.

— Vous ne devriez pas travailler dans la pénombre, lança-t-elle. C'est très mauvais pour vos yeux.

Elle se dirigea vers la fenêtre la plus proche avec l'intention d'écarter les tentures.

— Ne touchez pas à ça ! s'ecria vivement Corvindale.

Maia se tourna vers lui, surprise par l'urgence qui perçait dans sa voix.

— J'ai demandé à Mirabella et à Crewston de veiller à ce que tous vos besoins soient satisfaits, reprit-il d'un ton plus apaisé. Si vous avez d'autres requêtes ou le moindre sujet de mécontentement, je vous suggère d'en discuter avec ma sœur…

— Ce n'est pas la raison de ma visite, milord, répondit Maia, vexée de se voir éconduire de la sorte. Je voulais seulement m'entretenir avec vous. Tout s'est passé si vite depuis le bal des Lundhames.

— J'avoue ne pas vous comprendre, miss Woodmore, répliqua Corvindale d'un ton sarcastique. Vous commencez par me reprocher de ne pas réagir assez rapidement à vos missives. Et, lorsque je prends les mesures qui s'imposent, vous me dites que je suis allé trop vite en besogne. Voilà qui n'est guère cohérent !

Maia se raidit et fusilla son hôte du regard. Corvindale avait sans doute l'habitude d'intimider ses interlocuteurs. Elle devait d'ailleurs bien reconnaître que c'était un homme imposant. S'il n'était pas aussi séduisant que lord Dewhurst ou que son fiancé Alexander, il était doté d'une présence impressionnante.

Cependant Maia se targuait de posséder un instinct très sûr. Et elle était convaincue que Corvindale était un homme de valeur qui ne transigeait jamais avec ses propres convictions. Le fait même que Chas lui ait confié ses sœurs prouvait qu'il était digne de confiance.

La brusquerie de ses manières et ses accès d'humeur faisaient donc beaucoup moins peur à Maia que l'amoralité qu'elle pressentait chez quelqu'un comme Dewhurst.

— Ne croyez pas qu'en m'ignorant vous me ferez disparaître, déclara-t-elle en voyant Corvindale reprendre sa plume.

Il releva les yeux vers elle et elle eut l'impression que son regard la transperçait de part en part. Or cette sensation n'était pas à proprement parler désagréable. Malgré elle, Maia ne put s'empêcher de frissonner violemment. Que lui arrivait-il donc ?

— Je ne me faisais aucune illusion à ce sujet, lui dit-il

alors. Je me suis déjà aperçu que vous aviez de la suite dans les idées.

— Tant mieux, répondit-elle.

Une fois de plus, elle se demanda pourquoi Chas avait jugé bon de les confier à la garde de cet homme. Maia avait pourtant l'habitude de veiller sur ses sœurs et sur elle-même lorsque leur frère s'absentait.

— Je vous écoute, miss Woodmore, lui rappela le comte avec une pointe d'agacement.

— Je tenais à vous remercier pour votre accueil, lui dit-elle. Nos chambres sont magnifiques et Mirabella s'est montrée charmante à notre égard. Quant à M. Crewston et Mme Hunburgh, ils nous ont été d'une aide précieuse. Nous n'avons donc nullement à nous plaindre. Mais j'avoue que je ne comprends pas très bien pourquoi mon frère a jugé bon de vous imposer un tel fardeau. Il ne doit pas être facile de se retrouver soudain dans une telle position…

— Je ne puis prétendre le contraire, concéda Corvindale.

Maia se sentit quelque peu vexée qu'il ne prenne pas même la peine de le nier et de prétendre qu'il accédait de bonne grâce à la demande de Chas.

— Je suis heureuse que nous soyons d'accord, déclara-t-elle pour ne pas perdre la face. Et je pense donc que ma sœur et moi ferions mieux de repartir dès que possible pour notre propriété du Shropshire. Je vais demander à ce que l'on ouvre la maison au plus vite. Nous ne tarderons sans doute pas à être rejointes par mon fiancé qui doit revenir du continent sous peu. Il veillera sur nous…

— Pour cela, il faudrait que vous soyez mariés, objecta Corvindale. Et, en l'absence de votre frère, le moment me paraît mal choisi pour organiser une noce. Il serait plus convenable d'attendre son retour. Vous ne croyez pas ?

Maia ne pouvait le nier. Mais le comte l'avait trop agacée pour qu'elle se résigne à admettre la justesse de cette analyse.

— Mon fiancé se nomme Alexander Bradington…, indiqua-t-elle.

— Je sais qui est votre fiancé, miss Woodmore, l'interrompit froidement Corvindale. Votre frère m'a tenu informé des principaux événements de votre existence et de celle de votre sœur, précisément pour que je puisse assumer mes responsabilités de tuteur, le cas échéant. Croyez-moi, je suis désolé que cette précaution se soit révélée judicieuse.

Pour la première fois depuis qu'elle l'avait rencontré, la voix du comte trahissait de la sympathie. Peut-être n'était-il pas aussi insensible qu'elle l'avait pensé initialement.

Mais il se replongea presque aussitôt dans l'étude de son propre manuscrit et elle se demanda si elle n'avait pas imaginé ce moment de complicité.

Elle réfléchit quelques instants à ce qu'il venait de lui dire. De toute évidence, Chas avait anticipé depuis fort longtemps l'éventualité d'une telle disparition. Ce qu'elle avait pris pour un arrangement de dernière minute était en réalité un accord de longue date entre Corvindale et lui.

Pourquoi Chas avait-il envisagé une telle situation ? Qu'ignorait-elle à son sujet qui puisse justifier de telles précautions ? A la vérité, elle ne savait pas grand-chose des affaires de son frère.

Elle l'avait souvent entendu mentionner le fait que leur famille possédait des intérêts financiers un peu partout en Europe. Mais ce n'était pas le genre de sujet dont les femmes étaient censées se soucier et Chas n'était jamais entré dans les détails.

Se pouvait-il que certaines de ces affaires soient plus dangereuses qu'elle ne l'avait cru ? Maia n'imaginait pas que Chas puisse s'adonner à des tractations illégales. Mais la situation politique et diplomatique en Europe était très tendue et les Anglais n'étaient pas les bienvenus partout, loin de là.

Qui sait ? Chas avait peut-être accepté de jouer les espions pour le compte de la Couronne.

— Lorsque Chas est parti pour Paris, cette fois-ci, il a laissé une lettre avec des instructions à suivre au cas où il serait retenu à l'étranger plus longtemps que prévu, reprit-elle enfin. Il ne l'avait jamais fait auparavant. Croyez-vous qu'il puisse s'être mis sciemment en danger ?

Corvindale releva de nouveau les yeux vers elle et la contempla longuement.

— Je le crois, en effet, répondit-il enfin.

— Mon Dieu, murmura Maia. Savez-vous ce qui a pu lui arriver ? Vous a-t-il donné des nouvelles depuis qu'il a disparu ? Je sais que vous êtes associés, même si j'ignore la nature exacte de vos intérêts communs. Je me disais que peut-être…

Corvindale secoua tristement la tête.

— Chas n'a pas pris contact avec moi, répondit-il. Je ne sais pas où il se trouve ni quels dangers il court précisément. Mais j'ai commencé à enquêter sur le sujet.

— Vraiment ? s'exclama Maia d'une voix pleine d'espoir.

— Malheureusement, je ne dispose à ce jour d'aucun élément nouveau. Je vous promets cependant que je découvrirai ce qui est arrivé à votre frère. Chas est un allié précieux et je ne tiens pas à ce qu'il lui arrive quoi que ce soit.

Le choix du mot « allié » n'avait pas échappé à Maia. C'était un terme bien étrange pour un associé ou un partenaire commercial. Elle était de plus en plus convaincue que Corvindale ne lui disait pas tout ce qu'il savait. Mais elle ne pouvait lui arracher la vérité contre sa volonté. Si elle voulait découvrir le fin mot de cette histoire, elle allait devoir faire preuve de patience et de ruse.

— Je vous assure que je ferai tout ce qui est en mon pouvoir pour secourir votre frère, reprit Corvindale.

— Je vous remercie, milord. Soyez assuré que, de

notre côté, nous ne vous importunerons pas plus que nécessaire. Je vais prendre les dispositions nécessaires pour que nous puissions retourner dans le Shropshire…

— Ne soyez pas si pressée de nous quitter, protesta le comte. Ma sœur Mirabella serait vraiment très déçue de vous voir disparaître alors que vous venez tout juste d'arriver.

Maia hocha la tête. Mirabella n'avait effectivement pas caché le plaisir que lui inspirait la compagnie des sœurs Woodmore. Elle s'était rapidement révélée être une compagne pleine d'entrain et de bonne humeur, très différente de son frère.

Contrairement à lui, elle avait toujours le sourire et faisait preuve d'une inépuisable gentillesse. Il était parfois difficile de croire que tous deux appartenaient réellement à la même famille.

— Elle m'a dit effectivement qu'elle n'était pas revenue à Londres depuis près de sept ans et qu'elle n'avait pas fait ses débuts dans le monde, admit Maia. Il semble que vous ne l'ayez pas encore présentée à la reine.

— C'est exact. Mirabella a passé la majeure partie de son existence dans notre demeure familiale. Mais je compte bien profiter de votre présence ici pour rattraper le temps perdu et lui permettre de découvrir la vie londonienne. Il semble d'ailleurs que vous ayez déjà prévu une sortie, demain soir.

— Nous comptons nous rendre au bal du solstice d'été chez les Sterlinghouse, indiqua Maia. Bien que votre sœur n'ait pas officiellement fait ses débuts, elle pourra y assister anonymement.

— Fort bien, approuva Corvindale d'un ton distrait en jetant un nouveau coup d'œil en direction de son journal.

Le sujet paraissait l'ennuyer et Maia comprit qu'en s'attardant plus longtemps elle écornerait encore un peu plus la patience du comte.

— Merci de m'avoir accordé quelques minutes de votre temps, lui dit-elle. J'espère que vous aurez bientôt des nouvelles de notre frère.

— J'en suis certain, répondit Corvindale.

Maia esquissa une petite révérence et se dirigea vers la porte tandis que le comte se remettait à écrire. Le crissement de sa plume sur le papier l'accompagna jusqu'à la porte qu'elle referma doucement derrière elle.

Cet entretien ne s'était pas déroulé aussi mal qu'elle ne le craignait initialement. Mais il avait laissé apparaître certaines zones d'ombre concernant son frère et Corvindale qu'elle était bien décidée à élucider au plus vite.

Elle commencerait par découvrir ce que Chas faisait exactement en Europe et quelle était la nature de sa collaboration avec Corvindale. Forte de ces informations, elle comprendrait peut-être enfin pourquoi son frère avait disparu de cette façon.

4

Où miss Woodmore valse enfin.

— Tâche de te comporter de façon digne, ce soir, intima Maia à sa sœur alors que leur voiture remontait la majestueuse allée menant à la demeure des Sterlinghouse. Tu dois donner le bon exemple à Mirabella.

Angelica retint le soupir d'agacement qui lui montait aux lèvres. Elle savait qu'une telle réaction ne ferait qu'aviver les remontrances de Maia.

— Je suis certaine que l'attitude d'Angelica ne vous donnera pas matière à reproches, déclara Iliana, la tante de Mirabella, qui leur servait de chaperon ce soir-là.

Angelica lui adressa un sourire empli de reconnaissance. Elle avait été quelque peu inquiète de découvrir que la femme chargée de veiller sur elles n'était pas l'une de ces vieilles rombières à demi séniles qui étaient généralement chargées de cet office.

Iliana, au contraire, avait le regard vif et pétillant. Elle ne manquait pas d'esprit et ne se laisserait sans doute pas aisément berner. Mais elle s'était révélée d'agréable compagnie et paraissait comprendre et respecter le besoin de liberté qui animait ses protégées.

— Dois-je te rappeler qu'il s'agit d'un bal masqué ? riposta Angelica. Même si je commettais quelque impair, mon loup devrait suffire à préserver ma réputation — et la tienne, si c'est ce qui t'inquiète. Qui sait ? Tu pourrais même profiter de cette soirée pour commettre toi-même quelque folie, Cléopâtre…

— Il ne saurait en être question ! s'exclama Maia, scandalisée par cette seule suggestion. Et je te rappelle que je ne suis pas déguisée en Cléopâtre mais en Hatshepsout !

— Tu es la seule à savoir de qui il peut bien s'agir, répliqua Angelica, moqueuse.

— Hatshepsout était une reine de la XVIIIe dynastie, répondit Mirabella.

Angelica lui jeta un regard étonné. Ce n'était pas la première fois que la jeune fille faisait preuve de l'étendue impressionnante de sa culture générale. Mais sans doute n'avait-elle pas eu grand-chose d'autre à faire que de lire, dans cette propriété familiale où elle vivait en recluse depuis des années.

— Est-ce que nous ne devrions pas enfiler nos masques avant de descendre de voiture ? s'enquit Mirabella.

— Si, bien sûr, répondit Maia. Et, lorsque nous entrerons dans la salle de bal, nous serons annoncées par le nom de nos personnages. Mais je vous rappelle que cela ne garantit pas complètement notre anonymat. Vos interlocuteurs les plus observateurs ne manqueront pas de reconnaître le timbre de votre voix, votre silhouette ou les gestes qui vous caractérisent.

— Rabat-joie, murmura Angelica.

Mirabella ne put s'empêcher de rire et même Iliana esquissa un sourire tandis que Maia décochait à sa sœur un regard noir.

— Et même si vous parveniez à demeurer incognito, reprit-elle, la tradition veut que tout le monde ôte son masque au douzième coup de minuit.

La voiture dans laquelle elles se trouvaient ralentit et finit par s'immobiliser. Les quatre femmes enfilèrent leurs masques avant que les portes ne s'ouvrent, révélant des valets de pied qui les aidèrent à descendre.

Elles s'avancèrent en direction de la maison, formant le plus étrange des cortèges. Mirabella était entièrement vêtue de blanc. Sa tête était surmontée d'une auréole et elle portait une paire de magnifiques ailes recouvertes de plumes d'oie.

Cet ange charmant était suivi par une reine égyptienne portant la jupe droite traditionnelle. Lorsque Maia lui avait parlé de son costume, Angelica lui avait demandé d'un ton faussement innocent si, au nom du réalisme historique, elle comptait se rendre au bal seins nus.

Cela n'avait pas manqué d'agacer Maia qui avait chargé leur lingère de coudre sur son haut des dizaines de petits sequins de bronze qui cliquetaient doucement à chacun de ses mouvements.

Iliana avait choisi une tenue élisabéthaine aussi élégante qu'imposante, leur expliquant que, de cette façon, elle ne se sentirait pas obligée de danser.

Angelica, quant à elle, avait décidé de revêtir la tenue de l'une des Parques, ces divinités qui filaient la vie des hommes. Elle avait plus précisément opté pour Atropos, celle qui était chargée de couper le fil de l'existence. Elle portait donc une toge de couleur noire ainsi que la bobine de fil et les ciseaux dorés qui symbolisaient ses attributions.

Maia ne lui avait pas caché le fait qu'elle trouvait l'idée particulièrement macabre, ce qui n'avait fait que renforcer la décision d'Angelica.

Bien décidée à jouir de la soirée sans essuyer les réprimandes continuelles de sa sœur, elle profita du fait que Maia aidait Iliana à ajuster les ailes de Mirabella pour s'éloigner en direction de la salle de bal.

Comme chaque année, lady Sterlinghouse s'était surpassée. Le thème qu'elle avait choisi pour sa soirée était Babylone. La décoration était à couper le souffle :

chacun des murs de l'immense pièce était intégralement recouvert de briques colorées formant des motifs évocateurs de l'Antiquité moyen-orientale. Au fond trônait même une statue qui figurait une sorte d'hippogriffe.

Plusieurs fontaines étaient disposées de façon à ne pas gêner l'évolution des danseurs sur la piste. Il y avait aussi de nombreuses plantes vertes qui évoquaient les célèbres jardins suspendus de Babylone.

Tous les domestiques de la maison portaient des toges et des robes blanches, accentuant l'illusion que l'on venait de pénétrer dans un tout autre monde.

Ce soir-là, d'ailleurs, aucune des règles en vigueur dans la bonne société ne s'appliquait plus. Il n'y avait plus de carnets de bal, plus de titres de noblesse, plus aucune hiérarchie. Les invités se mêlaient librement, devisant sans savoir avec qui, ce qui leur permettait de s'exprimer sans fard et sans faux-semblants.

Il régnait une atmosphère d'allégresse contagieuse. Angelica prit le temps d'admirer les costumes magnifiques des invités qui avaient rivalisé d'imagination. Ce défilé incessant de personnages historiques et de héros de fiction ajoutait encore à l'onirisme des lieux.

— J'espère que vous ne comptez pas vous servir de ceci pour mettre fin à mes jours, fit une voix sur sa droite.

Elle se retourna pour faire face au chevalier qui venait de lui adresser la parole. Il désigna les ciseaux qu'elle tenait à la main et elle lui sourit.

— Rassurez-vous, galant chevalier, votre heure n'est pas encore venue.

L'homme éclata d'un rire qui parut vaguement familier à Angelica.

— Dieu merci ! s'exclama-t-il. Il me reste encore bien des combats à livrer… et des femmes à conquérir.

Angelica sourit, reconnaissant enfin la voix du vicomte Harrington. C'était l'un des jeunes célibataires les plus convoités de Londres, mais il ne paraissait guère pressé de se laisser passer la bague au doigt. Elle l'avait déjà croisé au cours de nombreuses soirées et avait même dansé avec lui à plusieurs reprises.

L'avait-il reconnue, lui aussi ? L'avait-il sciemment abordée ?

— Peut-être pourriez-vous me donner un gage, suggéra-t-il. De cette façon, je deviendrai votre chevalier servant. Je serais honoré de porter vos couleurs lors de ma prochaine joute.

— Certainement, répondit Angelica en déroulant quelques longueurs de son fil doré.

Elle le découpa et le noua autour de l'avant-bras de Harringon.

— Puisse ce gage vous porter chance, lui dit-elle.

— Je la savais ! s'exclama joyeusement le vicomte. Vous êtes bien la délicieuse miss Woodmore !

— Qu'est-ce qui m'a trahi ? s'enquit-elle en riant.

— Vos longs cheveux de jais, tout d'abord, répondit-il. Mais je crois que c'est surtout votre façon de vous mouvoir. A ce propos, puis-je m'enhardir à vous demander la prochaine danse ?

— Avec plaisir.

Angelica ouvrit la petite bourse qui était accrochée à sa ceinture et y glissa ses ciseaux et sa bobine de fil. Elle prit alors le bras de Harrington qui la guida vers la piste alors que l'orchestre attaquait un nouveau morceau.

— C'est une valse, indiqua Harrington. Puis-je ?

— Vous pouvez, approuva-t-elle, incapable de réprimer un petit frisson d'excitation.

Cette fois, elle était bel et bien sur le point de danser sa première valse. Les paroles du vicomte Dewhurst lui revinrent à la mémoire et elle se demanda si l'expérience serait réellement aussi troublante qu'il l'avait laissé entendre.

Le cœur battant la chamade, elle posa l'une de ses mains

sur l'épaule de son cavalier. Ce dernier la prit alors par la taille et par la main et, avant même qu'elle ait compris ce qui lui arrivait, elle se mit à virevolter vers le centre de la piste, guidée par Harrington.

Dewhurst ne lui avait pas menti : la valse ne ressemblait en rien aux danses de salon qu'elle pratiquait d'ordinaire. Elle était plus légère, plus aérienne, plus sensuelle aussi.

Elle offrait également nettement plus de liberté, non seulement parce que les partenaires pouvaient improviser leurs déplacements au lieu de suivre une forme prédéfinie, mais aussi parce qu'ils pouvaient discuter tout en évoluant sur la piste.

Harrington put ainsi lui proposer de l'emmener se promener au parc, un jour prochain, ce qu'elle accepta avec plaisir. Il prit également des nouvelles de ses sœurs et lui demanda si le bruit qui courait à leur sujet était fondé.

— Quel bruit ? lui demanda Angelica.

— Il paraît que vous séjournez chez le comte de Corvindale.

— Les nouvelles se propagent vite, répondit-elle, surprise. Nous n'avons emménagé chez lui qu'hier. Et je ne sais pas combien de temps nous y resterons.

— Vraiment ? s'étonna Harrington. Est-ce à dire que votre frère doit rentrer bientôt ?

Angelica se rembrunit. Si elle ne craignait pas pour la vie de son frère, elle commençait réellement à se demander s'il n'était pas retenu prisonnier quelque part. Cela faisait trop longtemps qu'il n'avait pas donné de ses nouvelles et, s'il fallait en croire Maia, même Corvindale ignorait où il pouvait bien se trouver.

Sa sœur lui avait fait part des questions qu'elle se posait au sujet des activités de Chas. Et, si Angelica avait essayé de la rassurer, elle n'y était pas parvenue, peut-être parce qu'elle-même avait de plus en plus de doutes à ce sujet.

Quel genre de transactions pouvait bien empêcher leur

frère de leur écrire ? Pourquoi ne donnait-il pas signe de vie ? Il devait pourtant bien savoir que son silence les inquiéterait…

Incapable de répondre à ces interrogations, Angelica avait tenté de susciter une vision qui l'aiderait à comprendre ce qui se passait. Mais en dépit de tous ses efforts elle n'y était pas parvenue.

Cet échec avait fait naître en elle une certaine amertume. Pourquoi était-elle incapable de prédire ce qui arrivait à son propre frère alors qu'elle pouvait discerner le funeste destin d'un inconnu comme lord Brickbank ?

Le souvenir de ce dernier lui rappela son dernier entretien avec Dewhurst. Lorsqu'il était venu la trouver à leur domicile londonien, elle avait eu l'impression qu'il avait une question à lui poser. Mais l'intervention de lord Corvindale l'avait empêché de le faire.

Puis, s'il fallait en croire le bref échange qui avait eu lieu entre les deux hommes, Dewhurst avait dû quitter l'Angleterre pour accompagner la dépouille de son ami jusqu'en Transylvanie.

Elle se demanda s'il comptait ensuite revenir en Angleterre et combien de temps un tel voyage lui prendrait. Alors qu'elle s'interrogeait à ce sujet, elle sentit distinctement un regard peser sur elle.

Cherchant des yeux la cause de cette impression, elle repéra rapidement un homme qui se tenait auprès de l'une des fontaines et paraissait en effet ne pas la quitter des yeux. Il portait un loup, un tricorne et un long manteau noir qui prévenaient toute tentative d'identification.

S'apercevant qu'elle l'avait remarqué, l'inconnu porta la main à son chapeau pour la saluer, ce qui semblait indiquer qu'il pensait la connaître. La prenait-il pour une autre ? Et, sinon, de qui pouvait-il bien s'agir ?

Un frisson courut entre ses omoplates tandis qu'elle sentait monter en elle un mélange d'excitation et de crainte. Sans savoir pourquoi, elle était convaincue que l'inconnu n'était autre que lord Dewhurst.

— Miss Woodmore ?

Arrachée à ses réflexions, Angelica se tourna vers son cavalier qui la considérait avec une pointe d'inquiétude.

— Quelque chose ne va pas ? lui demanda-t-il.

— Non… J'ai juste un peu soif, répondit-elle.

— Voulez-vous que j'aille vous chercher quelque chose à boire ?

— Volontiers, répondit-elle.

Il la raccompagna jusqu'au bord de la piste. Tandis qu'il s'éloignait en direction du buffet le plus proche, Angelica chercha des yeux l'homme au manteau noir. Mais il avait apparemment quitté son poste d'observation auprès de la fontaine.

— Puis-je vous inviter à danser ?

Elle sursauta et se tourna pour découvrir à ses côtés l'homme qu'elle était en train de chercher des yeux.

— Certainement, répondit-elle, le cœur battant à tout rompre.

Ses deux entrevues avec lord Dewhurst avaient été brèves, interrompues chaque fois par l'arrivée inopportune de lord Corvindale. Mais, sans qu'elle puisse expliquer pourquoi, elles lui avaient fait forte impression.

Il y avait chez cet homme une part d'ombre, quelque chose d'indiscipliné et de sauvage qu'elle n'avait encore jamais rencontré chez quiconque. Seul Corvindale possédait un charisme comparable, mais il était doté d'un tempérament bien trop sérieux, trop rigide à son goût.

Dewhurst, au contraire, possédait une forme de décontraction naturelle, une désinvolture qui dissimulait une force de caractère étonnante.

— A moins que vous ne préfériez une petite promenade à la clarté des étoiles, bien sûr…, suggéra son nouveau cavalier.

Angelica hésita. Si elle avait été sûre qu'il s'agissait bien de Dewhurst, elle aurait probablement accepté. Mais le masque qu'il portait ne lui permettait pas d'en être tout à fait certaine. Elle ne pouvait se permettre de risquer un scandale.

— Peut-être après cette danse…, fit-elle donc prudemment.

— Fort bien, répondit-il en lui prenant la main.

L'orchestre venait d'attaquer une autre valse. En temps normal, le caractère sulfureux de cette danse aurait rendu un tel enchaînement inconcevable. Mais il s'agissait d'un bal masqué et les règles habituelles ne s'appliquaient pas vraiment.

Enivrée par cette liberté, Angelica se laissa guider par son partenaire. Il était bien plus habile que Harrington, plus audacieux aussi. Leurs corps se frôlaient à chacun de leurs mouvements, éveillant en elle un trouble toujours croissant.

— Avez-vous reçu des nouvelles de votre frère ? lui demanda-t-il.

— Malheureusement, non, répondit-elle.

Elle marqua une pause.

— Je ne pensais pas vous voir ce soir, reprit-elle, incapable de retenir la question qui lui brûlait les lèvres. En fait, j'étais convaincue que vous étiez déjà en route pour la Transylvanie.

— J'ai dû retarder mon départ.

Angelica ne put réprimer un sourire réjoui : ainsi, elle ne s'était pas trompée. Il s'agissait bien de Voss. S'apercevant qu'elle l'appelait mentalement par son prénom, elle ne put s'empêcher de rougir.

— Cela ne réjouira pas Corvindale, répliqua-t-elle.

— Vous lui avez parlé ?

— Un peu, répondit-elle. Il fait son possible pour nous

éviter, bien sûr. Mais ce n'est pas facile tant que nous vivons sous son toit…

Voss la considéra attentivement et elle fut frappée par l'éclat de son regard.

— Il ne doit pas être très agréable de cohabiter avec lui, suggéra-t-il.

Angelica hésita un instant avant de lui répondre.

— Je sais que vous ne vous aimez pas beaucoup. Mais en toute franchise je n'ai pas grand-chose à lui reprocher, en dehors de son tempérament taciturne. Il s'est toujours montré plein de prévenance à notre égard…

Voss laissa échapper un son qui indiquait clairement les doutes que cela lui inspirait. Il se garda pourtant de tout commentaire, préférant apparemment se concentrer sur leurs pas de danse.

Il manœuvra de façon à se rapprocher du bord de la piste, et plus précisément de l'extrémité la plus proche des grandes portes-fenêtres qui donnaient sur la terrasse. L'une d'elles était ouverte, laissant passer un courant d'air frais fort bienvenu.

La valse de l'orchestre prit alors fin et Voss, qui tenait toujours Angelica par la main, l'entraîna dans cette direction. Elle se laissa faire avec un peu d'appréhension mêlée d'exaltation. Ce n'était pas la première fois qu'elle acceptait une promenade en tête à tête, mais aucun des hommes avec qui elle les avait faites n'avait éveillé en elle un tel trouble.

Elle se demanda s'il chercherait à l'embrasser et, à cette seule idée, les battements de son cœur s'emballèrent de nouveau. Quelque chose lui disait que les baisers de Voss seraient très différents de celui dont Harrington avait effleuré ses lèvres à la soirée des Farber.

La façon dont il la tenait serrée contre lui avait quelque chose de presque possessif. Elle pouvait sentir la chaleur qui se dégageait de lui et se communiquait à elle, éveillant au creux de son ventre un irrépressible tremblement qui menaçait de se propager à l'ensemble de son être.

Elle jeta un coup d'œil en direction de la salle de bal qu'ils étaient sur le point de quitter pour s'assurer que sa sœur n'était pas en train de la regarder. Mais elle ne vit pas Maia.

Au-dehors, la température de cette soirée d'été était très agréable. Plusieurs personnes se trouvaient déjà sur la terrasse. Quelques groupes d'invités devisaient gaiement çà et là tandis que des couples se tenaient un peu à l'écart et échangeaient des confidences à mi-voix.

— Par ici, lui dit Voss en l'entraînant vers l'escalier qui permettait d'accéder au jardin en contrebas.

— Il fait sombre, murmura-t-elle, sentant monter en elle une pointe de nervosité.

— Tant que je vous servirai de garde du corps, vous n'avez rien à craindre, répondit son compagnon avec une assurance contagieuse. Quant à moi, j'avoue qu'un peu de calme et de tranquillité me fera du bien.

Angelica hésita un instant, songeant qu'elle ferait peut-être mieux de se dégager. Mais, ce faisant, elle risquait de créer un esclandre, ce qui ne manquerait pas de provoquer la colère de Maia.

De plus, elle pouvait entendre des voix en contrebas, ce qui signifiait que d'autres personnes s'étaient aventurées dans le jardin. Ils ne seraient donc pas complètement seuls…

Lorsque Voss commença à descendre les marches, elle le suivit. A mesure qu'ils s'éloignaient de la terrasse, la lumière se faisait plus rare et ils ne tardèrent pas à se retrouver dans une épaisse pénombre qui ne fit qu'ajouter à l'inquiétude d'Angelica.

Se tournant vers son compagnon pour lui demander de la ramener dans la salle de bal, elle s'aperçut qu'il la regardait. Elle ne put réprimer un cri d'angoisse en découvrant que ses yeux brillaient à présent d'une inexplicable lueur rougeâtre.

Comprenant qu'elle s'était trompée et n'avait pas affaire à Voss, elle fit mine de s'enfuir. Mais l'homme la retint par le bras, la serrant si fort qu'elle émit un nouveau cri, de souffrance cette fois. Une autre main se plaqua sur sa bouche pour la faire taire et la tête d'Angelica heurta violemment le mur de pierre qui se trouvait juste derrière elle.

Comme elle se débattait, son masque glissa sur ses yeux, l'aveuglant totalement. L'homme la saisit alors par la taille et la souleva de terre. Il dévala rapidement les marches restantes, l'entraînant de force en direction du jardin.

Paniquée, elle tenta vainement de se libérer. Mais son agresseur paraissait être doté d'une force surnaturelle et ni ses morsures ni les coups de talon qu'elle lui décochait ne semblaient le gêner.

Elle se souvint brusquement des ciseaux qui se trouvaient dans la bourse accrochée à sa ceinture et parvint à s'en saisir. Sans hésiter, elle s'en servit pour frapper son adversaire à la cuisse. Surpris, il émit un grognement de douleur et de rage, mais relâcha légèrement son étreinte. Comprenant qu'elle était peut-être en train de défendre sa vie, Angelica frappa de nouveau, au ventre cette fois.

Elle ne put retenir un haut-le-cœur en sentant les ciseaux s'enfoncer dans la chair de son adversaire. Il gronda de nouveau tandis qu'elle-même appelait à l'aide. L'homme parut hésiter un instant puis, brusquement, il tourna les talons et se mit à courir.

Eperdue de soulagement, Angelica eut tout juste le temps de rajuster son masque et sa toge avant d'être rejointe par plusieurs invités qui avaient été attirés par son cri d'alarme. Ils formaient autour d'elle un tableau saisissant :

une libellule, un sultan, un bouffon et un gladiateur paraissant tout droit sortis d'un livre d'histoire illustré.

Angelica tremblait de la tête aux pieds et s'étonnait même que ses jambes ne se soient pas dérobées sous elle. Elle eut cependant la présence d'esprit de comprendre que, si elle racontait ce qui venait de se produire, sa réputation risquait fort de se trouver compromise.

Or elle ne tenait pas à devenir l'un de ces parias qui s'étaient éloignés du droit chemin et devenaient un objet de mépris ou de pitié pour ceux-là mêmes qui s'étaient dits leurs amis.

— Que s'est-il passé ? lui demanda le sultan, qui paraissait le plus âgé des quatre personnes qui s'étaient portées à son secours.

— Rien de grave, répondit-elle en s'efforçant d'adopter un ton embarrassé. Je voulais aller prendre l'air au jardin, mais je ne m'imaginais pas qu'il y ferait si sombre. J'ai trébuché et j'ai bien failli me retrouver étendue de tout mon long…

Ce n'est qu'en prononçant ces mots qu'Angelica s'aperçut que le bas de sa toge était humide. Elle mit quelques instants à comprendre que le liquide chaud et légèrement visqueux qui recouvrait le vêtement n'était autre que le sang de son adversaire.

Un nouveau haut-le-cœur la saisit. Fort heureusement, il faisait trop sombre pour que les autres invités avisent la pâleur qui avait dû se peindre sur son visage. Elle bénit le choix du tissu noir que sa sœur avait tant critiqué. Il dissimulerait cette tache macabre.

— Voulez-vous que je vous raccompagne jusqu'à la terrasse ? suggéra la libellule.

— Volontiers, répondit Angelica. Je suis désolée de vous avoir alarmés, ajouta-t-elle à l'intention des trois autres convives.

— L'essentiel, c'est que vous vous portiez bien, lui assura galamment le sultan.

Elle prit congé et suivit la libellule jusqu'aux escaliers que son agresseur et elle avaient empruntés, quelques instants auparavant. Elle remercia alors sa guide et demeura sur la terrasse, le temps que sa tunique sèche.

Comment avait-elle pu se montrer aussi stupide ? Ne savait-elle pas que la réputation d'une jeune femme était chose fragile et qu'un rien suffisait à la faire voler en éclats ?

Mais elle s'était laissé aveugler par l'attirance qu'elle éprouvait envers Voss Dewhurst.

Que lui voulait son agresseur ? Avait-il l'intention de profiter d'elle à la faveur de l'obscurité ? Ou bien comptait-il la placer dans une situation compromettante de façon à lui arracher une promesse de mariage ?

Il était évident qu'il ne l'avait pas abordée par hasard : le fait qu'il ait pris des nouvelles de son frère indiquait qu'il savait à qui il avait affaire…

A cette pensée, un frisson glacé la parcourut. Se pouvait-il que cette agression ait un rapport avec la disparition de Chas ?

Angelica se mordilla pensivement la lèvre. Rien ne lui permettait de supposer une chose pareille. Pourtant, cette accumulation d'événements étranges commençait à la mettre mal à l'aise. Elle aurait aimé en discuter avec Maia, mais il aurait fallu pour cela lui faire part de ce qui venait de se produire et c'était hors de question.

Le mieux, pour le moment, était d'oublier cet épisode regrettable en espérant qu'une telle chose ne se reproduirait plus jamais.

— Miss Woodmore ! Je vous ai cherchée partout.

Surprise, Angelica se tourna vers lord Harrington qui s'avançait sur la terrasse, deux verres de punch à la main. Il lui en tendit un qu'elle accepta avec reconnaissance.

— Merci beaucoup, lui dit-elle. Je suis juste venue prendre un peu l'air sur la terrasse.

— C'est une excellente idée, approuva Harrington. Il y a beaucoup trop de monde à l'intérieur.

Ils burent en silence et la douce chaleur de l'alcool que contenait le punch acheva de dissiper les derniers relents de terreur qui s'accrochaient encore à son esprit.

— J'ai un peu froid, déclara-t-elle enfin.

Harrington lui offrit son bras et tous deux regagnèrent la grande salle de réception. De nombreux invités étaient arrivés depuis qu'elle était sortie et le bal battait désormais son plein.

Tandis qu'elle parcourait cette foule bariolée des yeux, Angelica tomba en arrêt devant un homme qui paraissait l'observer. Cette fois, elle reconnut sans l'ombre d'un doute Voss Dewhurst. Il était déguisé en Aladin, portant un pantalon et une chemise bouffants ainsi qu'un gilet.

A sa ceinture était accrochées une dague à la lame recourbée ainsi que sa traditionnelle lampe à huile. Un chèche masquait la majeure partie de son visage, ne laissant apparaître que ses yeux.

C'était eux qu'Angelica avait reconnus et elle se demandait rétrospectivement comment elle avait pu les confondre avec ceux de l'inconnu qui l'avait agressée.

— Que diriez-vous d'une autre danse ? lui demanda alors Harrington.

Angelica se tourna de nouveau vers lui et avisa l'expression qui se lisait dans son regard. Jusque très récemment, elle se serait certainement réjouie de l'intérêt qu'elle y voyait briller. De tous les jeunes gens qu'elle connaissait, il était indéniablement l'un des plus charmants et c'était aussi un excellent parti.

Mais sa rencontre avec Voss Dewhurst semblait avoir remis en question toutes ses certitudes. Quelques minutes plus tôt, elle n'avait pas hésité à suivre dans le jardin quelqu'un qu'elle avait pris pour lui. A présent, le simple fait de sentir peser sur elle son regard suffisait à éveiller sur sa peau de délicieux frémissements d'impatience.

Etait-ce ce que l'on appelait un coup de foudre ? Jusqu'à présent, ce genre d'emportement des sens et de la raison lui paraissait être l'apanage des romans, des opéras et des pièces de théâtre. Mais elle commençait à se demander s'il n'y avait pas derrière toutes ces histoires un fond de vérité.

— Miss Woodmore ? reprit Harrington. Voulez-vous que j'aille poser votre verre ?

Angelica hocha la tête et le lui tendit d'un air absent, avant de jeter un rapide coup d'œil en direction de Voss. Mais il ne se trouvait plus près du buffet. Réprimant la pointe de déception qu'elle sentait monter en elle, elle se dit que cela valait peut-être mieux. Dieu sait après tout quelle nouvelle folie elle aurait été capable de commettre pour les beaux yeux du vicomte Dewhurst…

Mais, comme Harrington s'éloignait en direction du buffet, une main se posa doucement sur son bras. Le cœur battant, elle se retourna et découvrit Voss qui se tenait juste derrière elle.

5

OÙ IL EST QUESTION D'UNE CHAISE QUI GRINCE.

Angelica sentit son visage s'empourprer tandis qu'elle s'efforçait vainement de trouver quelque chose à dire. Fort heureusement, Voss prit l'initiative de la conversation, lui donnant ainsi le temps de se reprendre.

— Je crois vous avoir promis une valse, miss Woodmore, déclara-t-il.

— Vous m'avez reconnue, murmura-t-elle.

— Vous aussi, ce me semble, répliqua-t-il d'une voix amusée. Il faut croire que ces masques ne sont pas d'une grande utilité… En revanche, j'aime beaucoup votre costume.

— Vous ne trouvez pas cela trop lugubre ?

— Ne dit-on pas que la mort est ce qui donne tout son sel à l'existence ? répondit-il. Si elle vous ressemble, c'est probablement vrai.

Angelica rougit de plus belle tandis que Voss lui prenait la main pour l'entraîner en direction de la piste. Du coin de l'œil, elle vit Harrington qui revenait du buffet et lui jetait un regard déçu.

Elle se sentit un peu désolée pour lui, mais pour rien au monde elle n'aurait renoncé à cette valse en compagnie de Voss.

Ce dernier l'enlaça avec autant de naturel que s'ils

avaient l'habitude de danser ensemble depuis toujours. Son étreinte était intime sans être oppressante.

La distance qu'il maintenait entre eux était juste assez grande pour sacrifier au sens des convenances, mais suffisamment réduite pour que le frôlement de leurs corps donne à leur danse une dimension terriblement érotique.

Angelica avait déjà valsé à deux reprises, ce soir-là, mais cette expérience était totalement différente. Son corps tout entier paraissait en alerte, comme si chacune de ses sensations se trouvait brusquement décuplée.

Elle percevait avec une incroyable acuité la douceur de la paume de Voss contre sa taille, la force de ses doigts qui enlaçaient les siens, l'effleurement de leurs vêtements chaque fois qu'ils tournaient sur eux-mêmes…

Mais ce qui la troublait plus encore, c'était l'odeur de Voss, qui paraissait l'envelopper complètement. Cette fragrance délicieusement masculine était moins celle de son parfum rehaussé de notes orientales que celle de sa peau, plus intime et plus entêtante encore.

Jamais Angelica n'avait réagi de façon aussi intense à la présence d'un homme. Elle avait pu être charmée par certains, impressionnée par d'autres, mais aucun n'avait exercé sur elle une telle fascination.

Dans l'espoir de dominer cette réaction incontrôlable, elle décida de meubler le silence électrique qui s'était installé entre eux depuis qu'ils avaient commencé à danser.

— Ne me dites pas que vous avez réussi à faire l'aller-retour en Transylvanie en si peu de temps, dit-elle.

— J'ai convaincu mon ami Eddersley de partir à ma place, répondit Voss d'une voix étrangement sèche.

Angelica leva les yeux et avisa la suspicion qui se lisait dans le regard de Voss. Avant même qu'elle ait pu lui poser la moindre question, il s'écarta d'elle et, la prenant par la main, il l'entraîna hors de la piste de danse.

— Mais qu'est-ce que vous faites ? s'exclama-t-elle, sidérée. Le morceau n'est même pas fini…

Voss ne répondit pas, se dirigeant résolument vers le coin le plus tranquille de la pièce. Il contourna l'une des fontaines et écarta un rideau de plantes qui dissimulait une sorte d'alcôve dans laquelle se trouvait déjà un couple enlacé.

Les deux amoureux sursautèrent et leur jetèrent un regard chargé de reproches. Mais quelque chose dans les yeux de Voss dut les dissuader de protester car, sans même dire un mot, ils quittèrent leur refuge et s'éloignèrent à grands pas.

Voss fit entrer Angelica et laissa retomber le rideau de verdure derrière eux.

— Que s'est-il passé ? lui demanda-t-il. Que vous est-il arrivé, Angelica ?

Malgré l'inquiétude qu'elle éprouvait en cet instant, elle ne put s'empêcher de remarquer le fait qu'il venait de l'appeler par son prénom, ce qui était contraire à toutes les convenances.

— Je ne vois pas ce que vous voulez dire…, murmura-t-elle.

Voss se pencha légèrement vers elle et elle l'entendit renifler doucement.

— Vous êtes couverte de sang, lui dit-il. Croyez-vous que je ne reconnaisse pas cette odeur ? Que vous est-il donc arrivé, bon sang ?

Angelica le contempla avec stupeur, se demandant comment il avait pu discerner cette odeur alors qu'elle-même ne sentait rien. Dans ses yeux, elle lisait une colère sourde, une menace qui n'était pas dirigée contre elle, mais probablement contre celui qui l'avait agressée.

— Je pensais que c'était vous, murmura-t-elle.

— Pardon ?

— Un homme m'a abordée, expliqua Angelica. Il

paraissait me connaître et m'a demandé si j'avais des nouvelles de Chas. J'ai cru que c'était vous…

Voss fronça les sourcils mais se garda de l'interrompre.

— Nous avons dansé, reprit-elle. Et puis il m'a proposé de sortir prendre l'air. J'ai accepté… Mais, lorsque nous nous sommes retrouvés dans le jardin, il m'a attaquée…

— Est-ce qu'il a essayé de vous violenter ? lui demanda gravement Voss. Est-ce qu'il a voulu abuser de vous ?

Elle détourna les yeux, gênée. Ce n'était vraiment pas le genre de question qu'un gentleman était censé poser à une femme.

— Je ne sais pas, avoua-t-elle enfin. De toute façon, je ne lui en ai pas laissé le temps.

Voss la considéra avec étonnement.

— Qu'avez-vous fait ?

— Je me suis défendue en me servant de mes ciseaux.

— Vos ciseaux ?

Elle haussa les épaules.

— Ils faisaient partie de mon déguisement, expliqua-t-elle.

— Il est heureux que vous ayez choisi Atropos et non Clotho ou Lachésis, murmura-t-il.

— D'autant que la couleur de ma toge a caché celle du sang. Personne ne s'est aperçu de rien, à part vous. Comment se fait-il que vous ayez remarqué cette odeur ?

— J'ai un odorat très développé, prétendit-il. Qu'est devenu votre agresseur ?

— Je ne sais pas. Il s'est enfui. En tout cas, je ne pense pas qu'il revienne à la soirée. Ses vêtements doivent également être couverts de sang.

— Est-ce que vous avez informé Corvindale de cet incident ?

— Le comte n'est pas ici ce soir, répondit Angelica.

— Je pense que vous vous trompez. Dimitri est ici.

Il a promis à votre frère de veiller sur vous et c'est un homme de parole.

— J'imagine que nous aurons la réponse d'ici peu, répliqua Angelica.

— Que voulez-vous dire ?

— A minuit, tous les masques tomberont, expliqua-t-elle.

— Dans notre cas, c'est déjà chose faite, rétorqua Voss. Sa voix s'était faite aussi douce que le velours et Angelica ne put s'empêcher de frissonner. Il la contemplait à présent de la même façon que lorsque leurs regards s'étaient croisés, quelques minutes auparavant.

Il y avait dans ses yeux un mélange de curiosité, de désir et de défi. Et lorsqu'il tendit la main vers son visage elle ne trouva pas la force de reculer, fascinée par sa simple présence.

L'extrémité de ses doigts effleura à peine sa joue, lui arrachant un nouveau frémissement, plus intense encore que le précédent. Ce geste était bien innocent, presque chaste, et pourtant il suffit à mettre tout son corps en ébullition. Elle avait l'impression de se consumer intérieurement.

— Je ne sais pas si je dois me sentir flatté ou insulté, murmura-t-il.

— Que voulez-vous dire, milord ? répondit-elle à grand-peine.

— Eh bien, le fait que vous ayez pu prendre quelqu'un d'autre pour moi est assez insultant, expliqua-t-il malicieusement. Mais je suis honoré que, le prenant pour moi, vous ayez accepté d'aller vous promener en tête à tête avec lui…

— J'ai bien peur de ne pouvoir résoudre votre dilemme, déclara-t-elle. Car je suis bien forcée de plaider coupable dans un cas comme dans l'autre…

Angelica se demanda brièvement ce que Maia penserait en la voyant flirter de la sorte avec Voss. Mais elle chassa bien vite cette question de son esprit, préférant se concentrer sur le moment présent.

— Que pensiez-vous qu'il se passerait lorsque vous avez accepté cette promenade au clair de lune ? lui demanda Voss d'un ton mi-séducteur, mi-malicieux. Imaginiez-vous peut-être échanger votre premier baiser ?

Les battements du cœur d'Angelica s'arrêtèrent l'espace d'un instant avant de repartir de plus belle.

— J'ai déjà embrassé quelqu'un, vous savez, répondit-elle.

Alors même qu'elle prononçait ces paroles qui lui semblaient si audacieuses, elle comprit combien elles devaient paraître désarmantes de naïveté à Voss.

— Très bien, répliqua-t-il. Voyons donc si je puis vous le faire oublier…

Il s'avança vers elle assez lentement pour qu'Angelica puisse protester ou même s'écarter si telle était son intention. Mais elle n'eut pas la force de se refuser à lui. Elle sentit l'une de ses mains se nicher contre sa joue tandis que l'autre venait se poser sur sa hanche.

Puis il se pencha vers elle et effleura ses lèvres d'un baiser. Rien n'aurait pu la préparer à l'intensité de sa propre réaction. Elle eut l'impression que son sang se changeait en lave, formant une boule de feu au creux de son ventre.

Les lèvres de Voss se mirent à bouger contre les siennes, décuplant le désir qu'elle avait de lui. Elle s'abandonna complètement à ce flot de sensations qui déferlait en elle par vagues successives. Elle avait l'impression de perdre pied et dut se raccrocher aux épaules de Voss pour ne pas défaillir.

C'est alors qu'il effleura ses lèvres de l'extrémité de sa langue, faisant naître au creux de sa gorge un feulement rauque. Sans même s'en rendre compte, elle répondit à ses audaces. Leurs langues se mêlèrent en une danse brûlante, incandescente.

Même dans ses rêves les plus fous, elle n'avait jamais

imaginé pouvoir éprouver un tel embrasement des sens, un tel vertige. Le temps se figea soudain et le monde entier sembla disparaître. Plus rien d'autre n'existait que Voss et elle, et le plaisir qui ne cessait de grandir.

En sentant ses canines pulser douloureusement, Voss comprit qu'il était sur le point de perdre tout contrôle. C'était quelque chose qui ne lui était plus arrivé depuis bien longtemps, des décennies sans doute. Mais il s'était laissé surprendre par l'intensité de ce baiser.

Comment aurait-il pu imaginer qu'une ingénue comme Angelica, qui ignorait encore tout des choses de l'amour, puisse déstabiliser quelqu'un d'aussi expérimenté que lui ?

Au prix d'un effort surhumain, il s'arracha à elle et recula d'un pas, haletant. Au même instant, la marque de Lucifer se mit à pulser contre son épaule, éveillant une souffrance familière. Elle était aussi intense que l'avait été son désir, un instant seulement auparavant.

— Mon Dieu, murmura Angelica.

Ses yeux qui avaient l'éclat du désir, ses lèvres appétissantes légèrement gonflées par la ferveur de leur baiser et l'abandon avec lequel elle s'appuyait contre le mur de brique la rendaient plus irrésistible encore.

Voss prit une profonde inspiration, s'efforçant de chasser l'envie qu'il avait de la faire sienne sans attendre, de la posséder et de se repaître de son sang. Depuis quand n'avait-il pas désiré quelqu'un à ce point ?

Il serra le poing, laissant ses ongles s'enfoncer cruellement dans la chair de ses paumes, se concentrant sur la douleur qui rayonnait impitoyablement de son épaule à l'ensemble de son corps.

Se forçant à détourner les yeux de la gorge appétissante que laissait deviner la toge en désordre d'Angelica, il fit mentalement la liste de toutes les raisons pour lesquelles il ne pouvait se permettre de céder à une pulsion irraisonnée.

Angelica risquait de se mettre à crier, attirant l'attention sur lui. Même si ce n'était pas le cas, Corvindale risquait de découvrir ce qui s'était passé et ne le lui pardonnerait jamais. Enfin, il avait besoin de l'aide d'Angelica et ne pouvait se permettre de perdre sa confiance.

Mais ce qui acheva de le convaincre, ce fut le dégoût que lui inspirait la simple idée de profiter de cette femme qui paraissait pourtant prête à s'offrir à lui. Elle était si pure, si innocente. Il n'avait pas le droit de la souiller de cette façon et se serait haï s'il l'avait fait.

Cette révélation le prit de court. Que lui arrivait-il donc ? Etait-il en train de devenir sentimental ? Avait-il oublié que le monde était une jungle qui n'obéissait qu'à la loi du plus fort ? Depuis quand les prédateurs se souciaient-ils des états d'âme de leurs proies ?

— Quelque chose ne va pas ? lui demanda alors Angelica.

Voss réprima difficilement le sourire ironique qui lui montait aux lèvres. Si elle avait su ce qu'il était réellement, elle n'aurait probablement pas fait preuve de tant de sollicitude. Elle l'aurait probablement considéré comme un monstre — ce qu'il était en réalité…

— Ce n'est rien, répondit-il.

— J'espère que vous ne regrettez pas de m'avoir embrassée, déclara-t-elle avec cette franchise qui ne cessait de l'étonner. Parce que, moi, je suis heureuse que vous l'ayez fait.

Il se força à lui sourire. Elle rajusta machinalement ses vêtements, dissimulant sa gorge délicieuse, et il put respirer un peu plus librement.

— C'est curieux, murmura-t-elle alors.

— Quoi donc ?

— Vos yeux… A l'instant, j'ai eu l'impression qu'ils

brillaient, comme ceux de mon agresseur tout à l'heure. Mais ce n'était probablement qu'une illusion d'optique.

Voss sentit son sang se glacer dans ses veines.

— Qu'est-ce que vous dites ? s'écria-t-il.

Angelica se mordilla la lèvre puis haussa les épaules.

— Lorsque nous étions dans le jardin, il faisait complètement noir… Et pourtant j'ai eu l'impression que ses yeux brillaient. Peut-être était-ce le reflet de la lune.

Elle ne paraissait guère convaincue et Voss ne l'était pas non plus. Il croyait savoir quel genre de créature s'en était pris à Angelica. Et cette idée lui donnait presque la nausée.

— Que vous a-t-il dit, exactement ? demanda-t-il d'une voix sourde.

Le regard étonné qu'elle lui jeta laissait percer une pointe d'inquiétude et il se le reprocha intérieurement.

— Que vous a-t-il dit ? répéta-t-il d'un ton plus mesuré.

— Pas grand-chose. Il m'a demandé si j'avais eu des nouvelles de mon frère.

— Et ensuite ?

— Eh bien… Il m'a invitée à danser. Puis il m'a proposé de sortir. Il voulait m'emmener dans le jardin et, lorsque j'ai refusé, il m'a soulevée de terre et m'a entraînée de force. J'ai essayé de résister mais il était terriblement fort…

Voss serra les dents. Il ne pouvait en être certain, mais son instinct lui soufflait que c'était bien un *dracul* qui avait attaqué Angelica.

— Il faut absolument que nous trouvions Corvindale, déclara-t-il.

L'idée de collaborer avec le comte ne lui souriait pas vraiment mais, si les hommes de Cezar Moldavi s'en étaient déjà pris à Angelica, ils n'hésiteraient probablement pas à recommencer.

— Je ne tiens pas à ce que le comte apprenne ce qui s'est passé, objecta-t-elle alors.

Comme il s'apprêtait à lui répondre, un hurlement se fit entendre derrière eux. Voss réagit aussitôt en repoussant Angelica au fond de l'alcôve dans laquelle ils se trouvaient et en se plaçant devant elle.

Un autre cri retentit, suivi par un silence tout aussi inquiétant. Voss jura intérieurement. Il avait été tellement absorbé par l'odeur du sang puis par leur étreinte passionnée qu'il n'avait pas prêté attention à ce qui se passait autour d'eux.

N'osant écarter le rideau de plantes vertes qui masquait l'entrée de l'alcôve, de peur d'attirer l'attention sur leur cachette, il chercha à discerner au travers ce qui se passait dans la salle de bal.

Il sentit les assaillants avant même de les apercevoir car plusieurs d'entre eux étaient déjà couverts de sang. Il y avait là cinq vampires qui s'étaient avancés sur la piste de danse. Leurs yeux brillaient d'une dangereuse lueur écarlate.

— Que se passe-t-il ? lui demanda Angelica.

— Pas un bruit, souffla Voss sur un ton qui n'admettait pas de réplique.

Il se sermonna en son for intérieur. Il aurait dû comprendre que Moldavi ne laisserait pas le crime de Chas impuni. Et, puisque ce dernier s'était enfui avec sa sœur, c'est à sa famille qu'il s'en prendrait.

Les trois sœurs Woodmore étaient en danger. Chas avait dû le comprendre, d'ailleurs. C'est la raison pour laquelle il les avait confiées à la garde de Corvindale…

Des yeux, Voss chercha quelque chose qui aurait pu lui servir d'arme. Le petit pistolet qui se trouvait dans la poche de sa veste ne lui serait d'aucune utilité contre des vampires.

Seul, il aurait peut-être pu se risquer à les affronter. Mais, s'il voulait protéger Angelica, le mieux était de prendre la fuite. Malheureusement, Voss ne se faisait aucune illusion : les vampires avaient probablement placé des complices aux alentours de la propriété pour prévenir toute tentative de ce genre.

L'un des invités, qui était déguisé en empereur romain, s'avança vers les vampires.

— Je ne sais pas qui vous êtes, mais vous commettez une terrible erreur, leur dit-il. La police sera ici d'un moment à l'autre et vous feriez mieux de partir…

L'un des vampires bondit sur le malheureux et le saisit à la gorge. Il le souleva de terre avec une facilité déconcertante sans se soucier des coups de pied et de poing que l'autre lui décochait en vain.

Voss se mordit la lèvre inférieure. La situation menaçait de déraper à tout moment. Que faisait donc Corvindale ? Sans son aide, Voss ne pouvait espérer venir à bout de cinq vampires et protéger Angelica et sa sœur.

Le vampire projeta violemment l'empereur romain au sol et lui écrasa la trachée de sa botte.

— C'est lui, murmura Angelica d'une voix blanche. L'homme qui m'a attaquée dans le jardin…

Voss plaqua sa main sur les lèvres de la jeune femme. Les vampires étaient dotés d'une ouïe surnaturelle qui leur permettait de repérer les bruits infimes à plusieurs centaines de mètres.

— Miss Woodmore ! s'exclama l'un des vampires. Montrez-vous !

Angelica sursauta et jeta un regard interrogatif en direction de Voss. Ce dernier secoua la tête.

Ne bougez pas, articula-t-il sans prononcer le moindre son.

Il avait reconnu la voix du vampire qui venait de s'exprimer. Il s'agissait de Bélial, l'un des vampires créés par Moldavi.

Contrairement aux véritables *draculs*, les vampires n'étaient pas choisis par Lucifer parmi les descendants de Vlad Tepes. C'était des humains parfaitement normaux qui étaient transformés par un *dracul*. Ce dernier leur permettait de boire son sang, leur accordant ainsi une partie de ses pouvoirs. En échange, ils entraient généralement à son service.

Les vampires ainsi créés étaient moins puissants que leurs maîtres. Ils pouvaient à leur tour donner naissance à des vampires, mais plus ceux-ci étaient éloignés du *dracul* originel, plus ils étaient faibles.

La plupart des *draculs* ne créaient qu'une poignée de vampires au cours de leur longue existence. Certains, comme Voss, n'en avaient jamais produit aucun. Mais Moldavi s'était constitué une véritable famille, une puissante armée de vampires fanatisés qui lui obéissaient aveuglément.

Bélial était l'un de ses plus fidèles lieutenants. Voss l'avait déjà rencontré à plusieurs reprises et le considérait comme un dangereux sadique qui ne reculait jamais devant rien pour obtenir ce qu'il désirait ou ce que Moldavi attendait de lui.

— Montrez-vous, miss Woodmore ! ordonna de nouveau Bélial. Si vous refusez…

Il fit signe à l'un de ses compagnons, qui se jeta sur une jeune femme déguisée en fée qui se trouvait non loin de lui et l'agrippa par le cou. Elle poussa un cri de terreur et tenta de se débattre, ce qui ne lui fut évidemment d'aucune utilité.

Deux hommes s'avancèrent courageusement pour tenter de prendre sa défense, mais ils furent aussitôt interceptés par deux vampires qui les projetèrent au sol aussi facilement que s'il s'était agi de poupées de chiffon.

L'un des agresseurs tira une dague de sa botte et la planta dans l'épaule de sa victime, la clouant littéralement au sol. L'odeur de sang se fit un peu plus forte, ce qui ne contribuerait probablement pas à calmer les vampires présents.

— Miss Maia Woodmore, reprit Bélial, miss Angelica Woodmore, soyez raisonnables. Vous pouvez mettre fin à tout ceci. Il vous suffit pour cela de vous montrer. Nous ne vous ferons aucun mal.

Il paraissait sincère, presque poli. Mais Voss le connaissait suffisamment pour savoir que tout cela n'était pour lui qu'un jeu cruel et savoureux. Angelica fit mine de s'avancer, mais il la retint par le bras.

Ils vous tueront, articula-t-il silencieusement.

Le regard qu'elle tourna vers lui était empli de larmes et, malgré lui, il sentit son cœur se serrer dans sa poitrine. Refusant de se laisser émouvoir, il serra les dents, s'efforçant de transformer la compassion qu'elle lui inspirait en colère à l'encontre de Bélial et de ses sbires.

Le chef des vampires fit signe à celui qui s'était saisi de la fée. Sans hésiter, il déchira le haut de sa robe, révélant sa gorge. Agrippant ses cheveux, il tira violemment sa tête en arrière et mordit son cou. Un filet de sang s'écoula sur la peau d'albâtre de la jeune femme qui poussa un gémissement de souffrance.

Voss lutta contre la soif qu'éveillait en lui l'odeur du sang frais et celle de la peur. Mais c'était plus fort que lui : Lucifer avait fait des *draculs* des prédateurs et il leur était très difficile de résister à leur instinct.

En cet instant, ses canines devaient s'être légèrement allongées, comme celles des autres vampires qui se trouvaient dans la pièce. Ses yeux devaient briller de cette lueur étrange qu'Angelica avait remarquée quelques minutes auparavant.

Il se força à respirer profondément et à faire le vide dans son esprit. S'il voulait être efficace, il allait devoir recouvrer la maîtrise de lui-même. Mais, alors qu'il commençait à reprendre le contrôle, Angelica fit de nouveau mine de sortir de leur cachette.

Il la prit par les bras et la força à se détourner pour le regarder droit dans les yeux.

— Ne faites pas de bêtise, lui souffla-t-il à voix basse. Vous ne pouvez rien faire contre ces gens. Et, si vous sortez à présent, ils vous tueront à coup sûr. Ne bougez pas d'ici et laissez-moi faire.

Elle hocha la tête, mais l'expression un peu perdue de son regard lui fit comprendre qu'elle ne lui obéirait pas indéfiniment. Il était également convaincu que si sa sœur faisait l'erreur de se montrer elle se précipiterait à son secours.

Voss allait donc devoir agir. Et, puisque Corvindale ne paraissait pas décidé à se manifester, il le ferait sans lui.

— Restez cachée et ne faites pas un bruit, ajouta-t-il à l'intention d'Angelica. Quoi qu'il arrive, attendez que je revienne vous chercher. C'est compris ?

Elle acquiesça de nouveau et il se pencha vers elle pour déposer un petit baiser d'encouragement sur ses lèvres tremblantes. Puis, aussi silencieusement que possible, il franchit le rideau de verdure qui les séparait de la salle de bal et contourna la fontaine de façon à s'écarter autant que possible de l'endroit où était cachée Angelica.

S'efforçant de réprimer la réaction que provoquait en lui l'odeur du sang, ainsi que le mélange de colère et d'angoisse qui l'étreignait, il s'avança vers la piste de danse.

— Par les cornes du diable, Bélial ! s'exclama-t-il en roumain, de façon à n'être compris que des vampires qui se trouvaient là. Ne pourrais-tu pas enseigner à tes chiens les bonnes manières ?

Bélial se tourna vers lui et un sourire particulièrement déplaisant se dessina sur ses lèvres.

— Tiens donc ! répliqua-t-il dans la même langue. Si ce n'est pas Voss en personne… Peut-on savoir ce que tu fais ici ?

— Eh bien, je dansais jusqu'à ce que toi et les tiens

ne vous décidiez à interrompre cette soirée. Ainsi, tu cherches les sœurs Woodmore ?

Tout en parlant, Voss avait jeté un coup d'œil en direction de la fée. Elle était toujours vivante mais avait visiblement perdu connaissance, ce qui valait sans doute mieux pour elle. En revanche l'odeur de sang qu'elle dégageait était plus forte encore qu'auparavant.

Et, si Voss était capable de résister à cette enivrante fragrance, il n'en allait pas de même pour les séides de Bélial, dont la tension nerveuse était presque palpable. N'y tenant plus, l'un d'eux se jeta même sur l'homme qui avait été cloué au sol d'un coup de dague.

— De véritables animaux, poursuivit Voss d'un ton méprisant. Est-ce ainsi que tu les formes, Bélial ? J'imaginais qu'en France on avait un peu plus de manières…

— Tu ne m'as toujours pas dit ce que tu faisais ici, répliqua Bélial en croisant les bras.

Voss haussa les épaules.

— Mais, tout comme toi, j'étais venu chercher les sœurs Woodmore, répondit-il d'un ton faussement décontracté. Hélas, elles ne sont plus ici.

— Je n'en crois pas un mot.

— Tu es libre de ne pas le faire. Et tu peux continuer à t'en prendre à ces pauvres gens, si cela t'amuse. Mais ce n'est certainement pas la meilleure façon d'obtenir ce que tu veux…

Un sourire sardonique se dessina sur les lèvres de Voss.

— Je suis certain que tu n'as pas oublié ce qui s'est passé à Copenhague, n'est-ce pas ? Ton acharnement a bien failli te coûter la vie, ce me semble.

Bélial porta une main à ses lèvres qu'il tapota pensivement.

— Dimitri aussi m'a affirmé que les sœurs Woodmore ne se trouvaient pas ici, murmura-t-il.

Voss prit garde de dissimuler l'étonnement que lui

inspirait cette remarque. Si Corvindale se trouvait effectivement ici, pourquoi n'était-il pas déjà intervenu ?

— Je sais que vous n'êtes pas à proprement parler des amis, tous les deux, reprit Bélial, toujours songeur. Et je ne t'imagine pas en train de mentir pour défendre ses intérêts…

Voss se garda bien de le contredire. Il lui paraissait pourtant évident que, s'il était forcé de choisir entre Cezar Moldavi et Dimitri Corvindale, son choix se porterait à coup sûr sur ce dernier.

Moldavi était un sadique, un dépravé et un mégalomane. Tout le monde savait qu'il n'hésitait pas à tuer des enfants et à se nourrir de leur sang. Et c'était l'un des rares crimes que Voss ne pouvait tolérer.

— Je sais que les sœurs Woodmore sont venues ici, déclara Voss.

Il ne servait à rien de mentir à ce sujet puisque l'un des hommes de Bélial avait vu Angelica.

— J'étais sur le point de parler à l'aînée lorsque la cadette est revenue du jardin. Elle paraissait terrifiée. Je ne sais pas ce qu'elle a dit à sa sœur mais, quelques instants plus tard, elles ont quitté les lieux…

Bélial jeta un regard noir au vampire qui avait agressé Angelica.

— J'étais moi-même sur le point de partir lorsque vous êtes entrés, poursuivit Voss. En revanche, je n'ai pas croisé Dimitri…

— Nous, si, répondit Bélial avec un sourire mauvais. Et je pense qu'il s'en souviendra…

Le vampire jeta un rapide coup d'œil en direction du hall d'entrée.

— Je vais y aller, conclut Voss. Amusez-vous bien.

Sur ce, il se détourna et, tous ses sens en alerte, se dirigea vers la sortie. Il savait qu'il ne pourrait rien faire de plus pour convaincre les vampires de la véracité de ses dires. En insistant plus lourdement qu'il ne l'avait fait, il ne ferait qu'éveiller leur méfiance.

Voss se fraya donc un chemin à travers la foule des invités qui paraissaient pour la plupart tétanisés par l'angoisse. La plupart de ces gens menaient des existences protégées à l'abri derrière les murs de leurs belles maisons, loin de toute violence, coupés des réalités du monde extérieur par les gardes et les valets qui se trouvaient à leur service.

Ce qui était en train de se produire sous leurs yeux devait probablement leur paraître irréel, comme un mauvais rêve dont ils ne seraient pas parvenus à s'éveiller.

Dans le hall d'entrée, Voss découvrit les complices des vampires dont il avait deviné la présence. Ils étaient armés de fusils munis de baïonnettes et prêts à retenir tous ceux qui seraient assez fous pour tenter une sortie en force.

Ils jetèrent un regard étonné à Voss, devinant probablement qu'il s'agissait d'un *dracul*, mais sachant qu'il n'était pas des leurs. Comme il allait leur ordonner de s'écarter, il entendit des pas derrière lui. Se retournant, il vit que les cinq vampires étaient à leur tour en train de traverser la pièce.

Malgré lui, Voss admira l'ordre parfait dans lequel ils se repliaient malgré l'appel que devait exercer sur eux l'odeur de sang et de peur.

En dépit de ce qu'il avait pu dire à Bélial, force était de reconnaître que ce dernier exerçait une emprise totale sur ses troupes. C'est d'ailleurs ce qui faisait de lui un allié si précieux pour Moldavi.

— Puisque Dimitri est occupé, déclara Bélial d'un ton goguenard, j'imagine qu'il ne verra aucun inconvénient à ce que nous rendions une petite visite à sa propriété de Blackmont Hall. Nous y trouverons peut-être celles que nous cherchons. Et qui sait? Elles nous seront peut-être reconnaissantes de les tirer de cette austère demeure…

Voss haussa les épaules d'un air indifférent. Mais en son

for intérieur il se demandait avec une pointe d'angoisse ce que les vampires avaient bien pu faire de Corvindale. Avaient-ils osé l'assassiner ?

Si tel était le cas, l'équilibre précaire qui régissait le petit monde des *draculs* serait définitivement rompu et ce serait bientôt la guerre. Voss n'aurait d'autre choix alors que de prendre parti, ce qui n'était ni dans ses habitudes ni dans ses intérêts. Mais la neutralité qu'il était parvenu à maintenir jusqu'alors deviendrait hélas intenable.

— Je vous souhaite bonne chance, dit-il à Bélial.

Le vampire en aurait besoin s'il comptait réellement s'introduire dans Blackmont Hall. Que Corvindale s'y trouve ou non, il avait certainement pris ses dispositions pour faire de sa résidence une forteresse inviolable. Et les hommes de Moldavi n'y entreraient pas sans essuyer de très lourdes pertes.

Alors qu'il était sur le point de franchir la porte d'entrée de la maison, Bélial s'arrêta et se tourna vers Voss.

— J'allais oublier, lui lança-t-il. Pourrais-tu transmettre les salutations de Cezar Moldavi à Dimitri ? J'ai bien peur d'avoir oublié de le faire…

Sur ce, il quitta les lieux, suivi par tous ses hommes. Voss eut beaucoup de mal à réprimer le soupir de soulagement qui lui monta aux lèvres. Non seulement il était parvenu à protéger Angelica et sa sœur mais, de plus, Corvindale devait toujours être vivant.

Il passa une main sur son visage, laissant la tension qui l'habitait se dissiper tandis que, derrière lui, un concert de cris, de pleurs, de bruits de pas et de claquements de portes se faisait entendre. Les invités avaient dû comprendre qu'ils n'étaient plus menacés et laissaient enfin libre cours à la panique qui les tenaillait.

Voss espéra qu'Angelica aurait assez de jugeote pour suivre ses instructions et demeurer cachée jusqu'à ce qu'il revienne la chercher. En attendant, il se mit à la recherche de Corvindale. Se fiant au regard que Bélial avait lancé lorsqu'il avait évoqué le nom du comte, Voss emprunta l'un des couloirs et ouvrit les portes qu'il desservait les unes après les autres.

La quatrième fut la bonne et il découvrit celui qu'il cherchait étendu au beau milieu d'un petit boudoir. Allongé à même le sol, Dimitri respirait péniblement. Une odeur de sang flottait dans la pièce, mais Corvindale était bel et bien vivant. Soulagé, Voss s'avança vers lui.

— Ça alors, s'exclama-t-il d'un ton faussement bonhomme, mais qu'avons-nous donc là ?

Le comte lui décocha un regard où se discernait autant de rage que d'impuissance. Ses doigts se crispèrent convulsivement, mais il ne fit pas mine de se relever. De toute évidence, il était paralysé, ce qui ne pouvait signifier qu'une chose : Bélial s'était servi de son *asthenia* pour le neutraliser.

Curieux, Voss s'accroupit auprès de lui et chercha ce qui pouvait bien causer une telle réaction. Cela ne lui prit guère de temps : autour du cou de Corvindale était accroché un collier de rubis.

— Voici donc la réponse à la question que je me posais depuis si longtemps, murmura Voss. Je savais déjà qu'il s'agissait d'une pierre précieuse, mais j'avoue que c'est aux émeraudes que je vous soupçonnais d'être allergique. J'espère que vous avez fait passer en revue les boîtes à bijoux de vos hôtesses…

La lueur qui brillait dans les yeux du comte se fit plus meurtrière encore. Il savait qu'il se trouvait entièrement à la merci de Voss. Il aurait suffi à ce dernier de lui transpercer le cœur pour le faire passer de vie à trépas sans même qu'il puisse se défendre.

Mais Voss n'avait aucun intérêt à provoquer une guerre entre les *draculs*. Il arracha donc le collier d'un coup sec et le lança à l'autre bout de la pièce. Corvindale laissa échapper un gémissement de soulagement et se redressa péniblement.

Au lieu d'agonir Voss d'insultes ou de l'interroger comme ce dernier s'y attendait, le comte se dirigea vers l'un des panneaux muraux, qui dissimulait un grand placard. Il l'ouvrit, révélant les deux personnes qui se trouvaient à l'intérieur : une charmante jeune fille déguisée en ange qui devait être Mirabella et Maia Woodmore, solidement ficelée et bâillonnée.

Visiblement, Corvindale n'avait pas ménagé ses efforts pour s'assurer qu'elle ne commette aucune folie. Voss aurait pu en rire s'il n'avait pas distingué la marque de Lucifer que l'on voyait à travers la chemise déchirée du comte. Elle était si enflammée qu'elle paraissait presque noire et pulsait cruellement.

L'homme avait dû souffrir le martyre pour protéger celles dont il avait la garde. Et, malgré lui, Voss ne put s'empêcher de l'admirer.

6

Où le comte de Corvindale connaît un lendemain de soirée très difficile.

Comprenant que la situation lui échappait complètement, Angelica avait jugé préférable d'obéir aux instructions de Voss Dewhurst et de demeurer cachée.

Cette décision devait lui causer par la suite bien des remords. Elle se demanderait souvent ce qui se serait passé si elle était intervenue. Aurait-elle sauvé la vie de Felicity Chapman, la jeune femme déguisée en fée, et celle de Dudley Hoosman, l'empereur romain, qui avaient tous deux succombé à leurs blessures ?

Elle avait bien failli se manifester. Incapable de supporter le déchaînement de violence qui s'était produit en l'espace de quelques minutes, elle avait été sur le point de s'avancer pour y mettre un terme, fût-ce au prix de sa propre existence.

Mais Voss l'en avait empêchée. Et, lorsqu'elle avait vu les hommes de ce Bélial se jeter sur Dudley Hosman et le déchiqueter de leurs dents, elle avait essayé de se convaincre qu'elle n'y pouvait rien. Après tout, elle avait *vu* cette scène, un jour où elle avait ramassé un mouchoir qu'il avait laissé tomber.

Sur le moment, cette vision lui avait semblé trop horrible, trop grotesque, pour pouvoir être une véritable prémonition. Mais elle avait vu ce destin s'accomplir, tout comme s'était accompli celui de lord Brickbank, peu de temps auparavant.

Sa vie avait pris un tour macabre depuis que son frère avait disparu. Car il était évident qu'il existait un lien entre ce qui était arrivé à Chas et ce qui s'était produit ce soir-là. L'homme qui l'avait abordée en se faisant passer pour Voss lui avait demandé si elle avait des nouvelles de son frère. Puis Bélial s'était adressé directement à elles.

A quoi pouvait donc être mêlé Chas ? Que lui voulaient au juste ces hommes ?

En réalité, Angelica n'était même pas certaine qu'il s'agisse d'êtres humains. Elle avait vu la façon dont ils s'en étaient pris à leurs victimes : ils s'étaient servis de leurs dents comme des animaux sauvages… ou comme ces créatures dont lui parlait autrefois l'une de ses nourrices qui était originaire d'Europe centrale.

Des *vampires*…

Jusqu'à ce jour, elle se serait probablement moquée de toute personne qui lui aurait parlé de l'existence de ces monstres. Comme les fantômes, les loups-garous et autres démons, ils appartenaient à la fiction et étaient tout juste bons à effrayer les enfants et les âmes simples.

Mais ce qu'elle avait vu ce soir avait ébranlé ses convictions. N'avait-elle pas vu les yeux de l'homme qui l'avait agressée briller dans la nuit ? N'avait-elle pas vu ses compagnons boire le sang de leurs victimes ?

Si la plupart des témoins de la scène finiraient sans doute par se convaincre qu'ils avaient eu affaire à une bande de forcenés, Angelica était désormais convaincue que tel n'était pas le cas.

La réalité de ses propres pouvoirs prémonitoires suffisait à lui prouver que, comme l'avait dit le poète, *il y avait plus de choses dans le ciel et sur la terre que dans toute la philosophie*.

Chas avait-il lui aussi découvert l'existence de ces créatures ? Etait-ce pour cela qu'il avait disparu ? S'était-il caché pour leur échapper ?

Plus elle y réfléchissait et plus elle en était convaincue. Cela expliquait peut-être pourquoi il avait confié ses sœurs à la garde de Corvindale. Il craignait peut-être que les *vampires* ne s'en prennent à elles pour l'atteindre.

Mais ce n'était pas le comte qui les avait protégées et était parvenu à se débarrasser de ces monstres. Sans qu'elle puisse comprendre comment il y était parvenu, c'est Voss qui les avait convaincus de mettre un terme à leurs exactions et de quitter les lieux.

Comment y était-il parvenu ? Que leur avait-il dit, au juste ? Elle avait essayé de deviner ce dont ils pouvaient bien discuter, mais la langue dans laquelle ils s'étaient entretenus ne lui était pas familière.

Tout ce qu'elle pouvait dire, c'est qu'ils avaient mentionné à plusieurs reprises son nom ainsi que celui de sa sœur…

Alors même qu'elle formulait cette pensée, Angelica se figea, le cœur battant. Un frisson glacé se coula entre ses omoplates.

Où se trouvait donc Maia ?

Elle ne l'avait pas revue depuis qu'elle s'était éclipsée discrètement en début de soirée, laissant sa sœur en compagnie de Mirabella et Iliana.

Folle d'inquiétude, Angelica se décida enfin à sortir de sa cachette. La vaste salle de bal était désormais déserte. La plupart des invités avaient fui la vision des corps de Felicity Chapman et Dudley Hoosman. Ceux-ci avaient depuis été emportés par les domestiques, probablement sur ordre de lady Sterlinghouse.

Il restait cependant deux flaques de sang qui témoignaient de la scène d'horreur qui s'était déroulée là quelques minutes plus tôt. On pouvait voir aussi un peu partout des accessoires que les convives avaient abandonnés dans leur fuite : masques, cannes, baguettes magiques, sacs à main jonchaient le sol.

Comme Angelica s'apprêtait à se diriger vers le grand hall d'où provenaient des éclats de voix, la porte de la salle de bal s'ouvrit, laissant apparaître le vicomte Dewhurst.

— Voss ! s'exclama Angelica, soulagée. Que se passe-t-il ? Où est ma sœur ?

— Elle va bien, la rassura-t-il immédiatement. Elle se trouve auprès de lord Corvindale. Il les a cachées, Mirabella et elle, durant tout le temps qu'a duré l'attaque.

— Je veux la voir.

— Elle est déjà en route pour Blackmont Hall. Corvindale m'a chargé de vous mettre à l'abri. Nous devons partir d'ici avant que Bélial et les siens ne s'aperçoivent que je les ai dupés…

Angelica brûlait de lui poser les questions qui la taraudaient depuis que les *vampires* étaient partis. Mais il était évident que celles-ci devraient attendre au moins le temps que Voss et elle se soient mis à l'abri.

Son compagnon la prit par la taille et l'entraîna en direction de la porte latérale qu'utilisaient les domestiques.

— Je préfère passer par-derrière de façon à ce que vous soyez vue par le moins de monde possible, expliqua-t-il.

Ils empruntèrent une issue de service devant laquelle stationnait une voiture qu'elle ne connaissait pas.

— C'est la mienne, lui indiqua Voss à qui son étonnement n'avait pas échappé. Bélial et ses hommes n'oseront pas s'en prendre à moi.

Une fois de plus, elle fut tentée de lui demander comment il connaissait ces êtres et comment il avait réussi à les convaincre de partir.

— Miss Woodmore, poursuivit Voss d'un ton pressant. Si l'on vous voit monter dans cette voiture ou même discuter avec moi, les précautions que j'ai prises seront parfaitement vaines…

Angelica hésita pourtant. En temps normal, jamais elle n'aurait osé partir en voiture avec un homme qu'au fond elle connaissait à peine. Si cela s'était su, une telle conduite aurait suffi à ruiner sa réputation. Bien des femmes s'étaient vu mettre au ban pour moins que cela.

Mais la situation n'avait rien d'ordinaire. Qui lui reprocherait d'avoir fui face à des hommes qui la recherchaient et n'hésitaient pas à tuer ? Qui se soucierait même de la façon dont elle avait bien pu s'échapper ? Et à quoi lui servirait de protéger sa réputation si elle devait y perdre la vie ?

A posteriori, elle comprit qu'elle avait couru bien plus de risques encore qu'elle ne l'avait cru lorsqu'elle avait été attaquée dans le jardin. Si elle ne s'était pas défendue, son agresseur l'aurait peut-être vidée de son sang avant de jeter son corps dans un fourré...

Réprimant un frisson d'horreur, elle se rappela l'inquiétude dont Voss avait fait montre en découvrant ce qui lui était arrivé. Ne l'avait-il pas protégée depuis le début de cette soirée ? N'avait-il pas sauvé des dizaines de gens ?

De quel droit aurait-elle pu douter de l'honorabilité de ses intentions ?

Forte de ces réflexions, Angelica grimpa à bord de la voiture du vicomte. Là, elle se laissa tomber sur la confortable banquette de cuir et ferma les yeux, s'efforçant de remettre un peu d'ordre dans ses idées.

Jamais au cours de son existence elle n'avait vécu une soirée aussi mouvementée. Jamais elle n'aurait même imaginé pouvoir se trouver mêlée à de tels événements. Tout paraissait trop irréel, comme un rêve étrange dont elle ne serait pas parvenue à s'éveiller.

Après avoir donné ses instructions à son chauffeur, Voss rejoignit Angelica dans la voiture. Ne voulant pas l'effrayer, il prit place en face d'elle de façon à maintenir une certaine distance entre eux.

Elle était renversée contre la banquette, les yeux mi-clos. Son visage était d'une pâleur de cire, de même que ses lèvres. Elle paraissait épuisée, émotionnellement sinon physiquement.

Mais, bien qu'elle ne soit plus que l'ombre de la femme avec laquelle il avait dansé et qu'il avait embrassée avec passion, il ne pouvait s'empêcher de la trouver terriblement désirable.

Il n'aurait su dire ce qui le captivait à ce point chez elle. Ce pouvait être aussi bien son caractère bien trempé, sa force mêlée de douceur, ou même son odeur dont la moindre bouffée suffisait à éveiller d'irrépressibles fourmillements au creux de son ventre.

Peut-être était-ce tout cela à la fois et mille autres choses encore : la forme de sa bouche, le son de son rire, la douceur de ses cheveux, son sens de la repartie… Au fond, cela n'avait pas grande importance. Tout ce qui comptait, c'était le fait qu'il la désirait et qu'ils étaient enfin seuls.

Il aurait pu la séduire, à l'aide de mots ou même d'un charme surnaturel. Il aurait pu la prendre de force et boire son sang. Cela aurait été si simple, si facile. Et personne n'aurait pu le soupçonner…

Qui sait ? Peut-être se serait-elle donnée à lui de son plein gré. Ne l'avait-elle pas laissé l'embrasser, un peu plus tôt dans la soirée ? N'avait-elle pas besoin d'être réconfortée ?

Et pourtant…

Tandis que ces idées se succédaient dans son esprit enfiévré, il demeurait parfaitement immobile, se contentant de la regarder. La marque de Lucifer ne tarda pas à se faire sentir, lui rappelant cruellement ce que le maître des ténèbres attendait de lui.

Mais Voss ignora cette souffrance grandissante. Et, au

lieu de se jeter sur elle, il décrocha son manteau dont il recouvrit Angelica, l'abritant à la fois du froid et du poids de ses propres regards.

Angelica murmura un remerciement et se pelotonna sous l'épais tissu, ne laissant dépasser que son visage. En la voyant ainsi, il sentit son cœur se serrer et comprit qu'il n'aurait jamais le courage de faire du mal à cette femme et qu'il ne le voulait pas.

— Qui étaient-ils ? lui demanda-t-elle enfin d'une toute petite voix. Que nous voulaient-ils, à Maia et à moi ?

Voss choisit de répondre à la seconde question plutôt qu'à la première.

— Ils comptent vous utiliser pour faire chanter votre frère, lui expliqua-t-il.

— C'est bien ce que je pensais, murmura-t-elle. Qu'a-t-il donc fait ?

— Il a dérobé quelque chose à Cezar Moldavi, la personne pour laquelle travaillent Bélial et ses hommes. Ce n'est pas la première fois que le clan de Moldavi s'oppose à celui de Corvindale…

C'était la façon la plus simple de résumer la lutte qui opposait les deux factions de *draculs* : ceux qui croyaient que leur supériorité leur donnait le droit de régner sur les humains et ceux qui préféraient maintenir l'indépendance des deux espèces.

Voss, quant à lui, était parvenu à demeurer neutre, peut-être parce qu'il ne se souciait pas vraiment de ce que les humains et les *draculs* pouvaient bien devenir. Ce qui lui importait le plus, au fond, c'était de préserver sa propre liberté d'action et sa propre sécurité. Et il ne tenait pas du tout à se retrouver impliqué dans un combat qui n'était pas le sien.

Evidemment, en agissant comme il l'avait fait ce soir, ce souci de neutralité risquait de se retrouver quelque peu écorné…

— Les hommes de Moldavi n'en resteront probablement pas là, reprit-il.

— Ses hommes ? répéta-t-elle. Ce n'était pas des hommes !

Voss lui jeta un regard étonné.

— Que voulez-vous dire ?

— Ces monstres étaient des *vampires,* n'est-ce pas ?

Voss ne chercha pas à cacher sa surprise. Si le mot était bien connu en Europe de l'Est, peu de gens savaient à quoi il se rapportait dans cette partie du monde.

Mais le fait qu'Angelica soit la sœur de Chas Woodmore, l'un des plus grands chasseurs de vampires de son époque, expliquait sans doute qu'elle ait pu entendre mentionner le terme.

— Que savez-vous des vampires, exactement ? lui demanda-t-il.

Il doutait fort que Chas lui ait révélé la réalité du phénomène — et *a fortiori* l'identité des personnes concernées. Ce faisant, il l'aurait mise en grand danger.

Evidemment, le fait qu'il ait décidé de filer à l'anglaise avec la sœur de Cezar Moldavi tendait à indiquer qu'il n'était peut-être pas aussi prudent qu'il l'aurait dû. Au moins, il avait eu le bon sens de charger Corvindale de protéger sa famille…

Voss ne put s'empêcher de sourire en imaginant la tête que ferait ce dernier en découvrant qu'il avait enlevé Angelica. Il y avait fort à parier que le comte serait hors de lui, ce qui n'était pas pour déplaire à Voss.

Bien sûr, il n'éprouvait pas de réelle antipathie à l'égard de Corvindale. Mais il trouvait terriblement agaçante la rigidité dont il faisait preuve. Jamais Voss n'avait rencontré de *dracul* plus pétri de principes et de certitudes.

Il s'était d'ailleurs souvent demandé si Corvindale avait toujours été ainsi ou si c'était le fait de devenir un *dracul* qui l'avait rendu si insupportable.

Il n'avait aucun moyen de le savoir, bien sûr. La plupart

des *draculs* ne se connaissaient pas avant que Lucifer ne les choisisse. Ils appartenaient à des branches différentes de la famille de Vlad Tepes, provenaient de pays et d'époques différents.

S'ils finissaient par se rencontrer, c'était par hasard, en raison de la similitude de leurs besoins et de l'existence de lieux qui leur étaient spécifiquement destinés. Certains se constituaient alors un clan qui leur tenait plus ou moins lieu de famille. D'autres comme Voss ou Corvindale préféraient conserver leur indépendance.

— Que leur avez-vous dit ? lui demanda alors Angelica, le tirant de ses réflexions. Quelle langue parliez-vous ? Comment les avez-vous convaincus de partir ? Et comment les connaissiez-vous ?

Voss ne put s'empêcher de sourire devant ce véritable feu roulant de questions.

— Nous parlions roumain, répondit-il. C'est la langue d'origine de leur employeur.

Il s'abstint de préciser que c'était aussi le langage de tous les vampires.

— Quant à la façon dont nous nous connaissons... Eh bien, disons que j'ai déjà eu affaire à eux et à leur chef.

Il aurait tout aussi bien pu lui montrer ses canines pour couper court à ces explications. Mais il savait que, ce faisant, il perdrait définitivement sa confiance. La peur qui se lisait toujours dans ses yeux indiquait clairement qu'elle n'était pas prête à admettre que tous les vampires ne se ressemblaient pas forcément et que tous n'étaient pas animés d'intentions aussi funestes...

Or ce que Voss espérait susciter chez elle, c'était du désir et de l'admiration — certainement pas de la terreur.

— Et mon frère ? lui demanda-t-elle alors. Comment s'est-il retrouvé mêlé à ces êtres ?

Ce n'était pas la première fois qu'Angelica lui démontrait qu'elle avait de la suite dans les idées. Et, si c'était un trait de caractère admirable, il pouvait également s'avérer particulièrement agaçant.

— Je vous l'ai dit : il leur a pris quelque chose. Or Cezar Moldavi n'est pas précisément quelqu'un de prêteur. Il se servira de vous pour atteindre votre frère. Et si par hasard il a eu vent de votre talent il n'hésitera pas à vous utiliser. Vous pourriez l'aider à obtenir d'importantes informations concernant ses adversaires aussi bien que ses alliés…

Angelica lui jeta un regard horrifié. Il était évident qu'elle n'avait jamais considéré un seul instant que son pouvoir pouvait attirer l'attention de personnes nettement moins recommandables que les jeunes filles de la haute société auxquelles elle servait de conseillère.

— C'est la raison pour laquelle j'ai décidé de vous emmener quelque part où vous serez en sécurité.

L'angoisse d'Angelica se changea en étonnement puis en méfiance.

— Que voulez-vous dire ? lui demanda-t-elle. Je croyais que vous me rameniez chez lord Corvindale.

— Le comte et moi avons décidé qu'il valait mieux vous séparer, Maia et vous. De cette façon, vos ennemis auront plus de mal encore à vous trouver.

Angelica ne parut pas convaincue par la logique de cet argument — ce que Voss ne pouvait réellement lui reprocher.

— Où est Maia ?

— Le comte va la mettre à l'abri, ainsi que votre plus jeune sœur. Quant à moi, je prendrai soin de vous. Vous devriez vous reposer un peu, à présent. Vous avez vécu une soirée éprouvante.

Elle parut sur le point de protester mais se ravisa, comprenant sans doute l'inutilité de ses objections. Il n'aurait su dire si elle avait cru à cet accord qu'il aurait passé avec Corvindale, ni si elle était convaincue de la pureté de ses intentions. Au moins, elle ne le soupçonnait pas d'être de mèche avec Cezar Moldavi et ses sbires…

Posant sa tête contre la banquette, Angelica ferma les yeux. Voss fit de même mais, loin de somnoler, il réfléchit à un sujet qui occupait une bonne partie de ses pensées depuis quelques jours.

Au cours des cent vingt dernières années de sa vie, il n'avait guère songé à la mort — ni, plus précisément, à l'éventualité d'une vie après la mort. Après tout, il avait passé un accord avec Lucifer précisément pour éviter de se poser ce genre de questions.

Mais la mort inopinée de Brickbank lui avait brusquement fait comprendre que, contrairement à ce qu'il se plaisait à croire, il n'était pas immortel.

La différence pouvait paraître subtile, mais elle n'en était pas moins fondamentale. Car plus le temps passait et plus augmentaient ses chances de succomber à un accident ou de se faire assassiner.

S'il en avait douté, la vision de Corvindale allongé dans le boudoir et réduit à la plus parfaite impuissance aurait suffi à le convaincre. A deux reprises, le comte aurait pu se faire tuer : par Bélial, tout d'abord, puis par lui-même. S'il était encore en vie, à l'heure actuelle, ce n'était nullement de son fait.

Un frisson glacé traversa Voss de part en part. Jusqu'à ce jour, il avait toujours considéré Corvindale comme l'un des plus puissants *draculs* au monde — le plus puissant, sans doute, en dehors de Cezar Moldavi.

S'il pouvait être pris en défaut de la sorte, Voss le pouvait aussi. Et que se passerait-il, s'il venait à mourir ? Une vision de l'enfer lui traversa l'esprit et il frémit de plus belle.

Ce n'était pas acceptable. Et, tôt ou tard, il allait lui falloir trouver un moyen de se prémunir contre une telle éventualité…

*
* *

Dimitri ne se rappelait plus la dernière fois où il s'était senti aussi las et déprimé. La soirée de la veille avait incontestablement été l'une des plus lamentables de sa très longue existence.

Non content de s'être laissé surprendre par Bélial et ses hommes — qui paraissaient connaître son *asthenia* — il s'était laissé abuser par Voss Dewhurst — qui désormais connaissait également son point faible.

Si Dimitri se targuait d'ordinaire d'être un homme prudent et avisé, il avait fait preuve au cours de ces derniers jours d'une coupable légèreté. Non seulement il aurait dû anticiper l'action coup-de-poing de Moldavi, mais il aurait également dû se défier de Voss dont le retour à Londres ne pouvait rien augurer de bon.

Au lieu de cela, il s'était laissé absorber par ses recherches. Et, au lieu de prendre toutes les précautions nécessaires pour assurer la protection des sœurs Woodmore et tenir ainsi la promesse qu'il avait faite à Chas, il avait péché par orgueil, se croyant inattaquable.

Heureusement, il était parvenu dans une certaine mesure à limiter les conséquences désastreuses de sa négligence. Il avait commencé par user de ses pouvoirs mentaux pour s'assurer qu'aucun des convives du bal n'irait colporter de sombres histoires de vampires buveurs de sang.

Il avait également orienté l'enquête de la police, laissant entendre que les agresseurs étaient probablement des agents envoyés par Napoléon dans l'espoir de déstabiliser l'Angleterre.

Si l'on considérait que Cezar Moldavi était le conseiller occulte de Bonaparte, il ne s'agissait d'ailleurs que d'un demi-mensonge.

Une fois de retour à Blackmont Hall, Dimitri avait assuré la protection des lieux, empêchant Bélial et ses sbires de pénétrer dans l'enceinte de sa demeure et de causer de nouveaux dégâts.

Dans l'ensemble, il était donc parvenu à limiter les dégâts. Mais c'était compter sans Maia Woodmore qui paraissait bien décidée à lui demander des comptes.

— Il est presque midi et ma sœur n'est toujours pas là, lui dit-elle d'une voix glaciale. J'aimerais savoir quand elle doit arriver et surtout si elle court le moindre danger.

Dimitri soupira intérieurement. Il ne pouvait reprocher à Maia de s'inquiéter pour sa sœur. Lui-même n'était guère rassuré de la savoir entre les mains de quelqu'un comme Voss. Réprimant son impatience, il s'efforça donc de se montrer le plus rassurant possible.

— Votre sœur reviendra à Blackmont Hall dès que je serai convaincu qu'il n'y a plus aucun danger.

L'argument ne tenait pas vraiment debout : s'il avait pensé que cette demeure n'était pas sûre, il n'y aurait pas amené Maia. Et elle devait en avoir conscience. Mais il ne pouvait tout de même pas lui avouer qu'Angelica avait disparu et qu'il n'avait pas la moindre idée de l'endroit où elle pouvait se trouver.

Une fois de plus, il se jura de tuer Voss Dewhurst de ses propres mains dès que l'occasion lui en serait donnée.

Jetant un coup d'œil en direction de l'horloge qui se trouvait sur son bureau, Dimitri constata que l'heure de son rendez-vous avec Giordan Cale approchait rapidement.

— Puis-je faire quoi que ce soit d'autre pour vous ? demanda-t-il à Maia.

Elle le fusilla du regard et il se demanda comment une femme aussi ravissante pouvait paraître si menaçante.

— Oui, répondit-elle. J'aimerais également que nous parlions de votre conduite d'hier soir.

— Je vous écoute, répliqua-t-il de son ton le plus glacial.

D'ordinaire, lorsqu'il s'exprimait de cette façon, ses interlocuteurs préféraient mettre un terme à la conversation. Mais Maia Woodmore n'entendait visiblement pas se laisser impressionner aussi facilement.

— Non seulement vous nous avez enfermées dans un placard, Mirabella et moi, mais, de plus, vous m'avez attachée et bâillonnée ! C'est une conduite parfaitement indigne d'un gentleman.

— Je n'en disconviens pas, admit froidement Dimitri.

Maia parut quelque peu désarçonnée par cette concession inattendue.

— Pourquoi l'avez-vous fait, dans ce cas ?

— Très simplement parce que, si je vous avais dit de rester cachée, vous ne m'auriez pas obéi.

— Il vous aurait suffi de m'expliquer…

— Nous n'avions pas le temps, l'interrompit-il. D'ailleurs, je suis intimement persuadé que, en dépit de mes explications, vous n'en auriez fait qu'à votre tête.

Le visage de Maia s'empourpra sans qu'il puisse dire si c'était sous l'effet de la colère ou sous celui de la gêne.

— Vous auriez ignoré mes instructions comme vous le faites avec insistance depuis que vous vous trouvez sous mon toit.

— Je ne suis pas une enfant, protesta-t-elle vivement. Si vous m'aviez dit que nous étions en danger, j'aurais suivi vos ordres.

— Ou vous vous seriez précipitée dans la salle principale pour voler au secours de votre sœur, objecta-t-il.

Elle ne répondit pas, ce qui signifiait probablement qu'il ne s'était pas trompé à ce sujet.

— J'estime néanmoins que vous me devez une explication, déclara-t-elle enfin. Je puis accepter le fait qu'Angelica et moi étions en danger, mais je veux comprendre pourquoi.

Dimitri prit une profonde inspiration.

— C'est très simple, répondit-il. Les hommes qui se sont introduits hier chez les Sterlinghouse avaient l'intention de vous enlever, votre sœur et vous.

Maia fit entendre un petit reniflement qui disait mieux que des mots le peu de crédit qu'elle accordait à cette affirmation.

— C'est ridicule, déclara-t-elle. En vous écoutant, je croirais entendre un personnage tout droit surgi d'un roman de Mme Radcliffe ! Chercheriez-vous à me faire peur ?

— Je tiens juste à vous faire comprendre une fois pour toutes que vous êtes en danger, s'emporta Dimitri. Votre frère s'est attiré les foudres d'un homme très puissant qui ne reculera devant rien pour se venger.

— Mais que lui a-t-il donc fait ?

— Il s'est enfui avec sa sœur, expliqua-t-il en la regardant droit dans les yeux comme pour la mettre au défi de le contredire. Ce faisant, il s'est placé dans une situation extrêmement délicate. Et il vous a fait courir un grand risque, à vos sœurs et à vous.

Un sourire radieux se dessina sur les lèvres de Maia et Dimitri se demanda si elle avait bien toute sa raison.

— Au moins, lui dit-elle, avisant son air réprobateur, cela tendrait à prouver que mon frère est toujours vivant. Car, s'il était mort, ces hommes n'auraient pas besoin de nous.

Malgré lui, Dimitri sentit monter en lui une profonde admiration envers cette femme que rien ne semblait jamais déstabiliser. Qui sait ? Peut-être aurait-il pu lui parler de la nature de ses ennemis — et de la sienne — sans qu'elle s'en émeuve outre mesure.

— Vous avez raison, répondit-il gravement. Votre frère est un homme plein de ressources. Et je suis certain qu'il saura se protéger de ses poursuivants. Mais il n'en va pas de même pour votre sœur et vous. Laissez-moi accomplir le devoir dont Chas m'a chargé. Laissez-moi vous protéger. Cezar Moldavi, l'homme que votre frère a insulté, n'est pas seulement quelqu'un de dangereux, c'est aussi quelqu'un de supérieurement intelligent…

— Cezar Moldavi ? répéta Maia, visiblement surprise.

— Est-ce que vous le connaissez ? s'étonna Dimitri.

Il ne s'était pas attendu à ce que Chas parle de celui qu'il considérait comme son principal ennemi parmi les *draculs*.

— Je ne l'ai jamais rencontré, bien sûr. Mais je le connais de nom, tout comme vous. Enfin, tout comme je vous connaissais avant de vous rencontrer…

— Je comprends, assura Dimitri. Vous devez donc savoir que cet homme est redoutable.

— Mon frère ne semblait pas le porter dans son cœur, en effet.

— Bien. Maintenant que vous avez obtenu les réponses à vos questions…

— Vous ne vous êtes toujours pas excusé, le coupa Maia.

— Pardon ?

— Vous ne vous êtes toujours pas excusé pour la façon dont vous m'avez traitée hier soir, poursuivit-elle.

— Ne me dites pas que, si un homme vous poussait de côté pour éviter que vous ne soyez percutée par une voiture, vous lui reprocheriez d'avoir froissé votre robe.

Elle ouvrit la bouche puis la referma en rougissant. Une fois encore, Dimitri se prit à penser que, malgré son tempérament fougueux, Maia Woodmore était une personne vraiment très séduisante.

— Soit, murmura-t-elle. Je veux bien admettre que je n'avais pas conscience du danger que nous courions, Angelica et moi. Et je peux comprendre qu'en de telles circonstances vous ayez usé des moyens qui vous paraissaient s'imposer. Néanmoins, je tiens à vous faire remarquer que, si je ne comprenais pas la gravité de la situation, c'est principalement parce que vous ne m'en aviez pas informée. Je vous prierai donc à l'avenir de vous montrer un peu plus communicatif.

Dimitri la considéra avec un mélange de stupeur et de fascination.

— Il y a encore une chose, milord, reprit-elle sans se démonter le moins du monde. Je tiens à ce que vous me garantissiez que ma sœur n'a rien à craindre pour son honneur.

Cette fois, c'était décidé : dès que Dimitri aurait retrouvé Chas Woodmore, il lui ferait payer chèrement le mauvais tour que ce dernier lui avait joué en lui confiant la garde de ses sœurs.

Chas et lui étaient associés de longue date. Ils auraient même pu se dire amis si une telle relation avait été possible entre un *dracul* et un chasseur de vampires. Mais même l'amitié avait des limites et Chas les avait largement outrepassées.

— Je vous garantis que je ferai tout ce qui est en mon pouvoir pour protéger la réputation de votre sœur, répondit-il à Maia. Croyez-moi, en dehors de Chas et vous, personne n'y est plus attaché que moi. Mais vous n'avez pas à vous inquiéter : là où elle se trouve, Angelica n'a rien à craindre des hommes de Moldavi.

Il n'en dirait pas autant de celui qui l'avait enlevée, mais il se garda bien d'ajouter cette déprimante précision. Il se promit en revanche qu'après avoir tué Voss Dewhurst il dénicherait à Angelica un mari qui saurait accepter de ne pas avoir la primeur de ses charmes.

La fille était suffisamment attrayante pour qu'une telle chose puisse être arrangée.

Comme Maia s'apprêtait à reprendre la parole, Vigniers, le fidèle valet de chambre de Dimitri, passa la tête par l'embrasure de la porte.

— Milord, déclara-t-il, je tenais à vous prévenir que M. Giordan Cale vient tout juste d'arriver.

— Faites-le entrer, répondit Dimitri, soulagé par cette interruption.

Quelques instants plus tard, Cale pénétra dans son bureau. Hélas, la mine défaite qu'il arborait ne contribua guère à remonter le moral de Dimitri. Son ami le salua d'un petit signe de tête avant de s'incliner légèrement devant Maia.

— Miss Woodmore.

Elle esquissa une révérence et Dimitri se leva. Si Cale avait de mauvaises nouvelles à lui apporter au sujet de Chas, il ne tenait pas à ce qu'il le fasse en présence de Maia.

— Si vous voulez bien nous excuser, dit-il à la jeune femme. Allons nous installer au fumoir, suggéra-t-il ensuite à Cale.

— Certainement, répondit ce dernier.

Tandis qu'ils se dirigeaient vers la porte, Dimitri remarqua que Maia Woodmore ne le quittait pas des yeux. Et, malgré l'agacement incessant que lui inspirait cette femme impossible, cette marque d'attention ne lui était pas entièrement désagréable.

7

OÙ LES HORIZONS DE NOTRE HÉROÏNE SE TROUVENT GRANDEMENT ÉLARGIS.

Angelica se réveilla en sursaut.

Les rayons du soleil filtraient à travers les rideaux entrouverts, illuminant une chambre qui ne lui était pas familière.

Les fleurs qui figuraient sur le papier peint, le dessus-de-lit rehaussé de dentelles et la coiffeuse sur laquelle était disposé tout un assortiment de produits cosmétiques indiquaient clairement que ladite chambre était celle d'une femme.

Il fallut quelques instants à Angelica pour se rappeler comment elle était arrivée là. Puis, brusquement, tout lui revint : le bal masqué, l'homme qui l'avait attaquée dans le jardin et la scène de violence qui s'en était suivie.

Elle se souvint aussi de sa fuite en compagnie de Voss et des questions qu'elle lui avait posées. Ensuite elle s'était endormie dans la voiture.

On avait dû la porter jusqu'ici avant de l'allonger sur le lit, de lui ôter ses chaussures et les épingles qui retenaient ses cheveux et de desserrer son corset. Il ne lui restait plus qu'à espérer que ce n'était pas Voss qui s'en était chargé, mais bien l'occupante légitime de cette chambre.

Comme elle se demandait s'il valait mieux attendre

le retour de cette personne ou quitter la chambre, la porte s'ouvrit doucement, laissant entrer une très belle femme qui devait être âgée d'une trentaine d'années et qu'Angelica n'avait encore jamais rencontrée.

— Vous êtes réveillée ! s'exclama-t-elle d'une voix chaleureuse.

— Je viens juste d'ouvrir les yeux, avoua Angelica en étudiant attentivement l'inconnue.

Elle portait une robe à la fois très décolletée et très ajustée, ce qui avait pour effet de souligner sa silhouette harmonieuse et sensuelle. Ce vêtement très audacieux était sauvé de la vulgarité par l'incontestable qualité de la coupe et du tissu employé.

La jeune femme ne portait pas de gants, mais ses cheveux blond vénitien étaient ramenés en un élégant chignon, laissant juste échapper une boucle qui venait tracer une virgule aguicheuse sur son front délicatement bombé.

— Je m'appelle Rubey, indiqua-t-elle en souriant.

Elle se tourna vers la porte qui était restée entrouverte et fit un signe à une domestique qui portait un plateau sur lequel était disposée une généreuse collation.

— Je me suis dit que vous seriez affamée, lui dit Rubey.

La domestique posa le plateau au bord du lit puis se retira aussi silencieusement qu'elle était entrée.

— Je suis heureuse que vous ayez réussi à trouver le sommeil après toutes ces aventures.

Angelica se demanda ce qu'elle savait précisément de ce qui lui était arrivé. Connaissait-elle aussi l'existence des vampires ? Dans le doute, elle jugea préférable de ne pas en parler.

— Où suis-je, exactement ? Lord Dewhurst ne m'a pas dit où il comptait m'emmener.

Rubey se laissa tomber sur la chaise qui se trouvait devant la coiffeuse et s'étira aussi langoureusement qu'un chat.

— Voss est encore au lit, répondit-elle. Il avait besoin d'un peu de repos, lui aussi. Mais je pense qu'il ne tardera pas à venir vous parler.

Angelica n'avait pu s'empêcher de remarquer le fait que Rubey avait appelé Voss par son prénom. Cela semblait indiquer qu'il existait entre eux un certain degré d'intimité. Ce simple constat suffit à éveiller en elle une pointe de jalousie aussi absurde qu'irrépressible.

Certes, elle n'avait aucun droit sur Voss Dewhurst. Mais, s'il fréquentait déjà quelqu'un, il n'aurait pas dû l'embrasser comme il l'avait fait la veille.

— Vous ne m'avez pas dit où je me trouvais, reprit Angelica à voix haute.

— Vous êtes en sécurité. C'est tout ce que vous avez besoin de savoir pour le moment.

— Il faut impérativement que je fasse parvenir un message à ma sœur. Elle doit être folle d'inquiétude à l'heure qu'il est. D'ailleurs je ne sais même pas quelle heure il est…

— Presque 4 heures.

Angelica ouvrit des yeux stupéfaits. Il n'était pourtant pas dans ses habitudes de dormir aussi tard. Mais peut-être fallait-il voir là un contrecoup du choc qu'elle avait éprouvé la veille.

— Quant à votre sœur, j'imagine que Voss l'a déjà rassurée.

— Je lui poserai la question.

— Encore des questions ? fit la voix de lord Dewhurst.

Angelica ne put s'empêcher de sursauter en le voyant pénétrer dans la chambre à coucher. C'était la première fois de sa vie qu'elle se retrouvait dans une situation aussi compromettante. Mais, curieusement, la chose ne paraissait pas particulièrement choquer Rubey, qui se contenta d'adresser un petit signe de tête au vicomte.

Ce dernier était en bras de chemise, le col ouvert

laissant voir le haut de sa poitrine. Il n'avait même pas pris la peine de se coiffer, ce qui renforçait la sensualité naturelle qui émanait de lui. Jamais il ne lui avait paru aussi séduisant qu'en cet instant.

— Comment vous sentez-vous, miss Woodmore, s'enquit-il en s'adossant nonchalamment contre le mur opposé aux fenêtres. J'imagine que vous vous êtes bien reposée.

— Très bien, je vous remercie, milord, répondit-elle d'un ton très protocolaire comme pour atténuer l'intimité de cette scène.

Si Maia avait su qu'un homme était entré dans sa chambre à coucher, elle aurait probablement eu une attaque.

— En ce qui concerne le message dont vous parliez, sachez que j'ai déjà confirmé au comte de Corvindale que vous étiez en sécurité et que vous demeureriez avec moi jusqu'à nouvel ordre. De cette façon, il pourra rassurer votre sœur.

Maia ne se sentirait probablement guère rassurée d'apprendre qu'elle se trouvait en compagnie de Voss. Ne tenant pas à le froisser, Angelica préféra cependant s'abstenir de le lui dire.

Elle observa Rubey, qui s'était levée pour tirer les rideaux, plongeant ainsi la pièce dans la pénombre.

— Pourquoi faites-vous cela ? s'enquit-elle.

— C'est plus sûr, déclara Voss en s'avançant dans la pièce. Je ne tiens pas à ce que les hommes de Moldavi vous aperçoivent.

Angelica frissonna malgré elle.

— Vous pensez donc qu'ils nous ont suivis ? s'enquit-elle. Je croyais pourtant que cet endroit était sûr.

— Très honnêtement, je ne pense pas qu'ils sachent où nous nous trouvons. Mais je préfère ne prendre aucun risque. Pour le moment, votre sécurité est ma seule priorité.

Angelica ne manqua pas de remarquer le sourire légèrement ironique qui s'était dessiné sur les lèvres de

Rubey tandis que Voss prononçait ces derniers mots. Cette réaction n'avait pas non plus échappé à ce dernier et il lui lança un regard chargé d'affectueux reproches.

— Parfois, je me dis que tu ne m'accordes pas assez de crédit.

— Et moi, je crois que je t'en accorde bien plus que tu n'en mérites, répliqua-t-elle.

La façon dont Rubey tutoyait Voss ne fit qu'ajouter aux soupçons d'Angelica. S'ils n'avaient pas été amants, jamais la jeune femme ne se serait permis de parler de cette façon à un lord.

— C'est d'ailleurs pour cela que ton ardoise ici ne cesse de s'allonger.

— Voyons, Rubey ! protesta-t-il en riant. Tu sais que j'honore toujours mes engagements.

— Si tel n'était pas le cas, tu ne serais pas ici, répliqua-t-elle du tac au tac. Et étant donné le service que je suis en train de te rendre, ajouta-t-elle en jetant un coup d'œil en direction d'Angelica, j'espère que tu sauras te montrer particulièrement généreux au moment de solder tes comptes.

— Tu peux compter sur ma reconnaissance éternelle, lui assura-t-il.

— Ce n'est pas ce qui fera tourner cet établissement.

Ainsi, Angelica devait se trouver dans un hôtel dont Rubey était la tenancière. Cela expliquait toutes ces histoires de dettes et d'ardoise. Comme elle se faisait cette réflexion, la jolie blonde se tourna vers elle et lui décocha un clin d'œil complice.

— Je vous laisse en bonne compagnie, lui dit-elle. Je vous enverrai bientôt des vêtements plus appropriés que cette toge lugubre que vous portez.

Sur ce, elle quitta la chambre en refermant la porte derrière elle. Sidérée, Angelica considéra le battant. Comment Rubey pouvait-elle la laisser seule dans une chambre avec un homme qui n'était ni son fiancé ni même un membre de sa famille ?

Voss sembla décrypter aussitôt ses pensées et se fendit d'un sourire légèrement ironique.

— Bien sûr, murmura-t-il. Nous oublions les convenances…

Sur ce, il alla rouvrir la porte.

— Merci, lui dit-elle.

Elle croisa les doigts devant elle et réfléchit à l'étrange situation dans laquelle elle se trouvait.

Ce qui l'étonnait le plus, c'était le fait qu'elle était bien plus inquiète pour sa réputation que pour sa vertu. Elle ne se sentait pas vraiment menacée par le fait de se retrouver en tête à tête avec Voss Dewhurst.

Au contraire même, l'idée lui paraissait presque grisante. Et elle ne pouvait s'empêcher d'admirer du coin de l'œil cet homme qu'elle découvrait pour la première fois dans son intimité. Elle était notamment fascinée par l'impression de force parfaitement maîtrisée qui émanait de lui.

Il lui rappelait un peu ces grands félins que l'on pouvait voir dans certaines ménageries. Il avait la même grâce tranquille, presque paresseuse, qui dissimulait en réalité une incroyable puissance.

Même ses cheveux indisciplinés lui faisaient penser à la crinière d'un lion. Ils avaient la même teinte fauve, mêlant des mèches allant de l'or au brun.

Il ne s'était pas encore rasé et ses joues étaient couvertes d'une barbe naissante qu'elle aurait voulu effleurer du bout des doigts, juste pour sentir l'effet que cela faisait.

Mais ce qui la troublait plus encore, c'était le fait que sa chemise soit entrouverte. Ce simple détail vestimentaire paraissait accentuer l'impression de familiarité qui s'était subrepticement installée entre eux.

— Angelica, si vous persistez à me regarder de cette

façon, je vais refermer la porte, lui dit-il d'une voix mi-moqueuse mi-séductrice.

Elle sentit le rouge lui monter aux joues tandis que les battements de son cœur s'emballaient brusquement. Elle ne put s'empêcher de se demander ce qu'elle éprouverait s'il mettait vraiment sa menace à exécution, s'il fermait la porte et venait s'asseoir au bord de son lit, si…

Angelica se sermonna intérieurement. Mais que lui arrivait-il donc ? Etait-elle en train de perdre la raison ? Si elle voulait éviter que cette situation ne devienne plus compromettante encore, elle allait devoir rapidement contrôler les réactions irrationnelles que lui inspirait Voss.

Fort heureusement, ce dernier ne chercha pas à profiter de son avantage et alla s'installer dans un fauteuil crapaud qui se trouvait au fond de la pièce. Il étendit ses longues jambes devant lui et se renversa contre le dossier, les coudes posés sur les accoudoirs et les mains croisées sur sa poitrine.

La distance qu'il venait d'instaurer entre eux contribua à atténuer quelque peu la nervosité qui s'était emparée d'Angelica.

— Où sommes-nous ? lui demanda-t-elle. Et qui est Rubey ? Votre sœur, peut-être ?

Voss éclata de rire à cette idée.

— Ma sœur ? s'exclama-t-il joyeusement. Qu'est-ce qui a bien pu vous faire penser une chose pareille ?

— La familiarité dont elle fait preuve à votre égard, répondit Angelica d'un ton réprobateur qui ressemblait irrésistiblement à celui qu'employait si souvent sa sœur.

Voss fit mine de recouvrer son sérieux, mais Angelica ne se laissa pas abuser : elle discernait parfaitement l'éclat malicieux qui s'attardait dans son regard.

— Nous sommes amis depuis très longtemps, expliqua-t-il. Et pour répondre à votre première question nous nous trouvons actuellement dans son établissement.

— C'est ce que j'ai cru comprendre, répliqua Angelica. Est-ce un hôtel ?

— En quelque sorte, répondit évasivement Voss.

Angelica pâlit brusquement.

— Ne me dites pas que vous m'avez amenée dans une maison close ! s'exclama-t-elle.

Il la considéra avec stupeur.

— Je n'aurais jamais cru qu'une jeune femme bien élevée comme vous ait entendu parler de ces endroits, riposta-t-il.

— Dois-je considérer cette dérobade comme une confirmation de mon intuition, milord ?

Il haussa les épaules d'un air presque fataliste.

— Ce n'est qu'un arrangement très temporaire, lui assura-t-il. Le temps que je prenne de nouvelles dispositions...

— Est-ce qu'elle est votre maîtresse ? s'enhardit à lui demander Angelica.

— Eh bien ! s'exclama-t-il. On peut dire que vous ne mâchez pas vos mots, miss Woodmore... Mais, puisque vous tenez tant à le savoir, Rubey et moi avons été intimes autrefois. Ce n'est cependant plus le cas.

Angelica préféra ne pas s'interroger sur le soulagement que lui procurait cette réponse. Après tout, elle n'avait aucunement l'intention de remplacer la jeune femme dans le lit du vicomte...

— Ne vous méprenez pas au sujet de Rubey, reprit Voss. Son métier vous paraît peut-être méprisable, détestable même. Mais c'est une femme pleine de ressources et de talents, tout comme vous l'êtes vous-même.

Angelica ne savait si elle devait se sentir flattée ou insultée par cette comparaison.

— Et, à ce propos, j'aimerais solliciter l'un de ces talents.

— Que voulez-vous dire ? s'enquit Angelica, surprise.

— Vous avez récemment prédit la mort de mon ami

et associé, lord Brickbank. Or je me suis laissé dire que ce n'était pas la première fois que vous prédisiez le décès de quelqu'un...

— Vous êtes bien renseigné, fit-elle, étonnée qu'il soit au courant.

— C'est là mon talent à moi, approuva-t-il. J'ai découvert très jeune que le savoir pouvait sauver des vies... ou en détruire. Et je m'efforce d'être en toutes choses très bien informé.

— Sage précepte...

— C'est vous qui éludez mes questions, à présent, rétorqua Voss. Etes-vous réellement capable de discerner la destinée des gens ?

Angelica hésita quelques instants avant de lui répondre.

— Pas leur destinée, expliqua-t-elle. Juste le moment de leur mort.

— Comment faites-vous ?

— Il me suffit de toucher un objet appartenant à une personne et de me concentrer. Généralement, cela me permet de *voir* le moment de leur mort.

— Ce doit être un lourd fardeau à porter.

Il y avait dans la voix et dans le regard de Voss une note de sympathie qui la toucha malgré elle.

— J'ai appris à vivre avec, répondit-elle. Avec le temps, c'est devenu une partie de moi...

— Quand est-ce que cela a commencé ?

— Lorsque j'étais enfant. Parfois, en touchant certains objets, j'avais des visions que je ne m'expliquais pas.

— Et quand avez-vous compris à quoi elles correspondaient ?

Angelica hésita de nouveau. Elle n'avait jamais parlé de ces événements à quiconque. Pourtant, curieusement, l'idée de s'en ouvrir à Voss ne lui paraissait pas si absurde.

— Je devais avoir cinq ou six ans... L'un de nos domestiques avait laissé tomber un gant et je l'ai ramassé. La vision qui m'est venue était parfaitement claire : j'ai vu l'homme allongé dans une étable. Son cou et ses jambes formaient un angle bizarre. Je lui ai rendu son gant. Deux jours plus tard, il tombait du haut d'un grenier à foin et se brisait les jambes et la nuque.

— Est-ce que vous l'avez vu ?

— Non, Dieu merci. Mais Maia l'a vu et elle m'a confirmé que la scène ressemblait à la description que je lui en avais faite…

— Est-ce qu'elle aussi a ce don ?

Angelica secoua la tête.

— Non, répondit-elle. Ou, si elle le possédait, elle l'a réprimé.

— Mais elle sait que vous le possédez ?

— Oui. J'en ai parlé à Maia puis à Chas. Par contre, je n'en ai jamais rien dit à mes parents, du temps où ils étaient encore vivants.

Angelica marqua une pause avant de poursuivre.

— La fois suivante, environ un an après, je jouais à cache-cache avec l'une de mes cousines… Je me suis dissimulée derrière son manteau qu'elle avait accroché à une patère. C'est alors que je l'ai vue, étendue sur son lit, le visage livide et les lèvres bleuies… Elle paraissait un peu plus âgée.

— Est-ce que vous lui avez raconté la scène ?

— Non. J'avais trop peur… Mais je suis allée voir la seule personne dont je pensais qu'elle pouvait m'aider à comprendre ce qui m'arrivait.

— Qui était-ce ?

— Ma grand-mère maternelle. Elle avait le don de double vue, elle aussi. S'il faut en croire la légende familiale, il nous vient de l'un de nos ancêtres qui était tsigane. Quoi qu'il en soit, c'est elle qui m'a aidée à comprendre mon pouvoir et à l'apprivoiser dans une certaine mesure…

Voss parut hésiter à lui poser la question suivante.

— Est-ce que vous avez *vu* ce qui allait arriver à vos parents ? se décida-t-il enfin à dire.

Angelica hocha tristement la tête.

— Eh bien, murmura Voss, ce doit être horrible… Comment faites-vous pour le supporter ?

Il y avait toujours de la compassion dans sa voix, mais elle se doublait à présent d'une autre émotion, à la fois plus intense et plus personnelle, qu'Angelica ne parvint pas vraiment à interpréter.

Il était pourtant évident que cette conversation éveillait en lui un écho très puissant.

— Comment faites-vous pour vivre en sachant que tous ceux que vous aimez sont condamnés à mourir ?

Angelica le considéra avec surprise.

— Mais tout le monde le sait, milord. Il n'est point besoin pour cela de disposer d'un don particulier…

— Ce n'est pas pareil, objecta-t-il.

De plus en plus étonnée, Angelica crut distinguer dans ses yeux une angoisse qu'elle n'aurait jamais cru y lire. Ce n'était pas une simple inquiétude, mais une terreur profonde, existentielle.

— Tout le monde doit mourir un jour, milord, reprit-elle.

— Pourquoi ? s'exclama-t-il.

— Parce que c'est dans l'ordre des choses. Parce que la vie est un cycle qui sans cesse recommence, et que pour qu'une nouvelle génération voie le jour il faut qu'une autre s'en aille. Parce que sans la mort la vie n'aurait pas de finalité, pas de sens. Sans elle, plus rien n'aurait d'importance. Et je ne crois pas que l'homme soit fait pour vivre ainsi, dans un tel relativisme. Ce qui nous rend humain, au contraire, c'est notre capacité à définir ce pourquoi nous voulons vivre et ce pour quoi nous sommes prêts à mourir…

Voss ne répondit pas immédiatement. Il se contentait de la regarder avec un mélange de stupeur et de respect nouveau. Il était évident qu'il ne s'était pas attendu à une telle profession de foi de sa part.

Mais cela faisait des années qu'Angelica cherchait à donner un sens à ses visions et à la mort à laquelle elle était sans cesse confrontée. Il lui avait fallu beaucoup de temps pour parvenir à une certaine sérénité et comprendre que la mort n'était qu'une transition parmi d'autres dans un monde fait d'impermanences.

— Vous n'avez jamais cherché à réprimer ce don ? lui demanda enfin Voss.

— Si, bien sûr. Mais ce n'était pas une solution. Des visions me parvenaient à des moments où je ne m'y attendais pas et c'était pire encore parce que je n'étais pas préparée à les recevoir. J'ai fini par comprendre que je n'avais pas le choix. Lorsque je l'ai accepté, c'est devenu plus facile.

— Mais il vous arrive encore d'avoir des visions incontrôlées, objecta Voss. Comme dans le cas de Brickbank, par exemple.

— C'est vrai. Mais c'est très rare. En général, pour *voir* quelque chose, il faut au moins que je touche un effet personnel de la personne et de préférence que je me concentre.

Angelica s'abstint de préciser que sa prédiction au sujet de Brickbank l'avait beaucoup déstabilisée. C'était la première fois qu'elle parvenait à connecter l'un de ses rêves à la mort de quelqu'un. Mais elle avait déjà eu de telles visions oniriques.

Comment parviendrait-elle désormais à distinguer ce qui n'était que fantasme de ce qui était vision prémonitoire ? Devrait-elle se méfier de ses propres songes ? L'idée lui paraissait passablement déprimante.

— Je crois bien que c'est la première fois de ma vie que j'ai une conversation aussi lugubre dans une chambre à coucher, déclara Voss avec un pâle sourire. Surtout avec une femme aussi charmante…

Brusquement rappelée à la réalité du moment présent, Angelica ne put s'empêcher de rougir.

— Quant à moi, répondit-elle, c'est la première fois que j'ai une conversation avec un homme dans une chambre à coucher.

— Et que pensez-vous de l'expérience ? lui demanda Voss, taquin.

— Ce n'est pas aussi déstabilisant que j'aurais pu le penser, reconnut-elle. Mais j'avoue que je préférerais être habillée de façon décente.

— Je serais ravi de vous aider à vous habiller, si vous le désirez, rétorqua-t-il.

Angelica rougit de plus belle.

— Je vois que vous n'avez pas confiance en mes talents de chambrière, déclara Voss en riant.

Il paraissait avoir recouvré un peu de sa belle humeur et de sa légèreté habituelles.

— Je vais vous envoyer quelqu'un, ajouta-t-il en se levant de son siège.

— Merci, milord, répondit-elle, soulagée et déçue à la fois de le voir partir.

— Vous pouvez m'appeler Voss, vous savez.

La douceur de sa voix et le regard qu'il posait sur elle en prononçant ces mots suffirent à faire battre le cœur d'Angelica un peu plus fort.

— Ce ne serait pas convenable, répliqua-t-elle. Nous nous connaissons à peine.

— Et pourtant nous devisons à cœur ouvert dans la chambre d'une maison close. Je n'ose imaginer ce que nous ferons lorsque nous nous connaîtrons mieux, Angelica.

Elle savait qu'il se moquait gentiment d'elle, mais le simple fait qu'il ait employé son prénom suffit à renforcer la complicité qui s'était effectivement instaurée entre eux ainsi que le trouble qu'elle-même éprouvait.

Voss hocha la tête comme s'il comprenait parfaitement ce qu'elle ressentait.

— Je vous envoie une femme de chambre, conclut-il.

Sur ce, il quitta la pièce, la laissant seule. Elle demeura immobile, tendant l'oreille pour percevoir le bruit de ses pas qui s'éloignait dans le couloir. Il dut ensuite descendre une volée de marches.

Puis le silence revint et Angelica se prit à penser qu'au cours de cette nuit étrange elle venait probablement d'opérer l'un des tournants les plus inattendus et les plus décisifs de son existence.

Plongée jusqu'au cou dans un tub d'eau brûlante et délicieusement parfumée, Angelica ferma les yeux et se laissa gagner par une douce torpeur.

— Quels sels avez-vous mis dans le bain? demanda-t-elle à Ella, la femme de chambre qui était assise derrière elle et brossait ses longs cheveux noirs.

— C'est de l'essence de néroli. Cela ressemble un peu à la bergamote mais en plus frais. Si vous aimez, je suis certaine que Mme Rubey vous en offrira une bouteille.

— Je veux bien, approuva Angelica. Ça sent divinement bon.

— Je crois que ça vient d'Italie, ajouta Ella. Ou d'Inde, peut-être? Je ne sais plus trop, à vrai dire...

Elle rit doucement et commença à tresser les cheveux d'Angelica.

— On dirait de la soie, fit-elle. Ils sont aussi doux que ceux de Li Ping.

Il s'agissait sans doute de l'une des *pensionnaires* de Rubey, ainsi que les appelait Ella. Angelica avait rapidement compris que, si la jeune domestique désapprouvait les mœurs dissolues qui prévalaient dans cette maison, elle était très attachée à toutes les filles qui travaillaient ici.

Il était évident qu'elle servait de confidente à nombre d'entre elles et, bien qu'Angelica n'osât pas l'interroger directement sur ce que pouvait être la vie au sein d'une maison close, elle en savait déjà beaucoup plus sur le sujet que n'en apprendraient jamais les femmes issues de son milieu.

Une fois de plus, elle se prit à songer à ce que Maia dirait de cette incroyable escapade. Sa sœur désapprouverait le refuge qu'avait choisi Voss. Mais elle réprouverait bien plus encore les pensées qui traversaient l'esprit d'Angelica chaque fois qu'elle évoquait l'image de Voss Dewhurst.

Jamais personne n'avait su la troubler à ce point. Par comparaison, l'amitié que lui inspirait lord Harrington paraissait bien inconséquente. Il était plein de charme et d'humour, un parfait gentleman et un excellent parti. Mais il manquait de ce charisme et de ce pouvoir de fascination qui caractérisaient Voss.

Ce dernier possédait un charme naturel et une aura auxquels elle était tout simplement incapable de résister. Et bien qu'elle ait conscience du fait qu'il n'était pas vraiment un homme respectable — ne fréquentait-il pas les maisons de tolérance ? — elle n'en avait cure.

Elle se rappela brusquement ce qu'il lui avait dit un peu plus tôt. *J'aimerais solliciter l'un de vos talents.* Ils avaient ensuite discuté de son don et de sa relation à la mort et, en fin de compte, Voss n'avait pas précisé ce qu'il attendait d'elle exactement.

Cela devait avoir un rapport avec son don. Voulait-il connaître le moment de sa propre mort ? Ou bien celle d'un ami ? De quelqu'un qu'il aimait, peut-être ?

Tandis qu'elle réfléchissait à la question, Ella avait fini de tresser ses cheveux et les avait attachés au sommet de sa tête, formant une sorte de couronne assez seyante. Elle alla ensuite placer une serviette sur une sorte de réchaud métallique qui se trouvait près du feu de façon à ce qu'elle soit tiède lorsque Angelica l'utiliserait.

C'était la première fois que celle-ci voyait un système de ce genre et elle fut impressionnée par le degré de luxe et de confort qui paraissait régner dans cette maison.

— Mme Rubey m'a dit que vous aviez passé une soirée difficile. J'espère que vous avez bien dormi.

— Comme un loir, admit Angelica en souriant.

Elle se leva et se drapa dans la serviette qu'Ella lui tendit. C'est alors qu'elle remarqua deux marques sur le cou de la jeune femme. Il s'agissait de petites cicatrices circulaires, à peine visibles. Il y en avait deux autres presque identiques sur la face interne du poignet d'Ella. Angelica ne put réprimer un violent frisson.

— Quelque chose ne va pas ? lui demanda la femme de chambre, surprise.

— Ce n'est rien, murmura Angelica. Une drôle d'idée qui m'est venue…

En réalité, ce qui l'avait horrifiée, c'était le fait qu'elle croyait savoir d'où provenaient ces marques. Jusqu'à ce jour, elle n'aurait jamais fait le rapprochement. Mais, à la lueur des événements de la nuit dernière, le doute n'était plus permis : il s'agissait de morsures de vampires.

Ella avait-elle été attaquée par l'une de ces créatures ? Voss l'avait-il secourue, elle aussi, avant de l'amener ici ? Etait-ce pour cela qu'il connaissait ce Bélial et les siens ?

Elle n'aurait guère été surprise d'apprendre que Voss était un chasseur de vampires. Il avait fait preuve d'un courage incroyable en défiant ceux qui s'étaient introduits sur la propriété des Sterlinghouse.

Comme elle se faisait cette réflexion, un hurlement retentit au rez-de-chaussée de la maison. Ella, qui s'apprêtait à aider Angelica à enfiler sa robe, se figea brusquement. De nouveaux cris se firent entendre, suivis de piétinements.

— Que se passe-t-il ? s'enquit Angelica.

— Ne bougez pas d'ici, lui suggéra Ella en lui tendant sa robe. Je vais voir.

Angelica entreprit d'enfiler le vêtement tandis que la femme de chambre courait jusqu'à la porte, qu'elle entrouvrit. Les sons qui s'élevaient du rez-de-chaussée laissaient clairement entendre qu'une bataille rangée était en cours. On entendait des cris, un fracas de meubles déplacés et de verre brisé, des chocs sourds et des bruits de chute.

Des pas se firent ensuite entendre dans l'escalier et Ella se tourna vers elle, visiblement paniquée.

— Ils arrivent ! s'exclama-t-elle. Je crois que nous ferions mieux de nous cacher.

Angelica avait fini de s'habiller. Elle chercha des yeux quelque chose qui aurait pu lui servir d'arme. Elle finit par repérer le tisonnier qui était accroché près de la cheminée et courut s'en saisir.

Ella s'était précipitée vers le lit qu'elle avait commencé à pousser en direction de la porte afin de bloquer celle-ci. Angelica vint lui prêter main-forte. Dans sa hâte, elle renversa la table de nuit sur laquelle étaient posés un verre et une carafe d'eau qui se brisèrent, répandant leur contenu sur le sol.

Comprenant que ce bruit risquait d'attirer l'attention, Angelica ne put retenir un juron qu'aurait très certainement désapprouvé sa sœur Maia. Lorsqu'elles eurent bloqué la porte avec le lit, Angelica se redressa et gagna la fenêtre pour voir si elle constituait une éventuelle échappatoire.

Comme elle traversait la pièce, elle s'entailla le pied sur un bout de verre et grimaça de douleur.

— Ce sont eux, murmura Ella derrière elle. Mais comment ont-ils fait ? Il fait grand jour…

Elle se retourna et aperçut Angelica qui venait de retirer le bout de verre de son talon.

— Vous saignez ! s'exclama-t-elle d'une voix paniquée.

— Cela n'a aucune importance, répondit Angelica en fermant les volets. Venez m'aider !

Tout en s'activant, elle n'avait cessé de se demander où se trouvait Voss. S'était-il trouvé mêlé à la bagarre qui avait eu lieu en bas ? Si tel était le cas, était-il blessé ? Ou bien se trouvait-il ailleurs ? Elle ne savait trop ce qu'il fallait souhaiter.

— Attrapez ça ! s'écria Ella en lui lançant la serviette de bain. Tâchez d'étancher le sang. Dépêchez-vous avant qu'ils ne le repèrent !

Elle fut interrompue par un violent coup d'épaule donné dans le battant de la porte. Terrifiée, Angelica repoussa le volet avec une telle force qu'il alla rebondir contre la façade et se rabattit, la heurtant à la tempe. Etouffant un nouveau cri de souffrance, elle l'ouvrit de nouveau, plus doucement cette fois. La lumière du soleil inonda l'intérieur de la chambre.

Un nouveau coup fit vibrer la porte. Angelica se demanda avec angoisse s'il ne s'agissait pas de Voss. Mais cela paraissait peu probable : s'il avait voulu entrer, il lui aurait suffi de crier pour qu'elles lui ouvrent.

Se détournant, elle regarda donc en contrebas et s'aperçut avec désolation qu'elle ne se trouvait pas au premier mais au deuxième étage d'une maison de ville. Il n'était donc pas question de sauter dans la rue en dessous.

Un nouveau coup fut porté contre la porte qui laissa cette fois échapper un craquement de mauvais augure. Ella poussa un cri terrifié. Le choc suivant transperça le panneau supérieur. Le bras d'un homme s'introduisit par cette ouverture et tâtonna à la recherche de la serrure.

S'apercevant qu'Ella n'avait pas eu la présence d'esprit de retirer la clé, Angelica comprit qu'elle n'avait pas le choix. Elle retraversa la pièce et abattit de toutes ses forces le tisonnier qu'elle tenait toujours à la main.

Il heurta violemment l'avant-bras qui fit entendre un bruit sinistre, aussitôt suivi d'un hurlement de douleur.

L'homme retira son bras, mais ne parut pas se résigner pour autant : un nouveau coup de boutoir ébranla la porte et le verrou sauta enfin. L'impact fit reculer le lit, ménageant un espace suffisant pour que deux hommes puissent se ruer dans la chambre.

En les apercevant, Angelica sentit son sang se glacer. Leurs yeux incandescents et leurs canines ne laissaient aucun doute sur la nature des attaquants.

L'un d'eux se rua sur Ella qui n'eut pas même la présence d'esprit de tenter de lui échapper. L'autre se précipita en direction d'Angelica qui lui décocha un coup de tisonnier en plein visage.

La violence du coup aurait eu raison de n'importe quel être humain. Mais le vampire encaissa le choc sans broncher et, lorsqu'elle essaya de le frapper de nouveau, il attrapa le tisonnier au vol et le lui arracha des mains. Puis il le lança derrière lui tandis que les hurlements d'Ella emplissaient la chambre.

Le vampire s'avança vers Angelica et essaya de la ceinturer. Elle parvint à lui échapper de justesse et plongea sous le lit. Si elle parvenait à ramper jusqu'à l'autre côté, elle pourrait tenter de s'enfuir par la porte.

Hélas, son assaillant paraissait décidé à ne lui laisser aucune chance. Il souleva le lit et le projeta brutalement contre le mur qu'il percuta violemment, se désagrégeant en partie à l'impact.

Il s'immobilisa un instant au-dessus d'elle, comme pour savourer la peur qui devait se lire sur son visage. C'était un homme très grand, avec de larges épaules et des cheveux noirs et bouclés. Il aurait été plutôt séduisant si ses iris n'avaient pas été rouges et brillants et ses canines aiguisées comme des rasoirs.

Un sourire mauvais jouait sur ses lèvres et elle remarqua

une trace de sang qui maculait sa joue et n'était visiblement pas le sien. Angelica comprit que son heure était venue et recommanda son âme à Dieu, priant pour que sa fin soit rapide.

Ella avait cessé de crier et le seul son que l'on entendait était un étrange gargouillis. Une odeur métallique flottait dans l'air. C'était celle du sang.

Un haut-le-cœur la traversa tandis qu'un nouvel accès de terreur s'emparait d'elle. Elle ne voulait pas mourir. *Pas comme ça*. Sa résignation céda la place à la panique et elle chercha un objet qui aurait pu lui servir à se défendre.

— Etes-vous la sœur de Chas Woodmore ? lui demanda le vampire qui la surplombait de toute sa taille. Répondez-moi ou vous mourrez !

Mais Angelica était incapable d'articuler le moindre mot. Elle venait d'apercevoir le corps sans vie d'Ella qui était à demi étendu contre la table de nuit qu'elle avait renversée. L'autre vampire était agenouillé auprès d'elle et soutenait sa tête, les lèvres plaquées contre son cou comme s'il l'embrassait.

C'est lui qui produisait l'atroce gargouillement qu'elle avait perçu un peu plus tôt. Sous ses yeux, il était en train de vider de son sang la pauvre Ella.

— Répondez-moi ! gronda son compagnon. Etes-vous la sœur de Chas le chasseur de vampires ?

— Oui, balbutia Angelica, sidérée.

La question de son agresseur jetait brusquement un tout autre éclairage sur les événements de ces derniers jours. Si Chas était réellement ce que prétendait cet être, s'il traquait ces créatures, il n'était pas étonnant qu'il ait envisagé la possibilité de ne pas rentrer de voyage.

Il n'était pas surprenant non plus qu'il ait confié la garde de ses sœurs à l'un de ses amis de confiance. Et il n'était pas anormal non plus que les vampires aient soudain décidé de s'en prendre à Maia et à elle.

Ce qui lui paraissait incroyable, c'était que Chas ait pu leur cacher l'existence des vampires et le fait que lui-même les chassait.

Alors qu'elle se faisait cette réflexion, elle se rappela une légende que lui avait racontée sa grand-mère. C'était la première fois qu'elle avait entendu parler des vampires… et du moyen de se débarrasser d'eux.

Ce qu'il lui fallait, ce n'était pas le tisonnier mais un pieu. Elle aperçut alors les morceaux du lit et, parmi eux, un fragment de ce qui avait dû être un pied. Elle recula dans sa direction comme si elle était terrifiée par l'homme qui la toisait d'un air dubitatif.

— Je ne vous crois pas, déclara-t-il en la suivant lentement. Je pense que vous êtes en train de mentir pour sauver votre peau…

Angelica était sur le point d'atteindre son objectif lorsque le vampire la souleva de terre comme si elle ne pesait pas plus lourd qu'un fétu de paille. Il dévoila ses dents et elle vit qu'elles étaient en partie recouvertes de sang.

— Non ! s'écria l'autre vampire derrière lui.

L'assaillant d'Angelica hésita un instant et se tourna vers son compagnon.

— Lâche-la ! ordonna ce dernier.

Le vampire s'exécuta à contrecœur, la laissant retomber sans ménagement sur le sol. Angelica eut la consolation de constater qu'elle était retombée juste à côté du morceau de bois dont elle avait voulu s'emparer.

— Vous êtes bien la sœur de Chas Woodmore, n'est-ce pas ? reprit le vampire qui venait de lui sauver la vie.

Il s'avança vers elle en se tapotant les lèvres à l'aide d'un mouchoir bordé de dentelle qu'il avait dû voler à l'une de ses victimes. Du coin de l'œil, Angelica vit l'autre vampire reculer d'un pas en jetant un regard mauvais à celui qui semblait être son chef.

— Qui êtes-vous ? demanda-t-elle alors même que ses doigts se refermaient sur le pied de lit.

Elle savait qu'elle n'aurait qu'une chance de frapper et que, même si elle parvenait à atteindre le cœur, elle succomberait probablement à l'attaque de l'autre vampire. Mais la mort d'Ella avait fait naître en elle une rage bouillonnante qu'elle se refusait à endiguer.

Comme elle s'apprêtait à bondir, quelqu'un se précipita dans la pièce et fondit sur le vampire qui venait de l'interroger. Voss — car c'était lui — se jeta contre son adversaire et le projeta violemment contre le mur.

L'autre vampire bondit aussitôt, mais Voss esquiva son assaut, se servant de son élan pour le propulser au loin. Le monstre roula jusqu'à la fenêtre ouverte et s'effondra dans le carré de lumière qui se dessinait sur le sol. Instantanément, il se mit à se tordre en tous sens en hurlant de douleur.

Sans plus lui prêter attention, Voss se rua vers l'autre vampire qui se redressait péniblement et le projeta à son tour en direction de la fenêtre. Au lieu de s'effondrer sur son camarade, il bascula à l'extérieur et tomba en criant dans la rue en contrebas.

Angelica avait observé la scène avec un mélange de stupeur et d'admiration, songeant qu'elle ne s'était probablement pas trompée et que Voss devait être un chasseur de vampires.

Jamais elle n'aurait imaginé qu'à lui seul il puisse venir à bout de deux de ces monstres.

— Filez ! lui ordonna-t-il. Allez chercher de l'aide !

Il ne paraissait même pas essoufflé par la rixe qu'il venait de livrer.

— Dépêchez-vous ! insista-t-il.

Angelica se redressa et se dirigea vers la porte.

8

OÙ IL EST QUESTION DE GOBELETS, D'UN INCENDIE ET DE LA NAISSANCE D'UNE HAINE FAROUCHE.

Angelica ne comprit jamais comment elle était parvenue à atteindre le bas des escaliers. Tout son corps était parcouru de tremblements irrépressibles et elle avait du mal à tenir sur ses jambes. Elle éprouvait aussi une désagréable sensation de nausée qui refusait obstinément de se dissiper.

En atteignant le rez-de-chaussée, elle découvrit un spectacle de désolation. En l'espace de quelques minutes, les vampires avaient dévasté la vaste salle de bar qui occupait le premier niveau de la maison close.

Des morceaux de verres et de bouteilles jonchaient le sol, des statues avaient été renversées, le tapis de la grande table de billard était déchiré, de même que plusieurs tableaux qui étaient accrochés aux murs.

Mais ce qui attira immédiatement l'attention d'Angelica, ce fut la silhouette de l'homme qui était effondré en travers du comptoir. Angelica aurait voulu se convaincre qu'il n'était qu'évanoui, mais la flaque de sang qui s'étalait sous lui indiquait clairement que ce n'était pas le cas.

— Ils l'ont tué, fit une voix derrière elle.

Angelica se retourna et constata que Rubey se tenait sur le seuil d'une porte qui desservait l'un des petits salons dans lesquels les clients pouvaient s'isoler avec les filles de l'établissement.

— Je suis heureuse que vous alliez bien, reprit Rubey. Où est Ella ?

— Je ne crois pas qu'elle ait survécu, murmura Angelica, luttant contre un nouvel accès de nausée. Voss est auprès d'elle. Il m'a envoyée chercher de l'aide…

Un bruit de pas dans l'escalier la fit violemment sursauter. Mais elle constata avec soulagement que c'était Voss qui était en train de descendre. En remarquant la présence de Rubey dans la salle principale, il secoua la tête.

— Je suis désolé, lui dit-il. Ils l'ont vidée de son sang…

— Mon Dieu, murmura Rubey, le visage blafard. Pauvre gamine… Tout ça est arrivé à cause de toi, Voss, ajouta-t-elle en lui lançant un regard de reproche. Je n'aurais jamais dû te laisser venir ici ! J'aurais dû savoir que tu ne pouvais que m'attirer des ennuis !

Voss hocha la tête. Pour la première fois depuis qu'elle le connaissait, Angelica lut dans son regard un mélange de doute et de repentir. Il était évident qu'il se sentait responsable de ce carnage.

— Je suis désolé, répéta-t-il. Malheureusement, nous n'avons que peu de temps. Où est-il ?

Rubey sembla comprendre immédiatement de qui il voulait parler car elle désigna la porte qui donnait sur le hall d'entrée.

— Toujours là-dedans, répondit-elle. Il fait semblant d'être blessé… Fais-en ce que tu veux.

— Pourrais-tu t'occuper d'elle, en attendant ? demanda-t-il en désignant Angelica. Il lui faudrait une nouvelle robe. Tâche aussi de lui bander le pied.

Angelica n'appréciait guère la façon dont il parlait d'elle comme si elle n'était pas là. La croyait-il donc incapable de se prendre en charge seule ? Elle le regarda s'éloigner à grands pas en direction du hall.

— Venez, soupira alors Rubey. Vous ne pouvez pas rester ici. Moi non plus, d'ailleurs. Lorsque Bélial découvrira que ses hommes ont échoué, il risque d'envoyer des renforts…

Angelica observa Rubey avec curiosité. Si elle connaissait le nom de Bélial, elle savait probablement à quel genre d'êtres ils avaient affaire. Qui sait ? Peut-être pourrait-elle répondre aux nombreuses questions qu'Angelica se posait…

Mais avant même qu'elle ait pu les poser Rubey se dirigea vers l'escalier. Angelica la suivit en boitillant sur son pied blessé. La peur refluant, elle s'aperçut que la blessure qu'elle s'était faite était assez douloureuse.

Au premier étage, Rubey la fit entrer dans une chambre qui était richement décorée. Les murs étaient tendus de tapisseries vieux rose et les meubles étaient en partie recouverts de feuille d'or.

— Asseyez-vous, lui suggéra la jeune femme en désignant l'immense lit à baldaquin qui trônait au centre de la pièce.

Angelica y prit place et remarqua avec un mélange de stupeur et de gêne que le ciel du lit était recouvert d'un immense miroir qui reflétait le matelas.

Sans dire un mot, Rubey se dirigea vers le paravent qui se trouvait au fond de la pièce et l'écarta, révélant un tub assez grand pour accueillir deux personnes. Angelica rougit de plus belle en comprenant que c'était probablement à cela qu'il servait.

Son hôtesse farfouilla dans un petit placard et en sortit une bande de tissu et une petite fiole. Elle se servit du liquide qu'elle contenait pour nettoyer et désinfecter la plaie avant de bander le pied. L'assurance de ses gestes indiquait clairement que ce n'était pas la première fois qu'elle prodiguait de tels soins.

Elle alla ensuite chercher une robe dans la penderie qui se trouvait là et la rapporta à Angelica. Celle-ci se demanda comment elle parvenait à faire preuve d'un tel calme et d'une telle maîtrise de soi alors que des vampires avaient envahi son établissement et que deux de ses employés avaient été assassinés.

Mais elle n'osa pas l'interroger à ce sujet, craignant d'aviver la colère et le chagrin qui brillaient dans ses yeux lorsqu'elle s'était adressée à Voss.

Rubey l'aida à se défaire de sa robe tachée et déchirée, à ajuster son corset et à enfiler un nouveau vêtement. Elle lui prêta enfin une paire de bottines qui étaient un peu trop grandes pour elle. Angelica était en train de les lacer lorsque Voss pénétra dans la chambre.

— Allons-y, dit-il à Angelica. Une voiture nous attend.

— Et Edouard ? s'enquit Rubey.

— Bélial l'avait généreusement payé. Il lui avait également promis de le transformer en vampire.

— Depuis quand nous espionnait-il ?

— Presque un an.

— Qu'as-tu fait de lui ?

— Il ne te causera plus aucun problème, répondit Voss d'une voix faussement légère. Plus jamais.

Rubey étouffa un juron.

— Chaque fois que tu viens ici, c'est la même chose ! s'emporta-t-elle.

— C'est sans doute pour cela que tu me fais payer tes services aussi cher, rétorqua-t-il.

Mais cette fois il n'y avait guère d'humour dans sa voix.

— Rien de ce que tu pourras me payer ne remplacera Ella, protesta vivement Rubey. C'était une amie.

— Je sais, soupira Voss. Et je te présente mes plus sincères excuses.

— Je ne veux pas de tes excuses. Tout ce que je veux, c'est que tu leur fasses payer ce qu'ils ont fait aujourd'hui : trouve Bélial et tue-le pour moi.

— Considère qu'il est déjà mort, répondit posément Voss.

Le ton glacé qu'il venait d'employer fit frissonner Angelica de la tête aux pieds. Elle savait déjà qu'il était un homme redoutable. Ne l'avait-elle pas vu combattre seul et sans arme deux vampires ? Mais elle discernait à présent une autre facette de sa personnalité, plus dure et plus impitoyable qu'elle ne l'avait imaginé.

Elle songea pourtant que c'était peut-être le prix à payer lorsque l'on avait fait vœu de traquer ces créatures de l'ombre.

— Allons-y, miss Woodmore. Le temps nous est compté.

Angelica hocha la tête et prit le bras qu'il lui tendait. Après avoir pris congé de Rubey, il l'escorta jusqu'au rez-de-chaussée. Au lieu de passer par le hall d'entrée, ils traversèrent une salle à manger privée, pénétrèrent dans les cuisines de l'établissement et empruntèrent la porte de service.

La voiture qui les attendait stationnait si près de l'entrée qu'il y avait tout juste un pas à faire pour pouvoir y monter. Voss aida Angelica à s'y engouffrer puis il y pénétra à son tour avant de claquer la portière derrière lui. Les rideaux étaient tirés, sans doute pour ne pas que l'on puisse les apercevoir de l'extérieur, et l'habitacle était plongé dans la pénombre.

— Où allons-nous, cette fois ? s'enquit Angelica.

— Dans un endroit plus sûr que celui-ci, répondit son compagnon. Quelque part où ils ne penseront jamais à venir vous chercher.

La façon dont il avait prononcé ces paroles la mit vaguement mal à l'aise.

— Pourquoi ne me ramenez-vous pas à Blackmont Hall ? suggéra-t-elle. L'endroit est sûr. N'est-ce pas ce que vous m'avez dit ?

Si tel n'était pas le cas, cela signifiait que sa sœur était en danger.

— Certes. Mais, comme je vous l'ai dit, je vais avoir besoin de votre aide. Alors je vous demande encore un peu de patience avant de vous ramener chez Dimitri, d'accord ?

Voss lui ayant sauvé la vie à deux reprises en moins de vingt-quatre heures, Angelica ne se sentait pas vraiment en position de refuser. D'ailleurs, son instinct lui soufflait que, si elle l'avait fait, Voss n'aurait pas tenu compte de son avis.

— C'est entendu, dans ce cas, déclara ce dernier en hochant la tête.

Sur ce, à la grande surprise d'Angelica, il rouvrit la portière, sauta à terre et grimpa à côté du cocher qui fouetta aussitôt ses chevaux. La voiture s'ébranla et partit à vive allure.

Angelica se renfonça sur son siège en fronçant les sourcils. Qu'avait-elle fait à Voss pour qu'il préfère voyager à l'extérieur plutôt qu'en sa compagnie ? Tenait-il soudain à protéger sa réputation ?

— C'est absurde, murmura-t-elle.

De fait, personne ne les avait vus quitter la maison close et les rideaux de la voiture étaient toujours tirés.

Peut-être voulait-il surveiller les environs et s'assurer qu'ils n'étaient pas suivis.

En tout cas, elle était très déçue de ne pouvoir passer un peu plus de temps en sa compagnie. Non seulement elle avait de nombreuses questions à lui poser mais, et surtout, elle avait besoin d'une présente réconfortante après les épreuves qu'elle venait de traverser.

Mais peut-être n'avait-il justement pas envie de la réconforter. Malgré le baiser passionné qu'ils avaient échangé au bal des Sterlinghouse, Voss n'avait ensuite manifesté aucun intérêt à son égard, maintenant même une certaine distance entre eux.

Peut-être avait-il été déçu par ce baiser. Cela n'avait rien d'impossible : après tout, elle n'avait pas l'expérience de ces choses-là et ne pouvait se mesurer au savoir-faire d'une tenancière de maison close.

Bien sûr, Voss lui avait dit que Rubey et lui n'étaient plus amants. Mais il l'avait peut-être fait dans le seul but de ménager sa susceptibilité.

Cette idée la déprimait au plus haut point. En effet, qu'elle le veuille ou non, son attirance envers Voss n'avait fait que se renforcer à mesure que le désir physique qu'il lui inspirait se doublait d'un mélange d'admiration et de respect.

Elle aurait aimé qu'ils deviennent de véritables amis. Plus que des amis même…

Mais une femme comme elle ne jouissait pas de la même liberté que quelqu'un comme Rubey. Elle ne pouvait se permettre de devenir la maîtresse de Voss. Or elle ne l'imaginait pas vraiment aller demander sa main à son frère.

Mieux valait se rendre rapidement à l'évidence : Voss et elle n'étaient pas faits l'un pour l'autre. Il l'avait galamment secourue et protégée. Ils avaient eu une conversation fascinante. Et elle n'oublierait pas de sitôt leur baiser passionné. Mais ils appartenaient à deux mondes différents et leurs chemins ne s'étaient croisés que par le plus improbable des hasards.

Dès demain ou après-demain, elle retrouverait son existence habituelle et le beau chasseur de vampires ne serait plus qu'un tendre souvenir…

Cette conviction l'emplissait d'une profonde mélancolie. Et elle se demandait si elle rencontrerait un jour un autre homme qui saurait éveiller en elle un tel écho.

Réprimant un soupir, Angelica inspecta l'intérieur de la

voiture sans autre but que de chasser les idées noires qui faisaient le siège de son esprit. C'est alors qu'elle aperçut un gant qui était tombé entre les deux banquettes.

Elle se pencha pour le récupérer et constata qu'il était bien trop large pour appartenir à une femme. En cuir noir, il possédait une doublure de soie très agréable au toucher. Au niveau du poignet, dans la partie intérieure, était brodé un monogramme figurant les lettres VAD.

Voss Arden Dewhurst.

Le rythme des battements de son cœur s'accéléra brusquement et elle jeta un regard coupable à l'extérieur de la voiture. Mais de là où il se trouvait Voss ne pouvait la voir.

Elle observa de nouveau le gant.

Oserait-elle ?

Voulait-elle seulement savoir ?

Alors même qu'elle formulait ces questions, elle sut qu'elle avait déjà trouvé la réponse. L'homme la fascinait beaucoup trop pour qu'elle rate cette occasion unique d'en apprendre un peu plus à son sujet.

Voss se laissait aller au roulis de la voiture tandis que les chevaux trottaient d'un bon pas à travers les rues de la ville. Il avait relevé le col du grand manteau qu'il portait et rabattu son chapeau à larges bords de façon à protéger entièrement son visage des rayons du soleil.

Ce n'était certainement pas la façon la plus sûre et la plus confortable de voyager. Mais il préférait de loin être assis en plein air que de se retrouver enfermé avec Angelica dans l'habitacle de la calèche.

Il lui était déjà malaisé de résister au désir qu'il avait d'elle. Mais sa blessure rendait les choses encore plus difficiles. L'odeur de son sang l'enivrait, éveillant une soif qu'elle seule aurait pu étancher.

Il l'avait senti à l'instant même où il avait pénétré

dans la chambre où elle s'était fait attaquer. Malgré le sang versé par la pauvre Ella, malgré la fureur que lui inspiraient les hommes de Bélial, il avait remarqué cette fragrance obsédante.

Fort heureusement, son combat contre les deux vampires lui avait permis d'exorciser la soif de sang qu'elle avait fait naître en lui. Il avait transformé en rage et en violence le désir brûlant qui l'habitait.

La vue du visage terrifié d'Angelica, l'odeur de sa peur l'avaient aidé à changer le prédateur qu'il était en protecteur et en gardien.

Jamais personne n'avait su éveiller un tel instinct chez lui. L'idée même de la perdre lui était insupportable et il était prêt à tout pour la défendre — y compris à se faire violence et à sacrifier ses propres pulsions.

Evidemment, cela le mettait dans une situation intenable. Il était littéralement déchiré entre deux facettes de lui-même qui se livraient une guerre sans merci et dont il n'aurait su dire qui sortirait vainqueur.

La seule idée de boire le sang d'Angelica éveillait en lui un mélange de désir presque insoutenable et, simultanément, d'horreur et de dégoût de lui-même.

La marque de Lucifer ne cessait de lui rappeler à sa façon ce dilemme. Jamais encore elle ne l'avait fait souffrir à ce point. C'était une torture de tous les instants, à tel point qu'il avait l'impression que sa peau était en train de se consumer.

Les balancements de la voiture n'arrangeaient rien et il serrait les dents de façon presque continue, s'efforçant par tous les moyens de faire abstraction du martyre qu'il endurait.

Lucifer n'appréciait sans doute pas le fait que l'un de ses protégés fasse passer le bien de quelqu'un d'autre avant le sien. De toute évidence, le désintéressement et la compassion ne figuraient pas au nombre des valeurs qu'il prônait.

Voss ne savait pas combien de temps encore il réussirait à résister à la douleur fulgurante qui rayonnait à travers tout son corps. Se rappelant la vision qu'il avait eue de la marque de Dimitri, il se demanda comment ce dernier parvenait à endurer cela.

Voss comprenait mieux à présent pourquoi il avait toujours l'air si grave et si préoccupé. Et il se sentit un peu coupable à l'idée qu'il était partiellement responsable de cette souffrance permanente…

A cette époque-là, plus d'un siècle auparavant, Dimitri Corvindale vivait encore à Vienne. Il venait d'investir dans la création d'un club privé. L'établissement était installé dans une immense bâtisse construite dans ce style baroque qui avait tant de succès depuis la fin du siège de la cité par les Turcs.

Pour célébrer l'inauguration de l'endroit, Dimitri avait invité de nombreux amis — pour la plupart des *draculs*. Voss comptait au nombre de ces convives. Il avait accepté avec plaisir l'invitation de Dimitri car il pensait avoir découvert l'*asthenia* de ce dernier.

Si ses déductions s'avéraient fondées, il s'agissait d'une pierre précieuse. Pour le vérifier, Voss se proposait d'avoir recours à un subterfuge particulièrement élaboré.

Il avait commandé à un artisan un service de gobelets argentés dans le pied desquels il avait fait enchâsser des gemmes différentes. Elles ne pouvaient se voir de l'extérieur, mais chacun de ces récipients possédait une marque différente.

Voss avait appris par cœur les correspondances entre chaque marque et chaque joyau. Il comptait faire boire Dimitri dans chaque gobelet jusqu'à découvrir lequel provoquait chez lui un affaiblissement révélateur. De cette façon, il détiendrait enfin le secret de l'*asthenia* du comte.

C'était précisément le genre de défi qu'appréciait Voss, une ruse élégante, raffinée, et nécessitant une conception et une exécution parfaites. Il se faisait d'ailleurs un plaisir de jouer un tel tour à Dimitri sans que ce dernier se doute de rien.

Hélas, les choses ne s'étaient pas déroulées du tout comme il l'avait espéré initialement…

Il était entré sans difficulté et, s'il avait dû déposer ses armes au vestiaire, il avait pu garder le coffret contenant les gobelets qu'il avait prétendu vouloir offrir à un ami présent ce soir-là.

Il s'était rendu dans le patio du club où les invités s'étaient rassemblés. Certains jouaient aux cartes, d'autres discutaient autour de la fontaine centrale, d'autres encore écoutaient la jeune violoniste prodige qui donnait un récital à la lueur de la lune.

L'ambiance était détendue et chaleureuse. Les *draculs* invités se faisaient apporter des pichets de sang frais, mais il y avait aussi toutes sortes de substances à disposition : tabac et chocolat venus des Amériques, haschisch originaire d'Afrique du Nord et même de l'opium importé de l'Orient lointain. Quant aux mets et aux boissons qui étaient proposés, ils étaient au diapason de cette soirée raffinée.

Voss s'était réjoui d'être venu de loin pour assister à ce qui s'annonçait comme une fête exceptionnelle. Il avait notamment été impressionné par les femmes qui se trouvaient là. Il ne s'agissait pas de vulgaires prostituées prêtes à offrir leurs corps — et leurs veines — au plus offrant, mais de courtisanes aussi élégantes que séduisantes.

La plus remarquable d'entre elles avait hélas mis un terme à ses activités depuis qu'elle était devenue la maîtresse de Dimitri Corvindale. Lerina et lui étaient très proches, si proches en réalité que Voss s'était souvent demandé si le comte n'était pas bel et bien tombé amoureux de la belle.

La chose n'était sans doute pas si absurde qu'il y paraissait. Sous des dehors un peu brusques, Dimitri avait toujours été un sentimental. Et, malgré la pointe de jalousie que cette union harmonieuse faisait naître en lui, Voss se réjouissait que Corvindale ait enfin trouvé une compagne.

Qui sait ? Cela lui permettrait peut-être de se détendre et de se montrer un peu moins exigeant envers lui-même et envers les autres. Car c'était ce trait de caractère qui avait jusqu'alors dissuadé Voss de le considérer comme un véritable allié.

Après être allé le saluer et l'avoir chaleureusement félicité pour la qualité du cadre et de l'ambiance, Voss lui avait proposé de trinquer et avait rempli deux des timbales qu'il avait fait fabriquer.

Pour mettre toutes les chances de son côté et accentuer la sensibilité de Dimitri à son *asthenia*, Voss avait pris soin d'ajouter à la boisson une généreuse dose d'extrait de *salvia*.

Une gorgée de cette mixture aurait probablement suffi à plonger un mortel dans un profond sommeil. Mais, dans le cas d'un *dracul*, elle provoquait seulement un léger affaiblissement et un abaissement du seuil de résistance.

Pour ne pas attirer la suspicion de son hôte, Voss avait lui aussi avalé cette mixture, tout en devisant avec Dimitri et Lerina qui était particulièrement en beauté ce soir-là. Mais, alors qu'il s'apprêtait à procéder à l'échange des gobelets, l'un des domestiques du club était venu trouver Dimitri, lui apportant le coffret ainsi que la bouteille à moitié vide contenant l'extrait de *salvia*.

— Monsieur le comte, j'ai trouvé ceci caché derrière un rideau, avait indiqué le dévoué valet.

Voss s'était efforcé d'adopter une attitude parfaitement décontractée tandis que Dimitri ouvrait la boîte et découvrait les emplacements où étaient rangés les gobelets restants.

Voss le vit se raidir. Son visage pâlit brusquement tandis que de petites gouttes de transpiration se formaient sur son front. Cette réaction confirmait le fait que Voss ne s'était pas trompé : l'une des gemmes qui se trouvaient là constituait bien l'*asthenia* du comte.

Evidemment, il lui serait à présent très difficile de déterminer laquelle…

— On dirait que vous avez découvert le présent que je comptais vous offrir, prétendit-il. J'espère qu'il vous plaît. Je l'ai fait faire spécialement pour vous.

— Je n'en doute pas, avait répliqué Dimitri, furieux. Et vous espériez sans doute me piéger…

Sa voix tremblait légèrement, de même que sa main. De toute évidence, l'extrait de *salvia* avait parfaitement rempli son office, rendant le comte nettement plus réceptif à l'influence de son *asthenia*.

— Je devrais vous tuer, poursuivit-il en foudroyant Voss du regard. Mais au nom des services que vous m'avez rendus autrefois je ne le ferai pas. Sachez en revanche que vous n'êtes plus le bienvenu ici, Voss. Ni dans aucun des établissements détenus par moi ou par l'un de mes alliés. Vous êtes allé trop loin, cette fois. Et, si vous vous avisez de nouveau de contrarier mes intérêts, je vous jure que je ne serai pas aussi clément. Est-ce bien compris ?

— Parfaitement, avait répondu Voss, qui savait qu'il n'était pas de taille à affronter Corvindale sur son propre terrain, au milieu de ses amis.

Il se sentait humilié et particulièrement déprimé à l'idée de devoir rentrer seul à son auberge au lieu de profiter de cette magnifique soirée.

— Je vous laisse, dit-il en s'efforçant de préserver un semblant de dignité.

Mais Dimitri ne l'écoutait déjà plus. Son attention

avait été captée par l'arrivée d'un groupe d'hommes qui venaient de s'avancer dans le patio. Il y avait là Cezar Moldavi et cinq de ses sbires.

A cette époque, Voss ne savait encore que très peu de choses au sujet de Moldavi. Il avait cependant compris très rapidement que ce dernier ne serait jamais de ses alliés. Il était bien trop violent, trop imprévisible et trop égocentrique pour cela.

Chaque fois qu'ils s'étaient croisés, Voss avait été frappé par la morgue et le mépris qu'affichait Moldavi. Il était évident qu'il se considérait comme infiniment supérieur aux autres *draculs*. Peut-être était-ce parce qu'il était l'un des plus âgés d'entre eux, le plus proche de leur ancêtre commun, Vlad Tepes.

Il n'était pourtant pas le plus gracieux des hommes. De petite taille, les membres tors, il aurait même pu passer pour contrefait. Il n'était pas non plus le plus riche des *draculs*. Même Voss était plus fortuné que lui et il l'était pourtant nettement moins que Dimitri, par exemple.

Son véritable pouvoir était politique. Moldavi était un intrigant, ayant su gagner l'oreille des principaux monarques d'Europe. Directement ou de façon détournée, il conseillait tous les potentats du vieux continent.

Nombre de *draculs* ne saisissaient pas l'intérêt de la chose : après tout, la plupart d'entre eux se considéraient comme exempts des lois des hommes. Ils formaient une société à part, avec ses règles propres.

Ce n'est qu'avec les années qu'ils avaient fini par comprendre le sens de l'action de Moldavi. A mesure que le temps s'écoulait, le monde paraissait devenir plus étroit. Il devenait difficile d'échapper vraiment aux rets de la société humaine qui devenait chaque jour plus structurée, plus organisée.

Et au centre de cette toile, telle une araignée avide et bouffie de suffisance, trônait Moldavi.

Mais tout cela était encore loin, en ce soir de 1690 où Moldavi avait fait irruption chez Corvindale sans y avoir été invité. En prenant note de sa présence, le comte avait jeté à la cantonade.

— Qui donc a invité ce tueur d'enfants ? Je croyais pourtant avoir clairement indiqué que je ne voulais pas de lui chez moi.

— Dimitri ! s'était exclamé Moldavi d'un air faussement aimable. Inutile de monter sur tes grands chevaux ! Ceci n'est qu'une petite visite de courtoisie. Je passais par là et je me suis dit en moi-même : pourquoi ne pas aller voir à quoi ressemble ce fameux club ?

Voss n'était pas dupe de la bonhomie affichée par Moldavi : il savait pertinemment qu'il n'était pas le bienvenu et que sa présence en ces lieux constituait une provocation délibérée.

— L'endroit est charmant, déclara Moldavi en englobant le bâtiment d'un geste nonchalant de ses doigts bagués.

Dimitri ne s'avança pas vers lui. Voss remarqua qu'il se tenait au dossier de sa chaise comme s'il n'était pas sûr de pouvoir rester debout. La *salvia* qu'il avait ingérée et son *asthenia* qui se trouvait toujours dans le coffret posé devant lui devaient l'affaiblir considérablement.

Voss aurait sans doute trouvé la situation très amusante si un sombre pressentiment ne s'était pas insinué en lui. Plus il y réfléchissait et plus la présence de Moldavi lui paraissait de mauvais augure.

— Que venez-vous faire dans ce club ? demanda Dimitri au nouveau venu. Il n'y a pas ici d'enfants à vider de leur sang, j'en ai peur.

— Quel dommage, répliqua Moldavi, refusant visiblement de se laisser provoquer par les insultes de Dimitri. C'est le plus délicieux des breuvages, le plus pur et le plus onctueux…

Voss ne put réprimer un frémissement de dégoût. Si

les *draculs* n'avaient pas un respect immodéré de la vie humaine, rares en revanche étaient ceux qui s'en prenaient aux enfants. Peut-être était-ce parce que chacun d'entre eux se rappelait avec émotion cette époque de sa vie où il était encore pur et innocent.

Mais Moldavi n'avait pas de telles réserves. Il tuait sans discernement, ayant depuis fort longtemps abandonné tout semblant de morale. Récemment, les autorités de la ville avaient été sollicitées par la populace, en raison de la disparition de nombreux enfants.

Une enquête diligemment menée avait permis de découvrir les corps de dizaines de bambins âgés de quatre à huit ans sur l'une des propriétés de Cezar Moldavi. Malheureusement, ce dernier était bien trop riche et trop influent pour pouvoir être inquiété.

Il avait offert son aide aux autorités et avait même fourni un coupable, un simple d'esprit qui n'avait jamais vraiment compris ce qu'on lui reprochait et qui avait été pendu après un procès expéditif.

La justice humaine s'était satisfaite de cette conclusion, mais les *draculs* ne se faisaient aucune illusion quant à l'identité du véritable responsable. Depuis lors, Moldavi avait chargé ses hommes d'enlever des enfants dans les campagnes reculées du pays de façon à ne plus attirer l'attention.

— Vous me dégoûtez, déclara posément Dimitri.

Ses yeux avaient pris une teinte rougeâtre et paraissaient lancer des éclairs. Il se contrôlait cependant assez pour ne pas montrer les dents, contrairement à plusieurs invités que Moldavi paraissait avoir profondément indisposés.

— Comme je le disais, reprit le maître des lieux, je ne crois pas vous avoir convié.

— Oh ! mais je suis persuadé que ce n'est là qu'un oubli bien pardonnable, répliqua Moldavi. Et, comme je ne suis pas rancunier, j'ai décidé de vous apporter un présent — le plus somptueux des présents — pour sceller notre amitié...

Il fit un pas de côté et se tourna vers la porte qui permettait d'accéder au patio et par laquelle venait d'entrer une femme vêtue d'un lourd manteau à capuchon, qui la dissimulait des pieds à la tête.

L'un des hommes de Moldavi s'était avancé pour lui ôter ce vêtement et Voss n'avait pu retenir un petit soupir d'admiration en découvrant l'une des plus belles femmes qu'il lui ait jamais été donné de contempler.

Elle semblait sortie d'un rêve. Son beau visage à la peau ivoirine était parfaitement dessiné : le nez droit, légèrement aquilin, la bouche fine, des yeux bleus très clairs qui contrastaient avec la couleur de jais de ses longs cheveux.

La robe noire qu'elle portait soulignait à merveille sa silhouette magnifique, révélant plus qu'elle ne masquait une poitrine menue mais parfaitement formée et un corps athlétique.

Mais ce qui frappa Voss tout autant que sa beauté, ce fut le mélange de tristesse et de résignation qui se lisait dans son regard. Il y avait en elle une mélancolie presque palpable. Elle paraissait cependant lointaine, distante, comme si elle n'était pas réellement là.

Il se demanda si elle n'était pas sous l'emprise de quelque drogue. Pourtant, il était évident qu'il s'agissait d'une *dracul*.

— Je ne veux pas de vos présents, déclara Dimitri, qui ne paraissait guère impressionné par ce magnifique ange noir. Et encore moins de votre sœur. Offrez-la à un autre puisque vous semblez tellement décidé à jouer les proxénètes !

Voss considéra avec stupeur la jeune femme qui n'avait pas réagi à l'insulte et ne paraissait même pas l'avoir entendue. Ainsi c'était donc là la célèbre Narcise, sœur de Cezar Moldavi ?

Il paraissait difficile de croire qu'une beauté aussi resplendissante puisse être du même sang que ce gnome contrefait et haïssable.

Voss ne comprenait d'ailleurs pas vraiment comment Dimitri pouvait refuser un présent comme celui-ci. A sa place, il ne se serait certainement pas embarrassé de tels principes. Mais c'était sans doute ce qui les distinguait depuis toujours…

Contrairement à Narcise, les hommes de Moldavi avaient réagi aux insultes de Dimitri, échangeant des regards incrédules. Ils n'avaient visiblement pas l'habitude de voir leur chef traité de la sorte.

Ce dernier avait également perdu le flegme dont il avait réussi à faire preuve jusqu'alors. Ses yeux trahissaient une rage qu'il ne contenait qu'à grand-peine.

— Seriez-vous en train d'insulter ma sœur ? demanda-t-il d'une voix vibrante de colère.

— Mais pas du tout, répliqua Dimitri. La galanterie ne me le permettrait pas. C'est uniquement vous que j'insulte.

A ce moment de la soirée, Voss avait jugé préférable d'opérer une retraite stratégique. Il l'avait fait la mort dans l'âme, curieux de savoir comment la situation évoluerait. Mais il n'avait aucune intention de devenir la victime collatérale d'un conflit qui ne le concernait nullement.

Ce n'est que plusieurs mois plus tard qu'il avait appris ce qui s'était passé ensuite. D'après les témoins qu'il avait interrogés juste après son départ, Moldavi avait feint de vouloir se retirer lui aussi. Mais au lieu de cela il avait brusquement sorti un pieu qui était caché dans l'une de ses bottes et il s'était jeté sur Dimitri avec l'intention évidente de le faire passer de vie à trépas.

Une lutte acharnée s'en était suivie. En temps normal, Dimitri n'aurait probablement fait qu'une bouchée de son adversaire mais, affaibli par la *salvia* et par son *asthenia*, il avait bien failli se faire tuer et n'avait dû sa survie qu'à l'intervention de certains de ses amis.

Les hommes de Moldavi étaient alors passés à l'offensive et la dispute s'était transformée en bataille rangée. Personne ne savait comment l'incendie avait commencé. Il était probable que, dans la mêlée générale, l'un des braseros qui éclairaient le patio avait été renversé, enflammant les tentures qui décoraient les lieux.

Le feu s'était rapidement propagé dans l'enceinte du club. Dans la panique qui s'en était suivie, Moldavi avait pris la fuite. Quant à Dimitri, il avait perdu l'établissement qu'il venait de faire bâtir. Un incident dont il se serait sans doute consolé rapidement si sa maîtresse Lerina n'avait pas péri dans l'incendie.

Depuis ce jour, une haine farouche l'opposait à Moldavi. Quant à Voss, il le considérait comme partiellement responsable de cette terrible débâcle. Et peut-être n'avait-il pas entièrement tort…

9

OÙ LA CONFIANCE DE NOTRE HÉROÏNE SE VOIT CRUELLEMENT TRAHIE.

La voiture avait remonté à vive allure le Strand en direction de Fleet Street avant de suivre Cannon Street, Gracechurch Street et de déboucher dans Bishopsgate Street.

Elle tourna enfin dans l'une des petites venelles secondaires qui lui étaient perpendiculaires et se gara devant une petite taverne appelée le Lion d'or, mais que la plupart des gens du quartier appelaient simplement « chez Maude », du nom de la propriétaire.

L'endroit ne payait pas de mine, mais Maude était quelqu'un de confiance qui, contrairement à Rubey, n'avait aucun lien avec le monde des *draculs*. Elle savait seulement que Voss était un gentleman fortuné qui aimait parfois venir s'encanailler dans les quartiers modestes.

Voss avait envisagé de quitter Londres directement, mais il avait estimé préférable en fin de compte de ne voyager que la journée, alors que la plupart des hommes de Bélial étaient condamnés à se terrer dans l'ombre.

Fort heureusement, il était l'un des rares *draculs* à pouvoir s'aventurer à l'extérieur durant le jour. Tant qu'il évitait de s'exposer directement aux rayons du soleil, il ne risquait qu'un mal de tête et une sensation de nausée.

Lorsque le ciel était très nuageux, il pouvait même se passer de protection durant plusieurs minutes.

Cela lui donnait souvent un avantage stratégique, lui permettant d'agir alors que ses ennemis étaient réduits à l'impuissance, et surtout de communiquer avec les humains qui, pour la plupart, préféraient traiter leurs affaires de jour plutôt que de nuit.

C'est ainsi qu'il avait pu étendre son réseau de contacts et d'informateurs bien au-delà des cercles que fréquentaient habituellement ses semblables.

Son chauffeur gara la voiture derrière le Lion d'or et Voss sauta prestement à terre. Un rapide coup d'œil aux alentours lui confirma que personne ne les avait suivis jusqu'ici. Il alla donc ouvrir la portière.

Il s'attendait à ce qu'Angelica lui fasse des reproches, à ce qu'elle l'interroge sur la raison pour laquelle il l'avait abandonnée de la sorte. Mais elle se contenta de lui adresser un regard glacial.

— Suis-je censée descendre ? lui demanda-t-elle froidement. Ou bien vous êtes-vous décidé la mort dans l'âme à voyager en ma compagnie ?

La colère qui l'habitait ne faisait paradoxalement que souligner le charme qui se dégageait d'elle en cet instant. Il y avait en elle tant de pureté, tant d'innocence. Elle n'était plus une enfant mais pas encore une femme. Et elle n'avait probablement pas conscience de la fascination grandissante qu'elle exerçait sur lui.

— Je pensais qu'un petit rafraîchissement nous ferait du bien, expliqua-t-il.

Elle jeta un coup d'œil par la portière et aperçut l'enseigne de l'auberge.

— Croyez-vous que l'endroit soit sûr, cette fois ? lui demanda-t-elle.

— Je le pense, déclara-t-il. Mais, quoi qu'il arrive,

sachez que je serai là pour vous défendre, Angelica. Je ne laisserai rien de mal vous arriver.

Elle hocha la tête sans paraître réellement convaincue.

— Est-ce que ceci vous appartient ? lui demanda-t-elle alors en lui tendant un gant.

— Oui. Je me demandais où il était passé. Merci de l'avoir retrouvé.

Elle lui jeta un regard étrange et il se demanda ce que son expression indéchiffrable pouvait bien cacher. Sa propre incertitude le mit mal à l'aise. N'était-il pas censé être celui qui contrôlait la situation ?

Il s'était déjà laissé abuser par Edouard, qui les avait vendus à Bélial. Il n'était pas intervenu suffisamment vite pour sauver Ella et avait peut-être perdu une alliée précieuse en la personne de Rubey. Et voilà que face à Angelica il se faisait l'effet d'un adolescent indécis.

Réprimant une pointe d'agacement, il tendit le bras à Angelica et l'escorta jusqu'à l'entrée de service du Lion d'or. Il sortit la clé que lui avait confiée Maude et ouvrit, révélant un couloir qui desservait un certain nombre de chambrettes bien plus modestes que celles de Rubey, mais propres et bien tenues.

L'une des portes était ouverte, indiquant que la pièce était libre, et Voss y fit entrer Angelica. Celle-ci considéra les lieux d'un œil critique, songeant probablement qu'une fois de plus elle allait se retrouver seule avec un homme dans une chambre à coucher au mépris de toutes les convenances.

Elle se garda pourtant de le mentionner, résignée peut-être à endurer ces manquements répétés au code du savoir-vivre.

Dans la salle principale qui se trouvait au bout du couloir, une femme se mit à chanter tandis qu'un pianiste l'accompagnait sur un instrument qui aurait eu grand besoin d'être accordé.

Cette joyeuse cacophonie couvrit fort heureusement les gémissements très explicites qui provenaient de l'une des chambres voisines.

— Une maison close et maintenant un hôtel de passe, s'exclama Angelica d'un ton à la fois réprobateur et fataliste. Décidément, les choses vont de mal en pis…

Voss ne put s'empêcher de sourire, frappé une fois de plus par l'aplomb dont elle savait faire preuve. A sa place, la plupart des jeunes femmes se seraient probablement laissé abattre. Mais Angelica était d'une tout autre trempe.

— Asseyez-vous, lui suggéra-t-il en désignant la petite table qui se dressait dans un coin de la pièce et sur laquelle étaient posés une bouteille de whisky et deux verres. Est-ce que vous voulez boire quelque chose ?

Il se sentait étrangement embarrassé, dans cette chambre à coucher, en compagnie d'une femme qu'il désirait, sans trop savoir si la réciproque était vraie.

— Qu'est-ce qui vous fait rire ? lui demanda-t-elle.

— La situation dans laquelle nous nous trouvons, répondit-il.

— Je ne vois vraiment pas ce qu'elle a de drôle !

Ils furent interrompus par quelques coups frappés à la porte. Presque soulagé par cette diversion, Voss alla ouvrir et commanda à manger et à boire.

— Comment va votre pied ? s'enquit-il lorsque ce fut fait.

— Ce n'est rien, vraiment, assura-t-elle. Je me suis juste coupée sur un morceau de verre.

Un silence pesant s'ensuivit. Jamais Voss ne s'était senti aussi mal à l'aise en tête à tête avec une femme. Que lui arrivait-il donc ? Où était passé ce charme qui avait fait tourner tant de têtes et vaciller tant de cœurs ?

Comment pouvait-il se laisser déstabiliser par une femme qui était sa cadette de cent vingt ans ?

Mais Angelica n'était pas une femme comme les autres. Le don qu'elle possédait lui avait appris dès son plus jeune âge à vivre en paix avec l'idée de la mort. Elle avait trouvé en elle la force d'apprivoiser cette perspective qui terrifiait la plupart des gens — y compris lui-même.

Comme il se faisait cette réflexion, une question s'imposa à lui, aussi évidente qu'indicible. Sans doute aurait-il dû l'enterrer au plus profond de son esprit et ne plus y penser, mais elle lui échappa avant même qu'il n'ait eu le temps d'y réfléchir.

— Est-ce que vous avez vu le moment de votre propre mort ?

Les yeux d'Angelica s'élargirent légèrement sous l'effet de la surprise. Elle ne répondit pas immédiatement et Voss crut un moment qu'elle n'allait pas le faire.

— Non, souffla-t-elle enfin. J'avoue que j'ai essayé une fois... J'ai tenu l'un de mes gants et je me suis concentrée comme je le fais d'ordinaire. Mais je n'ai rien vu. C'est peut-être mieux ainsi, d'ailleurs.

Elle haussa les épaules.

— Je ne sais pas ce qui se serait passé si j'avais vu quelque chose. Aurais-je été soulagée d'avoir la réponse à cette question que tout le monde se pose ? Aurais-je passé mon temps à penser à ce qui m'attendait ?

Voss hocha la tête. Il n'aurait su dire comment lui-même aurait réagi dans une situation semblable. Et il se demanda si, disposant d'une telle information, il aurait accepté de devenir un *dracul*.

Curieusement, cette question le déprima. Il gagna la table et déboucha la bouteille de whisky avant de se remplir un verre.

— Est-ce que vous en voulez un ? demanda-t-il à Angelica.

— Je n'ai jamais goûté. A quoi est-ce que cela ressemble ?

— C'est très fort.

Elle hésita avant de hocher la tête.

— Pourquoi pas ? soupira-t-elle. Au point où nous en sommes…

Il lui servit un verre avant de tendre le sien. Ils trinquèrent et avalèrent chacun une gorgée d'alcool. Angelica se mit aussitôt à tousser tandis que Voss grimaçait.

— Effectivement, s'exclama-t-il en riant. C'est fort… Mais ce n'est pas pire que le tord-boyaux que je buvais dans le Kentucky…

Sous le regard amusé de Voss, Angelica avala une nouvelle gorgée d'alcool.

— Faites attention, dit-il, vous pourriez y prendre goût.

— Ne vous en faites pas : il y a peu de chances pour qu'on me propose de ce *tord-boyaux*, comme vous dites, dans les soirées que je fréquente d'ordinaire.

— Sans doute, concéda Voss en riant. Je n'imagine pas les Lundhames ou les Sterlinghouse en train de servir ce genre de breuvage lors de leurs grands bals annuels…

Un pâle sourire se dessina sur les lèvres d'Angelica et disparut presque aussitôt. Voss vit une ombre passer dans ses yeux et elle avala une nouvelle gorgée.

— Qu'y a-t-il ? lui demanda-t-il.

— Je pense à ce qui s'est passé chez Rubey, avoua-t-elle.

Il hocha la tête. En tant que *dracul*, il s'était depuis longtemps familiarisé avec ce genre de violence. Mais il n'en allait pas de même pour Angelica qui avait toujours vécu dans un environnement très protégé. Et, bien qu'elle fasse preuve d'une force de caractère peu commune, elle n'en devait pas moins être très affectée par les événements de ces dernières vingt-quatre heures.

— Je suis désolé, soupira-t-il. Rubey et moi étions dans son bureau où je réglais mes dettes. Jamais nous n'avons pensé que l'un de ses employés pourrait la trahir. Et jamais nous n'avons imaginé que les hommes de Bélial pouvaient nous attaquer en plein jour…

— Alors cette partie de la légende est vraie ? Les vampires craignent la lumière du soleil.

Voss hocha la tête.

— Elle leur est fatale. Quoi qu'il en soit, ce n'est qu'en revenant dans la salle principale que nous avons découvert le cadavre de l'homme qui tenait le bar. Je me suis précipité à l'étage, mais il était déjà trop tard pour Ella. Fort heureusement, les filles étaient toutes sorties, ce jour-là. Sinon, cela aurait pu se terminer en un véritable bain de sang…

L'expression était sans doute mal choisie. Mais, alors même qu'il l'employait, Voss s'aperçut que c'était la première fois depuis très longtemps qu'il se sentait vraiment concerné par la mort d'un être humain.

Certes, il n'en avait pas tué lui-même depuis près d'un siècle. Très vite, il avait appris à réguler sa soif de sang de façon à ne prendre que ce qui lui était nécessaire pour vivre. Mais nombre de *draculs* ne s'embarrassaient pas de tels principes et tuaient leurs victimes sans le moindre état d'âme.

Ceux-là considéraient qu'ils étaient des prédateurs et qu'en tuant un être humain ils n'étaient pas plus coupables de meurtre qu'un lion ou un tigre ne l'aurait été.

Ce raisonnement se serait tenu si les *draculs* avaient été fondamentalement différents des humains. Or ce n'était pas le cas : avant leur transformation, ils avaient appartenu à cette espèce. Et peut-être en faisaient-ils encore partie malgré leurs différences et leurs capacités particulières.

Penser le contraire revenait à jouer le jeu de Lucifer. Car c'était lui et nul autre qui avait inspiré cette soif de sang à ses créatures. Ce faisant, il les avait prises au piège, les poussant à tuer sans discrimination alors même que cela n'était pas nécessaire.

La liberté que les *draculs* avaient de ne pas le faire était la garantie de leur damnation. C'était peut-être ce qu'avait compris Corvindale, ce qui expliquait la morale inflexible qu'il s'imposait…

— Combien de temps encore vont-ils continuer à me poursuivre ? s'enquit alors Angelica.

— Les hommes de Moldavi ? Ils n'arrêteront pas tant que leur maître n'aura pas récupéré sa sœur ou tant qu'il n'aura pas vengé l'injure que lui a faite Chas en la kidnappant.

— Vous dites que Chas a enlevé la sœur d'un vampire ? s'exclama Angelica.

— Oui, répondit-il gravement. Mais, à dire vrai, je ne sais pas s'il s'agit réellement d'un enlèvement…

— Que voulez-vous dire ?

— Eh bien, il est fort possible qu'ils se soient enfuis ensemble, répondit-il.

Angelica le considéra avec stupeur.

— Tout cela n'est que conjectures, reprit-il. Tout ce que l'on sait, en réalité, c'est que Moldavi est convaincu que Chas et Narcise se trouvent ensemble. Ils ont été aperçus tous les deux à Paris pour la dernière fois.

— A Paris ?

Voss hocha la tête.

— Moldavi est un proche de Bonaparte et cela fait quelques années qu'il s'est installé là-bas… Quoi qu'il en soit, tant qu'il n'aura pas retrouvé sa sœur, vous serez en danger.

— Je ne peux pas croire que Chas se soit enfui avec une vampire, s'écria Angelica. A moins que cette Narcise n'en soit pas une…

— Si, c'est bien le cas, indiqua-t-il.

— Je ne comprends pas, objecta-t-elle. Vous avez bien dit que mon frère était un chasseur de vampires.

— L'un des meilleurs qui soit, lâcha-t-il.

— Alors pourquoi se serait-il enfui avec l'une de ces créatures ?

Voss hésita. Il avait vraiment l'impression de marcher sur une fine couche de glace qui pouvait céder sous ses pieds à tout moment. Mais peut-être était-il temps d'en finir une fois pour toutes avec cette mascarade et de lui avouer qui il était réellement…

— Je n'arrive pas à croire que Chas ait pu s'éprendre de l'un de ces monstres ! reprit Angelica d'une voix légèrement tremblante. Ils tuent les gens et boivent leur sang !

Comment aurait-elle pu deviner qu'en cet instant même elle était assise auprès de l'un de ces êtres qu'elle traitait de monstres ? Pouvait-il vraiment courir le risque de lui dire la vérité ? Etait-elle capable de l'entendre ? De comprendre que tous les *draculs* n'étaient pas forcément des créatures sanguinaires et sans âme ?

— Angelica…, souffla-t-il.

— Jusqu'à aujourd'hui, je pensais que ces histoires de vampires n'étaient que des légendes, des contes pour enfants que nous racontait notre grand-mère. Mais, puisqu'elles sont bien réelles, cela signifie que Chas est en danger.

— Ce que je sais de votre frère m'incline à penser qu'il est parfaitement capable de se défendre, répliqua Voss. Je ne pense pas que sa vie soit menacée.

— Oh ! Je sais qu'elle ne l'est pas, rétorqua Angelica.

— Comment pouvez-vous en être si sûre ? lui demanda Voss, curieux. Est-ce que vous l'avez *vu* ?

A cet instant, ils furent interrompus par quelqu'un qui frappait à la porte. Voss alla ouvrir et prit le plateau qu'avait apporté une serveuse et sur lequel étaient disposés une bouteille de vin, une miche de pain et une assiette contenant des morceaux de fromage et de la charcuterie.

— Je n'ai pas faim, lui dit Angelica avec un sourire un peu crispé. Ce qui s'est passé aujourd'hui m'a coupé l'appétit. Je ne cesse de repenser à cette pauvre Ella.

Da fait, elle était d'une pâleur de cire. C'était peut-être

le contrecoup du choc qu'elle avait subi, à présent que la tension nerveuse était retombée.

— Vous devriez peut-être reprendre un peu de whisky, lui suggéra-t-il.

Elle lui décocha un pâle sourire.

— Est-ce que par hasard vous seriez en train d'essayer de me soûler ?

Voss se prit à songer que l'expérience pourrait n'être pas déplaisante. Mais il se garda bien d'exprimer une telle pensée à voix haute.

— Avant que nous ne soyons interrompus, vous me disiez que votre frère ne courait aucun danger, lui rappela-t-il.

— C'est vrai.

— Comment le savez-vous ?

Elle hésita un instant, prenant le temps d'avaler une gorgée de whisky.

— Je ne l'ai jamais dit à personne, répondit-elle enfin. Et je ne suis pas certaine de vouloir vous en parler, milord.

— Appelez-moi Voss, lui dit-il. Après tout ce que nous avons vécu ensemble au cours de ces dernières heures, il serait temps que vous m'appeliez par mon prénom…

— Cela ne ferait que compliquer un peu plus la situation, objecta-t-elle.

— Que voulez-vous dire ?

— Si nous ne rentrons pas rapidement à Blackmont Hall, la nouvelle de ma disparition va finir par se répandre. Tôt ou tard, on apprendra que je me trouvais en votre compagnie. Et c'en sera fini de ma réputation. Les mauvaises langues sont promptes à tirer des conclusions hâtives. Et les médisances sont souvent plus savoureuses que la vérité…

— Est-ce si important ?

Angelica lui lança un regard amusé.

— On voit bien que vous êtes un homme, argua-t-elle.

— Que voulez-vous dire ?

— Que le plus grand bien qu'une femme possède, c'est sa vertu. Qui la perd ne peut espérer trouver sa place dans le monde. Aucun gentleman digne de ce nom ne voudrait d'une femme dont la réputation serait compromise. Or mon frère espère bien me marier cette année ou la prochaine.

Voss se prit à songer qu'Angelica était la sœur d'un chasseur de vampires. Et Chas n'apprécierait guère qu'un *dracul* la séduise, même si ses intentions étaient honorables. A ces yeux, Voss et ses semblables étaient des créatures du diable. Et en cela il n'avait pas complètement tort…

— Avez-vous déjà rencontré quelqu'un avec qui vous aimeriez vous marier ? s'enquit-il, curieux. Ou quelqu'un qui aimerait faire de vous son épouse ?

Il ne pouvait nier le fait que cette idée éveillait en lui une pointe de jalousie. Il n'aurait su dire d'ailleurs pourquoi il s'entêtait à poursuivre cette conversation, alors qu'il aurait dû lui parler de ce service qu'il comptait lui demander.

— Eh bien, fit-elle. Lord Harrington est quelqu'un de tout à fait charmant. Et c'est un excellent parti. De plus, je crois savoir que je ne lui suis pas totalement indifférente…

Voss croyait se souvenir de l'homme dont elle parlait. Et il devait bien reconnaître qu'Angelica et lui formeraient un très joli couple. Mais cette seule idée lui était éminemment désagréable.

— Est-ce que vous l'aimez ? demanda-t-il pourtant.

Angelica le considéra avec une pointe d'amusement mêlé de curiosité.

— Jamais je n'aurais imaginé que vous puissiez être aussi sentimental, riposta-t-elle.

Voss se sentit un peu embarrassé par cette pique.

— Mais pour vous répondre plus sérieusement, reprit-elle d'un ton plus mélancolique, la plupart des femmes de ma condition n'ont pas le luxe de se poser ce genre de questions. C'est rarement nous qui choisissons notre conjoint, vous savez. Les hommes nous demandent en mariage. Et nos pères ou nos frères — encore des hommes — donnent leur consentement ou imposent un refus. Les plus chanceuses ont voix au chapitre. Mais même dans ce cas les options qui leur sont offertes sont limitées. Lorsque l'on tient compte des nombreux paramètres qui président au choix d'un conjoint, il ne reste généralement que peu de possibilités.

— Voilà une façon bien déprimante de considérer les choses, s'exclama Voss.

— Peut-être, concéda Angelica. Mais ce n'est pas moi qui ai écrit les règles tacites qui régissent les relations entre les hommes et les femmes…

— N'avez-vous jamais rêvé que les choses puissent être différentes ?

Angelica le considéra d'un air incertain, hésitant visiblement à répondre à cette question.

— A quoi pourraient bien servir de telles illusions ? demanda-t-elle enfin.

Voss songea avec une pointe d'autodérision que cette remarque désabusée pouvait s'appliquer tout aussi bien à lui. Quelque peu déprimé par ce constat, il se resservit un verre de whisky et en avala une profonde gorgée.

— On dirait que les choses n'ont pas beaucoup changé depuis que je suis parti aux Amériques…, murmura-t-il.

— Vous avez vécu en Amérique ? s'exclama Angelica, émerveillée.

Il hocha la tête.

— Comment est-ce ?

— Très différent d'ici, répondit-il. Plus primitif, plus sauvage… Mais les gens sont plus libres. C'est une terre où tout reste à bâtir.

— Ce doit être merveilleux, murmura-t-elle, rêveuse.

Décidément, songea Voss, Angelica ne cessait de

l'étonner. La plupart des femmes de sa condition auraient été horrifiées à l'idée de partir pour les anciennes colonies.

— Vous étiez sur le point de me dire quelque chose que vous n'avez jamais dit à personne, lui rappela alors Voss. A moins que vous n'ayez changé d'avis…

— Vous devez me promettre que cela restera entre nous, milord.

— Ne vous ai-je pas demandé cent fois de m'appeler Voss ? soupira-t-il.

— Donnez-moi votre parole, Voss.

C'était une chose qu'il évitait généralement de faire. Lorsque l'on était passé maître comme lui dans l'acquisition et le commerce de l'information, le respect de sa propre parole était un impératif absolu. Il était primordial de demeurer crédible aux yeux de ceux qui étaient susceptibles d'être intéressés par les renseignements qu'il possédait.

— Très bien, concéda-t-il, laissant sa curiosité l'emporter. Quel est donc ce secret ?

Angelica détourna les yeux.

— Je sais quand et comment mes sœurs et mon frère mourront, avoua-t-elle.

Voss se maudit intérieurement. Une telle information valait son pesant d'or. Chas Woodmore était un chasseur de vampires redouté et nombre de ses ennemis paieraient très cher pour la connaître. Moldavi, par exemple, avait eu maille à partir avec Chas bien avant que ce dernier ne se décide à enlever sa sœur.

Mais un autre *dracul* serait plus intéressé encore : Regeris, qui ne quittait quasiment plus Barcelone et était devenu à demi paranoïaque depuis que Chas avait failli lui planter un pieu dans le cœur, deux ans auparavant.

A quelques centimètres près, il avait failli passer de vie à trépas. Fort heureusement pour lui, le pieu lui avait seulement transpercé le poumon et il était tombé du haut d'une tour dans la mer.

L'ironie de la chose, c'est que Regeris continuait depuis lors à se terrer chez lui alors que Chas était convaincu de l'avoir occis…

— Ce doit être un secret bien lourd à porter, reprit Voss.

Angelica hocha la tête.

— C'est vrai, reconnut-elle. Mais ces temps-ci c'est plutôt une source de réconfort.

— J'en déduis que votre frère n'est pas destiné à mourir jeune.

— C'est exact. L'image que j'ai eue de lui sur son lit de mort ne laissait aucun doute à ce sujet : il paraissait très âgé. C'est la raison pour laquelle je ne me suis pas tant inquiétée que cela lorsqu'il a disparu. Je savais qu'il ne pourrait rien lui arriver de grave. Tel n'est pas le cas de Maia, en revanche. Elle s'inquiète énormément pour lui. Et je l'ai vue écraser une larme plus d'une fois quand elle pensait que je ne regardais pas…

— Pourquoi ne l'avez-vous pas rassurée ? s'étonna Voss.

— Parce que je serais alors forcée de lui dire que, contrairement à ce que j'ai toujours prétendu, je sais quand mes frère et sœurs mourront. J'estime que connaître le moment de sa mort est un fardeau que je n'ai pas le droit de leur imposer.

— Vous ne le leur imposeriez pas, objecta Voss.

— Vraiment ? Refuseriez-vous d'apprendre une telle information si vous étiez à la place de Maia ?

Voss aurait eu bien du mal à répondre à cette question, lui qui était censé ne jamais mourir.

En revanche, le fait que Woodmore soit censé vivre encore de longues années le touchait au plus haut point. Il était évident que la nouvelle aurait intéressé bien des vampires qui auraient pu avoir l'intention de s'en prendre à lui — à commencer par Cezar Moldavi.

Peut-être était-il temps de faire une exception et d'accepter de trahir sa parole. Après tout, Angelica n'était pas une *dracul*. De plus, trahir la confidence qu'elle lui avait faite ne porterait préjudice ni à son frère ni à elle.

Voss, en revanche, pouvait tirer avantage de ces révélations. Elles lui permettraient de s'attirer les bonnes grâces de tous ceux qui considéraient Chas comme leur ennemi, ce qui représentait un nombre non négligeable de *draculs* de part et d'autre de la Manche.

Evidemment, ils auraient sans doute préféré que Voss leur annonce la mort imminente du chasseur de vampires. Mais le fait de savoir qu'ils ne pourraient rien contre lui constituait déjà une information précieuse et pouvait leur éviter d'engager des moyens conséquents pour abattre un homme destiné à leur échapper.

— Je ne peux rien leur dire, reprit tristement Angelica. Je ne peux que me préparer du mieux que je peux au jour fatidique où ma vision se réalisera — si je ne suis pas morte d'ici là, bien sûr…

— Je comprends à présent pourquoi vous étiez réticente à en parler, lança Voss. C'est un secret très lourd à porter. Et j'admire la force de caractère dont vous faites preuve…

Angelica émit un petit rire sans joie.

— Qu'ai-je dit de si drôle ? s'enquit Voss.

— Je crois que c'est la première fois que quelqu'un me fait un compliment de ce genre, répondit-elle. D'ordinaire, les gens disent plutôt cela de Maia. Elle sait ce qu'elle veut et sait toujours comment l'obtenir. C'est sans doute pour cela qu'elle est sur le point de se marier, d'ailleurs… Quant à moi, on pense généralement que je suis la moins sérieuse des deux, celle qui ne sait jamais ce qu'elle veut et ne cesse de changer d'avis…

— C'est peut-être tout simplement parce que, contrairement à votre sœur, vous n'avez pas encore découvert ce que vous voulez vraiment, répliqua Voss. En tout cas, je ne crois pas que ce soit un problème de volonté…

— Comment pouvez-vous en être aussi sûr ? protesta Angelica. Vous me connaissez à peine.

— Mais j'ai eu l'occasion de vous voir réagir dans des circonstances exceptionnelles. Ce sont souvent elles qui révèlent la véritable personnalité des gens. Je l'ai appris lors de mon voyage aux Amériques : en se trouvant confrontés à des situations extrêmes, les gens révèlent invariablement ce qu'ils ont de meilleur et de pire.

Angelica ne paraissait pas complètement convaincue.

— Croyez-vous que Maia aurait mieux réagi, en se retrouvant face à ce vampire, tout à l'heure ? lui demanda Voss. Croyez-vous qu'elle aurait été prête à combattre, comme vous ? Qu'elle aurait eu la présence d'esprit de se saisir de ce pieu avec la ferme intention de le planter dans le cœur de son adversaire ?

— Je ne sais pas si j'en aurais été capable, avoua Angelica avec un pâle sourire.

— La question n'est pas là : ce qui importe, c'est que vous n'avez pas baissé les bras. Vous auriez pu fondre en larmes et vous recroqueviller sur vous-même en attendant la mort, mais vous ne l'avez pas fait. Je crois que vous êtes bien plus courageuse que vous ne le pensez, Angelica.

— Merci, lui dit-elle, visiblement émue.

Elle hésita un instant.

— Merci pour tout ce que vous avez fait pour moi hier et aujourd'hui, Voss, ajouta-t-elle enfin. Sans vous, je ne serais probablement plus là à l'heure qu'il est…

Un silence embarrassé suivit cet aveu.

— C'est tout de même un peu étrange de se retrouver seuls dans cette chambre, murmura-t-elle en rougissant légèrement.

Justement, qu'est-ce que tu attends pour en profiter ? souffla à Voss une petite voix qui ne pouvait qu'être celle de

Lucifer. A cette idée, il sentit croître le désir qu'il avait d'Angelica. Des images troublantes s'insinuèrent dans son esprit, formant une série de scènes très suggestives.

Il l'imaginait nue sous lui, offerte à ses assauts.

Il se voyait mordre à belles dents sa gorge exquise et pouvait presque sentir le goût de son sang délicieusement sucré dans sa bouche…

Au prix d'un effort surhumain, il résista à la tentation qui s'était emparée de lui. Mais instantanément une douleur fulgurante se fit sentir au niveau de son épaule, à l'endroit précis où Lucifer avait laissé sa marque.

— Que se passe-t-il, milord ? lui demanda Angelica d'une voix inquiète. Quelque chose ne va pas ?

— Ce n'est rien, répondit-il difficilement.

Mais la souffrance ne faisait que croître, se répandant en lui comme un feu liquide qui paraissait le consumer intérieurement. Elle pulsait en lui, toujours plus vive. Il se détourna pour ne plus voir Angelica, mais l'odeur entêtante de sa peau flottait dans l'air, l'empêchant de faire abstraction de sa présence.

Il se força à respirer profondément, s'efforçant de dompter ce mélange explosif de douleur et de désir qui menaçait de le rendre fou.

Prends-la. Ce serait si facile. Ne vois-tu pas qu'elle aussi en a envie ?

Il repoussa cette voix intérieure qui le tentait impitoyablement. Il aurait été si simple d'y céder, de s'y abandonner complètement.

Alors pourquoi résistes-tu ?

Il entendit alors Angelica s'avancer vers lui. Elle posa doucement sa main sur son épaule, lui arrachant un violent frisson qui se réverbéra au plus profond de lui-même.

*
* *

— Voss, murmura Angelica sans même se rendre compte qu'elle employait son prénom comme il lui avait si souvent demandé de le faire. Voss, que se passe-t-il ?

Elle ne comprenait pas la raison de ce brusque changement d'attitude. Pourquoi se montrait-il soudain si distant, lui tournant le dos de cette façon. L'avait-elle vexé ? Avait-elle dit quelque chose de mal ?

— Voss, parlez-moi, insista-t-elle. Je vous en prie.

Il se retourna enfin et il la prit dans ses bras. Elle se raidit légèrement, le cœur battant à tout rompre, surprise par cette étreinte à laquelle elle ne s'attendait pas. Mais la chaleur qui émanait de Voss et l'odeur si masculine de son corps l'enveloppèrent alors, faisant vaciller ses défenses.

Elle se sentait infiniment troublée par cet homme charismatique, fascinant, qui était apparu dans sa vie sans crier gare, mais semblait s'être frayé un chemin dans son esprit et dans son cœur.

Elle le sentait à présent trembler légèrement contre elle et se demanda si lui aussi éprouvait la même envie en cet instant précis.

— Voss..., chuchota-t-elle en s'écartant légèrement de lui pour pouvoir le regarder.

— Chut, murmura-t-il en se penchant vers elle.

Sa bouche se posa sur celle d'Angelica, qui ne put réprimer un petit gémissement de plaisir à ce contact. Il l'embrassa alors. Mais ce baiser était très différent de celui qu'ils avaient échangé lors du bal. Il exprimait sans la moindre ambiguïté le désir brûlant que Voss avait d'elle.

Rien de ce qu'elle avait vécu jusqu'alors ne l'avait préparée à une telle impression. Elle avait la sensation que son corps tout entier venait de s'embraser d'un seul coup. Un tressaillement irrésistible se propageait de son ventre à l'ensemble de son être.

Elle eut l'impression de perdre pied, de basculer brusquement dans un flot rugissant de perceptions incontrôlables. Incapable de comprendre ou de maîtriser les réactions de son propre corps, elle s'y abandonna, se raccrochant aux épaules de Voss de peur de sentir ses jambes se dérober sous elle.

Elle l'entendit pousser un grondement sourd qui se perdit dans leur baiser. Les mains de Voss remontèrent alors le long de ses hanches, éveillant sur sa peau de violents frémissements qui semblaient se répercuter en elle à l'infini.

Sans même s'en rendre compte, elle se blottit un peu plus contre lui, pressant ses hanches contre lui, comme pour tenter d'atténuer l'envie insatiable qui s'était fait jour en elle. Jamais elle n'aurait imaginé pouvoir se conduire de cette façon avec un homme qui n'était pas son époux. Mais elle avait besoin de lui. Elle voulait le sentir emplir ce vide qui menaçait de l'absorber tout entière.

Ni ses lectures ni les conversations entrecoupées de rougissements et de fous rires qu'elle avait pu avoir avec ses amies ne l'avaient préparée à la réalité de ce moment. Il lui semblait découvrir soudain une facette d'elle-même qu'elle n'avait encore jamais entrevue.

Et elle brûlait de savoir jusqu'où pouvait la mener cette ardeur inconnue qui la consumait.

Comme s'il avait lu dans ses pensées, Voss s'enhardit encore, laissant ses mains remonter jusqu'à sa poitrine. Lorsqu'elle sentit ses doigts la caresser à travers le tissu de sa robe, elle crut qu'elle allait défaillir.

Ses tétons se dressaient contre le tissu trop rêche de ses sous-vêtements. Cette sensation inédite constituait la plus délicieuse des tortures, accentuant encore l'envie qu'elle avait de Voss.

Le baiser de ce dernier se faisait de plus en plus passionné, ses caresses de plus en plus osées, et elle l'entendit gronder de nouveau.

Le plaisir qui montait en elle avait depuis longtemps eu

raison de ses réticences et, s'il l'avait voulu, elle se serait donnée à lui corps et âme.

Il s'arracha alors à ses lèvres et pressa sa bouche contre le cou d'Angelica. Elle l'entendit inspirer profondément, comme s'il se gorgeait de son odeur. L'érotisme de ce moment lui coupa le souffle et elle renversa la tête en arrière pour mieux s'offrir aux petits baisers dont il constellait son cou.

Elle ferma les yeux pour mieux s'abandonner à cette sensation.

C'est alors qu'elle sentit une brève douleur au niveau de sa jugulaire, immédiatement suivie d'un nouvel afflux de plaisir, plus intense encore qu'auparavant. Mais elle remarqua également une odeur métallique qui venait se mêler à celle de Voss et du whisky qu'elle avait bu.

Une odeur qui lui était devenue familière en l'espace d'une journée et qu'elle ne mit que quelques instants à identifier. Celle du sang.

Instantanément, la délicieuse sensation de chaleur qui l'habitait disparut, remplacée par un froid glacial et par une impression nauséeuse.

— Non, murmura-t-elle d'une voix brisée. Pas vous…

Et, comme Voss continuait de boire son sang, elle sentit son dégoût se muer en terreur.

Voss ne s'était pas même rendu compte de ce qu'il était en train de faire. Ce n'est que lorsqu'il sentit diminuer la douleur que lui infligeait la marque de Lucifer qu'il comprit qu'il avait cédé à l'envie incoercible qui s'était emparée de lui.

Le sang d'Angelica coulait entre ses lèvres, emplissant sa bouche. Il était plus suave encore qu'il ne l'avait imaginé, plus capiteux que le meilleur des vins, plus envoûtant que n'importe quelle drogue. Son instinct le poussait à continuer, à vider jusqu'à la dernière goutte de ce sang à nul autre pareil.

Mais il sentit Angelica se raidir entre ses bras, puis tenter désespérément de s'arracher à son étreinte. Elle essayait vainement de le repousser, le suppliant d'une voix sanglotante de la laisser partir.

Ignore-la. Prends ce dont tu as besoin.

La voix était revenue, plus insidieuse encore, le poussant à prendre la vie d'Angelica.

L'horreur de ce qu'il était en train de faire lui apparut subitement. Au prix d'un effort de volonté surhumain, il parvint à s'arracher à elle et recula en s'essuyant la bouche du revers de la main comme s'il voulait faire disparaître les traces de son forfait.

Mais la vue de la blessure sanglante qu'il lui avait infligée lui arracha un frisson d'angoisse rétrospective. Il ne s'agissait pas d'une petite morsure semblable à celle qu'il infligeait généralement à ses victimes. La marque de ses dents était profondément imprimée dans la chair d'Angelica.

Celle-ci ne faisait pas mine de bouger, comme tétanisée par la terreur qu'il lui inspirait. L'expression de dégoût qui se lisait dans son regard ne fit qu'accentuer la culpabilité qui l'habitait.

Finis ce que tu as commencé. Ne la laisse pas rapporter à Corvindale ou à Woodmore ce qui s'est passé ici…

Voss repoussa la voix du tentateur, ce qui eut pour effet immédiat de raviver la douleur au niveau de son épaule. Il comprit que s'il restait un instant de plus dans cette pièce il finirait par succomber à l'envie que lui inspirait l'odeur du sang d'Angelica.

Serrant les dents, il se détourna brusquement et, sans dire un mot, se dirigea vers la porte de la chambre. Puis il sortit et claqua la porte derrière lui.

*
* *

Angelica eut tout juste la force de gagner la chaise la plus proche, sur laquelle elle se laissa tomber. Son corps tout entier était secoué de tremblements et elle fondit brusquement en larmes.

Et, comme elle sanglotait convulsivement, une unique pensée tournait en boucle dans son esprit : *Voss est un vampire, Voss est un vampire, Voss est un vampire…*

Elle n'aurait su dire ce qui l'emportait parmi les émotions contradictoires que cette révélation faisait naître en elle : la terreur, la colère, la déception, la rancune, la tristesse…

Elle se sentait à la fois trahie et complètement désarmée. Et, lorsque la porte s'ouvrit de nouveau, elle n'eut pas même le courage de lever les yeux pour affronter le regard de son agresseur.

— Restez ici, lui dit-il d'une voix sourde. J'ai envoyé chercher Corvindale. Il ne devrait pas tarder à arriver…

10

OÙ LORD CORVINDALE EST RÉVEILLÉ AU BEAU MILIEU DE LA JOURNÉE.

Corvindale pénétra en trombe dans la chambre du Lion d'or où Angelica l'attendait. Elle avait l'impression qu'une éternité s'était écoulée depuis que Voss l'avait abandonnée là, en état de choc.

— Miss Woodmore! s'exclama le comte après s'être assuré que Dewhurst ne se trouvait plus dans la pièce. Est-ce que vous allez bien?

Angelica se contenta de hocher la tête. Elle craignait qu'en parlant elle ne trahisse le désarroi qui l'habitait. Machinalement, elle vérifia que le foulard qui dissimulait la blessure que lui avait infligée Voss était toujours en place.

Ignorant ce que lord Corvindale savait exactement au sujet des vampires, elle préférait éviter d'avoir à se répandre en explications à ce sujet. Il serait déjà bien assez difficile de convaincre les gens que Voss ne l'avait pas molestée.

Corvindale la prit par les épaules et la guida vers la porte. Angelica se laissa faire. Elle avait l'impression de se trouver dans un état second, comme si le monde entier avait perdu sa réalité pour devenir semblable à un songe.

Cela valait peut-être mieux, d'ailleurs. Car, ainsi, le mélange d'horreur, d'amertume et de déception qu'elle ressentait devenait presque supportable.

Comment avait-il pu se jouer d'elle de la sorte ? Comment avait-il pu lui faire croire qu'il était de son côté alors même qu'il était l'un de ces monstres sanguinaires qu'il avait prétendu combattre ?

Et comment avait-elle pu être assez naïve pour lui faire confiance ?

— Angelica !

Elle leva la tête et s'aperçut que Corvindale et elle venaient d'émerger dans l'arrière-cour de l'auberge. Près de la voiture qui les attendait se trouvait Maia. Sa sœur s'élança vers elle et la serra dans ses bras.

Angelica remarqua que, contrairement à son habitude, elle ne portait ni gants ni chapeau. Ce détail, de même que la ferveur de son étreinte, indiquait clairement combien elle s'était inquiétée pour elle.

— Je vous avais demandé de nous attendre dans la voiture ! protesta Corvindale. Etes-vous donc incapable de respecter mes instructions, quelles que soient les circonstances ?

— Je vous rappelle que c'est ma sœur que nous sommes venus secourir ! protesta vivement Maia.

— Peut-être, concéda lord Corvindale. Mais le quartier n'est pas sûr, surtout la nuit.

— Que pourrait-il nous arriver alors que nous sommes à vos côtés ? répliqua Maia.

Angelica lui jeta un regard un peu étonné. Il n'était pas dans les habitudes de sa sœur de faire de tels compliments. Mais Corvindale ne parut pas se rendre compte du privilège que cela représentait. Réprimant un soupir agacé, il ouvrit la porte de sa voiture et aida les deux sœurs à y monter.

Il prit alors place en face d'elles et, d'un coup de canne frappé contre la paroi, indiqua au cocher qu'il pouvait démarrer. La voiture s'ébranla aussitôt et s'éloigna à vive allure du Lion d'or.

— Tu n'es pas blessée ? s'enquit alors Maia, inquiète.

Angelica secoua la tête.

— Que s'est-il passé, exactement ?

— Voss m'a dit qu'il vous avait fait parvenir un message pour vous l'expliquer.

Maia et Corvindale échangèrent un regard.

— Je vois, murmura Angelica. Vous ne l'avez pas reçu…

— Pourquoi as-tu accepté de partir avec cet homme ? s'enquit Maia.

Il était évident qu'elle s'efforçait de censurer les reproches qui perçaient dans sa voix. Mais elle n'y parvenait pas totalement.

— Voss…, balbutia Angelica avant de se reprendre. Lord Dewhurst m'a dit que lord Corvindale était au courant, expliqua-t-elle. Il m'a dit qu'ils avaient décidé de nous séparer pour ne pas que ces… hommes nous capturent.

— T'a-t-il dit qui ils étaient ? Et pourquoi ils avaient attaqué la maison des Sterlinghouse ?

— Je crois que cela a un rapport avec Chas, répondit prudemment Angelica. J'ignore lequel exactement. Toujours est-il que lord Dewhurst m'a conduite dans un endroit qu'il croyait sûr. Mais il se trompait et nous avons de nouveau été attaqués…

— Mon Dieu, murmura Maia, d'un ton catastrophé.

Corvindale, quant à lui, se gardait de tout commentaire, se contentant d'observer très attentivement Angelica. Une fois de plus, elle se demanda ce qu'il savait exactement des activités occultes de leur frère Chas.

— Nous avons trouvé refuge dans l'auberge où vous êtes venus me chercher, reprit-elle. Lord Dewhurst a dû se dire alors que vous seriez plus à même de me protéger, ajouta-t-elle à l'intention du comte. C'est pourquoi il vous a envoyé chercher…

— Savez-vous où il se trouve, à présent ? s'enquit Corvindale.

Angelica secoua la tête.

— Je l'ignore, répondit-elle. Il ne m'a rien dit à ce sujet.

Angelica n'aimait pas mentir de cette façon à sa sœur. Mais, tandis qu'elle attendait l'arrivée de Corvindale, elle avait décidé que ce qui s'était passé était si incroyable qu'il n'y avait aucune chance pour que Maia la croie. Elle était bien trop cartésienne pour cela.

Cette version des événements n'était d'ailleurs pas fausse. C'était seulement un récit très expurgé de la réalité. Et, fort heureusement, elle parut satisfaire sa sœur qui entreprit alors de lui raconter la façon dont lord Corvindale les avait enfermées dans un placard, Mirabella et elle, pour les protéger de ce qu'elle pensait être des brigands.

Angelica l'écouta en silence, consciente du regard de lord Corvindale qui pesait sur elle. Lorsqu'ils arrivèrent enfin à Blackmont Hall, ce dernier lui demanda de le suivre dans son bureau. Comme Maia faisait mine de les accompagner, il se tourna vers elle d'un air impérieux.

— Je préférerais m'entretenir avec votre sœur en tête à tête, déclara-t-il.

— Mais..., lâcha Maia.

— Dois-je vous rappeler que votre frère vous a confiées à ma garde ? l'interrompit le comte. Votre sœur se trouve sous ma responsabilité et j'aimerais lui parler en privé.

— Je ne vois pas pourquoi je ne pourrais pas assister à cet entretien ! protesta vivement Maia. Je suis sa sœur aînée. Et une fois que lord Bradington et moi serons mariés...

— Maia, coupa Angelica d'une voix conciliante. Si le comte insiste pour me parler en tête à tête, je n'y vois pas d'inconvénient. Je viendrai te retrouver dans ta chambre dès que nous aurons terminé, d'accord ?

— Angelica, tu viens de vivre un moment très difficile et je préférerais demeurer à tes côtés...

— Ce n'est pas la peine. Je t'assure que cela vaut mieux ainsi.

Maia la considéra d'un air si désemparé qu'Angelica faillit s'incliner. C'était probablement la première fois qu'elle s'opposait à sa sœur sur un sujet aussi grave. Et celle-ci devait se sentir d'autant plus mortifiée qu'en l'absence de Chas elle se considérait un peu comme la tutrice légitime d'Angelica et de Sonia.

— Très bien, soupira Maia. Comme tu voudras...

Elle se détourna fièrement et s'éloigna la tête haute. Le comte adressa un signe de tête reconnaissant à Angelica puis l'escorta jusqu'à son bureau. Il la fit entrer en prenant soin de laisser la porte entrouverte derrière eux.

Angelica ne put réprimer un sourire légèrement ironique devant cette marque de prévenance. Etant donné l'endroit où il l'avait retrouvée, il aurait fort bien pu se passer de telles précautions.

— Enlevez ce foulard que je puisse voir ce qu'il vous a fait, lui dit Corvindale sans autre forme de procès.

— Ainsi, vous savez, murmura-t-elle.

Corvindale lui jeta un regard étonné puis parut se ressaisir.

— Montrez-moi votre cou, lui demanda-t-il.

Angelica s'exécuta et vit le comte se rembrunir à la vue de la morsure. La colère qui brillait dans ses yeux rappelait à quel point il pouvait être impressionnant.

— Vous a-t-il mordue ailleurs ? s'enquit-il alors.

— Non.

— En êtes-vous certaine ? insista-t-il.

— Il ne m'a pas touchée, répondit Angelica. Pas de cette façon, je veux dire...

— Cela ne m'empêchera pas de le tuer de mes propres mains si votre frère ne s'en charge pas avant, déclara Corvindale en se dirigeant vers sa table de travail.

— Puisque vous abordez le sujet, murmura Angelica, est-il vrai que mon frère chasse ces créatures ?

Une fois de plus, Corvindale lui jeta un regard étrange.

— C'est exact, admit-il.

— Et s'est-il vraiment enfui avec l'une d'entre elles ?

Corvindale se laissa tomber dans son fauteuil et croisa les doigts devant lui sur son bureau.

— Qu'est-ce que Voss vous a raconté d'autre ? demanda-t-il.

— Il m'a parlé d'un certain Cezar Moldavi, un vampire dont Chas aurait enlevé la sœur et qui voudrait se venger de lui en s'en prenant à Maia et à moi. Est-ce la vérité ?

Le comte ramassa le coupe-papier qui était posé sur la table devant lui et joua avec.

— Oui, répondit-il enfin. Aussi curieux que cela puisse paraître, Dewhurst a dit vrai… Mais, s'il l'a fait, c'est qu'il devait estimer que c'était dans son intérêt. Ce n'est pas le genre d'homme à faire des confidences sans raison. Que vous a-t-il dit d'autre ?

— Pas grand-chose, répondit-elle. Est-ce que mon frère est en danger ?

Elle savait déjà qu'il ne pouvait pas se faire tuer, mais cela ne l'empêchait pas de se faire capturer, voire même torturer…

— Ne vous inquiétez pas trop à son sujet, lui assura Corvindale d'une voix très douce qu'elle ne lui connaissait pas. C'est l'un des meilleurs chasseurs de vampires qui soient et il est plein de ressources…

— Quand a-t-il commencé à traquer ces monstres ? s'enquit Angelica. Et pourquoi ?

— Je pense que c'est à votre frère de vous le raconter. J'insisterai pour qu'il le fasse dès qu'il sera de retour en Angleterre. Je pense qu'il devrait également mettre votre sœur Maia dans la confidence.

— Vous ne m'avez pas répondu au sujet de la sœur de Moldavi, reprit Angelica. Voss a laissé entendre que mon frère était peut-être amoureux d'elle. Vous ne pensez tout de même pas qu'il pourrait vouloir épouser une vampire ?

— Votre frère ne m'a pas fait part de ses intentions au

sujet de Narcise. S'il m'avait dit qu'il comptait l'enlever, croyez bien que j'aurais tout fait pour l'en dissuader. Quant au mariage, je vous rassure : ce n'est certainement pas une option. Aucun vampire n'épouserait un être humain. Et vice versa. Ce serait une folie…

Curieusement, en l'entendant parler, Angelica eut l'impression qu'il cherchait surtout à se convaincre lui-même.

— Avez-vous oublié de mentionner certains détails en nous faisant part de vos mésaventures ? lui demanda-t-il alors.

— L'endroit où nous avons fait étape la première fois était une maison close qui appartenait à une certaine Rubey. Visiblement, elle aussi était au courant de l'existence des vampires. Deux d'entre eux nous ont attaqués, comme je vous l'ai dit. Lord Dewhurst m'a dit qu'ils travaillaient pour Moldavi. Ils ont assassiné le barman ainsi qu'une servante, mais lord Dewhurst a réussi à les tuer.

— On dirait que la situation est plus grave encore que je ne l'avais imaginé, murmura Corvindale. Il va nous falloir redoubler de précautions.

— Cela paraît préférable, en effet, approuva Angelica. Puis-je disposer, à présent, milord ? Cette journée a été très éprouvante pour moi.

— Je l'imagine sans peine, répondit le comte. Vous pouvez vous retirer, miss Woodmore. Mais n'oubliez pas d'aller rassurer votre sœur. Et, surtout, ne lui touchez pas mot de ces histoires de vampires. Si elle apprenait ce qui se passe réellement, elle ne me laisserait plus en paix !

Malgré la profonde lassitude qui l'habitait en cet instant, Angelica ne put réprimer un petit sourire.

Dimitri dormait profondément lorsque quelqu'un se mit à tambouriner à la porte de sa chambre, le tirant brusquement de son sommeil.

Il se redressa péniblement sur son lit, s'efforçant de chasser les dernières bribes de rêves qui s'accrochaient encore à son esprit, et se passa les mains sur le visage.

Comme souvent, la marque de Lucifer qui ornait son épaule le faisait terriblement souffrir. Le fait qu'il ait accepté de jouer les bons Samaritains et d'accueillir et de protéger les sœurs Woodmore ne contribuait guère à apaiser cette douleur de tous les instants.

Jetant un coup d'œil en direction de la fenêtre, il constata qu'un rai de lumière filtrait entre les épais rideaux, ce qui signifiait qu'il faisait encore grand jour au-dehors. Se tournant vers son réveil, il obtint la confirmation qu'il n'était que 2 heures de l'après-midi.

Qui donc osait le tirer du lit au beau milieu de la journée ? Ses domestiques devaient pourtant bien savoir que l'on ne devait le déranger sous aucun prétexte lorsqu'il dormait.

— Lord Corvindale ! s'exclama une voix désormais familière. Il faut que je vous parle !

Un brusque accès de colère déferla en lui. Cette femme n'avait-elle donc aucune limite ? Fallait-il qu'elle vienne le persécuter jusque dans son lit ?

— Allez-vous-en ! s'écria-t-il.

Mais à sa grande stupeur la porte s'entrouvrit.

— Lord Corvindale, il faut impérativement que je vous parle. J'ai attendu toute la matinée, mais il est près de 2 heures…

Dimitri se promit une fois de plus d'étriper Chas Woodmore dès qu'il en aurait l'occasion. Et, si Cezar Moldavi parvenait à le tuer avant, il se planterait un pieu dans le cœur pour pouvoir poursuivre Chas dans l'autre monde et le tuer de nouveau.

— Allez-vous-en, miss Woodmore ! s'exclama-t-il de nouveau. Si vous tenez absolument à me parler, je viendrai vous voir ce soir. En attendant, laissez-moi dormir !

Hélas, Maia Woodmore n'entendait apparemment pas

se laisser décourager aussi facilement. La porte s'ouvrit encore un peu plus, sans que l'agaçante jeune femme n'ose cependant s'introduire dans sa chambre.

— Ecoutez, cela ne peut vraiment pas attendre, insista-t-elle. Si vous ne voulez pas sortir, c'est moi qui entrerai.

Dimitri leva les yeux au ciel. Pour qui cette péronnelle se prenait-elle donc ?

— Je suis au lit, miss Woodmore, lui dit-il. Et je n'ai aucunement l'intention de me lever. Alors, si vous tenez vraiment à me parler, il vous faudra faire une sérieuse entorse aux bonnes manières.

N'étant pas complètement certain que cela suffirait à la dissuader, il prit tout de même soin de remonter la couverture jusqu'à sa taille, ne laissant dépasser que son torse. Il attendit alors, se demandant ce qui l'emporterait chez Maia de la respectabilité ou de la détermination.

Le battant de la porte s'écarta un peu plus.

— Milord, il faut que je vous parle d'Angelica...

Un sourire malicieux se dessina sur les lèvres du comte.

— J'ai bien peur de ne pas vous entendre, répondit-il. Vous feriez mieux d'entrer...

L'intruse parut hésiter et il se félicita du succès de son petit stratagème. Peut-être allait-elle enfin se décider à le laisser tranquille...

Malheureusement, Maia n'était pas du tout parvenue à la même conclusion que lui. Avec une pointe de stupeur, il vit la porte s'ouvrir complètement, révélant la silhouette de l'aînée des Woodmore.

En le voyant à demi nu, elle sursauta et détourna rapidement les yeux. Malgré la distance qui les séparait, Dimitri avisa clairement le rouge qui lui montait aux joues.

— Voilà qui est extrêmement inconvenant, déclara-t-elle.

— Je ne vous le fais pas dire, miss Woodmore, répliqua Dimitri en se gardant bien de remonter le drap. Mais j'imagine que la vue d'un torse dénudé ne saurait choquer une jeune femme qui est sur le point de se marier…

Maia ne répondit pas, mais son visage vira au cramoisi, ce qui ne manqua pas d'amuser Dimitri.

— Bien, reprit-il en croisant les bras derrière sa nuque. Puisque vous êtes là, faites-moi donc part de ce que vous teniez tant à me dire.

Maia se refusait toujours à le regarder.

— C'est à propos d'Angelica, répondit-elle d'une voix tremblante. Elle a fait des cauchemars toute la nuit… Elle s'agitait beaucoup dans son sommeil et j'ai fini par pénétrer dans sa chambre… C'est là que j'ai découvert la morsure sur son cou.

Dimitri se garda de l'interrompre.

— Je l'ai interrogée et elle m'a raconté ce qui s'était réellement passé. Mais j'ai peur qu'elle ne m'ait pas tout dit…

La voix de Maia se brisa soudain. Se pouvait-il donc que l'armure dont elle s'entourait se soit fissurée ? Qu'elle laisse enfin apparaître ses émotions ?

Dimitri n'aurait su dire si c'était une bonne ou une mauvaise chose. Mais une partie de lui était soulagée de savoir que les deux sœurs étaient au courant des véritables enjeux. Cela les convaincrait peut-être de faire preuve d'un peu plus de prudence à l'avenir.

— Ecoutez, lui dit-il d'un ton qui se voulait rassurant, votre sœur m'a assuré qu'elle n'avait pas été… molestée par Dewhurst. Et je suis convaincu qu'elle m'a dit la vérité. Il ne sera pas nécessaire de demander réparation à cette crapule ni de le forcer à… officialiser quoi que ce soit…

— Officialiser ? s'exclama Maia, horrifiée. Mais vous n'y pensez pas ! Même si… Je veux dire… Chas ne permettrait jamais qu'elle épouse l'une de ces… créatures !

La voix de Maia trahissait un mélange de répugnance et de désapprobation si violent que Dimitri se sentit insulté.

Mais Maia ne pouvait pas savoir qu'elle était justement en train de s'adresser à l'une de ces *créatures*.

— Dois-je vous rappeler que c'est à moi que revient de prendre une telle décision ? répondit-il. Après tout, Chas a fait de moi votre tuteur légal jusqu'à son retour...

Cette fois Maia ne put s'empêcher de lui adresser un regard chargé de reproches.

— Peu importe, déclara-t-elle d'un air de défi. Je ne permettrais jamais une telle chose !

Dimitri se redressa légèrement et elle détourna aussitôt les yeux.

— Ma sœur m'a révélé que vous aviez refusé de lui dire depuis quand mon frère pourchassait ces monstres. Je voudrais bien le savoir, de même que j'aimerais savoir de quelle façon vous êtes vous-même impliqué dans tout ça. Etes-vous aussi un chasseur de vampires ? Saviez-vous que Dewhurst était l'un d'eux ?

— Tout cela n'a aucune importance, répondit Dimitri en s'efforçant d'adopter un ton détaché. Tout ce qui compte, en réalité, c'est que vous et votre sœur êtes en sécurité à Blackmont Hall. Quant à votre frère, je suis certain qu'il répondra à toutes les questions que vous vous posez dès qu'il rentrera. Et je suis persuadé qu'il ne devrait pas tarder à présent. Y a-t-il autre chose, miss Woodmore ? Pour le moment, je n'ai rien entendu qui justifie que vous me réveilliez et que vous mettiez en péril votre réputation. Evidemment, ce dernier point vous paraît peut-être accessoire, maintenant que vous êtes fiancée...

Une fois de plus, elle se tourna vers lui pour le fusiller du regard. Mais cette fois elle avait dû se préparer mentalement car elle ne tressaillit même pas.

— Vous êtes un mufle, lord Corvindale ! s'exclama-t-elle.

Dimitri répondit à ce commentaire peu amène par son sourire le plus angélique.

— J'espérais qu'en discutant avec vous j'obtiendrais

des réponses plus complètes que celles qu'Angelica m'a fournies. Il est évident que vous en savez plus long sur les activités de notre frère que vous ne voulez bien le dire. Et croyez bien que je le déplore !

Elle accompagna ce reproche d'un nouveau regard noir. Dimitri se prit à songer qu'il n'avait encore jamais rencontré une femme ayant autant de caractère que celle-ci. Il eut presque pitié du pauvre diable qui l'avait demandée en mariage.

— Je tenais aussi à vous signaler qu'il était de la plus haute importance qu'Angelica paraisse en société le plus rapidement possible, reprit Maia. Il ne faut en aucun cas laisser le temps aux rumeurs et aux on-dit de s'installer. Dans le cas contraire, la réputation de ma sœur serait perdue.

— Je comprends, assura Dimitri. Mais je ne vois pas très bien en quoi cela me concerne.

— C'est évident, objecta Maia d'un ton légèrement agacé. Nous allons beaucoup sortir au cours des prochains jours. Et vous devrez nous accompagner. Votre présence sera pour Angelica un gage de respectabilité.

Dimitri réprima difficilement un gémissement de désespoir. Il avait mieux à faire ces temps-ci que de servir de chaperon aux sœurs Woodmore. A commencer par retrouver Voss Dewhurst et lui faire payer le prix de son impudence…

Hélas, il ne pouvait nier le bien-fondé de ce que disait Maia. Aux yeux des gens, sa présence serait un gage d'autant plus précieux qu'il s'était fait rare, ces derniers temps.

— Je dresserai la liste des invitations que nous devons accepter, reprit l'impétueuse jeune femme. Je les transmettrai à votre valet de chambre qui veillera à ce que vous soyez habillé de façon convenable en ces occasions, ajouta-t-elle d'un ton qui n'était pas dénué d'une certaine perfidie.

***

Voss roula sur lui-même et ouvrit les paupières. Il était allongé sur un immense lit… et la chambre dans laquelle il se trouvait était inondée de lumière.

Le cœur battant à tout rompre, il roula sur lui-même de façon à s'écarter de la tache de lumière qui se dessinait sur le drap blanc. C'était un véritable miracle qu'il n'ait pas été carbonisé dans son sommeil.

Sa tête lui faisait atrocement mal, comme si quelqu'un était en train de s'acharner dessus à l'aide d'un marteau. Sa bouche avait un goût pâteux.

Ce n'était pas étonnant, d'ailleurs, étant donné qu'au pied du lit se trouvaient trois bouteilles de whisky vides. Une forte odeur d'alcool flottait dans l'air, lui donnant vaguement la nausée.

Au prix d'un effort de volonté considérable, il se redressa en position assise et constata alors qu'il n'était pas seul dans le lit. Une femme aux longs cheveux noirs était allongée à ses côtés et il ne put réprimer un violent frisson en découvrant les marques de morsure qui se dessinaient sur son cou et sur ses avant-bras.

Il sonda son propre esprit pour tenter de découvrir qui était cette fille et ce qu'il avait bien pu faire, la veille au soir.

Il se rappelait distinctement son départ du Lion d'or. Accablé par un profond dégoût de lui-même, il était entré dans l'une des tavernes du quartier des docks, où il avait entrepris de se soûler méthodiquement.

Puis, il avait dû prendre un fiacre car ses souvenirs suivants avaient pour cadre la fête annuelle de St Bartholomew. C'est là qu'il avait rencontré cette fille dont les cheveux noirs lui avaient irrésistiblement rappelé ceux d'Angelica.

Il ne se souvenait pas de ce qu'il avait bien pu lui dire, mais ils s'étaient arrêtés dans une petite gargote où elle avait mangé tandis que Voss vidait verre sur verre. Ensuite, ils avaient atterri dans cet hôtel…

Il tendit une main légèrement tremblante vers son épaule qu'il effleura du bout des doigts. Il s'aperçut alors avec un indicible soulagement que sa peau n'était pas glacée mais tiède.

Elle poussa un soupir et bougea dans son sommeil, laissant apercevoir d'autres morsures qui constellaient son corps. C'était un véritable miracle qu'elle ne soit pas morte.

En silence, Voss sortit du lit. Ce n'est qu'alors qu'il s'aperçut qu'il était encore entièrement habillé. Il n'avait même pas enlevé ses bottes. De toute évidence, il s'était contenté de boire le sang de cette fille, mais n'avait pas fait l'amour avec elle…

Un souvenir lui revint brusquement : il se revit en train de sangloter et de lui tenir tout un discours en roumain, tandis qu'elle dormait déjà profondément.

Mais que lui arrivait-il ? Avait-il donc perdu toute dignité ?

Mieux valait ne pas chercher à répondre à ces questions, décida-t-il en remettant de l'ordre dans ses vêtements. Il étudia alors la pièce dans laquelle il se trouvait. Il n'y avait aucun moyen d'aller fermer les volets sans s'exposer à l'éclat dévastateur du soleil.

L'espace d'un instant, il fut presque tenté de s'avancer dans la lumière. La douleur qu'il éprouverait ne serait sans doute pas plus atroce que la sensation de vide qui l'habitait et qu'il avait vainement cherché à combler à force d'alcool.

Jamais il n'avait eu à ce point l'impression d'être devenu un jouet entre les mains de Lucifer. Ce dernier avait perverti son désir, transformant ses élans de passion en soif de sang et souillant ses sentiments les plus nobles pour les réduire à de viles pulsions.

Angelica ne s'y était pas trompée. Il l'avait emplie d'effroi et de dégoût. Et non seulement il ne pourrait plus jamais la conquérir, mais, de plus, il avait réduit à néant ses chances d'obtenir d'elle le service qu'il avait voulu solliciter.

Quant à Chas Woodmore et Dimitri Corvindale, il avait certainement fait d'eux des ennemis mortels qui ne tarderaient pas à se lancer à sa poursuite avec l'espoir de lui planter un pieu dans le cœur. Et, s'ils s'associaient dans ce but, ses chances de leur échapper et d'en sortir vivant deviendraient bien faibles.

La seule solution pour lui était de quitter l'Angleterre au plus vite. Il ne s'imaginait pas retourner en Amérique, mais peut-être pourrait-il s'installer à Rome ou à Lisbonne… Peut-être même à Barcelone, où il pourrait conclure une alliance défensive avec Regeris…

Bien sûr, il lui faudrait pour cela franchir le blocus qui isolait l'Angleterre du continent. Mais il avait suffisamment de contacts et d'argent pour organiser une telle traversée…

En attendant, il allait lui falloir commencer par sortir de cette chambre qui puait le whisky, le sang et la sueur.

Voss s'empara du dessus-de-lit qui se trouvait sur le sol et le brandit de façon à faire écran entre la fenêtre et lui. Il put ainsi gagner la porte qui se trouvait à l'ombre.

Au passage, il récupéra son manteau et son chapeau qui étaient posés sur une chaise. Ils lui permettraient de se déplacer à l'extérieur, le temps de rallier son propre domicile.

Après avoir enfilé cette protection, il fouilla dans la poche de son manteau et en tira une bourse dans laquelle il prit deux pièces d'or qu'il posa sur la table.

Il récupéra alors ses gants. Mais, comme il était sur le point de les enfiler, il s'immobilisa brusquement, se rappelant l'expression étrange qui se lisait sur le visage d'Angelica lorsqu'ils étaient arrivés au Lion d'or.

Jusqu'alors, il n'avait pas fait le rapprochement avec le fait qu'*elle avait l'un de ses gants à la main.*

Se pouvait-il qu'elle ait vu quelque chose ?

Avait-elle discerné le moment de sa mort ?

Rubey observait Voss à travers le judas de la porte d'entrée et, pour une fois, son regard ne trahissait aucune sympathie à son égard. Il était même tout bonnement glacial…

— Laisse-moi entrer, je t'en prie, pria-t-il de nouveau. Il faut que je te parle, Rubey…

Il s'était exprimé de sa voix la plus douce et la plus conciliante en dépit de la gêne croissante que lui procurait le soleil d'été qui brillait ce jour-là de mille feux. Même protégé par son chapeau à large bord, son épais manteau et ses gants, Voss souffrait le martyre. La plupart des *draculs* n'auraient d'ailleurs pas survécu à une exposition aussi intense et aussi prolongée.

— Je suis prêt à te dédommager, insista-t-il.

— Je ne veux pas de ton argent, répliqua-t-elle. Tu n'es plus le bienvenu chez moi, Voss !

— Je t'en prie, Rubey. Je n'ai nulle part où aller et il faut que je parle à quelqu'un…

De fait, en arrivant devant chez lui, Voss avait repéré plusieurs guetteurs que Corvindale avait probablement chargés de le prévenir dès qu'il rentrerait chez lui. Ne voulant pas risquer une confrontation directe avec le comte, il avait jugé préférable de se rendre au domicile de Rubey.

Peu de gens connaissaient l'adresse de cette petite maison dont elle avait fait l'acquisition à force de patientes économies.

— Dimitri te cherche, lui indiqua Rubey. Il est déjà venu ici avec Giordan. Ils sont bien décidés à te tuer.

— Et Angelica ? Est-ce qu'ils t'ont dit quoi que ce soit à son sujet ?

Rubey le considéra avec un mélange d'étonnement, d'ironie et de pitié.

— Alors c'est d'elle qu'il s'agit, murmura-t-elle. Je n'aurais jamais imaginé ça de toi…

— Laisse-moi entrer, s'il te plaît.

— La dernière fois que je l'ai fait, l'une de mes amies s'est fait tuer, lui rappela-t-elle.

— Je suis vraiment désolé pour Ella, soupira-t-il.

— Tu ne le penses pas.

Voss s'aperçut avec étonnement qu'elle se trompait : il était réellement désolé pour la jeune femme. Ce constat lui fit soudain prendre conscience de l'ampleur de la transformation qui s'était opérée en lui en l'espace de quelques jours.

Ce n'était pas uniquement parce qu'il avait rencontré Angelica — même si elle jouait indubitablement un rôle majeur dans cette métamorphose. Cela avait commencé avec la mort de son ami Brickbank et la brusque prise de conscience de sa propre fragilité.

— Rubey, je t'en conjure, laisse-moi entrer. Tu es l'une des personnes les plus sages que je connaisse et j'ai besoin de tes conseils.

La seule autre personne à qui il aurait pu demander son avis était Dimitri. Mais il y avait peu de chances pour que ce dernier accepte de répondre à ses questions.

Le judas se referma d'un coup sec et Voss se demanda s'il n'avait pas définitivement épuisé la patience de Rubey. Mais un instant plus tard la porte s'ouvrit et la jeune femme lui fit signe d'entrer.

Il s'avança dans le hall de la petite maison et elle referma derrière lui. Il ne put réprimer un soupir de bien-être en sentant l'ombre l'envelopper.

— Je te préviens, lui dit-elle, si Dimitri ou Giordan

reviennent, je ne leur mentirai pas. Je leur dirai que tu es venu me voir.

— Je comprends, assura Voss.

Il remarqua une marque de morsure sur le cou de Rubey.

— On dirait que Cale a pris le temps de s'arrêter un peu.

Giordan était le seul *dracul* auquel Rubey offrait de telles faveurs. Voss s'était souvent demandé quelle était la nature exacte de leurs relations. S'agissait-il d'un simple échange de bons procédés ou de sentiments plus profonds ? Rubey était bien trop discrète pour s'étendre sur le sujet.

— Puisque tu as risqué ta vie pour venir me parler, j'imagine que tu as quelque chose de précis à me dire, rétorqua-t-elle.

— Est-ce que Corvindale a dit quoi que ce soit au sujet d'Angelica ? lui demanda-t-il. Tu ne m'as pas répondu, tout à l'heure…

— Parce que je n'avais rien à te dire : Dimitri m'a juste demandé de lui raconter ce qui s'était passé et si je t'avais vu depuis la dernière fois.

— Et Cale ? Il a peut-être été un peu plus bavard.

Rubey secoua la tête d'un air incrédule.

— On dirait que tu te fais vraiment du souci pour elle, lança-t-elle. Cela ne te ressemble pas, Voss. Mais peut-être t'inquiètes-tu seulement pour ton propre avenir. Après tout, tu dois te douter que, s'il est arrivé malheur à la gamine, c'est toi qui en paieras le prix. Pour la venger, Dimitri et Chas n'hésiteraient pas à t'envoyer rejoindre ton ami Brickbank en enfer…

— Ça suffit ! protesta vivement Voss.

S'il était prêt à faire amende honorable dans une certaine mesure, il n'entendait pas laisser Rubey lui faire la morale. Il n'était pas non plus d'humeur à entendre parler de l'enfer.

— Très bien, concéda-t-elle, comprenant qu'elle était

peut-être allée un peu trop loin. Dis-moi ce que tu as sur la conscience — si tant est que tu en aies une…

Voss soupira, se demandant si elle ne venait pas précisément de mettre le doigt sur le problème. Un *dracul* n'était pas censé avoir une conscience. Et le fait qu'il ait commencé à en développer une lui causait de sérieux problèmes.

Malheureusement, il était de plus en plus convaincu que le processus était irréversible.

— Voss, reprit Rubey, voyant qu'il était plongé dans ses pensées. Giordan ne va pas tarder à revenir et je préférerais vraiment que vous ne vous croisiez pas.

Il prit une profonde inspiration.

— Rubey, tu vas mourir, lui dit-il. Pas aujourd'hui, ajouta-t-il en la voyant ouvrir de grands yeux. Mais un jour. Tu vas mourir comme tout le monde sur cette terre. Tout le monde sauf nous…

Rubey le considéra d'un air dubitatif, se demandant probablement où il voulait en venir.

— Tout le monde meurt, répondit-elle enfin. Tout le monde, même vous. Les *draculs* ne sont pas éternels, tu sais. Ils vivent juste beaucoup plus longtemps que nous… s'ils ont de la chance.

Voss demeura longuement silencieux. Il était venu ici parce qu'il avait besoin de parler à quelqu'un. Parce qu'il aurait voulu pouvoir parler à Angelica, mais qu'il ne pourrait le faire qu'en l'enlevant de nouveau.

Pourtant, curieusement, il ne savait pas vraiment de quoi il voulait parler. Il savait juste qu'il avait besoin de quelque chose. D'un sens ? D'un signe ? D'un espoir ? Il n'aurait su le dire.

Rubey dut le comprendre car ce fut elle qui reprit la parole.

— Vous autres, les *draculs*, vous accordez beaucoup de prix à l'immortalité. Vous voulez vivre toujours plus longtemps. Aussi longtemps que possible. C'est quelque chose que je n'ai jamais compris. J'imagine qu'au bout de plusieurs siècles le monde doit sembler terriblement ennuyeux… L'univers des humains n'est pas assez fascinant pour se renouveler perpétuellement : les gens commettent les mêmes erreurs, génération après génération. Et les plaisirs de l'existence sont les mêmes depuis toujours : boire, manger, faire l'amour… Ce n'est pas désagréable, certes. Mais quel intérêt cela aura-t-il au bout de plusieurs siècles ?

Rubey haussa les épaules.

— Giordan a proposé de faire de moi un vampire, tu sais. Et j'ai refusé précisément pour cette raison : je ne veux pas être condamnée à vivre éternellement.

— Et tu n'as pas peur de mourir ?

— Bien sûr que si ! Tout le monde a peur de mourir. Mais c'est cela qui pimente l'existence, justement. Et puis, je ne suis pas prête à payer la possibilité d'une vie éternelle du prix de la damnation. C'est un marché de dupes. Lucifer *sait* que le jour où vous mourrez vos âmes seront à lui. Cela peut prendre des décennies, des siècles ou même des millénaires, mais tôt ou tard il aura gain de cause. Et chaque vie que vous aurez prise pour prolonger la vôtre alourdira un peu plus votre sentence finale…

Voss se sentit pris d'un brusque vertige. Il aurait aimé se convaincre que c'était à cause de ses excès de la veille, mais il savait pertinemment qu'il n'en était rien. Ce que Rubey était en train de lui dire, il le savait depuis le jour où il avait accepté le cadeau empoisonné de Lucifer. Il avait juste évité depuis de regarder cette réalité en face de peur qu'elle ne le consume.

— Je ne te connais que depuis dix ans, Voss, poursuivit Rubey. Mais cela m'a amplement suffi à discerner le vide qui t'habite. Rien ne peut le combler. Ni le sang, ni le sexe, ni les plaisirs du corps et de l'esprit… Tu ne peux établir de véritables relations avec qui que ce soit. Les humains ne peuvent pas réellement te comprendre. Ils sont trop périssables, trop passagers… Quant aux *draculs*, ils sont bien trop murés dans leur propre égocentrisme pour partager quoi que ce soit. Chacun d'entre eux se méfie des autres. Vous croyez généralement que je vous admire et que je vous envie. Mais rien ne saurait être plus faux. En vérité, j'ai pitié de vous. Vous me faites penser à ces grands fauves que l'on voit enfermés dans les cages des ménageries : vous tournez indéfiniment en rond, vous heurtant incessamment aux barreaux de votre propre égoïsme. Vous n'avez rien à attendre de la vie. Vous ne défendez aucune cause. Vous n'avez peur pour rien ni pour personne, pas même pour vous-mêmes. Vos vies ne sont qu'une pathétique succession de moments sans avenir. Et lorsqu'un jour tout cela prendra fin, lorsque enfin quelque chose changera, lorsqu'il sera temps pour vous de mourir, qu'avez-vous à espérer ? Une autre éternité, de damnation cette fois… A mes yeux, vous n'êtes que les dindons d'une farce bien amère…

Voss aurait voulu protester. Il aurait voulu trouver un argument à lui opposer, juste un. Mais il en était incapable. Si les mots de Rubey faisaient si mal, s'ils claquaient comme des coups de fouet, c'est bien parce qu'ils sonnaient juste.

— T'es-tu jamais demandé pourquoi le démon t'avait choisi ? lui lança-t-elle alors. Pourquoi il t'avait sélectionné toi spécialement parmi tous tes parents proches et éloignés qui, sans le savoir, étaient eux aussi des descendants de Vlad Tepes ?

Voss ferma les yeux, incapable de supporter le regard de Rubey qui paraissait plonger au plus profond de son âme, en sondant les profondeurs les plus obscures.

Il croyait hélas connaître la réponse à la question qu'elle venait de lui poser. Si Lucifer l'avait choisi, c'était probablement parce qu'il ne s'était jamais préoccupé que de ses propres intérêts, de son propre bien-être, de ses propres plaisirs.

Il lui avait fallu quelque cent quarante-huit ans pour pressentir que cette forme d'onanisme intellectuel avait peut-être des limites, pour s'apercevoir que son existence manquait peut-être de quelque chose.

— Quelle qu'en soit la raison, reprit enfin Rubey, il faudra que tu en répondes un jour, Voss…

Il rouvrit les yeux et la regarda fixement.

— Je ne veux pas, avoua-t-il d'une voix qui cachait mal son désespoir.

— Si tu as peur de devoir répondre de tes fautes ici-bas, il ne te reste plus qu'une solution, déclara-t-elle.

— Laquelle ?

Elle le regarda longuement avant de prononcer sa sentence :

— Change.

11

OÙ LORD DEWHURST JOUE LES MONTE-EN-L'AIR.

Il y avait bien des façons de se glisser dans la chambre à coucher d'une femme et Voss en avait expérimenté un certain nombre au cours du siècle précédant, le plus souvent avec succès.

Il avait sur la plupart des amants un avantage non négligeable : il ne craignait ni d'être abattu d'un coup de pistolet ni d'être jeté du haut d'un bâtiment. Tout au plus devait-il se garder des coups d'épée en plein cœur et de la décapitation, risques qui fort heureusement n'étaient pas si fréquents.

Malgré cette relative impunité physique, il éprouvait toujours dans ces cas de figure un petit frisson d'excitation. Car il n'y avait rien de plus séduisant à ses yeux qu'une femme endormie. L'abandon qui allait de pair avec le sommeil avait quelque chose de terriblement sensuel.

Et puis, le visage d'une femme assoupie ne mentait jamais. Le plus souvent démaquillé, il était dénué de ces expressions toutes faites que l'on revêtait comme un masque soigneusement sélectionné.

Il n'y avait d'ailleurs pas que le visage qui gagnait en vérité : la position même du corps était révélatrice. Certaines femmes dormaient pelotonnées comme des chattes, d'autres étendues en un parfait abandon, d'autres encore étaient littéralement roulées en boule, repliées sur elles-mêmes…

Voss appréciait aussi le moment du réveil. Cet instant où il posait la main sur une femme et où, prenant conscience de sa présence, elle passait de l'état de rêve à celui d'éveil. Il aimait ces soupirs qui n'étaient pas encore des mots, ces petits gémissements de protestation ou d'approbation. Il raffolait de cette façon qu'avaient souvent leurs lèvres de frissonner sous ses doigts.

Et puis venaient les premiers baisers, les caresses reçues ou prodiguées alors que la réalité ne se dissociait pas encore complètement du songe…

Evidemment, s'introduire dans la demeure d'un *dracul* pour rencontrer une femme qui se trouvait sous sa protection était nettement plus délicat — et périlleux.

Pourtant, Voss y était parvenu.

Dimitri avait envisagé la possibilité que les hommes de Bélial tentent une entrée en force, qu'ils prennent littéralement d'assaut Blackmont Hall.

Il s'était donc prémuni contre une telle éventualité en disposant de nombreux gardes lourdement armés un peu partout sur la propriété.

Paradoxalement, ces précautions avaient constitué un avantage pour Voss. Car elles donnaient une illusion de sécurité à tous les occupants de la maison. Et, du coup, leur vigilance s'était relâchée.

Après avoir passé un certain temps à observer très attentivement les allées et venues autour de la maison, Voss avait intercepté le commis du boucher auquel il avait remis une somme rondelette pour effectuer une livraison à sa place.

Grâce à ce subterfuge, il avait eu accès à la cuisine. Là, profitant de la confusion qui régnait généralement au moment du dîner, il s'était discrètement introduit dans les appartements des domestiques.

Il s'était caché dans un grand placard qui contenait des produits d'entretien et n'avait donc pas de raison d'être ouvert dans la soirée. Là, il avait patienté en se récitant mentalement des poèmes.

Parfois, des domestiques passaient près de sa cachette et il en profitait pour en apprendre un peu plus sur les habitudes de la maison. Il avait ainsi découvert qu'Angelica était partie avec sa sœur et Corvindale. Tous trois devaient se rendre à une soirée dont ils ne rentreraient pas avant minuit.

Voss n'avait eu d'autre choix que de prendre son mal en patience. Il en avait profité pour réfléchir à ce que lui avait dit Rubey et aux implications que leur conversation risquait d'avoir sur son existence.

Il avait déjà élaboré un certain nombre de plans d'action. Il avait également envisagé plusieurs destinations possibles, parmi lesquelles Barcelone, Venise et l'exotique Constantinople.

Quel que soit le choix final, il effectuerait un arrêt à Paris pour s'entretenir avec Cezar Moldavi. Certes, le personnage lui déplaisait fortement. Il ne se rappelait que trop bien la façon dont il avait revendiqué le fait d'être un tueur d'enfants.

Il n'appréciait pas non plus la mégalomanie de cet homme qui entendait régner sur l'Europe tout entière par personne interposée. Mais, maintenant que Voss s'était attiré les foudres de Dimitri Corvindale et de Chas Woodmore, Moldavi devenait un allié naturel.

Et, si tout se déroulait comme il l'espérait, il aurait peut-être un gage à apporter à Cezar pour lui prouver sa bonne foi. Evidemment, ce dernier point dépendrait en grande partie du résultat de son entrevue avec Angelica…

Mais il ne s'était pas attendu à ce qu'elle sorte ce soir-là. Etant donné les épreuves qu'elle venait de traverser, il avait pensé qu'elle resterait tranquillement chez Dimitri pour se remettre de ses émotions.

En y réfléchissant, cependant, il comprenait les raisons pour lesquelles elle n'en avait rien fait. Elle lui avait clairement indiqué les risques qu'il faisait courir à sa réputation en l'enlevant.

Sa sœur et elle avaient probablement voulu faire taire les ragots qui n'auraient pas manqué de se répandre si Angelica s'était soudainement terrée chez elle.

Il se demanda comment elle cacherait les marques de morsure qu'il lui avait infligées. Elles mettraient probablement encore quelques jours avant de disparaître complètement.

Le souvenir de cet épisode fit monter en lui un brusque accès de culpabilité. Que se passerait-il s'il était de nouveau pris d'une telle pulsion ? Parviendrait-il à y résister, cette fois ?

Un violent frisson le parcourut. Rubey avait raison. Il allait rapidement devoir apprendre à maîtriser ses impulsions, à résister aux inclinations de sa propre nature.

S'il voulait cesser d'être un jouet entre les mains de Lucifer, s'il voulait recouvrer un semblant de libre arbitre, il ne pouvait continuer à se laisser guider par la recherche du plaisir.

Alors même qu'il formulait cette bonne résolution, la marque du Malin se mit à pulser douloureusement, lui infligeant une douleur lancinante qui se communiqua à l'ensemble de son corps.

Voss serra les dents, s'efforçant de résister à ce désagrément. Il se rappela l'aspect que présentait la marque de Dimitri Corvindale et tenta de se représenter le martyre qu'il devait endurer au quotidien.

Le jeu en valait-il la chandelle ? Cette souffrance les rapprochait-elle réellement de la rédemption ou était-elle seulement une forme de masochisme ? Après tout, elle n'avait pas apporté la délivrance à Dimitri, malgré la rectitude sans faille dont il faisait preuve depuis toutes ces années.

Peut-être n'y avait-il aucun espoir, peut-être étaient-ils condamnés sans appel par le pacte qu'ils avaient passé avec Lucifer.

Si tel était le cas, ne valait-il pas mieux profiter de l'existence tant qu'elle durerait ? Cette seule pensée suffit à atténuer la douleur que lui infligeait la marque.

C'était un piège, bien sûr. Rubey le lui avait démontré de façon particulièrement convaincante. Tôt ou tard, les meilleurs plats perdraient leur saveur à force d'avoir été trop dégustés, les vins les plus forts ne le soûleraient plus et les femmes les plus séduisantes n'éveilleraient plus son intérêt.

Que lui resterait-il alors ?

La marque se remit à pulser, ce que Voss prit pour un signe encourageant. Ce qui déplaisait à Lucifer ne pouvait être entièrement mauvais, après tout…

Fort de cette conviction, il prit son mal en patience et attendit que l'horloge de l'entrée fasse entendre onze coups avant de quitter l'inconfortable placard qui lui avait tenu lieu de refuge.

A pas de loup, il retraversa le couloir qui reliait les quartiers des domestiques à ceux des maîtres. Le corps principal de la maison était plongé dans l'obscurité et Voss se laissa guider par son nez, suivant l'odeur déjà si familière d'Angelica.

Il l'aurait reconnue entre toutes au trouble qu'elle faisait naître en lui. A pas feutrés, il gravit les escaliers et gagna le deuxième étage où devaient se trouver les chambres d'amis. Il trouva rapidement celle d'Angelica et s'assura qu'elle n'était pas encore rentrée.

Une rapide exploration des lieux lui permit de découvrir que la bibliothèque de Corvindale se trouvait à deux portes de là. Estimant que personne n'y viendrait plus à une heure aussi tardive, Voss s'y installa pour attendre le retour d'Angelica.

En attendant, il parcourut des yeux les rayonnages bien garnis du comte. Il s'aperçut rapidement qu'en plus des romans, pièces de théâtres et recueils de poésie que l'on pouvait s'attendre à y trouver il y avait là de nombreux ouvrages traitant d'ésotérisme.

Traités de sorcellerie, grimoires de magie noire et blanche, précis d'alchimie et de symbolisme, c'était un véritable florilège occulte. S'y ajoutait un nombre impressionnant de compilations de mythes et légendes. Un grand nombre de pays et de cultures étaient représentés mais, parmi eux, le folklore d'Europe centrale figurait en première place.

Voss s'empara d'un volume au hasard et vit qu'il était copieusement annoté. Il ne lui fallut que peu de temps pour comprendre que Corvindale y cherchait un moyen de briser le pacte qu'il avait passé avec Lucifer.

Voss se demanda s'il avait découvert quelque chose, s'il était déjà parvenu à trouver une faille, une échappatoire. Malheureusement, l'état actuel de leurs relations ne lui permettait guère de lui poser directement la question…

Alors qu'il replaçait le livre qu'il venait de compulser, il entendit un éclat de rire provenant des escaliers. Se rapprochant de la porte, il posa son oreille contre le battant pour écouter ce qui se passait dans le couloir.

Il comprit aussitôt que les sœurs Woodmore venaient de rentrer de soirée. Elles devisaient gaiement et le nom de Harrington revenait régulièrement dans la conversation. De toute évidence, elles l'avaient croisé ce soir-là et il avait de nouveau fait montre de l'intérêt que lui inspirait Angelica.

Cette idée éveilla dans le cœur de Voss une pointe de jalousie parfaitement irrationnelle. Il savait pourtant que sa relation avec Angelica — pour autant qu'il en ait une — n'avait aucun avenir…

Il dut patienter encore une heure, le temps que les deux jeunes femmes fassent leur toilette, prennent congé l'une de l'autre et aillent se coucher. Leurs femmes de chambre se retirèrent alors et un profond silence s'étendit à toute la maisonnée.

Pour faire bonne mesure, Voss attendit encore une demi-heure avant de quitter la bibliothèque et de s'avancer dans le couloir plongé dans les ténèbres. Il gagna rapidement la porte d'Angelica et l'ouvrit en silence avant de se glisser à l'intérieur de la chambre.

Instantanément, son parfum vint caresser ses narines, éveillant en lui un désir insidieux. Il sentit un renflement se former au niveau de ses canines et dut faire appel à toute sa volonté pour éviter qu'elles ne s'allongent.

Une fois de plus, il s'émerveilla de l'effet qu'Angelica produisait sur lui. D'où provenait donc cette curieuse résonance ? Quelle était cette curieuse alchimie qui existait entre eux ?

Qu'avait donc cette femme de si particulier pour qu'il se sente à ce point subjugué ? Au bout de cent quarante-huit années d'existence, il aurait pu se croire immunisé contre ce genre de fascination. N'avait-il pas connu des dizaines de femmes avant elle ?

Et pourtant aucune d'elles ne lui avait inspiré ce genre de réaction. S'il n'avait pas été aussi blasé, il aurait presque pu croire à un coup de foudre.

La gorge étreinte par une étrange émotion, il s'avança vers le lit d'Angelica et constata qu'un rayon de lune venait caresser son beau visage endormi. Ses longs cheveux noirs étaient détachés, s'écoulant sur l'oreiller immaculé en une lourde cascade couleur de jais.

Le désir qu'éprouvait Voss se fit soudain plus violent, le pressant de se jeter sur elle, de la faire sienne et de boire son sang. La marque de Lucifer le brûlait à présent comme un fer rouge que l'on aurait pressé contre sa peau.

Il serra les dents, combattant de toute la force de sa volonté la tentation qui s'était emparée de lui. Il refusait de céder. Il refusait de s'abandonner une fois de plus à ce que Lucifer attendait de lui.

S'il devait un jour posséder Angelica, ce serait parce qu'elle le désirait aussi, en tant qu'amant et non comme agresseur.

Il n'aurait su dire combien de temps il demeura ainsi immobile, luttant contre lui-même et contre la torture que lui faisait subir la marque du Malin.

Au bout de ce qui lui parut être une éternité, la tentation reflua et avec elle la souffrance, ne laissant en lui qu'un désir très doux qui l'enveloppait tout entier.

D'une main légèrement tremblante, il effleura les cheveux soyeux de la belle endormie. Ce n'était pas vraiment une caresse, juste une façon de s'assurer qu'elle était bien réelle, que ce n'était pas une vision tout droit surgie de son imagination.

Mais comme il s'apprêtait à la secouer doucement pour la tirer de son sommeil, elle se redressa brusquement. Il constata alors qu'elle tenait à la main un pieu qu'elle avait dû cacher sous son oreiller et qu'elle brandissait en direction de son cœur.

— Ecartez-vous ! lui ordonna-t-elle.

Les yeux fixés sur l'arme qu'elle tenait à la main, il s'étonna qu'elle ait pu anticiper sa visite alors que lui-même ne s'était décidé qu'au dernier moment à venir la trouver.

— Reculez ! lui commanda-t-elle en lui décochant un coup de son pieu.

Elle n'avait pas frappé suffisamment fort pour transpercer sa peau, mais il sentit la pointe s'enfoncer dans sa chair et jugea préférable de s'écarter un peu. Il leva alors les mains pour lui montrer qu'il ne lui voulait aucun mal.

— Du calme, proféra-t-il d'une voix qui se voulait apaisante. Ne vous énervez pas.

Angelica brandissait toujours le pieu dans sa direction. Sa technique laissait à désirer : en gardant les bras tendus comme elle le faisait, elle ne disposerait jamais de la force nécessaire pour planter son arme. L'angle d'attaque n'était pas non plus le bon.

Mais Voss ne comptait prendre aucun risque inutile. Après tout, elle était tout de même la sœur de l'un des plus redoutables chasseurs de vampires du monde…

— Allez-vous-en ! insista-t-elle. Sinon, je me mets à hurler !

— Ne comptez pas sur Corvindale pour vous venir en aide, ne put-il s'empêcher de lui dire.

— Et pourquoi donc, je vous prie ?

Voss haussa les épaules.

— Parce qu'à l'heure actuelle il doit être en train de ratisser la ville en tous sens avec son fidèle ami Giordan Cale, dans l'espoir de retrouver un certain vampire qui a osé s'en prendre à sa pupille. Il ne penserait jamais à me chercher ici même.

— Que voulez-vous ? lui demanda-t-elle.

Il s'étonna qu'elle renonce aussi facilement à le chasser. Mais sans doute craignait-elle que ses cris n'attirent en premier lieu sa sœur qui se trouverait alors exposée, elle aussi.

— Etes-vous venu finir ce que vous avez commencé ? lui demanda-t-elle. Etes-vous venu me vider de mon sang ?

— Non ! s'exclama Voss, que cette seule idée horrifiait. Pas du tout, je vous assure… Je ne ferais jamais une chose pareille.

Elle fronça les sourcils, visiblement surprise mais pas complètement convaincue par cette réponse. Il se demanda si elle pouvait imaginer à quel point elle était séduisante en cet instant.

Vêtue d'une simple chemise de nuit, les cheveux détachés, l'air combatif, on aurait dit une vierge guerrière sortie de quelque ancienne légende. Voss sentit un nouvel accès de désir l'envahir.

— Qu'est-ce que vous voulez, alors ? lui demanda-t-elle d'une voix peu amène.

Il aurait été si simple de se jeter sur elle, de lui arracher son arme et de satisfaire l'envie qu'il avait d'elle. D'ici à quelques heures, il aurait quitté Londres et Dimitri n'aurait aucune chance de le rattraper…

Il croyait presque entendre la voix de Lucifer susurrer à son oreille : *Prends-la… Qu'est-ce qui t'en empêche ?*

— J'ai quelque chose pour vous, déclara-t-il en tirant deux sachets de velours de la poche de son manteau. Il y en a un pour vous et un pour votre sœur, pour me faire pardonner le mal que je vous ai fait.

— Je ne veux rien de vous, objecta durement Angelica sans même jeter un coup d'œil aux bijoux.

— Je comprends, assura-t-il. Mais je les laisserai tout de même. Votre sœur sera peut-être intéressée. Ce sont des pièces de prix, vous savez…

Il déposa les sachets sur la table basse de la jeune femme.

— Très bien, conclut-elle. Puisque vous m'avez présenté vos excuses, vous pouvez partir à présent.

— A vrai dire, je voulais aussi vous demander un service, déclara-t-il. J'aurais besoin de faire appel à votre don de double vue.

Angelica le considéra avec stupeur, se demandant probablement s'il s'agissait d'une plaisanterie.

— Vous êtes venu me demander une faveur ? s'exclama-t-elle enfin. Mais comment avez-vous pu croire un seul instant que je vous l'accorderais ?

— Parce que, si vous le faites, je vous donne ma parole que je quitterai Londres et que jamais plus vous n'entendrez parler de moi.

Angelica le considéra attentivement, se demandant visiblement si elle pouvait le croire sur parole et si le jeu en valait la chandelle.

— Vous quitteriez vraiment Londres ? lui demanda-t-elle. Vous m'en donnez votre parole ? Parce que, si tel était le cas, je serais heureuse de vous rendre ce service.

Malgré lui, il se sentit un peu déçu. Il n'avait certes pas fait grand-chose pour s'attirer les bonnes grâces d'Angelica, mais il s'était vraiment laissé aller à croire que l'attirance qu'elle exerçait sur lui était réciproque.

— Vous avez ma parole, déclara-t-il d'un ton résigné.

Elle hocha la tête. Au moins, elle ne le soupçonnait pas d'être parjure. Mais ce n'était qu'une bien piètre consolation.

— Avez-vous un objet ayant appartenu à la personne qui vous intéresse ? s'enquit-elle.

Il hocha la tête et tira de sa poche une montre à gousset qu'il lui tendit.

— C'est tout ce que j'ai pu obtenir, lui dit-il. Je sais que vous préférez les gants. N'est-ce pas mon gant que vous avez utilisé, juste avant que nous arrivions au Lion d'or ?

Le visage d'Angelica se ferma un peu plus encore.

— Qu'avez-vous vu à ce moment-là ? lui demanda-t-il doucement.

— Rien qui ne soit à mon goût, marmonna-t-elle.

Il attendit qu'elle poursuive, mais elle n'en fit rien.

— Angelica ? insista-t-il. Qu'avez-vous vu ?

— Rien, répondit-elle. Rien du tout. Sur le moment, cela m'a beaucoup étonnée mais, rétrospectivement, je le comprends mieux, étant donné ce que vous êtes…

Voss ne sut s'il devait se réjouir de cette nouvelle ou la déplorer. Elle tendait à indiquer qu'il ne mourrait pas. Mais était-ce une bénédiction ou une malédiction ?

— Donnez-moi cette montre, à présent, et allez-vous-en, lui ordonna-t-elle sans ménagement.

— Vous essaierez vraiment ? s'enquit-il.

— Oui. Et je vous ferai parvenir un message avec toutes les informations que j'aurai pu recueillir dès demain matin chez Rubey.

Voss la considéra avec un étonnement mêlé de respect. Il ne s'était pas attendu à la voir faire preuve d'un tel professionnalisme.

— Mais comment saurai-je que vous avez bien respecté notre accord, Angelica ? lui demanda-t-il en employant à dessein son prénom.

— J'imagine que vous devrez me faire confiance, *lord Dewhurst*, répliqua-t-elle.

L'espace d'un instant, il crut discerner dans son regard autre chose que de la colère et de la rancune. Il lui sembla que c'était de la déception.

— Cela pourrait être un piège, tendu pour me faire tomber entre les mains de Corvindale, reprit-il.

— Excellente suggestion, approuva-t-elle. Je vous remercie de me l'avoir soufflée. Je ne suis pas sûre que j'y aurais pensé moi-même, étant donné la hâte que j'ai de voir Londres débarrassé de votre présence. A présent, veuillez vous retirer de cette chambre et de cette maison au plus vite !

— Vous ne voulez même pas savoir à qui appartient cette montre ? lui demanda Voss, étonné.

— Je m'en moque éperdument, lord Dewhurst, tout comme je me moque de tout ce qui peut bien vous concerner de près ou de loin. Maintenant, partez d'ici et laissez-moi me rendormir. Je faisais un rêve très agréable avant que vous ne l'interrompiez.

— Je suppose que je n'y figurais pas, soupira-t-il. En tout cas, sachez que, moi, j'ai beaucoup rêvé de vous.

La tentation de s'avancer vers elle et de la prendre dans ses bras était si grande à présent qu'il se força à faire un pas en arrière. La marque de Lucifer le faisait atrocement souffrir.

— Vous vous trompez, lui dit-elle. Moi aussi j'ai rêvé de vous. La nuit où je suis rentrée ici, j'ai fait tant de cauchemars que ma sœur a dû venir dormir avec moi pour apaiser mes terreurs nocturnes.

La culpabilité qui l'envahit était si intense qu'elle eut presque raison de l'envie qu'il avait d'elle. Pour la première fois depuis bien longtemps, il se faisait l'effet d'être le monstre abject auquel les humains identifiaient les vampires.

Il aurait voulu trouver un argument — n'importe lequel — pour se justifier, pour lui faire comprendre qu'il n'était pas si ignoble qu'elle paraissait le croire. Mais aucun ne lui venait à l'esprit.

— Allez-vous-en, lui dit Angelica. J'enverrai ma réponse à Rubey, ainsi que la montre que vous m'avez confiée. En attendant, nous n'avons plus rien à nous dire.

Ce constat eut raison de tous les espoirs que Voss conservait encore. Sans oser se l'avouer, il avait cru qu'il parviendrait à regagner les bonnes grâces d'Angelica à force de charme et de repentir. Mais il était désormais évident qu'il avait commis une erreur.

L'expérience qu'il lui avait fait endurer au Lion d'or avait définitivement anéanti les sentiments qu'il avait éventuellement pu lui inspirer. Anéanti par ce constat, il lança à Angelica un long regard avant de se détourner pour se diriger vers la fenêtre de la chambre.

Mais chaque pas qu'il faisait lui paraissait un peu plus pénible que le précédent. Car la voix de Lucifer avait repris ses exhortations.

Que t'arrive-t-il ? Vas-tu te laisser insulter par cette gamine ? Il te serait si facile de la posséder ici et maintenant. Pense seulement à tout ce sang qui t'attend… Pourquoi l'épargner puisqu'elle n'éprouve rien pour toi ?

Il n'aurait su dire si la voix était bien réelle ou si c'était juste un effet de son imagination. Mais la tentation était insoutenable et il craignit soudain de perdre le contrôle.

— Vous devriez sortir de cette chambre, enjoignit-il à Angelica d'une voix très rauque. *Maintenant !*

Elle ne se fit pas prier et sauta à bas de son lit pour s'élancer en direction de la porte. Serrant les dents pour réprimer le gémissement de souffrance que la marque faisait naître sur ses lèvres, Voss ouvrit la fenêtre et bondit dans le jardin qui se trouvait en contrebas.

Angelica émergea de sa chambre à coucher, la main toujours crispée sur le pieu qu'elle n'avait pas lâché. Son cœur battait la chamade et ses jambes étaient cotonneuses, mais elle n'avait qu'une pensée : fuir.

Comme elle s'élançait dans le couloir, elle percuta violemment quelqu'un qui venait à sa rencontre.

— Angie ! s'exclama Maia, affolée, que se passe-t-il ? Je t'ai entendue crier.

Angelica se blottit dans les bras de sa sœur, mais eut la présence d'esprit de la repousser en direction de sa chambre. Elle ne pensait pas réellement que Voss puisse la suivre. Après tout, c'était lui qui lui avait demandé de sortir. Mais la façon dont il l'avait fait l'avait terrifiée.

L'espace d'un instant, lorsqu'il s'était tourné vers elle, elle avait eu l'horrible impression qu'*il n'était plus lui-même*, que quelqu'un d'autre — quelque chose ? — avait brusquement pris sa place.

Se pouvait-il qu'il soit possédé ? En se renseignant sur les vampires dans la bibliothèque très bien fournie du comte, Angelica avait pu lire toutes sortes d'histoires à glacer le sang. Parmi elles, certains récits faisaient mention de personnes tombées sous l'emprise de démons.

Or c'était exactement l'impression que lui avait faite Voss Dewhurst.

— Qu'est-ce que tu as à la main ? lui demanda Maia. Un bâton ?

Elle observa l'objet en question d'un peu plus près et ses yeux s'agrandirent sous l'effet de la surprise. Elle aussi devait se rappeler les histoires que leur racontait autrefois leur grand-mère.

— Que s'est-il passé ? s'enquit-elle de nouveau tandis que toutes deux pénétraient dans sa chambre.

Angelica hésita un instant sur la version des événements qu'il convenait de livrer à sa sœur. Si Maia apprenait que Voss s'était glissé dans sa chambre, elle risquait de la couver encore un peu plus et Angelica perdrait toute liberté d'action.

De plus, elle risquait d'en parler au comte. Ce dernier l'interrogerait alors de nouveau et, tout comme la fois précédente, elle serait incapable de garder le silence. Il risquait alors de se rendre chez Rubey et de tuer Voss Dewhurst, ce qu'Angelica ne voulait pas avoir sur la conscience.

— Ce n'était qu'un cauchemar, répondit-elle donc. J'ai rêvé que lord Dewhurst s'était introduit dans ma chambre…

— Oh ! ma chérie, je suis désolée ! s'exclama Maia. Tu dois être terrifiée.

— Oui, répondit Angelica, se prenant au jeu. Cela avait l'air si réel… Si…

Elle s'interrompit brusquement. Elle avait été sur le point de décrire ce qui lui était arrivé, mais se rendait compte soudain que rien de ce qu'avait fait Dewhurst n'était particulièrement horrible en soi.

Il lui avait caressé les cheveux, éveillant en elle un désir qu'elle avait un peu honte de s'avouer mais dont elle ne pouvait nier la réalité. Evidemment, il n'était pas question de raconter cela à Maia. Sa sœur ne le comprendrait tout simplement pas.

En réalité, Angelica elle-même n'était pas certaine de saisir ce paradoxe. Comment un être aussi monstrueux que ce vampire pouvait-il simultanément être aussi fascinant, aussi troublant ?

Lorsqu'elle pensait à lui, elle avait l'impression de se dédoubler. Une partie d'elle le détestait pour la façon dont il avait abusé de sa confiance, se jouant de sa naïveté et de son inexpérience, lui mentant par omission jusqu'à lui faire croire qu'il était un chasseur de vampires et non l'une de ces créatures.

Mais une autre partie d'elle-même se rappelait le fait qu'il l'avait protégée au bal des Sterlinghouse puis, plus tard, chez Rubey. Elle se souvenait également de l'étrange complicité qui s'était instaurée entre eux lorsqu'il l'avait interrogée sur ses pouvoirs. Et elle ne pouvait oublier la tendresse qui brillait parfois dans son regard lorsqu'il la contemplait.

— Quelquefois, les rêves sont plus effrayants encore que la réalité, lui dit Maia.

La conviction avec laquelle elle venait de s'exprimer éveilla chez Angelica une pointe de jalousie. Sa sœur était toujours si sûre d'elle. Elle semblait ne jamais se tromper, ne jamais commettre la moindre erreur.

Quoi qu'elle accomplisse, elle le faisait avec une facilité déconcertante. Et si cela avait tendance à la rendre un peu trop rigide, psychologiquement, cela faisait également d'elle un roc sur lequel on pouvait s'appuyer en toutes circonstances.

Mais cette fois-ci, hélas, elle ne lui serait d'aucun secours. Angelica allait devoir faire face seule à l'incroyable situation dans laquelle elle se trouvait depuis que Voss avait fait irruption dans sa vie.

— Et quelquefois ils sont beaucoup plus beaux que ne l'est la réalité…, murmura Maia d'une voix nettement plus songeuse.

Angelica lui jeta un coup d'œil étonné. Elle n'avait pas coutume d'entendre sa sœur s'exprimer de la sorte.

— Que veux-tu dire ? lui demanda-t-elle, curieuse.

Le sourire qui se dessina sur les lèvres de Maia ne lui ressemblait pas non plus. En cet instant, il y avait presque quelque chose de coquin dans son regard.

— Eh bien…, poursuivit Maia en se laissant tomber sur son lit. Je ne sais pas si je devrais te dire une chose pareille alors que tu n'es pas encore mariée…

Angelica ne put s'empêcher de sourire.

— Dois-je te rappeler que tu ne l'es pas non plus ? Tu oublies souvent que nous n'avons qu'un an de différence. Et je ne crois pas que tu aies beaucoup plus d'expérience que moi pour ce qui est des mystères de l'amour…

Maia se fendit d'un nouveau sourire, tout aussi étrange que le précédent.

— En cela, tu te trompes, ma chère sœur, répondit-elle.

Angelica ouvrit des yeux ronds.

— Alexander et moi sommes seulement fiancés, reprit Maia d'un ton malicieux. Mais mes chaperons n'ont pas toujours été aussi vigilants qu'ils ne l'auraient dû…

— Ne me dis pas que tu as…

— Non, coupa Maia. Enfin… Pas vraiment… Mais nous avons fait… des choses.

Jamais Angelica n'aurait imaginé avoir un jour ce genre de discussion avec sa sœur.

— Quoi qu'il en soit, reprit celle-ci, l'expérience était loin d'être déplaisante. Et il paraît même que c'est de plus en plus agréable, avec l'habitude.

Angelica demeura quelques instants silencieuse, le souffle coupé par cet aveu.

— Maia… Je ne vois pas très bien le rapport que cela peut avoir avec les rêves dont tu étais en train de me parler…

— Eh bien…

Maia paraissait hésiter, comme si elle s'était brusquement aperçue qu'elle était allée trop loin.

— Tu en as dit trop ou pas assez, s'exclama Angelica.

Il n'était pas question qu'elle renonce à interroger sa sœur alors que celle-ci venait de lui révéler une facette de son caractère qu'elle n'avait jamais soupçonnée jusqu'alors. Et l'expression embarrassée qui se peignait à présent sur le visage de son aînée ne faisait qu'attiser un peu plus sa curiosité.

— Après que tu as été enlevée par Dewhurst, j'ai rêvé qu'il m'arrivait la même chose qu'à toi, expliqua Maia.

— Tu as rêvé de lord Dewhurst ? s'exclama Angelica, sidérée.

Elle était presque aussi surprise par cette révélation que par la pointe de jalousie qu'elle suscitait en elle. Que lui arrivait-il donc ? Se pouvait-il vraiment qu'elle éprouve toujours quelque chose pour le vicomte, malgré ce qui s'était passé entre eux ? Cela n'avait aucun sens…

— Bien sûr que non ! s'écria Maia. Je n'ai pas rêvé de lord Dewhurst… Mon Dieu, je ne devrais vraiment pas te dire ça… Tu vas vraiment me prendre pour une folle !

— Très franchement, rétorqua Angelica d'une voix légèrement moqueuse, au point où nous en sommes, ce serait pire si tu gardais le silence. Alors vas-y, raconte-moi !

Maia hocha la tête.

— Moi aussi, j'ai rêvé qu'un vampire venait me rendre visite dans ma chambre, expliqua-t-elle enfin. Mais ce n'était pas si terrifiant… En fait, c'était même assez plaisant. Comme ce que nous avons fait avec Alexander. Peut-être même mieux encore. Et puis le vampire m'a mordue…

Angelica la considéra avec stupeur.

— Dans mon rêve, cela ne faisait pas mal du tout. En fait, ça m'a même…

Elle s'interrompit en rougissant jusqu'aux oreilles.

— Ne me dis pas que tu as aimé ça ! s'exclama Angelica, révoltée.

Elle était cependant consciente de l'ambiguïté de sa propre réaction. Car, si les paroles de Maia la choquaient à ce point, c'était bien parce qu'elles n'étaient pas complètement déconnectées de la réalité de sa propre expérience.

Malgré le choc qu'elle avait éprouvé lorsque Voss l'avait mordue, malgré l'horreur qui s'était emparée d'elle en découvrant sa véritable nature, elle ne pouvait nier le fait que cette morsure n'avait pas été uniquement source de souffrance.

Une partie d'elle-même avait apprécié cette sensation d'abandon presque voluptueux et le vertige qui s'en était suivi. L'espace de quelques instants, tout son corps avait paru entrer en résonance avec l'étrange étreinte de Voss. Elle avait alors perdu le contrôle d'elle-même, s'abandonnant à cette délicieuse souffrance.

Comme Angelica s'arrachait à ces souvenirs qui la mettaient terriblement mal à l'aise, elle remarqua que sa sœur contemplait fixement la porte de la chambre.

— Milord…, murmura-t-elle.

Angelica suivit son regard et eut la surprise de découvrir lord Corvindale dont la haute silhouette se découpait dans l'encadrement. Il émanait de lui en cet instant une troublante impression d'autorité.

Angelica se demanda s'il savait que Voss s'était introduit dans sa chambre et si c'était pour cela qu'il était venu les trouver. Elle se demanda aussi si elle devait lui dire la vérité, au cas où il ne serait pas au courant.

— Je suis désolé de vous interrompre, leur dit-il. Je ne voulais pas vous déranger, mais je viens tout juste de rentrer et j'ai entendu des voix à l'étage. Vous sachant couchées, je voulais juste m'assurer que tout allait bien.

— Nous allons parfaitement bien, répondit Maia un peu sèchement.

— Dans ce cas, je vais vous laisser…

Il fit mine de se détourner mais se figea soudain, la tête légèrement penchée et l'oreille aux aguets. Maia fit mine de l'interroger, mais il la fit taire d'un geste péremptoire.

— Quelqu'un est en bas, déclara-t-il au bout de quelques instants. Ne bougez pas !

Sur ce, il se détourna et disparut. Le cœur battant à tout rompre, Angelica se demanda si elle ne s'était pas méprise sur les intentions de Voss et s'il n'avait pas décidé de rester, en fin de compte. Mais pourquoi serait-il redescendu au lieu de l'attendre dans sa chambre ?

Incapable de surmonter sa curiosité, Angelica se dirigea vers la porte de la chambre et passa la tête par l'embrasure pour tenter d'entendre les bruits que lord Corvindale avait perçus. En vain.

— Est-ce que cela te plaisait vraiment, dans ton rêve ? ne put-elle s'empêcher de demander à sa sœur.

Maia se raidit soudain et secoua la tête.

— Je ne veux plus en discuter, répondit-elle. J'ai sans doute eu tort de le faire.

Elles se turent de nouveau et Angelica entendit un bruit sourd venu d'en bas suivi d'un profond silence.

— Je ne comprends pas comment tu as pu trouver cela agréable, murmura-t-elle.

— Je te rappelle que, dans les histoires que nous racontait grand-mère, les baisers des vampires n'étaient pas toujours désagréables. Mais de toute façon, dans mon cas, ce n'était qu'un rêve, rien de plus.

Angelica ouvrit la bouche pour lui répondre, mais la referma aussitôt en entendant des bruits de pas dans l'escalier. Sans même se concerter, les deux sœurs s'éloignèrent de la porte et allèrent se rasseoir sur le lit de Maia comme si de rien n'était.

Ainsi qu'elles l'avaient escompté, les pas traversèrent le couloir et se rapprochèrent de la chambre. Mais, quand la porte se rouvrit, elles eurent la stupeur de découvrir que ce n'était pas Corvindale qui se trouvait dans le couloir.

— Chas ! s'exclama Angelica en sautant à bas du lit.

Maia l'imita aussitôt et elles se jetèrent dans les bras de leur frère. Il les serra contre lui avec affection en les couvrant toutes deux de baisers.

— Pas de bruit, leur ordonna-t-il pourtant lorsqu'elles firent mine de l'assaillir de questions. Personne ne doit savoir que je suis ici !

Angelica lui jeta un coup d'œil interrogatif mais, avant même qu'elle ait pu formuler une question, il reprit la parole.

— Venez, leur dit-il. Allons nous installer dans le bureau de Dimitri de façon à pouvoir parler tranquillement...

— Je vais enfiler une robe de chambre et des pantoufles, déclara Angelica.

De retour dans sa chambre à coucher, elle découvrit que la fenêtre était grande ouverte et comprit que c'était sans doute par là que Voss était sorti. Il lui sembla que son odeur flottait encore dans l'air et elle ne put s'empêcher d'inspirer profondément.

Une fois de plus, elle s'étonna de ses propres contradictions : comment pouvait-elle à la fois être aussi troublée par cet homme — ce vampire — et le trouver si inquiétant ?

C'est alors qu'elle aperçut les deux petits sacs de velours que Voss avait laissés sur la table de nuit et qui contenaient les présents grâce auxquels il entendait apparemment se faire pardonner.

Curieuse, elle fut tentée de les ouvrir pour voir ce qu'ils contenaient. Mais elle résista à cette tentation, trop désireuse d'aller retrouver son frère. Quittant sa chambre, elle dévala donc l'escalier pour rejoindre le premier étage où se trouvait le bureau de lord Corvindale.

Un rai de lumière filtrait sous la porte mais le bruit des voix était étouffé, ne laissant deviner aucune parole.

Angelica entra après avoir frappé. Elle s'aperçut aussitôt qu'il y avait dans la pièce une personne qu'elle ne connaissait pas : un homme très mince, entièrement vêtu de noir et portant un chapeau qui était rabattu sur son visage.

La seule lumière provenait de la cheminée où brûlait un petit feu et la pièce était plongée dans la pénombre. Corvindale était assis dans un fauteuil près de l'âtre, les jambes étendues devant lui. Il paraissait las, peut-être parce qu'il avait passé tout son temps libre à rechercher vainement Voss à travers toute la ville.

Un verre à la main, il y faisait tourner un liquide ambré qui rappela à Angelica sa malencontreuse soirée au Lion d'or.

Elle jeta alors un coup d'œil en direction de Maia qui se tenait un peu en retrait et observait pensivement lord Corvindale. Contrairement à ses habitudes, ses cheveux étaient défaits et retombaient librement sur ses épaules en une cascade de brun, de bronze et de miel.

Cela ne manqua pas de surprendre Angelica, qui connaissait son souci des conventions. Se retrouver en chemise de nuit avec deux hommes qu'elle ne connaissait pas constituait déjà une sérieuse entorse au protocole. Mais ne pas attacher ses cheveux frisait l'attentat aux bonnes mœurs…

Chas était appuyé contre le bureau du comte, les bras croisés sur sa poitrine. Lui aussi paraissait las, mais cela n'enlevait rien à l'impression de force et de robustesse qui se dégageait de lui.

Pour la première fois de sa vie, peut-être, Angelica ne le regardait pas seulement comme un frère, mais aussi comme le chasseur de vampires qu'il était. Et elle s'aperçut avec une pointe d'étonnement qu'il n'était pas si difficile que cela de l'imaginer pourchassant ces créatures.

Ce qui la surprit nettement plus, en revanche, ce fut de

discerner la tendresse qui se lisait dans ses yeux tandis qu'il contemplait l'inconnu.

Fronçant les sourcils, Angelica se tourna enfin vers ce dernier et constata avec stupeur que ce n'était pas un homme, comme elle l'avait cru initialement, mais une femme qui, au mépris de toutes les conventions, portait des vêtements masculins.

— Vous devez être Narcise Moldavi, murmura-t-elle. La vampire…

La jeune femme repoussa son chapeau, révélant un visage d'ange. C'était indéniablement la plus belle femme qu'Angelica ait vue de sa vie. Son visage était de ceux qui inspiraient autrefois les peintres de la Renaissance : une peau si pâle qu'elle évoquait la plus précieuse des porcelaines, des yeux d'un bleu aussi profond que l'océan, des traits d'une finesse exquise et de longs cheveux noirs qui paraissaient aussi fins et brillants que la soie.

— C'est exact, répondit-elle.

Elle possédait une voix riche et sensuelle, particulièrement musicale et presque aussi grave que celle d'un homme. C'était le genre de voix qui éveillait sur la peau des frissons incontrôlables.

Les vêtements qu'elle portait étaient assez larges, probablement pour éviter de trahir ses formes.

— Est-ce que vous êtes venue faire connaissance avec les membres de votre nouvelle famille ? lui demanda Angelica d'un ton qui cachait mal sa désapprobation.

— En réalité, répliqua Narcise, je suis venue ici au péril de ma vie, uniquement à cause de vous.

Angelica jeta un coup d'œil interrogatif à son frère qui hocha légèrement la tête, confirmant les dires de Narcise. Elle ne parvenait toujours pas à accepter le fait qu'il ait pu s'éprendre d'une vampire — car la façon dont il la regardait ne laissait guère de doutes à ce sujet.

Mais, depuis qu'elle avait posé les yeux sur la sœur de

Cezar, elle croyait comprendre pourquoi il avait succombé. Elle était un rêve incarné, un véritable fantasme auquel peu d'hommes devaient être capables de résister…

Narcise se redressa soudain et gagna le bar qui se dressait dans un coin de la pièce. Là, elle se remplit un verre de whisky.

— Votre frère a appris que Voss vous avait enlevée, reprit-elle enfin. Il a alors insisté pour que nous revenions à Londres en dépit du danger que cela me faisait courir…

— Tu sais très bien que tu n'étais pas obligée de l'accompagner, Narcise, objecta un nouveau venu qui venait à son tour de pénétrer dans le bureau. N'accuse pas Chas ou sa sœur de la couardise dont *tu* fais preuve…

Angelica se tourna vers celui qui venait de parler. Il venait d'ôter son chapeau, révélant une tignasse d'épais cheveux noirs qui encadraient un beau visage d'aspect presque juvénile. Mais la maturité et l'expérience qui se lisaient dans ses yeux contredisaient cette première impression.

Il portait un long manteau semblable à ceux qu'affectionnaient les cochers. Cela lui permettait sans doute de dissimuler l'arme à feu et le pieu qui étaient accrochés à sa ceinture. Angelica se demanda si elle avait affaire à l'un des chasseurs de vampires qui travaillaient avec son frère.

— Mesdemoiselles, indiqua Corvindale, permettez-moi de vous présenter mon ami, Giordan Cale.

Ce dernier s'inclina galamment devant les deux jeunes femmes.

— Chas, vas-tu enfin nous dire ce qui se passe ici ? lui demanda alors Maia qui devait commencer à regretter amèrement de ne pas avoir pris le temps de se vêtir de façon convenable.

— J'allais vous l'expliquer, répondit leur frère. Puis-je commencer ou bien attendons-nous d'autres personnes ?

Corvindale secoua la tête et alla se resservir un verre.

— J'espère que tu es venu nous annoncer que tu comptes nous ramener à la maison dès demain, lança Maia.

Narcise jeta un coup d'œil entendu en direction de Chas, comme pour lui rappeler une conversation qu'ils auraient eue auparavant.

— J'ai bien peur que non, répondit leur frère. Ce n'est pas encore possible.

— Pourquoi donc ? Tu es bien de retour, n'est-ce pas ? Nous n'avons donc plus de raisons de rester ici.

Tout en prononçant ces mots, elle avait jeté un regard appuyé à lord Corvindale.

— Très franchement, j'espérais aussi que vous me libéreriez de ma charge, lâcha ce dernier. Mais, si vous n'avez pas l'intention de rester, peut-être devriez-vous confier la garde de vos sœurs à Giordan…

— Je m'en voudrais de vous priver de votre seule source de relations sociales, répliqua ce dernier, moqueur.

— Messieurs ! protesta Chas, levant les mains en signe d'apaisement.

Il se tourna de nouveau vers ses sœurs qu'il contempla avec une infinie tendresse.

— Je suis désolé, mais ne peux pas encore vous ramener à la maison, leur dit-il. Il ne faut même pas que je sois vu à Londres. Il est capital que tous ignorent que j'y ai séjourné. La vie de Narcise est en jeu et je cours un gros risque en la faisant venir ici…

— Je ne comprends pas, objecta Maia. Pourquoi es-tu venu, dans ce cas ?

— Pour libérer Angelica de l'emprise de Voss — ce qui est déjà fait, fort heureusement — et pour tuer ce salaud.

Maia émit un bruit de réprobation qui ne manqua pas de faire sourire Angelica. Elles étaient toutes deux en chemise de nuit en compagnie de deux étrangers et d'un vampire, mais sa sœur trouvait encore moyen de se soucier des écarts de langage de leur frère.

— C'est là ma mission, déclara Chas. Et je pense qu'il est grand temps que je vous l'explique.

Angelica faillit lui dire qu'elles étaient déjà au courant, mais il ne lui en laissa pas le temps.

— Je tue des vampires, reprit-il. Certains d'entre eux, du moins…

Il jeta un coup d'œil en direction de Narcise et de Corvindale.

— Ceux qui mettent en danger les humains, ajouta-t-il.

— Mais pourquoi ? s'enquit Maia, formulant à haute voix la question qu'Angelica se posait depuis que Voss lui avait appris la chose.

— C'est difficile à expliquer, répondit Chas. Sonia et Angelica ont hérité du don de double vue de notre grand-mère. Quant à moi, j'ai découvert à l'adolescence que j'avais également hérité d'un pouvoir, celui de reconnaître les vampires, de les identifier.

— Je comprends mieux, murmura Angelica.

— Mais n'est-ce pas terriblement dangereux ? lui demanda Maia.

— Ça l'est, répondit Chas. Mais pas autant que vous pourriez le croire. Les vampires sont dotés de capacités surnaturelles, c'est vrai. Ils sont souvent plus rapides et plus forts que les êtres humains. Cependant, ils ne sont pas invincibles. Or la plupart d'entre eux commettent l'erreur de le penser. C'est souvent ce qui me permet de les abattre.

— Mais comment as-tu su comment les affronter ? s'enquit Angelica.

— Il m'a suffi de me rappeler les légendes que nous racontait grand-mère. J'ai vite compris qu'elles reposaient toujours sur un fond de vérité et je les ai étudiées.

Il jeta un nouveau coup d'œil en direction de Corvindale

et Angelica se prit à penser à la bibliothèque que possédait ce dernier et qui contenait de très nombreux livres de contes et de légendes.

— Quoi qu'il en soit, poursuivit Chas, je ne laisserai pas Dewhurst compromettre ma sœur…

— Je ne suis pas compromise, objecta-t-elle.

Chas secoua doucement la tête.

— Nous savons qu'il était là ce soir, Angie, lui dit-il. Que tu l'aies invité ou pas…

— Jamais je n'aurais fait une chose pareille ! protesta-t-elle vivement.

— Peu importe, déclara Chas d'une voix qui n'admettait pas de réplique. Dimitri et Giordan vont m'aider à le localiser. Et ensuite je le tuerai.

12

Où lord Dewhurst reçoit un message très attendu.

Le pub du Cerf gris était un endroit bruyant et mal famé qui présentait néanmoins l'avantage de posséder de nombreux recoins sombres d'où l'on pouvait observer sans être vu.

La bière et le whisky y coulaient à flots et Voss s'était fait apporter un pot de bitter qu'il sirotait pensivement sans quitter la salle des yeux.

Il avait soigneusement choisi l'endroit où il s'était installé : dans un coin de la pièce, de façon à ne pas être surpris par-derrière et à portée de l'une des issues, au cas où les choses tourneraient mal.

Cela lui évitait aussi d'avoir à contempler la couleur douteuse des murs qui étaient imbibés de taches. Quelques-unes étaient constituées de sang séché, ce qui ne choquait nullement sa sensibilité. D'autres, en revanche, résultaient d'autres fluides corporels nettement moins ragoûtants.

Cela expliquait peut-être l'odeur qui flottait dans l'air et se mêlait à celles de la fumée, de la bière éventée et de la transpiration. En d'autres circonstances, Voss aurait certainement trouvé cette atmosphère irrespirable, mais il ne pouvait guère se montrer difficile ces temps-ci.

Depuis l'incident du Lion d'or, il n'était pas rentré chez lui, préférant utiliser un petit appartement qu'il possédait au cœur de Londres et dont lui seul connaissait l'existence. Ses contacts lui avaient indiqué que, loin d'abandonner leurs recherches, Corvindale et Cale les avaient intensifiées.

Il ne pourrait donc se permettre de demeurer beaucoup plus longtemps en Angleterre.

Voss vida sa chope et renversa le verre vide devant lui. Il héla l'une des serveuses et en commanda un autre qu'il se remit à siroter.

En voyant la chope retournée, la personne envoyée par Rubey saurait que c'était à lui qu'elle devait remettre son message. Evidemment, il était possible qu'Angelica ait décidé de ne pas honorer son engagement et que personne ne vienne le trouver.

Il avait décidé que, dans ce cas, il attendrait une heure de plus avant de s'éclipser et qu'il gagnerait directement le port où il tenterait de trouver un capitaine de bateau de pêche suffisamment courageux pour se risquer à franchir le blocus.

Nombre de contrebandiers s'y aventuraient presque quotidiennement, et ils ne feraient guère de difficultés à transporter un gentleman qui était prêt à payer rubis sur l'ongle.

Evidemment, il se pouvait aussi qu'Angelica l'ait dénoncé à Corvindale et que ce dernier tente de le capturer ce soir. Dans ce cas, il lui serait sans doute très difficile d'échapper au comte et à ses sbires.

Mais Voss avait décidé que le jeu en valait la chandelle. L'information qu'allait peut-être lui fournir Angelica pouvait s'avérer déterminante non seulement pour lui, mais aussi pour l'ensemble de l'Europe dans les années à venir.

De plus, il refusait de croire qu'Angelica puisse le trahir de cette façon. Il était convaincu de son honnêteté et de sa franchise et certain que, quelle que puisse être son opinion à son sujet, elle ne condamnerait pas à une mort certaine quelqu'un qui lui avait sauvé la vie à deux reprises.

Tout ce qu'il regrettait en fait, à la veille de son départ, c'était qu'il ne la reverrait jamais. Certes, cela valait sans doute mieux. Mais il ne pouvait s'empêcher d'en éprouver un pincement au cœur.

Repoussant cette idée déprimante, il se concentra sur son environnement immédiat, guettant le moindre signe suspect, la moindre anomalie qui aurait pu indiquer qu'il avait été trahi. Et il ne tarda pas à repérer une femme qui était assise à quelques tables de lui et ne paraissait pas du tout à sa place dans ce bouge crasseux.

Curieusement, personne ne semblait l'avoir remarquée alors qu'elle aurait probablement constitué une proie idéale pour les tire-laine et les escrocs qui devaient être légion en ces lieux.

Elle avait un visage très pur et de longs cheveux blonds qui retombaient librement sur ses épaules. Quant à la robe blanche qu'elle portait, elle devait être passée de mode depuis le Moyen Age.

Elle parut sentir le regard de Voss peser sur elle car elle se tourna vers lui et lui sourit. Ce n'était pas un sourire aguicheur ni une simple marque de politesse. Il avait quelque chose de personnel, presque d'intime, qui le mit vaguement mal à l'aise.

Lui ayant adressé un bref signe de tête, il se détourna mais continua à la surveiller du coin de l'œil. Il y avait peu de chances pour qu'il s'agisse de l'un des agents de Corvindale — ou de Moldavi —, mais il préférait être trop prudent plutôt que de pécher par excès de confiance.

Au bout d'un moment, il la vit se lever. Mais, au lieu de gagner la sortie comme il s'y attendait, elle se dirigea vers sa table. Voss songea alors que ce pouvait être une émissaire envoyée par Angelica et il sentit l'espoir renaître en lui.

Tandis qu'elle traversait la pièce, personne ne paraissait lui prêter la moindre attention, ce qui ne manqua pas d'attiser la curiosité de Voss.

Curieusement, lorsqu'elle s'immobilisa devant lui, il sentit les battements de son cœur s'accélérer. Ce n'était pas parce qu'il la trouvait attirante. Elle n'était certes pas repoussante, loin de là, mais il émanait d'elle une impression de douceur maternelle plus que de séduction torride. Vue de près, elle paraissait plus décalée encore, avec ses vêtements d'un autre âge et ses longs cheveux défaits.

— Je connais une excellente couturière, lui dit-il d'un ton ironique pour cacher le trouble qui l'habitait. Vous devriez sans doute aller la voir pour vous faire faire une garde-robe. Vous êtes à Londres, ma petite, et ici les gens ne plaisantent pas avec la mode…

Elle lui jeta un regard distant, comme si elle ne comprenait pas un mot de ce qu'il venait de lui dire — ce qui était peut-être le cas.

Plus il l'observait et plus il avait l'impression de se trouver face à quelque princesse sortie d'une légende saxonne ou d'un conte de la Table ronde. La robe dont il venait de se moquer avait même ces longues manches que l'on ne retrouvait plus que sur certaines robes de mariée traditionnelles.

Mais ce qui l'étonna plus encore, ce fut l'impression de brûlure qui se fit sentir sur son épaule, là où se trouvait la marque de Lucifer. Qui était donc cette fille ? Et pourquoi lui paraissait-elle si irréelle ?

— Voilà qui te ressemble bien Voss, lança-t-elle d'un ton mi-amusé, mi-réprobateur. Tu as l'art de te cacher derrière cette fausse légèreté que tu as érigée en véritable mode de vie… C'est pour cela qu'il t'a choisi, tu sais.

Le cœur de Voss se mit à battre de plus en plus vite tandis que sa bouche devenait affreusement sèche. Qu'était donc en train de lui faire cette sorcière ?

— Qui êtes-vous ? répliqua-t-il.

Elle haussa doucement les épaules, faisant cliqueter le trousseau de clés qui était accroché à sa ceinture. N'était-ce pas ainsi que l'on représentait autrefois les châtelaines médiévales ?

— Cela n'a pas d'importance, lui assura-t-elle.

Elle pencha légèrement la tête de côté et l'observa attentivement.

— Tu n'es pas encore prêt, conclut-elle enfin.

La douceur et la sérénité qui se lisaient dans ses yeux se teintèrent d'une pointe de tristesse et de déception.

— Je serai là quand tu le seras, ajouta-t-elle. J'espère seulement que cela se produira avant qu'elle ne meure…

— Avant que qui ne meure ? s'enquit-il. Prêt à quoi ? Qu'est-ce que ce charabia ?

La douleur que lui infligeait la marque avait redoublé, faisant trembler légèrement sa voix.

— J'avais espéré que tu te souviendrais de moi, lui dit-elle. Nous nous sommes rencontrés auparavant. En plusieurs occasions, même. Mais peut-être t'en souviendras-tu, la prochaine fois. Je ne peux rien te dire de plus avant que tu ne sois prêt.

— Mais vous ne m'avez rien dit, justement ! protesta vivement Voss.

— Ton amie Rubey est pleine de sagesse, tu sais, ajouta-t-elle. Tu as bien fait d'aller la trouver. A présent, il ne te reste plus qu'à suivre ses recommandations.

Voss ferma les yeux, luttant contre les élancements douloureux de la marque, contre sa propre confusion et contre cette désagréable sensation de vertige qui s'était emparée de lui. Lorsqu'il les rouvrit, la femme avait disparu.

Surpris, il scruta la salle du pub, cherchant l'éclat de sa robe au milieu des nuages de fumée qui s'élevaient paresseusement vers le plafond. Mais il ne l'aperçut nulle part.

Etait-elle passée par la porte qui se trouvait non loin de

là ? Pour ce faire, elle aurait dû courir, ce qui ne paraissait guère commode, étant donné la robe qu'elle portait. De plus, il l'aurait certainement entendue.

Mais, si elle s'était éloignée sur la pointe des pieds, elle n'avait matériellement pas eu le temps de quitter les lieux. Voss ne put réprimer un frisson glacé. Cela n'avait strictement aucun sens…

Il remarqua alors que la douleur qui émanait de la marque de Lucifer, quelques instants seulement auparavant, avait complètement disparu, elle aussi. Il aurait presque pu croire à un rêve si le souvenir de la femme et de ses étranges paroles n'avait pas été aussi net dans son esprit.

Tu n'es pas prêt. J'espère que tu le seras avant qu'elle ne meure.

De qui avait-elle voulu parler ? D'Angelica ?

Cette idée le fit frémir de nouveau. Mais cette hypothèse paraissait peu probable. Quoi qu'il arrive, il quitterait bientôt l'Angleterre et respecterait la promesse qu'il avait faite à Angelica.

Les choses commençaient à devenir un peu trop étranges à son goût dans cette ville et il en venait à se demander s'il n'y avait pas là quelque magie à l'œuvre.

Voss avala une nouvelle gorgée de bière tiède. Et, comme il reposait sa chope, il aperçut avec étonnement l'homme qui venait de pénétrer dans le pub. Ce n'était autre que Bélial en personne, suivi de deux de ses hommes.

Il s'attendait à ce qu'ils le cherchent du regard mais, au lieu de cela, ils allèrent tranquillement s'installer à l'une des tables situées près de l'entrée.

Contre toute probabilité, il semblait bien qu'ils avaient choisi cet endroit par hasard pour venir y boire un verre. Voss se demanda combien de temps encore il continuerait à jouer ainsi de malchance.

Il se déplaça légèrement de façon à se trouver complètement dans l'ombre. Fort heureusement, un épais poteau de soutènement se trouvait entre lui et les nouveaux venus, le dissimulant en grande partie à leur vue.

Voss tira sa montre et constata qu'il était minuit et demi, ce qui signifiait qu'il se trouvait dans ce pub depuis une heure et demie. Rubey lui avait promis que, si Angelica se manifestait, elle enverrait quelqu'un à minuit. De toute évidence, elle avait omis de renvoyer la montre et le résultat de sa divination.

Il se demanda si elle avait vraiment conscience du caractère éminemment précieux de son talent. Si elle l'avait voulu, il aurait pu faire d'elle quelqu'un de très riche et de très puissant. Evidemment, ce n'était probablement pas le genre de chose qu'elle ambitionnait.

Voss ne put s'empêcher de sourire. Malgré son caractère bien trempé et sa langue acérée, il y avait en elle une forme d'innocence qui ne cessait de l'étonner.

Evidemment, une telle pureté pouvait confiner à la naïveté et s'avérer particulièrement dommageable. Nombre de personnes peu scrupuleuses ou mal intentionnées n'auraient pas hésité à en profiter.

Voss ne se considérait pas comme appartenant à cette catégorie, bien sûr. Tout ce qu'il voulait, c'était quelques informations qui lui permettraient de négocier avec Moldavi et d'obtenir ainsi une protection contre la colère de Corvindale.

Un nouveau regard en direction de Bélial lui fit froncer les sourcils. L'idée de devenir l'allié d'une telle crapule ne lui souriait guère. Il ne savait que trop ce dont il était capable et ne tenait gère à s'associer de près ou de loin à ses actions.

Le simple fait qu'il ait voulu s'en prendre à Angelica et à sa sœur le lui rendait détestable. L'espace d'un instant, il fut même tenté de profiter de cette rencontre de hasard pour prendre Bélial en filature.

Dès qu'il serait seul, Voss n'aurait qu'à lui planter dans

le cœur le pieu qu'il transportait toujours sur lui par mesure de précaution. Cela éviterait qu'il ne tente quoi que ce soit contre les sœurs Woodmore…

Malheureusement, Voss ne tarda pas à comprendre qu'un tel acte serait vain. Certes, Moldavi déplorerait la disparition de son fidèle lieutenant. Mais il enverrait aussitôt quelqu'un d'autre accomplir ce forfait.

Voss n'aurait fait que retarder l'inévitable et compliquer la tâche de ceux qui protégeaient Angelica et avaient au moins l'avantage de connaître Bélial. De plus, Moldavi risquait d'apprendre qui avait tué ce dernier, ce qui rendrait toute alliance impossible entre eux.

Avisant la serveuse qui avait apporté sa chope, il lui fit signe d'approcher. Elle s'exécuta et il lui tendit une pièce d'argent.

— Prenez ça, ma belle, lui dit-il. Et, si vous acceptez de me rendre un petit service, il y en aura une autre pour vous.

— Que puis-je faire pour vous, milord ?

— Vous voyez ces hommes ? lui demanda-t-il en désignant Bélial et ses sbires. J'aimerais que vous alliez écouter ce qu'ils sont en train de raconter et que vous me le rapportiez ensuite. Inutile de prendre des risques inutiles : contentez-vous de rester non loin d'eux et de tendre l'oreille.

— C'est compris, assura-t-elle avant de s'éloigner.

Il la suivit des yeux, espérant qu'elle saurait se faire discrète.

C'est alors qu'il aperçut le jeune homme qui venait de pénétrer dans le pub et considérait d'un œil peu rassuré les clients qui s'y pressaient. Voss ne le connaissait pas, mais il portait le manteau rouge qui était censé signaler le messager de Rubey.

Son regard se posa alors sur Voss et sur la chope renversée qui était posée juste devant lui et il hocha imperceptiblement la tête. D'un pas décidé, il se dirigea vers lui. Voss pesta intérieurement : il avait espéré que le messager ferait preuve d'un peu plus de discrétion.

Portant sa chope à sa bouche, il fit semblant de boire de façon à dissimuler un peu plus son visage. Fort heureusement, Bélial et ses hommes discutaient toujours et ne prêtèrent strictement aucune attention au jeune homme qui se frayait un chemin à travers le pub.

Parvenu devant la table de Voss, il déposa un paquet près de la chope retournée, prit la guinée que ce dernier lui tendait puis se remit en marche presque aussitôt vers la porte de derrière. Entre le moment où il était entré et celui où il sortit, il ne s'était pas écoulé plus de trois minutes.

Voss jeta un nouveau coup d'œil en direction de Bélial. S'étant assuré qu'il n'avait rien remarqué, il dénoua le ruban qui entourait le paquet. Lorsqu'il ouvrit la boîte qui se trouvait à l'intérieur, l'odeur familière d'Angelica vint lui chatouiller les narines, éveillant instantanément une pointe de désir au creux de son ventre.

Jamais personne ne lui avait fait un tel effet jusqu'à ce jour et il déplora une fois encore le fait qu'il la perdrait définitivement en quittant l'Angleterre.

Dans la boîte se trouvaient la montre en or et une lettre pliée en quatre. Il l'ouvrit et sourit en découvrant la belle écriture d'Angelica. C'était un modèle de féminité, avec des pleins et des déliés parfaitement tracés. Seules quelques gouttes d'encre trahissaient la hâte avec laquelle elle avait écrit ce message.

Tout en étant parfaitement conscient de l'absurdité de la chose, Voss se sentait étrangement ému par le fait qu'elle lui ait écrit. Certes, il ne s'agissait probablement pas d'un billet doux. Mais c'était tout de même leur premier échange épistolaire.

S'efforçant de faire abstraction de ce sentimentalisme déplacé, il commença à lire.

Pensiez-vous vraiment que je ne sentirais pas à qui appartenait cette montre ? Je l'ai su à l'instant même où mes doigts se sont posés dessus. Et j'avoue que je me demande comment vous avez bien pu vous la procurer !

Je pourrais vous mentir et prétendre que je n'ai rien vu. Mais je n'ose le faire de peur que vous usiez de ce prétexte pour demeurer à Londres.

Voss grimaça, songeant que ce n'était effectivement pas une lettre d'amour. Piqué au vif, il poursuivit.

Vous devez partir. Je ne veux plus jamais vous revoir. Mais je ne veux pas non plus que vous soyez assassiné par ma faute. Or de nombreuses personnes vous recherchent avec la ferme intention de vous tuer pour venger mon honneur.

Voss hocha la tête : il avait même entendu dire par certains de ses contacts que Chas Woodmore était de retour à Londres.

Quant au propriétaire de cette montre, sa mort viendra. Mais ce ne sera ni sur un champ de bataille, ni sur la guillotine, ni même à cause d'un assassinat. Je crois qu'il mourra de maladie. Ses derniers moments, il les passera dans une chambre en compagnie de trois personnes.

La chambre en question est confortable sans être luxueuse. Elle semble indiquer qu'il s'éteindra dans une situation nettement plus modeste que celle qui est la sienne aujourd'hui.

Quant à l'époque où cela se produira, ce ne sera pas avant plusieurs années. Son visage paraît nettement plus âgé, plus marqué que celui qui est représenté aujourd'hui. C'est tout ce que je peux vous dire au sujet de sa mort.

Adieu

La lettre n'était pas signée.

Voss la relut une seconde fois, s'efforçant de déterminer l'état d'esprit d'Angelica lorsqu'elle l'avait écrite. Elle ne semblait pas éprouver de haine à son encontre — elle affirmait ne pas souhaiter sa mort — mais c'était une bien piètre consolation.

De toute évidence, elle ne lui avait pas pardonné ce qu'elle considérait comme une trahison. Et la façon dont elle terminait sa missive indiquait clairement qu'elle espérait ne jamais le revoir.

Voss replia la lettre et envisagea brièvement de la faire brûler dans sa chope. Mais il finit par la glisser dans l'une des poches de sa veste.

Si le frère d'Angelica était effectivement de retour à Londres et s'il avait l'intention de le tuer, sa décision de quitter le pays devenait plus que judicieuse, nécessaire. Il enverrait donc une lettre à Angelica pour la remercier et lui confirmer qu'il partait. Puis il s'embarquerait pour la France et, après s'être entretenu avec Cezar Moldavi, il partirait très loin, peut-être même jusqu'à Saint-Pétersbourg, qu'il avait toujours eu envie de visiter.

— Angelica, j'adore votre robe ! s'exclama Mirabella tandis qu'elles prenaient place face à face dans la voiture de lord Corvindale. Cette couleur vous va à ravir.

Angelica se força à sourire. Elle appréciait vraiment beaucoup Mirabella et aimait généralement passer du temps en sa compagnie. Mais ce soir-là elle se sentait passablement déprimée. C'était peut-être à cause du rêve qu'elle avait fait cette nuit-là, et dont les images l'avaient poursuivie durant toute la journée.

— Merci, répondit-elle en se serrant un peu contre la portière de façon à ce que Maia puisse prendre place à ses côtés.

— Je dois reconnaître que c'est très seyant, déclara sa sœur. Je n'étais pas convaincue lorsque tu l'as choisie, mais j'avais tort : elle s'accorde parfaitement avec ta carnation de peau.

Angelica la considéra avec une pointe d'étonnement. Maia n'avait pourtant pas l'habitude de reconnaître ses torts. Mais c'était un changement dont elle ne pouvait se plaindre.

Peut-être avait-elle reçu une nouvelle lettre de son fiancé. Qui sait ? Il lui avait peut-être même annoncé qu'il comptait revenir sous peu à Londres…

La soirée à laquelle elles se rendaient ce soir-là n'était pas l'un de ces grands bals qui émaillaient la saison, mais une fête en petit comité à l'occasion de l'anniversaire de lord Harrington.

En discutant de cette réception avec lui, Angelica avait eu le sentiment qu'il avait l'intention d'en profiter pour donner à leur relation un tour plus officiel. Alors qu'ils étaient allés chevaucher ensemble au parc, la veille, il avait fait une allusion à peine déguisée à leur avenir. Et elle se demandait depuis s'il n'avait pas tout bonnement prévu de lui demander sa main.

Une telle nouvelle l'aurait probablement emplie de joie quelques jours seulement auparavant. Lord Harrington était jeune, séduisant, plein d'esprit et très riche. C'était probablement l'un des meilleurs partis de Londres.

Mais les moments difficiles qu'elle avait traversés avaient modifié son point de vue, lui faisant relativiser des choses qu'elle avait jusqu'alors trouvées évidentes.

— En tout cas, j'aime beaucoup ces bijoux, déclara Maia. Quand je pense que tu avais oublié jusqu'à leur existence ! Si je n'avais pas remarqué les sachets au fond de ton tiroir, ils auraient pu disparaître sans même que tu t'en rendes compte…

Le sourire d'Angelica se figea. Elle regrettait à présent

de n'avoir pas mieux caché les bourses qui contenaient les colliers magnifiques que lui avait offerts Voss Dewhurst. Elle ne pouvait nier cependant qu'elle avait été très agréablement surprise par ces bijoux qui témoignaient d'un goût très sûr.

Elle aurait juste préféré qu'il opte pour des pierres d'une autre couleur. Tous ces rubis lui faisaient un peu trop penser à des gouttes de sang…

— D'où viennent-ils, au juste ? s'enquit Mirabella, curieuse.

— Ils appartenaient à notre grand-mère, répondit Angelica avec un aplomb parfait. Elle me les a donnés un peu avant sa mort, mais je n'avais pas le cœur de les porter. Puis je les ai complètement oubliés…

Dieu merci, Maia avait accepté cette explication sans soulever la moindre objection. C'était sans doute la première fois qu'Angelica lui mentait de façon aussi éhontée. Mais elle ne tenait vraiment pas à répondre à toutes les questions dont on la bombarderait si elle s'avisait de dire la vérité.

Elle n'avait pas non plus parlé à sa sœur de la lettre qu'elle avait reçue ce matin-là. Voss avait dû la faire déposer à la résidence de lord Corvindale car l'enveloppe portait juste ces simples mots :

Pour Angelica.

Le fait qu'il persiste à l'appeler par son prénom n'aurait probablement pas dû l'étonner outre mesure, mais elle avait été stupéfaite de découvrir qu'il avait eu l'audace d'apposer son monogramme sur cette missive alors qu'il était recherché par lord Corvindale et par son frère.

Elle avait longuement hésité avant de la lire, se demandant si elle ne ferait pas mieux de la jeter directement. Après tout, elle ne voyait vraiment pas ce qu'il avait à lui dire de plus. Elle avait rempli sa part du contrat et il s'était engagé à partir lorsque ce serait fait.

Pourtant, sans pouvoir s'expliquer pourquoi, elle avait renoncé à détruire la lettre et l'avait placée dans le tiroir de sa table de nuit. Au cours de la journée, elle y avait souvent repensé, s'interrogeant sur ce qu'il avait bien pu lui écrire.

Elle se demandait encore si elle ne ferait pas mieux de l'ouvrir, juste pour en avoir le cœur net. Après tout, si son rêve était bien une prémonition, cela signifiait que sa vie était menacée.

Devait-elle tenter de l'avertir ? Mais quel espoir avait-elle d'y parvenir alors qu'il se cachait et que même son frère et lord Corvindale ne réussissaient pas à le trouver ?

De plus, elle savait pertinemment que prévenir quelqu'un ne pouvait en aucun cas lui permettre d'échapper à son destin. La mort de Brickbank l'avait démontré une fois de plus.

C'était un fardeau qu'elle devrait porter seule, un secret de plus qui viendrait s'ajouter à une liste déjà longue.

Ce qui la surprenait, en revanche, c'était le fait qu'elle avait *rêvé* de la mort de Dewhurst alors qu'elle n'avait rien *vu* lorsqu'elle s'était concentrée sur son gant.

Existait-il une différence entre ces deux pouvoirs ? Y avait-il une raison pour que certaines prémonitions lui viennent directement alors que d'autres devaient passer par l'entremise d'un songe ?

Dans ces moments-là, Angelica regrettait que sa grand-mère ne soit plus de ce monde. Car elle avait une compréhension très approfondie de ces phénomènes et était toujours de bon conseil dans ce genre de situations.

Ravalant ces vains regrets, Angelica observa le paysage qui s'offrait à ses regards par la fenêtre. La lune n'était pas encore tout à fait pleine mais, malgré les nuages qui dérivaient dans le ciel, elle illuminait les magnifiques jardins de la propriété de lord Corvindale.

— Je me demande ce que fait Iliana, murmura Maia. Nous allons finir par être en retard.

— Elle ne viendra pas, ce soir, répondit Mirabella. C'est mon frère qui nous accompagnera à sa place.

Maia considéra Mirabella avec étonnement.

— Je croyais qu'il devait nous retrouver sur place, comme il le fait d'ordinaire.

— Il trouvait plus simple de profiter de la voiture, répondit Mirabella, qui semblait ravie à l'idée que son frère les accompagne. Si vous voulez mon avis, je crois qu'il a peur que nous ne nous fassions de nouveau attaquer. Il ne cesse de me conseiller de ne pas m'inquiéter, mais j'avoue que cela a plutôt l'effet inverse…

Mirabella s'interrompit brusquement en voyant la porte s'ouvrir de nouveau. Le comte monta en voiture avec une habileté si consommée qu'il ne froissa aucune robe, n'effleura aucun genou, évitant ainsi tout contact potentiellement embarrassant.

Il s'assit auprès de sa sœur et Angelica dut bien reconnaître qu'il avait fière allure. L'habit noir qu'il portait était un modèle d'élégance et de sobriété. Il tranchait avec sa chemise d'un blanc immaculé.

Depuis qu'elle séjournait chez lui, elle avait pu apprécier le sérieux avec lequel il assumait son rôle de protecteur. Et s'il ne paraissait pas toujours ravi d'avoir hérité d'une telle responsabilité il se gardait bien de le leur faire sentir.

— Bonsoir, milord, lui dit-elle. C'est vraiment très aimable à vous de vous joindre à nous ce soir. Maia était justement en train de nous dire combien elle se réjouissait de vous avoir avec nous…

Maia lui décocha un coup de pied dont la discrétion trahissait une longue pratique. Mais Angelica qui s'y était attendue écarta sa jambe juste à temps.

La voiture démarra alors et s'éloigna rapidement de la demeure de lord Corvindale. Angelica s'aperçut alors que ce dernier était devenu très pâle. Il semblait comme tétanisé.

Angelica jeta un coup d'œil en direction de Maia, mais celle-ci paraissait absorbée par la contemplation du paysage qui défilait par la fenêtre. Quant à Mirabella, elle jouait avec l'un de ses gants sans vraiment prêter attention à son frère.

Se tournant de nouveau vers le comte, elle constata qu'il observait le collier qu'elle portait. Il paraissait avoir des difficultés à respirer. Etait-ce parce qu'il avait deviné que le bijou lui avait été offert par Voss ? Etait-il furieux contre ce dernier ou bien contre elle qui l'avait accepté ?

Réflexion faite, l'expression qui se peignait sur son visage ressemblait moins à de la colère qu'à de la souffrance.

— Milord, est-ce que vous vous sentez bien ?

Il ne répondit pas, ce qui ne fit qu'inquiéter Angelica. Car, si Corvindale n'était jamais très bavard, il était toujours d'une politesse irréprochable. En temps normal, jamais il ne se serait permis de l'ignorer de cette façon…

— Lord Corvindale ? répéta-t-elle. Que se passe-t-il ?

Elle était parvenue à attirer l'attention des deux autres passagères qui fixaient le comte d'un air inquiet.

— Non…, fit ce dernier. Pas…

Il fut incapable de continuer.

— Dimitri ! s'exclama Mirabella, paniquée.

Elle essaya de le secouer, mais son corps avait adopté une posture étrangement rigide. Il émit un son indistinct qui ressemblait plus à un gargouillement qu'à un grognement. Ses yeux brillaient sous l'effet de la douleur et de la frustration, comme s'il essayait désespérément de parler, mais en était incapable.

Angelica fit mine de frapper contre la paroi de la voiture pour demander au cocher de s'arrêter. Mais, avant même qu'elle n'ait pu le faire, la voiture s'immobilisa si brusquement qu'elle bascula en avant et atterrit sur le comte.

— Je suis désolée, s'excusa-t-elle en se redressant.

Au-dehors, des cris se firent entendre, bientôt suivis d'un claquement sec. Il fallut quelques instants à Angelica pour comprendre qu'il s'agissait de la détonation d'un pistolet.

Corvindale ne faisait toujours pas mine de bouger, mais il était désormais évident qu'il était en proie à une véritable lutte interne, comme s'il se débattait contre des liens invisibles qui l'auraient maintenu en place.

La porte de la voiture s'ouvrit, révélant un homme aux yeux incandescents et aux canines énormes. Mirabella poussa un hurlement de frayeur. Avant même qu'Angelica ait pu comprendre ce qui était en train de lui arriver, le vampire bondit à l'intérieur de la voiture et la ceintura.

Elle tenta vainement de résister, mais son agresseur était bien plus fort qu'elle et il l'arracha sans mal à son siège. Maia lui agrippa les bras, tentant de la retenir, et Angelica crut un instant qu'elle allait être écartelée. Mais sa sœur n'était pas de taille à s'opposer à un vampire.

En l'espace de quelques instants, ce dernier entraîna Angelica jusqu'à une voiture qui stationnait à quelques mètres de là. Il la propulsa à l'intérieur et claqua la porte derrière elle. Un homme l'aida aussitôt à se relever.

— Pardonnez mes hommes, lui dit-il. Ils sont un peu brutaux mais ce ne sont pas de mauvais bougres. Nous n'avons pas encore été présentés, miss Woodmore. Je me nomme Bélial. Et nous allons passer un peu de temps ensemble au cours des jours qui viennent…

13

OÙ SE PRÉCISENT LES CONSÉQUENCES TRAGIQUES D'UNE TRÈS MAUVAISE FARCE…

— Je dois impérativement parler à lord Corvindale ! s'exclama Maia en glissant son pied dans l'entrebâillement de la porte pour éviter que le cerbère du White Club ne la referme.

Elle avait parfois entendu son frère mentionner cet endroit et savait qu'il s'agissait d'un cercle très fermé et strictement réservé aux hommes. Mais elle savait aussi que c'était là que se trouvait lord Corvindale et elle était bien décidée à s'entretenir avec lui au plus vite.

— Ouvrez cette porte ! s'écria-t-elle avec humeur.

— Je suis désolé, mais la personne que vous désirez voir ne se trouve pas ici, répondit le portier.

Le rictus qu'il arborait en prononçant ces mots donna à Maia l'impression très distincte qu'il était en train de se moquer d'elle.

— J'ajouterai que ce club est interdit aux membres du sexe faible. En toutes circonstances.

Maia avait déjà eu affaire à ce genre d'individus, notamment lorsque Chas était en voyage et qu'elle devait s'occuper des affaires de la famille. Elle n'avait pas pour habitude de se laisser marcher sur les pieds et le fait que la vie de sa sœur soit en danger lui donnait toutes les audaces.

— Il se trouve que j'ai vu de mes yeux le comte entrer dans ce bâtiment, déclara-t-elle d'une voix glaciale. Je sais qu'il est ici et il est d'une importance primordiale que je puisse lui parler au plus vite. Alors veuillez avoir l'obligeance de lui transmettre mon message ou bien je le ferai moi-même !

Anticipant sa réponse, elle posa les paumes sur la porte et poussa de toutes ses forces. Mais l'homme résista, apparemment sans aucun mal.

— Madame, il n'est pas question…

Il s'interrompit en avisant quelqu'un qui se trouvait juste derrière elle.

— Oh ! Bonsoir, monsieur, fit-il d'un ton nettement plus affable.

— Puis-je savoir quel est le problème ? s'enquit le nouveau venu d'une voix grave et légèrement menaçante.

Maia sursauta et se retourna pour faire face à lord Dewhurst. Elle ne savait trop si elle devait se réjouir ou déplorer cette rencontre parfaitement inattendue. Car, si Dewhurst était un vampire qui s'en était pris à sa sœur, force était de reconnaître qu'il lui avait également sauvé la vie.

Elle ignorait cependant pourquoi il l'avait fait et avait douloureusement conscience de ne pas saisir toutes les règles en vigueur dans le monde des vampires — si tant est qu'il y en eût.

— Tout va bien, monsieur, répondit le portier. En quoi puis-je vous être utile, milord ?

Dewhurst ignora ostensiblement sa question et se tourna vers Maia.

— Vous avez vraiment vu Corvindale entrer ? lui demanda-t-il.

— Oui, répondit-elle. Malgré ce que prétend cet individu, je l'ai vu pénétrer ici de mes propres yeux.

— Cela tombe bien, déclara Dewhurst d'un air sombre. Il fallait également que je le voie de toute urgence.

Maia le considéra avec étonnement. Ne savait-il donc pas que lord Corvindale avait juré de le tuer de ses propres mains ?

Elle se garda pourtant de le lui rappeler et le regarda s'entretenir à voix basse avec le portier. Elle n'entendit pas ce qu'il lui dit, mais il finit par se retourner vers elle et lui fit signe de le suivre. Le portier s'écarta pour la laisser passer sans dire mot.

— Venez, lui dit lord Dewhurst en remontant un couloir plongé dans la pénombre.

Maia n'était évidemment jamais entrée dans un club de ce genre. Mais le choix de la décoration ne la surprit guère : tout ici était très masculin, de la moquette bordeaux aux panneaux lambrissés qui recouvraient les murs et aux appliques de cuivre qui soutenaient les lampes à pétrole.

Elle ne s'était cependant pas attendue à trouver un tableau représentant une femme vêtue uniquement d'un voile à demi transparent. Il y avait d'autres toiles du même genre et Maia ne put s'empêcher de froncer les sourcils d'un air réprobateur.

Ils passèrent devant plusieurs portes derrière lesquelles on entendait parfois des discussions étouffées ou des rires. Dewhurst n'y prêta pas attention et poursuivit sa progression jusqu'à ce que le couloir forme un angle droit.

Maia remarqua avec une pointe de surprise que cette portion formait un cul-de-sac qui, contrairement au tronçon précédent, ne desservait aucune porte. Elle s'aperçut alors qu'elle était seule dans cette partie du bâtiment avec un homme qu'elle savait être un vampire.

Un frisson glacé la parcourut et elle se demanda s'il ne l'avait pas sciemment attirée dans un piège.

— Je suis désolé, miss Woodmore, lui dit alors Dewhurst d'une voix étonnamment douce, mais si vous voulez vraiment continuer je vais devoir vous bander les yeux.

Elle le considéra avec un mélange de stupeur et d'incrédulité.

— C'est de la folie, protesta-t-elle. Comment puis-je être sûre que je peux vous faire confiance ?

— Vous ne le pouvez pas, reconnut-il. Et je n'ai vraiment pas le temps de vous convaincre de ma bonne foi. Alors soit vous courez le risque de faire ce que je vous demande, soit vous attendez patiemment ici que Corvindale ou moi revenions. Et cela pourrait prendre un certain temps.

Maia hésita un instant avant de hocher la tête.

— D'accord, lui dit-elle. Bandez-moi les yeux.

Dewhurst détacha sa lavallière et la noua sur les yeux de Maia avant de lui prendre le bras pour la guider. Elle entendit un cliquetis métallique et ils s'avancèrent là où quelques instants auparavant s'élevait un mur infranchissable.

Il n'y avait pas de moquette dans la partie du bâtiment où ils se trouvaient à présent et leurs pas résonnaient sur un sol de pierre ou de marbre. Ils progressèrent sur quelques mètres avant de descendre un escalier. Parvenu en bas, Dewhurst ouvrit une porte.

Ils durent alors pénétrer dans un autre couloir car il la fit tourner sur la droite. Ils avancèrent de nouveau de quelques mètres et atteignirent une autre porte derrière laquelle on entendait plusieurs voix assourdies. Dewhurst l'ouvrit à son tour et ils s'avancèrent dans la salle, ce qui eut pour effet de faire taire les voix.

Maia entendit un bruit de chute — probablement une chaise renversée — et un tintement de cristal — des verres. Elle sentit son compagnon se raidir légèrement comme s'il se préparait à se défendre.

— Pas de bêtise ! s'exclama Dewhurst. Croyez-vous

que je sois assez stupide pour venir ici sans la moindre protection ?

Incapable de résister à la curiosité, Maia arracha la lavallière de Dewhurst et put constater qu'elle se trouvait dans une salle voûtée en pierre. Devant elle se trouvait une grande table autour de laquelle une dizaine d'hommes étaient rassemblés parmi lesquels se trouvait Chas. Il n'y avait en revanche pas trace de Giordan Cale ou de la vampire Narcise.

Corvindale s'était levé, faisant tomber sa chaise ainsi qu'elle l'avait imaginé. Il considérait Dewhurst avec un mélange de fureur et de dégoût. Maia remarqua qu'il avait les yeux rivés sur la poitrine du vicomte.

Se tournant vers ce dernier, elle constata qu'il avait écarté les pans de son manteau et arborait une véritable rivière de rubis aussi magnifique que fort peu virile.

Maia vit Chas se redresser, un pieu à la main.

— Tout doux, Woodmore, gardez vos distances et personne ne sera blessé…

— Maia, est-ce que ça va ? Il ne t'a pas fait de mal ?

— Au contraire, répondit-elle en fronçant les sourcils. Sans lui, je n'aurais jamais réussi à pénétrer dans cette forteresse.

— Comme c'est pratique, ironisa Corvindale.

Se tournant vers lui, Maia constata avec stupéfaction que ses yeux brillaient d'une lueur surnaturelle.

— Ce n'est pas possible, murmura-t-elle d'une voix blanche.

Et pourtant il ne s'agissait pas d'une illusion d'optique. Les yeux du comte avaient bel et bien pris un éclat rougeâtre. Rétrospectivement, elle se demanda comment elle avait pu être aussi aveugle.

Les signes n'avaient pourtant pas manqué : les rideaux continuellement tirés dans les pièces que fréquentait Corvindale, ses étranges horaires de coucher et de lever, le fait même que Chas l'ait choisi pour protéger ses sœurs alors que celles-ci étaient menacées par des vampires…

Qui mieux qu'un vampire pouvait se charger d'une telle mission ?

— Je n'arrive pas à croire que vous ayez fait preuve d'une telle légèreté ! s'exclama alors Dewhurst à ses côtés. Je vous avais pourtant averti de ce qu'ils préparaient !

Maia lui jeta un regard interdit.

— Quant à vous, Woodmore, qu'est-ce qui vous a pris ? Vous n'auriez jamais dû défier Moldavi de cette façon ! Et maintenant que vous êtes rentré, au lieu de perdre votre temps à me poursuivre à travers toute la ville, vous feriez mieux de veiller sur vos sœurs !

Maia se félicita que Dewhurst la tienne toujours par le bras. Elle avait les jambes si cotonneuses que, sans ce support, elle n'aurait eu d'autre choix que de s'asseoir à même le sol.

Lord Corvindale était un vampire…

Ce fait lui paraissait beaucoup trop incroyable, trop monstrueux. Et elle avait du mal à prendre la mesure de ce que cela impliquait.

Pourquoi par exemple, son frère qui se disait chasseur de vampires collaborait-il avec l'un d'eux ? Comment avait-il pu lui confier ses sœurs ? Et comment avait-il pu leur cacher la vérité ?

— Oh ! J'ai bien reçu votre message, s'exclama Corvindale. Juste avant de prendre conscience de votre trahison !

— Mais qu'est-ce que vous racontez ?

— Vos colliers ont bien rempli leur rôle, espèce d'ordure !

Le cœur battant, Maia vit le comte afficher un rictus qui révélait deux canines protubérantes.

— Ce n'était qu'une plaisanterie, protesta Dewhurst.

— Et à cause de votre *plaisanterie*, lança Chas d'une voix vibrante de colère, ma sœur s'est fait enlever. Soyez maudit, Voss, vous et vos stupides petits jeux de pouvoir !

Avant même que Maia ait deviné ce qu'il s'apprêtait à faire, Chas se jeta sur Dewhurst. Au même instant, quelqu'un l'agrippa par la taille et l'écarta du vicomte. Tandis que son frère et ce dernier luttaient au corps à corps, elle se retrouva allongée de tout son long sur lord Corvindale qui la tenait toujours serrée contre lui.

— Lâchez-moi ! s'exclama-t-elle en lui décochant un coup de coude dans le ventre.

Il encaissa le choc sans broncher et se redressa sans faire mine de la libérer, la maintenant fermement à distance du combat qui se déroulait à quelques mètres de là.

Dewhurst et Chas se faisaient face, tournant l'un autour de l'autre, les jambes légèrement fléchies comme deux lutteurs prêts à s'empoigner. Les yeux du vampire paraissaient lancer des éclairs et Maia pouvait voir pour la première fois ses canines qui pointaient par-dessus sa lèvre inférieure.

Il émit un grondement menaçant qui donna la chair de poule à Maia, mais ne parut pas impressionner outre mesure son frère qui bondit soudain. Son bras se détendit et Dewhurst eut tout juste le temps de faire un pas de côté pour éviter que le pieu que Chas tenait à la main ne lui transperce le cœur.

L'arme l'atteignit au bras, s'enfonçant dans la chair avant d'en ressortir, couverte de sang.

— Chas ! Non ! s'écria Maia, horrifiée.

Mais son frère ne tint aucun compte de ses protestations et passa de nouveau à l'attaque. Dewhurst esquiva cette fois et contre-attaqua d'un coup de poing qui propulsa violemment Chas contre le mur le plus proche.

Incapable de supporter la violence de ce face-à-face, Maia se détourna et plaqua son visage contre la poitrine de Corvindale.

Ce dernier posa doucement ses mains sur ses épaules et, malgré elle, elle frissonna à ce contact. Elle n'aurait su dire si c'était sous le coup de l'embarras ou à cause de l'angoisse que lui inspirait le vampire.

— J'espère que vous n'êtes pas en train de vous moucher dans ma chemise, lui dit-il alors d'une voix légèrement moqueuse.

Maia s'écarta aussitôt de lui et lui décocha un regard chargé de reproches. Elle se tourna alors vers les deux combattants qui se tenaient toujours l'un en face de l'autre, légèrement haletants.

La chemise de Dewhurst était déchirée en plusieurs endroits, laissant apparaître des reflets métalliques.

— Une armure ? s'exclama Chas en faisant disparaître le pieu dans les replis de sa veste. J'aurais dû m'en douter...

— Je savais que je ne serais pas forcément le bienvenu, répondit Dewhurst. Du coup, j'ai pris mes précautions. Maintenant, si vous voulez bien cesser ces enfantillages, nous pourrions peut-être passer au sujet de ma présence ici. Je suis venu vous proposer mon aide pour délivrer Angelica.

— Votre assistance n'est ni requise ni désirée, déclara Chas. Et je ne veux plus que vous vous approchiez de mes sœurs. Le mieux serait sans doute que vous déménagiez, de préférence dans un autre pays. Vous vous êtes peut-être préparé à me rencontrer aujourd'hui, mais tel ne sera pas toujours le cas. Et, la prochaine fois, vous pourriez fort bien vous retrouver avec un pieu planté dans le cœur.

— Je ne pensais pas que vous étiez si stupide, Woodmore. Ne comprenez-vous pas que je suis le seul qui puisse vous aider à récupérer Angelica ?

Corvindale fit entendre un reniflement de mépris et vint se placer auprès de Chas.

— Très franchement, j'en doute, déclara-t-il.

Dewhurst lui jeta un regard exaspéré.

— Très bien, soupira-t-il. Si vous préférez refuser une

aide librement consentie, libre à vous. Je vous souhaite bien le bonsoir.

Sur ce, il se dirigea vers la porte.

— Attendez ! s'exclama Maia. Tu ne vas tout de même pas le laisser partir sans écouter ce qu'il a à dire ! ajouta-t-elle à l'intention de son frère. Angelica est en danger et tout ce à quoi vous pensez, c'est à vos petites querelles personnelles. Vous me faites penser à des enfants dans une cour d'école !

— Nous n'avons pas besoin de lui, déclara Chas d'un ton méprisant.

Il était évident qu'il n'avait pas l'intention de céder aussi facilement.

— Miss Woodmore a raison, déclara Giordan Gale qui venait d'arriver et avait assisté à la fin de leur conversation.

Le fait qu'il paraisse aussi à l'aise et détendu semblait indiquer que lui aussi était un vampire. Chas lui jeta un regard noir, mais il ne sembla pas s'en formaliser.

— Ecoutons au moins ce que ce salaud a à nous dire, ajouta-t-il. Veuillez excuser mon langage, miss Woodmore…

Maia haussa les épaules. Il semblait bien dérisoire de se soucier de quelques grossièretés alors qu'elle était entourée de toutes parts de monstres buveurs de sang.

— C'est grâce à moi que vous avez su qu'il y aurait une attaque, ce soir, déclara posément Dewhurst. J'ai eu le douteux privilège de croiser Bélial par hasard. C'est lui que Moldavi a chargé de capturer l'une des sœurs de Chas — ou toute autre personne qui serait susceptible de lui servir d'otage. Je me trouvais dans le pub où ils ont mis au point leur plan d'action pour ce soir. J'ai immédiatement envoyé un mot à Dimitri pour l'avertir. Je pensais sincèrement que ce serait suffisant. Mais l'un de mes informateurs m'a appris que l'attaque avait réussi et qu'Angelica avait été enlevée. Je suis venu directement ici et j'ai trouvé miss Woodmore devant la porte.

— Savez-vous pourquoi ils s'en sont pris à Angelica ? s'enquit Corvindale. Ils auraient pu emmener aussi Maia et Mirabella.

— Il y a sans doute deux raisons à cela : d'une part, Bélial va vouloir ramener son otage à Paris où se trouve Moldavi. Il est plus aisé de se déplacer avec une prisonnière qu'avec trois. D'autre part, Moldavi a parfaitement pu entendre parler du don de double vue que possède Angelica. Celle-ci n'a jamais été un modèle de discrétion à ce sujet. Et son pouvoir pourrait être très utile à Cezar…

— Nous perdons du temps, déclara Chas. Il nous faut fouiller la ville pour mettre la main sur Bélial et ses hommes.

— Et comment comptez-vous vous y prendre ? Vous n'avez pas été capable de me localiser. Pourquoi en irait-il autrement avec Bélial ?

— Que suggérez-vous, alors ? lui demanda Maia.

— Je vous l'ai dit : ils vont conduire Angelica à Paris. Et à leur place j'aurais déjà quitté Londres pour me diriger vers la côte et prendre le premier bateau disponible.

Maia sentit son cœur se serrer dans sa poitrine. Si c'était bien ce que leurs ennemis s'apprêtaient à faire, leurs chances de retrouver Angelica s'amenuiseraient nettement. Non seulement il fallait compter avec le blocus mais, de plus, les Anglais étaient désormais considérés comme indésirables sur le sol français.

Se tournant vers Chas et Corvindale, elle comprit à leurs mines renfrognées qu'ils avaient été convaincus par la démonstration de Dewhurst.

— Continuez, suggéra Giordan Cale.

— La bonne nouvelle, c'est que Bélial et ses hommes ne feront aucun mal à Angelica pendant le voyage. Moldavi la veut intacte de façon à pouvoir marchander. La mauvaise nouvelle, c'est que vous êtes tous des ennemis déclarés de Moldavi. Il ne vous laissera donc jamais vous approcher de sa résidence parisienne. Moi, au contraire, je peux parfaitement le rencontrer.

— Et comment comptez-vous le convaincre de vous recevoir ? s'enquit Corvindale.

— Il se trouve justement que je dispose d'une information qui serait pour lui d'un très grand intérêt.

— Quelle information ? s'enquit Chas.

Dewhurst secoua la tête.

— Vous savez tous que je ne livre jamais un secret sans raison, leur dit-il. Sachez seulement que celui-ci concerne le protégé de Moldavi, Napoléon Bonaparte.

— Mais, même si vous parvenez à atteindre Paris et à libérer ma sœur, vous ne pourrez jamais quitter la ville ! s'exclama Maia. Mme Siddington-Graves y est restée bloquée presque une année entière !

— Ne vous en faites pas pour cela, rétorqua Dewhurst. J'ai suffisamment d'expérience et de contacts pour entrer et sortir du pays sans problème.

— Mais qui dit que nous pouvons vous faire confiance ? objecta Chas.

— Ne vous ai-je pas déjà rendu Angelica une fois ? répliqua Dewhurst.

Chas ne répondit pas.

— J'ai passé des années à étudier Moldavi, reprit Dewhurst. Je sais comment il fonctionne. Et je crois pouvoir le manipuler.

— Très bien, déclara enfin Chas. Dans ce cas, je vous accompagnerai jusqu'à Paris.

— Chas, non ! s'exclama Maia, terrifiée. As-tu pensé à ce qui se passera si Moldavi te capture ?

Son frère lui décocha un sourire qui se voulait rassurant.

— Je suis tout à fait capable de me défendre, tu sais, lui dit-il. Je lui ai déjà échappé alors que je venais d'enlever sa sœur. Et, cette fois-ci, je ne serai pas seul.

Chas jeta un coup d'œil appuyé à Corvindale puis à Giordan Cale.

— Narcise devra rester ici, cela va sans dire, ajouta-t-il.

Maia secoua la tête.

— Je ne comprends pas, murmura-t-elle. Tu as dit que tu étais un chasseur de vampires. Alors pourquoi collabores-tu avec tous ceux-ci ? ajouta-t-elle en désignant les hommes qui les entouraient.

— Parce qu'il en est des vampires comme des êtres humains, répondit Chas. Tous ne se valent pas. Certains, comme Moldavi, constituent un risque pour l'humanité. D'autres, au contraire, sont prêts à cohabiter en paix avec elle. C'est le cas de tous ceux qui se trouvent ici, à part peut-être Dewhurst qui, jusqu'à présent, a joué la carte de la neutralité, se vendant toujours au plus offrant. Mais, puisque apparemment il est le seul qui a une chance de sauver Angelica, je l'accompagnerai.

— Votre présence compromettrait ma mission, objecta Dewhurst. Tous connaissent votre alliance avec Dimitri. Si vous tenez vraiment à me suivre, voyagez de votre côté. Moldavi ne doit pas savoir que nous collaborons.

En temps normal, Voss se serait réjoui d'avoir un prétexte pour visiter Paris. De toutes les villes qu'il avait visitées, c'était indéniablement celle qu'il préférait. Il aimait sa culture, les vins qu'on y trouvait, sa cuisine raffinée et ses femmes dont l'élégance était connue dans le monde entier.

Mais lorsqu'il atteignit la capitale, trois jours seulement après sa visite au White Club, il la trouva si profondément transformée qu'il eut presque du mal à la reconnaître. La Révolution dont il avait tant entendu parler avait radicalement altéré non seulement le paysage urbain, mais aussi l'atmosphère de la cité.

Le récent coup d'Etat opéré par le Premier consul, qui avait réussi à se faire élire empereur, y était aussi pour quelque chose. Il avait profondément divisé les habitants. Certains proclamaient que le citoyen Bonaparte avait trahi l'esprit de la Révolution. D'autres clamaient au contraire que, grâce à lui, ses valeurs allaient se répandre à travers toute l'Europe.

Ce qui était certain, c'est que les bellicistes étaient à l'honneur. Partout, les gens parlaient de la guerre que Bonaparte s'apprêtait à mener contre les Anglais. La mobilisation avait déjà commencé et de gigantesques champs de manœuvres avaient été installés dans le bois de Boulogne.

Le soir venu, dans une atmosphère survoltée, les Parisiens continuaient fort heureusement à organiser de grandes fêtes, à manger et boire plus que de raison et à danser à en perdre haleine.

Hélas, Voss n'aurait guère le temps d'en profiter. Car, malgré ce qu'il avait affirmé à Chas et à Corvindale, il ne pouvait être complètement certain que Cezar ne ferait aucun mal à Angelica.

Moldavi était totalement dépourvu de morale, et il avait déjà prouvé à plusieurs reprises qu'il était un sadique de la pire espèce. Même s'il était effectivement dans son intérêt de préserver Angelica, combien de temps résisterait-il à l'envie de la faire souffrir ?

La simple idée qu'il puisse poser ses mains sur elle rendait Voss malade et c'est la raison pour laquelle il n'avait pas hésité à aller trouver Chas et Dimitri et avait voyagé sans relâche en direction de Paris. Chaque fois qu'il fermait les yeux pour tenter de s'accorder un peu de repos, d'atroces visions envahissaient son esprit et l'emplissaient d'une profonde terreur.

Elles se mélangeaient à d'autres images, formant une angoissante succession de scènes que ne reliait entre elles que sa culpabilité grandissante : la mort de Brickbank, celle d'Ella, la façon dont il avait agressé Angelica au Lion d'or et le souvenir diffus de sa rencontre avec Lucifer…

La douleur que lui infligeait la marque de ce dernier était désormais incessante. Elle pulsait jour et nuit comme un rappel de ses fautes, comme une mise en garde du prince des ténèbres.

La voix de Rubey le poursuivait aussi, l'aiguillonnant sans relâche.

Si tu as peur de devoir répondre de tes fautes ici-bas, change.

Mais plus il s'efforçait de suivre ce conseil, plus la souffrance devenait insupportable. C'était un supplice de tous les instants.

Change.

Il revoyait aussi parfois le visage de l'inconnue qui l'avait abordé au Cerf gris.

Tu n'es pas encore prêt.

Qu'avait-elle voulu dire exactement ?

Il était en train de s'interroger à ce sujet tandis qu'il traversait les jardins du Palais-Royal pour se rendre chez Cezar Moldavi. Il passa devant le café de Chartres où, s'il fallait en croire la rumeur, Napoléon et Joséphine avaient coutume de se donner rendez-vous avant leur mariage.

Les jardins du palais étaient toujours aussi bruyants et animés. A toute heure du jour et de la nuit, on pouvait y croiser écrivains publics, aigrefins, mendiants, vendeurs à la sauvette et prostituées qui abordaient sans vergogne les simples passants pour proposer leurs services respectifs.

Et, tandis que Voss progressait en repoussant les avances des uns et des autres, il aperçut une silhouette familière qui le fit s'arrêter brusquement. Un frisson glacé le parcourut tandis qu'il comprenait qu'il ne s'était pas trompé.

C'était bien la mystérieuse femme blonde qui était venue lui parler au Cerf gris. Que faisait-elle ici ? L'avait-elle suivi depuis Londres ? S'était-il trompé à son sujet et travaillait-elle pour le compte de Moldavi ?

Elle portait toujours son improbable robe médiévale qui la faisait paraître tout aussi décalée ici qu'elle l'était en Angleterre. Mais une fois de plus personne ne semblait lui prêter la moindre attention.

Alors, tu m'as reconnue, cette fois.

Voss se demanda s'il n'était pas en train de perdre la raison. Car il avait entendu les paroles de la femme retentir dans son esprit.

Très bien, Voss. Tout n'est donc pas perdu… Est-ce que tu es prêt ?

— Je ne comprends pas ce que vous voulez dire, argua-t-il.

Cela lui valut quelques regards étonnés de gens qui devaient se demander à qui il parlait. Mais la femme hocha la tête d'un air approbateur.

Tu le sauras le moment venu.

Un groupe de soldats en permission passa entre Voss et l'inconnue. Lorsqu'ils s'éloignèrent, il constata presque sans surprise qu'elle avait disparu.

— Peut-être suis-je en train de devenir fou, murmura-t-il pour lui-même.

— Il y a des chances si tu commences à parler tout seul, mon gars, répliqua un passant qui l'avait entendu.

Voss se ressaisit et se remit aussitôt en marche. Il ne pouvait se permettre de se laisser distraire alors qu'il était sur le point de livrer une partie très serrée face à un adversaire aussi redoutable que Cezar Moldavi.

Poursuivant sa route, il finit par localiser la boutique qu'il cherchait. C'était une petite épicerie où l'on trouvait toutes sortes de denrées exotiques : du tabac, du chocolat, des épices et des bouteilles d'alcool qui semblaient provenir de tous les pays du globe…

De nombreux clients fortunés se pressaient entre les

rayons. Parmi eux, Voss aperçut une jolie brune dont le cou délicat appelait aux morsures les plus passionnées. Il se rendit alors compte qu'il ne s'était pas nourri depuis la soirée qu'il avait passée en compagnie de la fille rencontrée à la fête de St Bartholomew.

C'était certainement pour cela qu'il se sentait si faible. Et qui sait ? Cela expliquait peut-être aussi ses étranges visions…

— Que puis-je pour vous, monsieur ? lui demanda le propriétaire de l'échoppe.

Après s'être assuré que personne ne faisait attention à eux, Voss lui montra fugitivement ses dents, ce qui, en ces lieux, tenait lieu de laissez-passer. L'homme hocha la tête d'un air entendu.

— Si vous voulez bien me suivre dans l'arrière-boutique, lui dit-il.

Voss lui emboîta le pas et tous deux empruntèrent l'escalier qui permettait d'accéder à la cave où étaient stockées nombre de marchandises. Au fond s'ouvrait une porte que le boutiquier déverrouilla. Il s'écarta pour laisser passer Voss.

— Comptez-vous ressortir par ici ? lui demanda-t-il.

— Si c'est possible.

— Possible ? Oui, répondit le marchand avec un sourire rusé. Gratuit ? Non.

Voss laissa tomber une pièce d'argent dans la main que l'homme lui tendait. Ce dernier hocha la tête et lui tendit la clé de la porte.

— Prenez soin de refermer derrière vous, lui demanda-t-il.

Voss hocha la tête et franchit la porte qu'il verrouilla soigneusement derrière lui. Il descendit un second escalier qui débouchait dans un étroit couloir taillé dans le calcaire. Il se trouvait à présent dans les catacombes qui s'étendaient sur plus de deux cents kilomètres, juste sous les pieds des Parisiens.

Il était aisé de se perdre dans ce réseau labyrinthique de galeries, mais Voss connaissait les marques qui signalaient le chemin du repaire souterrain de Moldavi. C'était de là que ce dernier contrôlait son empire. S'il avait choisi un tel lieu, c'était moins en raison de l'ambiance si particulière qui y régnait que pour des raisons de sécurité.

Ici, il ne craignait ni les incendies, ni les manifestations populaires dont les Parisiens étaient si friands, ni les visiteurs indésirables. Ses hommes connaissaient parfaitement l'endroit et y organisaient des patrouilles régulières. Et malheur à l'intrus qui aurait essayé de s'y introduire sans l'autorisation du maître des lieux…

Voss vérifia nerveusement qu'il n'avait pas oublié les petits paquets dont il avait pris soin de se munir. Il espéra que, le cas échéant, ils seraient aussi efficaces pour lui qu'ils l'avaient été pour Chas Woodmore.

Suivant les signes qui étaient gravés sur les parois, Voss traversa plusieurs couloirs avant d'emprunter un escalier qui remontait légèrement. Il déboucha sur une petite pièce au fond de laquelle se dressait une double porte de bois massif munie d'un judas grillagé.

Il se trouvait à présent dans l'antichambre du royaume souterrain de Moldavi. Prenant une profonde inspiration, Voss souleva le heurtoir en forme de marteau et frappa trois coups brefs.

Le judas s'ouvrit aussitôt, ce qui indiquait clairement que son approche n'était pas passée inaperçue et qu'il était attendu.

— Qui va là ? lui fut-il demandé.

— Je suis Voss Arden, vicomte de Dewhurst.

Pour faire bonne mesure, il laissa brièvement apparaître ses canines. Le garde ouvrit la porte et Voss s'aperçut qu'il portait au côté une épée affûtée. C'était probablement l'une des meilleures armes à opposer aux *draculs*, qui craignaient autant de se faire décapiter que d'avoir le cœur transpercé.

C'est alors qu'il reconnut l'une des odeurs qui filtraient à travers le guichet. C'était celle d'Angelica. Mais l'intensité avec laquelle il percevait cette envoûtante fragrance ne pouvait s'expliquer que d'une seule façon : elle saignait.

Une sensation de froid glacial l'envahit et il sentit les battements de son cœur s'accélérer dans sa poitrine. Il fallait absolument qu'il la libère. Et il ne pouvait se permettre de perdre un seul instant.

— Le voïvode a demandé à ne pas être dérangé, répondit le garde.

— Dites-lui que c'est urgent, répliqua Voss.

— Cela attendra demain.

Voss comprit que l'autre ne le laisserait pas entrer et que sa seule chance était de forcer le passage. A une vitesse hallucinante, il se précipita sur le garde, qui n'eut même pas le temps de dégainer son épée avant de se retrouver plaqué contre le mur.

Voss lui enserrait la gorge d'une main de fer, ne lui laissant strictement aucune chance d'échapper à son étreinte.

— Je t'assure qu'il acceptera de me recevoir, déclara-t-il posément.

Pour donner plus de poids à cette affirmation, il cogna violemment la tête de son adversaire contre le mur de pierre. Sonné, ce dernier lâcha la garde de son épée qu'il était en train d'essayer de sortir de son fourreau. Voss s'en saisit immédiatement et dégaina la lame avant de la plaquer contre le cou du garde.

— Maintenant, veux-tu bien me conduire auprès de ton maître ou faut-il que j'y aille seul ?

Voyant que l'homme hésitait, il appuya un peu plus l'arme contre sa gorge, faisant couler un peu de sang. Instantanément, la marque de Lucifer se réveilla, le faisant atrocement souffrir. Le maître des ténèbres n'appréciait guère que ses serviteurs s'entretuent.

Mais Voss n'entendait pas se laisser décourager aussi facilement.

— Alors ? demanda-t-il.

— Je vais vous conduire, répondit précipitamment le garde, comprenant que Voss était prêt à tout.

— Parfait, approuva ce dernier en le libérant.

Il recula d'un pas sans lâcher la garde de l'épée.

— Je te suis.

Il emboîta le pas à l'homme qui remonta un couloir richement décoré dont le sol était recouvert d'un épais tapis et les murs ornés de lourdes tentures. Il desservait plusieurs portes de chêne artistiquement sculptées. Moldavi avait sans doute bien des défauts, mais il avait toujours su s'entourer de belles choses.

Tandis qu'ils progressaient dans cette galerie, Voss se força à maîtriser sa respiration et le rythme de ses battements cardiaques. Il ne devait sous aucun prétexte laisser transparaître la tension nerveuse qui l'habitait.

Pour Moldavi comme pour la plupart des *draculs*, Voss était un mercenaire prêt à se vendre au plus offrant. On savait aussi qu'il ne défendait jamais que ses propres intérêts. Il n'était donc pas considéré comme une menace et n'inspirait généralement aucune méfiance à ses interlocuteurs.

Cette réputation lui avait régulièrement permis de se prévaloir d'une parfaite neutralité et de jouer les intermédiaires dans certaines affaires délicates — moyennant rémunération, bien sûr.

Toutes ces raisons faisaient de lui l'agent idéal pour s'infiltrer chez Moldavi et tenter de délivrer Angelica. Mais il lui faudrait pour cela conserver un parfait détachement. Or l'odeur du sang d'Angelica rendait la chose très difficile. Et plus ils avançaient dans le couloir, plus elle devenait perceptible.

Le garde s'immobilisa devant l'une des portes.

— C'est ici, indiqua-t-il à Voss. Qui dois-je annoncer, déjà ?

— Voss Arden, vicomte de Dewhurst.

L'homme frappa à la porte.

— Qu'est-ce que c'est ? fit la voix de Moldavi avec une pointe d'agacement. J'avais demandé que l'on ne me dérange pas.

— C'est Ulric, voïvode. Il y a ici un certain Voss Dewhurst qui demande à vous parler. Il prétend que c'est de la plus haute importance.

Quelques instants s'écoulèrent.

— C'est bon, répondit enfin Moldavi. Fais-le entrer.

Le garde se tourna vers Voss, qui lui tendit son épée avec un sourire goguenard.

— Je vous avais dit qu'il me recevrait, déclara-t-il avant de pousser la porte.

La pièce dans laquelle il pénétra était une sorte de suite qui tenait lieu à la fois de salon et de chambre à coucher. En entrant, Voss perçut immédiatement la présence d'Angelica, mais il s'abstint de la chercher des yeux, se concentrant uniquement sur Cezar Moldavi.

Ce dernier était vêtu d'une robe de chambre de soie bleu nuit rehaussée de magnifiques broderies de style oriental. Comme à son habitude, il portait une bague à chaque doigt. La chambre était à l'image de son propriétaire. Les murs étaient tendus de tapisseries anciennes. Le sol était presque intégralement recouvert de fourrures.

Voss reconnut celles d'un tigre de Sibérie blanc rayé de noir, d'un lion au pelage fauve, d'un ours brun qui avait dû être particulièrement imposant et d'un jaguar noir reconnaissable à ses taches.

Les meubles étaient tout aussi ostentatoires. Tous

avaient dû coûter très cher, tous étaient magnifiques, pris séparément, mais l'ensemble formait un improbable amalgame d'époques et de styles différents.

— On dirait que les affaires vont bien, lança Voss d'un ton badin. J'imagine que conseiller un empereur rapporte beaucoup…

Un sourire ironique se dessina sur les lèvres de Moldavi.

— Vous vous trompez, Dewhurst. J'ai bien peur que ce ne soit plutôt l'empereur qui ait besoin de mon soutien financier. Mais je ne doute pas que je serai récompensé au centuple pour ma générosité, une fois qu'il aura conquis l'ensemble du continent…

La voix de Moldavi trahissait toujours une pointe d'accent transylvanien. Le léger sifflement qui accompagnait ses paroles provenait d'un accident de cheval qu'il avait eu étant jeune. La mâchoire qu'il s'était fracassée lors de cette chute s'était mal ressoudée, provoquant ce léger défaut d'élocution.

C'était l'une des multiples informations que Voss avait collectées au sujet de son hôte dans l'espoir qu'elles lui seraient peut-être utiles un jour. Il s'avança un peu plus dans la pièce, qu'il feignit de parcourir des yeux.

Il avisa la forme prostrée d'Angelica qui était assise dans un fauteuil, recroquevillée sur elle-même comme en état de choc. Voss se détourna aussitôt.

— Je suis certain que votre alliance avec Bonaparte s'avérera très profitable pour l'un comme pour l'autre, déclara-t-il.

— Je le pense aussi, affirma Moldavi. A vrai dire, Napoléon est certainement ma plus brillante création…

Quelqu'un de moins informé que Voss aurait pu croire que Moldavi faisait preuve d'une vanité exacerbée. Mais il connaissait trop le personnage pour commettre une telle erreur.

Après des années passées à l'étudier, Voss avait fini

par conclure que son *asthénia* devait être quelque chose de très courant, quelque chose auquel il risquait de se retrouver confronté très facilement.

C'est pour cela qu'il avait choisi de vivre dans ces souterrains. C'était probablement aussi pour cette raison qu'il ne contrôlait pas déjà la moitié de l'Europe…

Si seulement Voss avait pu déterminer la nature de cette *asthénia*, il aurait multiplié ses chances de pouvoir sortir Angelica de cet endroit. Mais il devrait se contenter des informations que lui avait données Chas Woodmore, ce qui n'était déjà pas si mal.

— Eh bien, Dewhurst, qu'est-ce qui vous amène ici ? lui demanda alors Moldavi. D'après les informations que m'a communiquées Bélial, vous étiez à Londres, il y a seulement quelques jours de cela…

— C'est exact. Mais j'avoue que l'ambiance y est devenue lugubre. Non seulement la mode est au puritanisme le plus déprimant, mais, de plus, le blocus imposé par votre empereur nous prive de tout. Imaginez-vous que les femmes refusent de danser la valse ! Et il n'est plus possible de trouver une bouteille de champagne ou de cognac à un prix abordable. Je ne vous parle pas de la mode vestimentaire qui sévit là-bas…

— Voilà un portrait bien navrant, répliqua Moldavi en riant. Mais venez vous asseoir. Ici, au moins, nous ne manquons pas d'alcool. Puis-je vous en offrir un verre ?

— Avec grand plaisir, répondit Voss en prenant place sur l'un des canapés, qui lui permettait d'apercevoir Angelica.

Tandis que Moldavi les servait, Voss risqua un nouveau coup d'œil en direction de la jeune femme. Elle était toujours affaissée dans son fauteuil. Il remarqua qu'elle saignait du nez, mais que ni son cou ni ses avant-bras ne présentaient de marques de morsures.

Elle ne bougeait pas et il espéra de tout son cœur qu'elle

était seulement endormie. Au moins, elle ne trahirait pas le fait qu'ils se connaissaient, ce qui aurait été très problématique.

Deux hommes pénétrèrent alors dans la pièce. Voss supposa qu'il s'agissait de vampires, mais il ne pouvait en être certain. En tout cas, cette arrivée ne lui faciliterait guère la tâche. Plus il y aurait de monde et plus il lui serait difficile de manipuler Moldavi.

— Et que faisiez-vous à Londres, au juste ? s'enquit alors Moldavi en revenant vers lui avec deux verres emplis d'une liqueur de couleur verte. Est-ce que, vous aussi, vous vous intéressiez aux sœurs Woodmore, par hasard ?

— J'ai entendu dire que Corvindale les avait recueillies, déclara Voss en feignant une certaine indifférence. Mais je n'ai pas eu l'occasion de les rencontrer personnellement. J'ai cru comprendre en revanche que vos hommes avaient semé le chaos lors d'un bal masqué…

Moldavi le considéra très attentivement comme s'il cherchait à lire en lui. Mais Voss était bien trop rompu à l'art du mensonge pour le laisser deviner quoi que ce soit.

— Ils ont joué de malchance, répondit enfin son hôte. Mais fort heureusement ils se sont rattrapés par la suite, ajouta-t-il en jetant un regard éloquent en direction d'Angelica.

— Alors c'est l'une d'entre elles ? fit mine de s'étonner Voss. Je me demandais qui cela pouvait être…

Cette fois, il put prendre son temps pour observer Angelica et constata avec soulagement que sa poitrine se soulevait régulièrement. En revanche, le rythme de sa respiration était irrégulier, ce qui semblait indiquer que le sommeil dans lequel elle était plongée n'était pas naturel.

Elle avait probablement été droguée. Et ce constat réveilla en lui l'angoisse qu'il était jusqu'alors parvenu à dissimuler. Mais, connaissant Moldavi, il savait que ses soupçons n'avaient rien d'absurde.

Moldavi lui tendit un verre qu'il accepta machinalement, les yeux toujours rivés sur Angelica. Se pouvait-il vraiment que Cezar ait décidé de la transformer en vampire ?

Plus il y réfléchissait et plus cela lui paraissait probable. Après tout, une telle vengeance aurait été aussi perverse qu'élégante. Faire de la sœur de l'un des plus grands chasseurs de vampires l'une des créatures qu'il s'était juré de détruire ne manquait pas d'une certaine ironie.

De plus, il trouverait ainsi une remplaçante à sa sœur Narcise…

Voss sentit un froid glacial descendre sur lui, l'enveloppant de toutes parts. Pour tenter de recouvrer un semblant de contenance, il porta son verre à ses lèvres et avala une grande rasade d'alcool.

Instantanément, il comprit qu'il venait de commettre une énorme erreur. Une atroce sensation d'oppression s'empara de lui, lui coupant littéralement le souffle. Il avait l'impression que sa gorge se refermait, ne laissant plus passer qu'un mince filet d'air.

Son cœur battait de plus en plus vite et sur un rythme irrégulier. Il se demanda un moment si Moldavi ne l'avait pas empoisonné. Mais les vampires étaient immunisés contre la plupart des poisons connus.

La vérité était bien plus terrifiante encore : il venait d'avaler une grande gorgée d'une liqueur qui contenait de l'hysope, son *asthénia*.

— J'aimerais que nous portions un toast, déclara alors Moldavi.

La pièce paraissait tourner de plus en plus vite autour de Voss et les sons ne lui parvenaient plus que déformés, comme s'ils venaient de très loin. Lorsque Moldavi leva son verre, Voss dut faire appel à toute la force de sa volonté pour pouvoir l'imiter.

— Buvons à la défaite prochaine de Chas Woodmore. Cette petite ordure ne tardera pas à se prosterner à mes pieds et à me supplier de libérer sa précieuse sœur. Après lui, ce sera le tour de Dimitri !

Voss se demanda si Moldavi connaissait son *asthénia* ou s'il était victime de la plus malencontreuse des coïncidences. Aussi improbable que cela puisse paraître, tel semblait pourtant être le cas. Car c'était moins de l'amusement qui se lisait dans le regard de son hôte que de la surprise.

Voss se sentait couler, comme s'il était en train de s'enfoncer lentement dans les profondeurs de l'océan. S'il s'avisait de fermer les yeux, il s'écroulerait inévitablement sur lui-même. Il ne parvenait déjà plus à sentir l'odeur d'Angelica…

— Vous ne buvez pas ? lui demanda Moldavi d'un ton méfiant.

Voss cligna les yeux, songeant qu'il venait probablement de commettre l'une des pires erreurs de son existence.

14

OÙ UNE MALADRESSE APPAREMMENT INVOLONTAIRE OFFRE LA PLUS EFFICACE DES DIVERSIONS.

Angelica fut tirée du sommeil agité dans lequel elle avait sombré par une voix familière. Il lui fallut plusieurs minutes pour reprendre véritablement connaissance et reconnaître celui qui était en train de parler.

Voss était ici. A cette pensée, elle sentit déferler en elle un mélange de soulagement, d'espoir et de joie. Mais cette émotion retomba presque aussi rapidement, remplacée par le doute. Car Voss était un vampire. Et que savait-elle au juste de ces créatures ?

Certes, il l'avait protégée contre les hommes de Moldavi lorsqu'ils étaient encore à Londres. Mais peut-être avait-il décidé depuis de retourner sa veste. Après tout, Chas et lord Corvindale ne s'étaient pas montrés précisément compréhensifs à son égard…

Gardant les yeux mi-clos, elle écouta attentivement la discussion entre les deux hommes. Il paraissait évident que Voss ne s'était pas présenté en ennemi. La conversation était bien trop cordiale pour cela.

S'était-elle trompée sur son compte ? Collaborait-il depuis le début avec Moldavi ? Cela semblait n'avoir aucun sens. Ne l'avait-elle pas vu anéantir deux des hommes de Moldavi de ses propres mains ?

Mais peut-être ne s'agissait-il que d'un subterfuge particulièrement élaboré…

Jusqu'alors, elle avait espéré que Chas viendrait à son secours. Elle était convaincue qu'à l'instant même où il avait appris sa disparition il s'était mis à sa recherche. Mais peut-être ignorait-il qu'elle avait été conduite à Paris. Si tel était le cas, il allait lui falloir trouver rapidement un moyen de fuir par ses propres moyens. Car il était évident qu'elle ne résisterait pas longtemps au traitement que lui réservait Moldavi.

Ce dernier vouait à son frère une haine qui confinait à la démence. En enlevant sa sœur, Chas s'en était fait un ennemi mortel. Et, s'il ne pouvait le lui faire payer, ce serait elle qui en subirait les conséquences.

Malheureusement, elle ne voyait pas comment elle parviendrait à échapper à ce triste sort alors qu'elle n'était qu'une humaine entourée de toutes parts par des vampires dotés d'une force et de réflexes surnaturels…

— Vous ne buvez pas ?

L'intonation de Moldavi tira brusquement Angelica de ses sombres réflexions. Sa voix trahissait un mélange d'étonnement et de suspicion. Observant la scène qui se déroulait à quelques mètres de là, elle vit que Moldavi tenait à la main un verre contenant un liquide de couleur verte.

Il regardait fixement Voss qui venait visiblement de trinquer avec lui. Et elle comprit instantanément que quelque chose n'allait pas.

Voss était d'une pâleur de marbre et semblait respirer difficilement. Sa posture était étrangement rigide, ce qui lui rappela aussitôt ce qui était arrivé à lord Corvindale peu de temps avant qu'elle ne se fasse enlever.

Ce n'est qu'alors qu'elle remarqua un détail qui aurait pourtant dû lui sauter aux yeux dès le début si elle n'avait pas été si groggy : Voss portait le même costume que dans le rêve où elle l'avait vu mourir.

Elle ne put réprimer un gémissement horrifié et tous les regards convergèrent dans sa direction.

— Tiens, tiens, s'exclama Moldavi avec cette fausse bonhomie qui le faisait paraître si terrifiant. On dirait que notre invitée s'est enfin réveillée.

Il lui décocha l'un de ces sourires mielleux qu'elle avait rapidement appris à détester. Ils cachaient mal le sadisme qui le caractérisait.

— Vous allez pouvoir vous joindre à nous, mademoiselle Woodmore. Nous étions justement en train de porter un toast en votre honneur.

Comprenant qu'il ne lui servait plus à rien de feindre l'inconscience, elle se redressa dans son fauteuil. Son regard croisa alors celui de Voss et elle fut frappée par l'expression presque perdue qu'il arborait.

— Venez, ne soyez pas timide, lui lança Moldavi. Il faut que je vous présente l'un de vos compatriotes, lord Dewhurst…

Angelica parvint à réprimer un mouvement de surprise. Les paroles de Moldavi semblaient indiquer qu'il n'avait pas conscience du fait que Voss et elle se connaissaient. Pourquoi ce dernier le lui aurait-il caché si les deux hommes étaient alliés ?

Comme elle se posait cette question, un bruit de cristal brisé se fit entendre. Angelica et Moldavi se tournèrent aussitôt vers Voss qui venait de lâcher son verre. Le contenu s'était répandu sur la table basse et commençait déjà à goutter sur les fourrures qui se trouvaient en dessous.

Instantanément, les deux gardes du corps de Moldavi se rapprochèrent de Voss.

— On dirait que vous n'appréciez pas cette chartreuse, Dewhurst, dit Moldavi qui paraissait de plus en plus suspicieux.

— Je suis désolé, lâcha Voss d'une voix légèrement pâteuse. Le verre m'a échappé des mains...

L'explication ne parut guère convaincre Moldavi, ce qui n'étonna pas Angelica. Elle avait déjà eu maintes fois l'occasion de constater que Voss n'avait rien d'un maladroit. Mais en cet instant il ne semblait pas être dans son état normal.

Voss fit quelques pas en direction de la cheminée devant laquelle il se campa, tendant les mains vers l'âtre comme pour les réchauffer.

— Je crois qu'il est grand temps que nous parlions de l'objet de ma visite, déclara-t-il. Je suis venu vous offrir une information qui devrait vous intéresser au plus haut point. Evidemment, si ce n'est pas le cas, j'irai la proposer à Regeris...

— J'imagine donc que c'est de Chas Woodmore qu'il s'agit, répondit Moldavi.

— En effet, reconnut Voss. Il se trouve que je sais précisément quand Woodmore mourra.

Angelica ne put réprimer un cri de protestation. Comment osait-il se servir de ce qu'elle lui avait dit ? Comment osait-il vendre à son pire ennemi des informations qu'elle lui avait livrées sous le sceau du secret ?

Elle se reprit soudain.

Après tout, quel mal y avait-il à ce que Voss lui indique que son frère vivrait encore durant de nombreuses années ? Si Moldavi le croyait, il renoncerait peut-être à s'en prendre à Chas. Dans le cas contraire, une telle révélation n'aurait strictement aucune conséquence.

Curieuse, elle attendit de voir comment la situation allait évoluer. Mais Moldavi ne paraissait pas très intéressé par les révélations que Voss venait d'évoquer.

— Voulez-vous que je vous resserve un verre de cette excellente liqueur ? lui demanda-t-il d'un ton bien trop courtois pour être honnête.

— Non merci, répondit Voss.

— Dommage… J'ai trouvé plutôt amusant de voir votre réaction lorsque vous l'avez bue, la première fois.

Angelica ne comprenait pas ce qui était en train de se passer exactement. A quoi faisait donc allusion Moldavi ? Avait-il empoisonné Voss ? Etait-ce la raison pour laquelle ce dernier était toujours aussi pâle ?

Elle aurait bien voulu l'interroger du regard, mais elle avait remarqué qu'il refusait obstinément de se tourner vers elle, comme s'il avait peur de trahir quelque chose.

Avait-il l'intention de la sauver, comme elle l'avait cru initialement ? Si tel était le cas, la faiblesse qui paraissait s'être brusquement emparée de lui n'était guère de bon augure.

Voss posa la main contre le linteau de la cheminée comme s'il était sur le point de défaillir. Le sourire qui se peignait sur les lèvres de Moldavi s'élargit encore un peu. De toute évidence, il goûtait fort ce spectacle.

— Peut-être n'était-ce pas la liqueur, reprit-il, pensif. Le cristal ? Ou bien encore la matière dont est fait le bouchon ?

Il paraissait se délecter de la situation, évoquant aux yeux d'Angelica un chat qui serait en train de jouer avec l'une de ses proies.

— Je suis en possession d'une information…, reprit Voss avec difficulté.

Il s'interrompit et essuya son front moite du revers de la main.

— Quel genre d'information ? s'enquit Moldavi en faisant tourner son verre de liqueur. La seule chose qui m'intéresse vraiment au sujet de Chas Woodmore, c'est de savoir où il se trouve.

— Cela, je l'ignore, avoua Voss.

Il fit mine de se retourner mais trébucha alors, manquant basculer la tête la première dans les flammes.

Fort heureusement, il se rattrapa de justesse au manteau de la cheminée.

Moldavi partit d'un rire mauvais et Voss se tourna vers lui. Mais, alors même qu'il lui faisait face, Angelica crut le voir jeter dans le feu un petit paquet qui commença à se consumer.

Voss la fixa alors droit dans les yeux et elle vit ses lèvres bouger en silence : *quatre, trois, deux…*

Il se jeta alors de côté, faisant preuve d'une vivacité inattendue. Au même instant, une énorme explosion retentit dans la cheminée, aussitôt suivie par le dégagement d'une épaisse fumée noire qui ne tarda pas à envahir la pièce tout entière.

La dernière chose qu'elle vit avant de se retrouver prise dans ce brouillard artificiel, ce fut Voss qui se tenait tout contre l'un des murs de la pièce.

— Par ici ! cria-t-il. Suivez ma voix !

Sans même prendre le temps de réfléchir, elle s'avança vers lui. Bien qu'elle ne soit toujours pas entièrement convaincue de pouvoir lui faire confiance, elle préférait de très loin fuir en sa compagnie plutôt que de rester avec Moldavi et ses hommes.

Jamais de toute sa vie elle n'avait vu une fumée aussi épaisse. Elle ne voyait absolument pas ce qui se passait autour d'elle et ne discernait même pas ses propres mains qui étaient tendues devant elle.

— Voss ? lança-t-elle, paniquée.

Elle sentit alors une main se refermer sur son poignet et ne put réprimer un cri d'angoisse.

— C'est moi, s'exclama-t-il.

Il la prit par la taille et entreprit de la guider tandis que derrière eux retentissaient les cris de colère de Moldavi qui ordonnait à ses hommes de se lancer à leur poursuite. Des bruits de meubles renversés et des jurons se firent entendre tandis que ses sbires tentaient vainement de s'orienter.

Voss, quant à lui, paraissait savoir où il allait, ce qui tenait véritablement du miracle. En revanche, elle ne tarda pas à se rendre compte qu'il tenait à peine sur ses jambes. S'il avait un peu exagéré l'état de faiblesse dans lequel il se trouvait, il n'en était pas moins diminué.

Au bout de quelques instants, elle l'entendit ouvrir une porte et il la poussa hors de la pièce avant de la suivre. Ils se trouvaient à présent dans un couloir dont le sol était couvert de tapis et les murs de tentures.

— Par ici ! s'exclama Voss en se dirigeant vers la gauche.

Ils entendirent alors des bruits de pas qui venaient dans leur direction. Sans hésiter, Voss écarta l'un des rideaux et tous deux se glissèrent entre le tissu et le mur. Plusieurs hommes passèrent devant eux et se précipitèrent dans la pièce d'où ils venaient de sortir.

Sans attendre, Voss écarta les tentures et ils se remirent à courir jusqu'à une porte en chêne qu'il déverrouilla à la hâte. Angelica suivit son compagnon à travers un véritable dédale de couloirs souterrains. Elle bénit le ciel de ne pas s'être enfuie seule car elle aurait été parfaitement incapable de retrouver ce chemin dans ce labyrinthe.

Au bout de plusieurs minutes de course effrénée, ils se retrouvèrent devant une autre porte, nettement plus petite. Voss tira une clé de sa poche et l'ouvrit. Ils pénétrèrent dans ce qui semblait être une cave. De nombreux sacs, tonneaux et bouteilles y étaient stockés.

— Où sommes-nous ? demanda Angelica.

— Tout près du Louvre, répondit Voss en la guidant jusqu'à une volée de marches qu'ils gravirent quatre à quatre.

Voss paraissait avoir complètement récupéré de son étrange malaise et c'était Angelica qui commençait à se sentir passablement épuisée à présent.

Ils traversèrent une épicerie, puis se retrouvèrent à l'air libre. Après s'être enfoncé dans un dédale de rues et de petits passages couverts, Voss s'arrêta enfin pour lui laisser le temps de souffler un peu. Mais ce répit fut de courte durée.

— Le soleil va bientôt se lever, lui dit Voss en désignant le ciel nocturne qui commençait effectivement à s'éclaircir.

Angelica en était presque venue à oublier la véritable nature de Voss. Mais il était évident qu'il ne pourrait plus rester très longtemps à l'extérieur. Ils se remirent donc en marche et Voss, ayant probablement remarqué sa fatigue, adopta un pas nettement plus tranquille.

Elle songea que les boutiquiers et les promeneurs matinaux qu'ils croisaient devaient les prendre pour un couple d'amoureux de retour d'une nuit blanche. Et curieusement, loin de l'embarrasser, cette idée lui parut plutôt plaisante.

C'était peut-être parce qu'ils ne se trouvaient plus en Angleterre, parce qu'elle avait l'impression d'être dans un autre monde, qu'elle-même était une tout autre femme.

Ils parvinrent enfin devant un petit hôtel du Marais qui était installé dans un très beau palais du début de la Renaissance. Voss y entra sans hésiter malgré son apparence débraillée.

Leurs vêtements étaient froissés et salis par la fumée artificielle et par leur course à travers les souterrains. Angelica ne portait ni chapeau, ni gants, ni même un manteau et son visage était toujours maculé de sang séché.

Malgré cela, Voss se dirigea sans hésiter vers le bureau de la réception.

— Bonjour, monsieur, lui dit l'employé qui se trouvait là. J'espère que vous avez passé une bonne nuit.

— Palpitante, répondit Voss.

L'homme hocha la tête et lui tendit un trousseau de clés. Voss s'en saisit et entraîna Angelica jusqu'au deuxième étage. Il ouvrit la deuxième porte sur la gauche, révélant une immense suite d'un seul tenant, meublée d'un grand lit à baldaquin, d'un canapé et de fauteuils à l'aspect très confortable. Une baignoire était dissimulée derrière un paravent.

— Maudite femme de chambre, marmonna Voss. Je lui avais pourtant dit de bien refermer les rideaux. Cela ne vous ennuierait pas d'aller les tirer ? ajouta-t-il à l'intention d'Angelica.

— Non, bien sûr, répondit-elle, un peu troublée de rendre un tel service à un vampire.

Elle se demanda ce que son frère, le chasseur de vampires, penserait en la voyant coopérer de cette façon. Sans doute valait-il mieux qu'il ne l'apprenne jamais. Lorsqu'elle eut fermé tous les rideaux, plongeant la chambre dans la pénombre, Voss s'avança à son tour à l'intérieur.

Elle se prit à songer que la vie d'un vampire devait être bien déprimante. Pour rien au monde elle n'aurait accepté de renoncer à la lumière du soleil. Au moins, tant qu'il ferait jour, ils seraient à l'abri de Moldavi et de ses sbires.

Elle vit alors Voss fermer la porte à clé et sentit monter en elle une pointe de nervosité. Etait-il en train de la protéger ou de l'enfermer ?

Il dut percevoir la tension qui l'habitait car il s'éclaircit la gorge. Elle songea que c'était peut-être la première fois depuis qu'elle le connaissait qu'il paraissait aussi nerveux.

— Angelica…, fit-il.

— Merci, lui dit-elle gravement. Merci d'être venu jusqu'ici. Merci de m'avoir secourue. Je ne sais pas comment vous avez fait pour me retrouver, mais je vous suis sincèrement reconnaissante.

— Il n'y a pas de quoi, répondit-il en détournant les yeux. C'est en partie ma faute si vous vous êtes retrouvée dans cette situation.

— Que voulez-vous dire ?

Il haussa les épaules.

— Cela n'a plus d'importance, à présent. Tout ce qui compte, c'est que vous soyez en sécurité. Est-ce que vous êtes blessée ?

— Non.

— Qu'est-il arrivé à votre nez ?

— Moldavi m'a frappée juste avant que vous n'arriviez. Il essayait de me faire avouer où se trouvait mon frère.

— J'aurais dû le tuer, murmura Voss d'un ton qui lui fit froid dans le dos.

— Comme vous venez de le dire, l'essentiel est que nous en soyons sortis vivants.

Voss n'en paraissait plus aussi convaincu.

— Que diriez-vous d'un bon bain ? suggéra-t-il.

Angelica en rêvait. Cela faisait des jours qu'elle portait la même robe, ses ravisseurs n'ayant apparemment pas jugé bon de lui acheter des vêtements de rechange. La robe était sale, froissée et déchirée en plusieurs endroits. Mais ce n'était rien comparé à l'impression de saleté qu'elle-même éprouvait.

Elle avait peur de se regarder dans un miroir de crainte de découvrir à quel point ses cheveux étaient gras et ses joues crasseuses.

— Je crois que j'en ai bien besoin, lui dit-elle.

— Je vais vous faire monter de l'eau chaude et une tenue propre. J'attendrai dehors que vous soyez décente...

— Non, protesta-t-elle vivement.

Il la considéra avec une pointe d'étonnement et elle ne put s'empêcher de rougir jusqu'à la racine des cheveux.

— Je ne veux pas rester seule, expliqua-t-elle, sentant renaître l'angoisse qu'elle avait éprouvée au cours de ces derniers jours. Je crois que je préfère me passer de bain... Si vous pouvez le supporter, bien sûr.

Voss lui décocha un sourire malicieux.

— Très franchement, nous faisons peine à voir, l'un

et l'autre, lui dit-il. Et, même si cela ne me préoccupe pas vraiment, il n'en ira sans doute pas de même pour les gens que nous serons amenés à croiser. Mais je crois que nous pourrions nous arranger pour prendre un bain dans la même pièce sans déroger aux bonnes mœurs. Il faudra juste que vous me fassiez confiance…

Ses paroles demeurèrent comme suspendues dans l'air entre eux. Elle vit alors passer dans ses yeux un mélange de culpabilité et de regret.

— Je vous promets que ce qui s'est passé la dernière fois ne se reproduira plus, ajouta-t-il.

— D'accord, murmura-t-elle.

Il hocha la tête et se dirigea vers une rangée de cordons qui devaient actionner des clochettes quelque part dans le bâtiment. Il en choisit un sur lequel il tira.

— On ne devrait pas tarder à nous apporter de l'eau, déclara-t-il.

— A quoi servent les autres ? lui demanda Angelica en désignant les cordons.

Il se tourna vers elle en souriant malicieusement.

— De toutes les questions que vous pourriez me poser, je suis vraiment surpris que vous commenciez par celle-ci ! s'exclama-t-il, moqueur. Vous auriez pu commencer par : d'où venez-vous, Voss ? Comment m'avez-vous retrouvée ? Pourquoi êtes-vous venu ? Ou encore : qu'allons-nous faire à présent ?

Angelica ne put s'empêcher de sourire à son tour. Elle ne parvenait toujours pas à comprendre comment elle pouvait trouver tant de charme à un homme qui se nourrissait du sang de ses semblables. Mais il était indéniable qu'elle le trouvait toujours aussi séduisant.

— Avez-vous donc oublié que je ne vous appelle pas Voss ? répliqua-t-elle.

Alors même qu'elle prononçait ces mots, elle se rendit compte qu'elle était en train de flirter sans vergogne avec lui. Malgré elle, elle ne put s'empêcher de rougir. Une fois de plus, elle se retrouvait en tête à tête dans une chambre à coucher avec lui. Pis encore, elle s'apprêtait à prendre son bain dans ladite chambre en même temps que lui.

Comment parvenait-il donc à lui faire oublier aussi facilement les convenances les plus élémentaires ?

Tandis qu'elle se faisait ces réflexions, ils ne s'étaient pas quittés des yeux, se dévorant littéralement du regard dans un silence écrasant. La tension qui régnait dans la chambre était presque palpable. Finalement, Voss fit un pas dans sa direction et s'arrêta aussitôt.

— Je vous ai promis de ne plus jamais vous faire de mal, lui dit-il d'une voix un peu étranglée. Et je suis décidé à tenir parole. Mais il faut que vous sachiez que je vous désire de tout mon être, Angelica. Ce qui s'est passé au Lion d'or est arrivé parce que j'avais envie de vous et que je n'ai pas su me contrôler.

Elle avala difficilement sa salive. Jamais un homme ne lui avait parlé de cette façon. Et si quelqu'un s'était avisé de le faire elle s'en serait certainement offusquée. Mais les paroles de Voss éveillaient en elle un trouble qu'elle avait beaucoup de mal à réprimer.

Elle aurait sans doute dû lui répondre que son attitude était déplacée et parfaitement indigne d'un gentleman, mais les mots lui manquèrent et elle demeura parfaitement immobile, le cœur battant à tout rompre.

— Cette fois-ci, reprit-il, j'ai jugé préférable de prendre quelques précautions.

Il se dirigea vers la table basse et prit la petite boîte de bois qui y était posée.

— J'ai demandé à l'un de mes domestiques de préparer ceci. Cela devrait garantir votre sécurité.

— De quoi s'agit-il ? s'enquit Angelica, surprise.

— Prenez-le, dit-il d'un ton encourageant.

Voss recula de quelques pas.

— Ouvrez-le.

De plus en plus étonnée, elle s'exécuta et découvrit que l'intérieur de la boîte était recouvert de plomb. Au centre, protégée par un morceau de velours, se trouvait une jolie chaîne en argent au bout de laquelle était accroché un médaillon.

Elle l'ouvrit et découvrit à l'intérieur plusieurs fleurs séchées qui ressemblaient un peu à de la lavande mais dont l'odeur était très différente.

— Qu'est-ce que c'est ?

— De l'hysope, répondit Voss. J'y suis violemment allergique. C'est la raison pour laquelle je me suis senti si mal chez Moldavi. Il y en avait dans la liqueur qu'il m'a servie. Tant que vous porterez ce médaillon, je ne pourrai m'approcher de vous…

Voss fut interrompu par quelqu'un qui frappa à la porte.

— Ce doit être l'eau que j'ai demandée. Enfilez ce médaillon, Angelica. C'est préférable pour vous comme pour moi…

Sur ce, il alla ouvrir la porte de la chambre et s'entretint avec la femme de chambre en français, langue qu'il semblait maîtriser à la perfection. Quelques minutes plus tard, plusieurs membres du personnel revinrent installer un tub ainsi qu'un autre paravent.

Les deux baignoires furent prestement remplies et on leur apporta tout ce dont ils auraient besoin pour se laver : savon, éponges, brosses, serviettes et même de magnifiques sorties de bain. Puis le personnel se retira, les laissant de nouveau seuls.

— J'ai envoyé l'une des femmes de chambre vous acheter une robe, indiqua Voss pour dissiper le silence gêné qui s'ensuivit.

Angelica fut tentée de protester — Maia l'aurait certainement fait, à sa place, estimant qu'une femme comme il faut ne pouvait se laisser entretenir de cette façon. Mais à la vérité elle ne s'imaginait pas remettre la tenue dans laquelle elle se trouvait actuellement.

— Merci encore, se contenta-t-elle donc de dire.

— C'est tout naturel. Je vous souhaite un excellent bain.

— A vous aussi, répondit-elle, à la fois troublée et amusée par cette situation parfaitement inédite.

Tous deux se retirèrent derrière leurs paravents respectifs. Après un instant d'hésitation, Angelica se dévêtit à la hâte et se coula dans la baignoire. Elle ne put s'empêcher de guetter les sons que produisait Voss en faisant de même.

Finalement, elle se mit à fredonner doucement pour couvrir le bruit qu'elle faisait en se lavant et chasser sa nervosité.

Bien qu'ils ne puissent se voir, le simple fait de faire leurs ablutions dans la même pièce, à quelques mètres seulement l'un de l'autre, avait quelque chose de terriblement érotique. Elle ne pouvait s'empêcher d'imaginer son compagnon dans cette situation et se demanda s'il était en train de faire de même.

A cette pensée, elle porta involontairement la main à son nouveau médaillon. Jamais elle n'avait entendu parler d'allergies aussi intenses que celle dont Voss paraissait souffrir. Mais elle ne savait que peu de chose de la physiologie de ses semblables.

— Est-ce que tous les vampires sont sensibles à cette plante ? demanda-t-elle à voix haute.

— Non, lui répondit Voss. Juste moi… Mais chacun d'entre nous a une faiblesse de ce genre, ce que nous appelons une *asthénia*. Ce peut être quelque chose d'aussi rare que l'ambre gris ou d'aussi commun que l'herbe — même si je ne donne pas cher de l'existence d'un *dracul* atteint d'une telle phobie…

— Un *dracul* ? répéta Angelica. Est-ce ainsi que vous appelez les vampires ?

— Uniquement ceux qui, comme moi, appartiennent à la famille du premier d'entre nous, Vlad Tepes.

— Vous voulez dire que Moldavi et vous êtes parents ? s'exclama Angelica, horrifiée.

— Des parents très lointains, répondit Voss. Mais des parents néanmoins, j'en ai peur. Que voulez-vous ? ajouta-t-il avec une pointe d'humour. Chaque famille a ses brebis galeuses…

Angelica ne put s'empêcher de sourire. Décidément, ses conversations avec Voss n'étaient jamais banales. Elle acheva de se laver puis se sécha avant d'enfiler la robe de chambre qu'on lui avait apportée.

Ce bain lui avait fait beaucoup de bien et elle se sentait presque ressuscitée. Il lui fallut en revanche beaucoup de courage pour franchir le paravent qui l'isolait du reste de la chambre.

Lorsqu'elle le fit, elle vit que Voss avait également terminé ses ablutions, qu'il avait déjà enfilé son pantalon et ses bottes et s'apprêtait à mettre sa chemise.

— Mon Dieu ! s'exclama-t-elle en avisant la cicatrice étrange qui se dessinait sur son épaule.

Elle était enflée et très rouge, comme infectée.

— Que vous est-il arrivé ? lui demanda-t-elle.

— Ce n'est rien, murmura-t-il.

— Rien ? répéta-t-elle. Mais vous devez souffrir le martyre.

Elle fit un pas vers lui et le vit grimacer. Baissant les yeux vers le médaillon, elle se demanda une fois de plus comment une plante aussi insignifiante pouvait l'affecter à ce point.

Elle comprit aussi qu'il ne lui avait pas menti : en lui offrant ce talisman, il ne lui avait pas seulement accordé une protection, mais également un pouvoir sur lui. Et le fait de détenir une emprise sur un homme tel que lui avait quelque d'étrangement grisant.

— Et moi qui croyais que les vampires craignaient l'ail, murmura-t-elle.

— Qui vous a dit cela ?

— Ma grand-mère. Je vous l'ai dit : elle connaissait de nombreuses légendes.

— Est-ce elle qui était d'ascendance roumaine ? s'enquit Voss, curieux.

— Oui. Sa propre grand-mère était la baronne Béatrice Neddelfield. Elle avait été mariée très jeune à un homme qui était beaucoup plus âgé qu'elle. Lorsqu'il est mort, elle n'avait que vingt ans. C'est alors qu'elle est tombée amoureuse d'un forgeron.

— On dirait un conte de fées, s'écria Voss.

— C'en est un, approuva Angelica en souriant. Ce forgeron s'appelait Vinio et c'était un Rom, originaire de Transylvanie.

— Voilà qui explique bien des choses.

— Pourquoi donc ?

— Parce que Vlad Tepes, l'ancêtre des *draculs,* régnait sur la Transylvanie. La légende de ses hauts faits et de ses forfaits s'est perpétuée jusqu'à nos jours et nul ne la connaît mieux que les conteurs roumains.

— Ces histoires se sont transmises de génération en génération dans notre famille. C'est sans doute ce qui a poussé Chas à devenir un chasseur de vampires.

Angelica s'interrompit brusquement.

— Mais au fait, reprit-elle, est-ce qu'il connaît votre point faible ?

Voss se raidit légèrement.

— Pas que je sache, répondit-il.

— Je vois…, murmura-t-elle. Vous avez donc pris un grand risque en m'offrant ce médaillon.

— En effet. Je n'ai pas pour habitude de révéler mes faiblesses de cette façon. A vrai dire, ma spécialité est plutôt de découvrir celles des autres. C'est d'ailleurs la raison pour laquelle ni Moldavi ni Corvindale ne m'apprécient vraiment.

— Corvindale ? s'exclama Angelica, surprise. Mais que vient-il faire là-dedans ? Est-ce un chasseur de vampires comme mon frère ?

— Corvindale ? Un chasseur de vampires ? s'exclama Voss d'un ton amusé. Certainement pas ! Dimitri Corvindale est un *dracul*, tout comme moi.

Angelica le considéra avec stupeur.

— Mais ce n'est pas possible ! protesta-t-elle. Pourquoi Chas nous aurait-il confiées à la garde d'un vampire ?

— Qui mieux qu'un *dracul* pouvait vous protéger d'un autre *dracul* ? répliqua Voss en haussant les épaules. Et puis, votre frère et Dimitri sont amis de longue date.

— Je ne comprends pas, balbutia Angelica. Comment a-t-il pu devenir ami avec l'une de ces créatures qu'il s'est justement donné pour mission de détruire ?

— Parce que ces *créatures*, comme vous dites, sont aussi des êtres humains, répondit Voss en fronçant les sourcils. Parce que le monde n'est pas uniquement fait de bons et de mauvais, de lumière et de ténèbres. Les *draculs* ont été humains. Ils le demeurent en grande partie, en dépit de la malédiction qui pèse sur eux…

— Je suis désolée, murmura Angelica. Je ne voulais pas vous blesser.

— Ce n'est rien, soupira-t-il. J'imagine qu'on ne peut pas vous reprocher de vous méfier de nous. Vos récentes expériences n'ont pas dû vous donner une idée très favorable des vampires… Quoi qu'il en soit, pour en revenir à l'alliance qui existe entre votre frère, Corvindale et Giordan Cale, elle s'explique avant tout par leur haine commune pour Moldavi et ses disciples.

— Cale est aussi un vampire ? s'exclama Angelica. Mais combien êtes-vous donc ?

— Moins que vous ne semblez l'imaginer, répondit

Voss en souriant. Il se trouve juste que votre frère en fréquente beaucoup.

— Et Mirabella, la sœur de lord Corvindale ? Elle ne peut pas être une *dracul*…

— C'est exact. D'après les informations que j'ai pu obtenir, Corvindale l'a recueillie alors qu'elle n'était encore qu'un bébé. Il l'a élevée comme sa sœur. Je ne sais pas si elle connaît la véritable nature de son frère ni même si elle sait qu'ils ne sont pas liés par le sang…

Angelica demeura longuement silencieuse, s'efforçant de remettre de l'ordre dans ses idées. En l'espace de quelques minutes, les événements de ces dernières semaines s'étaient éclairés d'un jour nouveau. Et elle n'était pas sûre de savoir qu'en penser.

— Vous m'avez dit que les *draculs* étaient des humains, à l'origine. Comment êtes-vous devenu un vampire ?

Voss détourna les yeux.

— Vous avez parlé de malédiction, insista-t-elle.

— Vous ne comprendriez pas…

— Dois-je vous rappeler que je possède le don de double vue ? objecta-t-elle. Je ne suis pas tout à fait novice en matière de surnaturel…

Il hésita un instant avant de lui répondre.

— J'imagine que je vous dois bien cela, murmura-t-il comme pour lui-même.

Il prit une profonde inspiration et la regarda droit dans les yeux.

— C'est arrivé lorsque j'avais vingt-huit ans. Jusqu'alors, j'avais mené une existence relativement ordinaire et rien ne m'avait préparé à sa visite… Il m'est apparu en rêve — du moins, j'ai cru que c'était un rêve — et il m'a offert l'immortalité.

Voss marqua une pause. Il était évident que son récit lui coûtait et elle le vit porter sa main à son épaule comme pour calmer un soudain élancement.

— J'aurais dû comprendre qu'un tel cadeau de la part de Lucifer ne pouvait être complètement désintéressé...

Angelica ne put réprimer un violent frisson. Ainsi, elle ne s'était pas trompée : les vampires étaient bien des créatures d'essence maléfique.

Mais curieusement, au lieu de l'effrayer comme elle aurait pu s'y attendre, cette révélation l'attristait profondément. Car elle signifiait que l'âme de Voss était damnée.

— Qu'a-t-il exigé de vous ? lui demanda-t-elle d'une petite voix.

— Mon allégeance, répondit-il sobrement. La promesse que le moment venu, lorsqu'il ferait appel à moi, je le servirais de mon plein gré.

— Mon Dieu, murmura-t-elle, horrifiée. Les vampires constituent donc son armée ?

— En quelque sorte. Bien sûr, à l'époque, je n'ai pas compris les véritables implications de la chose. Si cela avait été le cas...

Il s'interrompit, pensif.

— Je ne sais pas, avoua-t-il enfin. Je ne sais pas ce que j'aurais fait, connaissant les tenants et les aboutissants de ce contrat. Peut-être aurais-je accepté malgré tout. Peut-être me serais-je convaincu que l'immortalité me préserverait du Jugement dernier. N'est-ce pas ce que j'ai réussi à faire pendant toutes ces années ?

Il y avait dans sa voix un mélange de remords et de dégoût de soi qui ne manqua pas d'étonner Angelica. Voss était un homme très fier et cette amertume ne lui ressemblait guère. Malgré elle, elle sentit son cœur se serrer dans sa poitrine.

— Lorsque je me suis réveillé, le lendemain matin, je me sentais dans un état étrange, comme si mon rêve de la nuit ne s'était pas complètement dissipé. Je m'étais endormi dans le bureau de mon père, qui était un botaniste averti. Et la première chose que j'ai vue en ouvrant les yeux, c'est l'un des croquis qu'il avait accrochés au mur. Il représentait un brin d'hysope. J'imagine que j'ai eu de la chance : il aurait tout aussi bien pu s'agir d'une grappe de raisin ou même d'un brin d'herbe...

Voss s'interrompit et observa pensivement Angelica.

— C'est étrange, lui avoua-t-il. C'est probablement le moment le plus important de mon existence et pourtant je n'en avais encore jamais parlé avec qui que ce soit...

Elle se sentit flattée qu'il l'ait choisie, elle, pour le faire.

— Quel âge avez-vous ? s'enquit-elle enfin.

— Je suis né en 1656, répondit-il gravement.

— Cent quarante-huit ans, murmura-t-elle, ne sachant trop si elle devait s'en émerveiller ou s'en horrifier. C'est incroyable !

— Ce qui l'est plus encore, c'est que je puisse vous en parler, répondit-il. La plupart des gens me prendraient pour un fou.

— Ils n'ont pas vu ce que moi j'ai vu au cours de ces dernières semaines. Mais que s'est-il passé ensuite ? Comment avez-vous compris que vous étiez devenu un vampire ?

— Il m'a suffi de sortir pour me rendre compte que quelque chose n'allait pas, répondit-il. Il faisait déjà jour et j'ai voulu quitter la maison de mes parents pour rentrer chez moi. Je ne suis resté sur le perron que quelques instants, mais la souffrance que j'ai éprouvée était intolérable. J'ai bien cru que j'allais mourir !

— Vous deviez être terrifié...

Voss la considéra avec étonnement. Il ne s'était apparemment pas attendu à ce qu'elle compatisse à ses malheurs.

— J'étais surtout complètement désorienté, avoua-t-il. Contrairement à vous, je n'avais jamais entendu parler des vampires.

— Lucifer ne vous avait donc rien dit ?

Un sourire sardonique naquit sur les lèvres de Voss.

— Il trouvait certainement beaucoup plus amusant de me regarder me débattre avec mes étranges symptômes. Car, en plus de cette sensibilité exacerbée à la lumière du soleil, je me suis rapidement aperçu que rien de ce que je mangeais ne parvenait à apaiser ma faim. Je pouvais avaler l'équivalent de trois repas sans me sentir rassasié et je maigrissais à vue d'œil. Mes parents ont fait venir plusieurs médecins qui se sont tous déclarés dépassés. Je m'affaiblissais de plus en plus. C'est alors que Lucas est arrivé.

— Lucas ?

— Un *dracul* qui avait été envoyé par Lucifer pour faire mon initiation. Il s'est fait passer pour un médecin et a entrepris de m'expliquer ce que j'étais et, surtout, comme j'étais censé me nourrir.

— Ça a dû être horrible.

Voss hésita de nouveau avant de lui répondre.

— J'aimerais vous répondre que oui, soupira-t-il. Mais la vérité est que boire du sang est une expérience très plaisante, érotique presque, pour le vampire comme pour sa victime.

Angelica ne put s'empêcher de rougir.

— Vous oubliez que j'ai été mordue, protesta-t-elle. Je n'ai pas du tout trouvé cela… érotique, comme vous dites.

Le sourire qui se peignit sur les lèvres de Voss n'était pas dénué d'une certaine ironie.

— C'est probablement parce que vous étiez trop terrifiée pour vous laisser aller à cette sensation, lui dit-il. J'imagine que c'est un peu comme lorsque l'on fait l'amour pour la première fois.

Les joues d'Angelica virèrent au cramoisi.

— Quoi qu'il en soit, reprit Voss, Lucas faisait partie de ces *draculs* qui considèrent qu'un vampire doit éviter de tuer ses victimes.

— Comment se fait-il alors que les survivants ne parlent

pas ? s'étonna Angelica. Depuis le temps, tout le monde devrait savoir que les vampires existent.

— Votre grand-mère vous a peut-être parlé du pouvoir de fascination que nous possédons.

Ce détail éveilla effectivement un vague souvenir dans la mémoire d'Angelica.

— Nous avons la capacité de soumettre la volonté de nos proies et même de leur faire oublier complètement la morsure dont elles ont été victimes. Tout au plus se souviennent-elles d'un baiser un peu trop passionné.

Angelica le considéra avec effarement.

— J'espère que vous n'avez jamais…

Elle s'interrompit aussitôt et secoua doucement la tête.

— Non, reprit-elle. Je sais que vous ne m'avez jamais fait une chose pareille. Sinon, je ne me rappellerais pas ce qui s'est passé au Lion d'or.

— C'est exact, reconnut Voss. Vous êtes apparemment immunisée contre ce pouvoir. Peut-être est-ce à cause du don que vous-même possédez…

— Comment puis-je être sûre que vous dites bien la vérité ? lui demanda-t-elle d'un ton suspicieux.

— C'est très simple. Si je pouvais vraiment exercer cette influence sur vous, nous ne serions pas en train de discuter de cette façon.

— Vraiment ? murmura-t-elle, le cœur battant à tout rompre.

— Tout d'abord, j'aurais déjà réussi depuis longtemps à faire en sorte que vous m'appeliez par mon prénom, déclara-t-il non sans humour. De plus, vous ne porteriez pas ce médaillon — vous n'en auriez pas envie — et nous serions probablement en train de donner libre cours à tous nos désirs…

Incapable de soutenir l'éclat de son regard, Angelica détourna les yeux. A mesure que Voss lui parlait elle avait senti une douce chaleur se répandre au creux de son ventre et envahir chacun de ses membres.

Elle aurait aimé se convaincre que c'était uniquement à cause de lui, mais il venait de lui démontrer qu'il n'en était rien.

— Est-ce que ce Lucas est toujours de ce monde ? lui demanda-t-elle pour faire diversion.

— Hélas, non. Il a été guillotiné durant la Révolution. De tous les *draculs*, il est le seul que j'aie jamais vraiment considéré comme un ami.

— Vous avez dû mener une vie bien solitaire.

Voss hocha la tête.

— Il est difficile de créer des liens lorsque l'on est immortel et que tous meurent autour de vous. C'est d'ailleurs pour cela que certains *draculs* créent d'autres vampires. De cette façon, ils se sentent un peu moins seuls…

— Mais vous ne l'avez jamais fait.

— Se damner soi-même est une chose, mais damner quelqu'un d'autre…

Il haussa les épaules.

— Je sais que cela peut paraître absurde puisque j'ai déjà perdu mon âme, mais j'ai toujours considéré que ce serait un point de non-retour.

Angelica hésita à poser la question qui lui brûlait les lèvres.

— Mais vous n'avez jamais eu envie de prendre une compagne ? lui demanda-t-elle enfin.

— Pas avant de vous rencontrer, répondit-il en la regardant droit dans les yeux. Mais, bien sûr, vous êtes la dernière que j'aurais envie de damner…

Il grimaça de douleur et porta de nouveau la main à son épaule.

— Que se passe-t-il ? s'enquit-elle, inquiète. Est-ce que je peux faire quelque chose ?

— Non, répondit-il d'une voix sourde. Personne ne peut rien pour moi.

Angelica se rapprocha légèrement de lui. Il jeta un coup d'œil nerveux en direction du médaillon.

— Est-ce qu'il vous indispose à ce point ? lui demanda-t-elle. Voulez-vous que je m'écarte ?

— Non, assura Voss en la regardant droit dans les yeux.

Malgré la souffrance qu'il paraissait éprouver en cet instant, l'envie qu'il avait d'elle ne faisait aucun doute. Et elle éveilla instantanément en elle le plus délicieux des échos. S'enhardissant, elle posa sa main sur la sienne.

— Je suis désolée, lui dit-elle gravement sans savoir si elle voulait parler de ce qui lui était arrivé autrefois, de la douleur qu'il ressentait ou bien encore de l'étrange relation qui les unissait.

Il hocha la tête comme s'il comprenait parfaitement ce qu'Angelica voulait dire et porta ses doigts à ses lèvres. Le contact de sa bouche brûlante lui arracha un délicieux frisson de bien-être.

Elle se rappela alors ce qui s'était passé au Lion d'or et un nouveau frémissement la parcourut, de peur cette fois-ci.

— Je ne vous ferai aucun mal, insista Voss auquel ses réactions n'avaient pas échappé.

— Vous me le promettez ?

— Je vous en donne ma parole.

Elle le regarda gravement puis acquiesça doucement avant de faire coulisser le médaillon qu'elle portait de façon à ce qu'il se trouve dans son dos.

Se coulant alors contre Voss, elle posa ses lèvres sur les siennes.

Voss n'aurait su dire ce qui l'emportait en lui de la souffrance ou du plaisir. La marque de Lucifer le faisait cruellement souffrir, l'aiguillonnant pour l'inciter à boire le sang d'Angelica.

Simultanément, l'hysope qui se trouvait dans le médaillon l'affaiblissait, lui procurant une désagréable sensation de vertige. Mais c'était grâce à cette sensation qu'il parvenait à dompter son propre instinct et la tentation que le prince des ténèbres faisait naître en lui.

Et puis, il y avait cette joie immense qui bouillonnait en lui tandis que les lèvres d'Angelica se posaient sur les siennes et que ses mains couraient le long de son dos. Ecartelé entre ces trois sensations contradictoires, il lutta de toute la force de sa volonté pour conserver le contrôle de ses pulsions.

15

OÙ LORD DEWHURST DOIT FAIRE FACE À SA DESTINÉE.

Le baiser de Voss était très différent de celui qu'ils avaient échangé au Lion d'or. Ce n'était pas le déchaînement torride de pulsions trop longtemps contenues. Ce n'était pas une violation de son intimité, un acte fougueux et incontrôlé.

Au contraire, il y avait dans cette étreinte une douceur presque déchirante, une tendresse infinie. Curieusement, cette impression n'en était pas moins terriblement érotique, peut-être justement parce qu'elle leur laissait le temps de goûter chacune des sensations qui se faisaient jour en eux.

A l'accès de désir impérieux et brutal de la fois précédente s'était substitué un éveil lent et progressif des sens, une véritable symphonie d'impressions qui se superposaient, s'ajoutaient les unes aux autres, entraient en résonance, décuplant le désir qu'Angelica avait de Voss.

Malgré la tension presque palpable qui faisait vibrer le corps de ce dernier, il prenait tout son temps. Et plus elle sentait croître son désir, plus il devenait précautionneux et délicat.

Ses lèvres se faisaient de velours contre les siennes, ses mains effleuraient son corps par petites touches, éveillant entre ses cuisses une douce chaleur qui se propageait à son ventre avant de se communiquer à l'ensemble de ses membres.

Jamais elle n'avait éprouvé une telle sensation de bonheur. Ce n'était pas seulement une réaction physique : c'était son être tout entier qui paraissait participer de cette joie.

Une partie d'elle-même savait qu'elle était probablement en train de commettre une erreur. Voss était un vampire et il était évident qu'il ne saurait y avoir d'avenir à ses côtés. Tous deux appartenaient à des mondes bien trop différents. Et sa tragique allégeance au prince des ténèbres aurait probablement dû la dissuader de s'abandonner à lui de cette façon.

Mais c'était plus fort qu'elle. Malgré toutes les bonnes raisons qu'elle avait de le repousser, elle en était incapable. Fermant les yeux, elle s'abandonna donc entièrement à la magie de cet instant

Jamais Voss n'avait livré une telle bataille contre lui-même. Jamais il n'avait ainsi poussé sa volonté jusque dans ses derniers retranchements.

Il avait l'impression de vivre la plus délicieuse des agonies. La souffrance intolérable que lui infligeait Lucifer croissait en proportion du plaisir qu'il parvenait à distiller.

La voix du Malin murmurait constamment à ses oreilles, le poussant à commettre l'irréparable, à posséder Angelica et à boire sa vie. Pour la faire taire, il se concentrait de toutes ses forces sur l'autre douleur, celle que faisait naître en lui son *asthénia*.

Jamais il n'aurait imaginé pouvoir un jour s'exposer de son plein gré à cette substance qui l'affaiblissait tant que par instants, il se trouvait pris de vertiges.

Mais il savait que ce baiser était le dernier qu'Angelica et lui échangeraient. En discutant avec elle, il avait pris conscience que rien n'avait changé depuis qu'il s'était résigné à s'exiler loin d'elle.

Et, s'il était un peu plus sûr encore des sentiments qu'il éprouvait à son égard, il était d'autant plus déterminé à prendre ses distances vis-à-vis d'elle. Car il était évident qu'une telle relation ne pourrait se terminer que de façon tragique.

Tôt ou tard, l'emprise de Lucifer et de ses propres pulsions l'emporterait sur la tendresse qu'il éprouvait à l'égard d'Angelica. Il ne pouvait espérer conserver indéfiniment un tel contrôle sur lui-même. Il ne pouvait passer sa vie à souffrir de son *asthénia* parce qu'elle était tout ce qui l'empêchait de tuer celle qu'il aimait.

Car il ne pouvait continuer à se mentir à ce propos. Par une tragique ironie du destin, il s'était épris d'Angelica. Et s'il n'avait pas la force de s'écarter, d'interrompre ce baiser d'adieu, c'est parce qu'il savait qu'il n'aurait plus d'autre occasion de lui prouver ses sentiments.

Il sentit alors le médaillon qui avait glissé lui brûler cruellement la poitrine, accentuant encore le vertige qui l'habitait. Simultanément, la souffrance causée par la marque de Lucifer décupla.

Prends-la. Bois son sang !

Malgré lui, il sentit ses canines croître sous l'effet du désir brûlant qui pulsait en lui. Angelica poussa un petit halètement de surprise et de douleur et il comprit qu'elle avait dû se couper la langue.

Un instant plus tard, il sentit le goût de son sang envahir sa bouche, lui arrachant un tressaillement voluptueux. Il comprit alors que, s'il ne mettait pas rapidement un terme à leur étreinte, il risquait fort de réitérer l'erreur qu'il avait commise au Lion d'or.

Déjà, il sentait son cœur battre la chamade et son propre sang pulser contre ses tempes. On aurait dit que quelqu'un frappait à coups de marteau. Alors même qu'il se faisait cette réflexion, Voss s'aperçut qu'il ne s'agissait pas d'une simple impression. Quelqu'un était bel et bien en train de tambouriner contre la porte de leur chambre.

Voss et Angelica s'écartèrent brusquement l'un de l'autre, craignant que les hommes de Moldavi n'aient réussi à les retrouver.

— Dewhurst ! s'exclama une voix familière.

Un nouveau coup se fit entendre, plus violent encore que les précédents. Le verrou sauta et la porte s'ouvrit avec fracas, révélant la silhouette imposante de Chas Woodmore qui tenait dans une main une rapière et dans l'autre un pieu acéré.

— Chas ! s'écria Angelica, éperdue de soulagement.

Voss, pour sa part, n'était pas aussi optimiste qu'elle. Il aurait presque préféré se trouver face aux hommes de Cezar, qu'il aurait pu combattre sans le moindre état d'âme.

— Je le savais ! vociféra Woodmore en s'avançant dans la pièce, les traits déformés par la colère.

Il se jeta alors sur Voss et, avant même que ce dernier ait eu le temps de se redresser, il pressa le pieu qu'il tenait à la main contre sa poitrine dénudée. Voss s'attendait à le sentir s'enfoncer dans sa chair, mais il n'en fut rien.

— La seule raison pour laquelle vous n'êtes pas encore mort, lui dit le chasseur de vampires, c'est que vous êtes parvenu à tirer ma sœur des griffes de Moldavi !

En temps normal, Voss serait probablement parvenu sans trop de mal à échapper à son adversaire. Mais la douleur que lui infligeait la marque de Lucifer en cet instant l'affaiblissait beaucoup trop.

— J'aurais dû savoir que vous ne me laisseriez pas deux jours d'avance comme je vous l'avais demandé, répliqua-t-il avec un pâle sourire.

— Et je m'en félicite, riposta Chas. Dieu sait ce que vous auriez été capable de faire si je vous les avais accordés.

Il se tourna vers Angelica qui le regardait sans paraître comprendre les raisons de son attitude.

— Est-ce qu'il t'a fait du mal ? lui demanda-t-il.

— Pas du tout ! s'exclama-t-elle. Je vais très bien.

— Tu saignes et tu es à demi dévêtue ! objecta-t-il.

Chas se tourna de nouveau vers Voss et son pieu mordit un peu plus profondément encore dans sa chair.

— Vous êtes un véritable fléau, lui dit-il. Je ferais sans doute mieux de me débarrasser de vous sans attendre…

Voss lui jeta un regard résigné. Qu'attendait-il pour le faire passer de vie à trépas ? Il se sentait prêt à affronter son destin.

Rubey s'était trompée. Il n'y avait aucun changement possible pour quelqu'un comme lui, aucun espoir de rédemption. Il serait éternellement indigne d'une femme comme Angelica…

Chas appuya un peu plus et le pieu transperça sa chair, faisant surgir quelques gouttes de sang.

— Non, Chas ! cria Angelica, horrifiée.

Se jetant en avant, elle tenta de repousser le bras de son frère.

— Laisse-moi faire ce que j'ai à faire ! s'exclama Chas d'un ton réprobateur. Crois-moi, il mérite amplement ce qui est en train de lui arriver.

Voss n'osait pas tourner ses regards en direction d'Angelica. Il craignait, s'il la voyait, que sa détermination ne vacille. La douleur qui pulsait dans son épaule avait atteint des proportions alarmantes. Il était presque entièrement paralysé et la souffrance se répandait en lui par vagues successives, envahissant chaque recoin de son être.

En l'achevant, Chas mettrait au moins un terme à cette torture.

— Chas, laisse-le tranquille ! Sans lui, Moldavi m'aurait certainement tuée ou, pire encore, transformée en vampire !

— Il t'a peut-être sauvée de Moldavi, mais il s'apprêtait visiblement à te vider de ton sang ! protesta Chas.

— Tu te trompes. Il ne me voulait aucun mal. Il ne m'a rien fait...

Voss assistait à cet échange d'un air détaché, se faisant l'impression d'être complètement étranger au débat, comme si c'était de quelqu'un d'autre qu'il était question.

— Ce n'est pas rien, objecta Chas en désignant la lèvre ensanglantée d'Angelica. Ecoute, reprit-il, Voss a peut-être l'air d'un être humain mais ce n'est qu'une apparence. C'est un monstre. Il n'a aucune conscience. Aucun d'eux n'en a... Ils sont corrompus, viciés. Ils ne vivent que pour satisfaire leurs désirs. Ils ne savent que prendre. En dehors de leur propre plaisir, rien ne compte à leurs yeux.

— Vraiment ? répliqua Angelica en soutenant son regard. Est-ce aussi le cas de celle dont tu es amoureux, Chas ? Est-ce le cas de Narcise ?

Le visage de son frère pâlit brusquement et son regard se fit plus dur.

— Ce n'est pas la même chose, Narcise et moi, nous nous aimons.

Angelica le regarda droit dans les yeux, refusant de se laisser impressionner.

— Eh bien, moi, j'aime Voss, déclara-t-elle posément.

Il y avait dans sa voix beaucoup d'assurance et une pointe de tristesse.

— Dans ce cas, répliqua Chas, ce serait te rendre service que de le tuer.

La pointe du pieu pénétra un peu plus profondément dans la poitrine de Voss, faisant couler son sang le long de son torse jusqu'au drap sur lequel il était allongé. Il eût suffi d'un geste de Woodmore pour que le pieu traverse le cœur.

— Faites-le ! s'exclama Voss. Qu'est-ce que vous attendez ?

Woodmore se tourna vers lui, l'observant très attentivement, comme s'il cherchait à lire au plus profond de lui.

— Finissez-en, soupira Voss.

Il voulait juste que la souffrance s'estompe. Or il était évident à présent qu'elle se manifesterait chaque fois qu'il se trouverait aux côtés d'Angelica. Ses sentiments pour elle, la tendresse qu'elle lui inspirait, son refus de lui faire du mal, tout contribuait à provoquer la colère de Lucifer.

Il se souvint alors de la femme blonde qu'il avait croisée à Londres et à Paris.

Est-ce que tu es prêt ?

Un autre spasme de douleur le tordit.

Je suis prêt à en finir. J'ai renoncé à elle. Je l'ai laissée partir. Cela ne suffit-il donc pas ?

— Chas, s'exclama alors Angelica. Sache que si tu le tues je ne te le pardonnerai jamais. Allons-nous-en, maintenant. Rentrons à la maison.

Elle désigna les rideaux qui laissaient filtrer un peu de lumière du jour.

— Il ne pourra pas nous suivre, ajouta-t-elle.

Woodmore hésita quelques instants.

— Tu ne le reverras jamais, déclara-t-il enfin. Je ne te le permettrai pas. Et n'espère pas me faire changer d'avis.

— Je n'essaierai pas, soupira-t-elle. Il est évident que Voss et moi appartenons à des mondes différents. Quels que soient les sentiments que j'ai pour lui, notre histoire n'était pas écrite… Rentrons.

Woodmore se tourna vers Voss une dernière fois.

— C'est pour elle que je le fais, lui dit-il.

— Je sais. Si vous voulez faire quelque chose pour moi, finissez ce que vous avez commencé, ici et maintenant.

— Débrouillez-vous tout seul, rétorqua Woodmore

en laissant tomber son pieu qui roula sur le lit. Soyez maudit, Voss !

— C'est déjà fait, soupira tristement ce dernier.

Voss n'aurait su dire combien de temps il demeura allongé sur le drap maculé de sang. La douleur qui lui lacérait l'épaule reflua lentement sans disparaître complètement. Apparemment, il avait vraiment mis Lucifer hors de lui, cette fois-ci.

Au bout de ce qui lui parut une éternité, quelqu'un frappa à la porte et, au prix d'un effort surhumain, il se redressa péniblement. Après avoir dissimulé la tache de sang sous le dessus-de-lit et avoir remis un peu d'ordre dans ses vêtements, il alla ouvrir.

— Est-ce que je peux faire la chambre ? lui demanda une soubrette qui se tenait sur le seuil.

— Ce ne sera pas nécessaire, répondit-il.

Elle hocha la tête et s'éloigna, non sans lui avoir jeté un coup d'œil intrigué.

Voss accrocha à la poignée de la porte la petite pancarte qui indiquait qu'il ne voulait pas être dérangé.

Tandis qu'il retournait s'asseoir sur le lit, il aperçut la petite boîte de bois qui avait contenu le pendentif. Fort heureusement, Angelica l'avait conservé pendant tout le temps où ils s'étaient embrassés. Cela avait sans doute aidé Voss à conserver un semblant de contrôle de soi, contrairement à ce qui s'était passé au Lion d'or.

Le plus important, songea-t-il, c'est qu'il était parvenu à arracher Angelica aux griffes de Moldavi. Corvindale et Woodmore veilleraient à ce qu'elle soit protégée, désormais. Quant à lui…

Voss soupira. Qu'était-il censé faire, à présent ? Partir, sans doute. Loin de Paris où Moldavi le rechercherait sans doute. Loin de Londres où ne l'attendaient plus que regrets amers et souvenirs douloureux.

La perspective de se rendre à Saint-Pétersbourg ne l'attirait guère plus. Qui sait ? Peut-être pourrait-il retourner en Amérique. Certes, l'endroit était un peu fruste et sauvage, mais il était idéal pour qui souhaitait tourner la page et refaire sa vie.

Il ne serait certainement pas le premier à s'embarquer pour le Nouveau Monde pour oublier une femme…

Comme il se faisait cette réflexion, il crut entendre un cri de détresse venant de l'extérieur. Il commença par l'ignorer, sachant qu'il ne pouvait regarder par la fenêtre sans s'exposer aux rayons destructeurs du soleil.

Mais les appels à l'aide se firent de plus en plus pressants. La voix était celle d'une toute jeune fille et, apparemment, personne d'autre n'avait encore volé à son secours. Voss s'approcha donc prudemment des rideaux et, tout en s'efforçant de ne pas s'exposer directement aux rayons du soleil, il écarta l'un d'eux pour regarder dehors.

L'intensité lumineuse l'aveugla et il lui fallut plusieurs secondes pour s'y habituer. Tout d'abord, il ne vit rien d'autre que le balcon désert. Mais un nouveau cri lui fit lever les yeux et il aperçut avec stupeur deux pieds qui pendaient.

Il comprit que la jeune femme était accrochée au balcon de l'étage du dessus. Ce dernier se trouvait un peu en décalage par rapport à celui de sa propre chambre, ce qui signifiait que, si elle lâchait prise, la fille irait s'écraser sur le pavé, près de trois étages en contrebas.

Il se décala légèrement pour observer la rue et constata qu'elle était quasiment déserte. Les rares passants ne semblaient pas entendre les cris de la fille, ce qui lui parut un peu étrange.

Il aurait pu appeler le personnel de l'hôtel pour signaler l'incident mais, ce faisant, il aurait perdu un temps précieux.

Evidemment, s'il intervenait, il y avait de fortes chances pour que lui-même périsse en sauvant la jeune fille.

Pourtant, curieusement, il n'hésita pas un seul instant et, repoussant les rideaux, il ouvrit la porte-fenêtre qui donnait sur le balcon. Dès qu'il se retrouva face à l'ouverture, il sentit les rayons du soleil l'envelopper de toutes parts, lui infligeant une souffrance si intense, si insoutenable, qu'il eut l'impression que son corps tout entier se disloquait.

Il ne put retenir un hurlement qui n'avait plus rien d'humain. Une partie de son esprit comprit pourtant qu'il ne pouvait rester immobile. Au prix d'un effort prodigieux, il se força à avancer d'un pas. Son corps tout entier tremblait sous l'effet de la douleur.

Il avait l'impression de se consumer de l'intérieur. C'était comme si sa chair elle-même était carbonisée tandis que sa peau demeurait intacte. D'ici quelques instants, ses organes cesseraient de fonctionner. Puis son sang entrerait en ébullition et il mourrait.

Voss fit un pas de plus. Il se trouvait à présent sur le balcon, mais sa vue commençait déjà à se brouiller. Haletant, il prit appui contre la balustrade pour éviter de s'écrouler complètement.

Il comprit alors que, pour pouvoir attraper la fille qu'il devinait comme à travers un épais brouillard, il allait lui falloir monter sur ladite balustrade. Sachant qu'il ne lui restait que très peu de temps, il l'escalada et se retrouva debout, au bord du vide, sans même savoir comment il était arrivé là.

Incapable d'articuler le moindre mot, il agrippa les chevilles de la fille à l'aveuglette, ce qui arracha à celle-ci un nouveau cri de terreur. Incapable de lui ordonner de lâcher prise, il n'eut d'autre choix que de tirer sur ses jambes.

Lorsqu'elle lâcha prise, Voss fut brusquement déséquilibré et bascula en arrière, retombant sur le balcon contre lequel sa tête vint cogner violemment. Au moins, son corps à l'agonie avait amorti la chute de la fille.

Celle-ci se redressa et le regarda fixement. Malgré la douleur vertigineuse qui faisait rage en lui, il trouva la force de lui sourire. Elle était adorable. Avec ses longs cheveux blonds et ses jolis yeux bleus, on aurait pu croire un ange.

Curieusement son visage, qu'il était pourtant sûr de n'avoir jamais vu, lui parut vaguement familier. Il y avait dans son regard une paix et une sérénité qui contrastaient avec le martyre que lui-même était en train d'endurer.

Puis elle disparut de son champ de vision et il demeura seul avec sa souffrance. La marque de Lucifer lui lacérait à présent l'épaule, comme si le maître des ténèbres voulait profiter de ses derniers instants pour lui faire payer ce geste désintéressé qu'il avait eu.

Tu auras l'éternité pour me torturer, songea Voss. *Laisse-moi au moins mourir en paix.*

Mais son tourment ne diminua pas, bien au contraire. Il n'aurait su dire ce qui était le plus atroce, de la lumière du soleil ou de l'ultime punition que lui infligeait Lucifer. Mais il ne regrettait pas ce qu'il avait fait. Quitte à mourir, il préférait que ce soit de cette façon. Cela avait infiniment plus de sens que de périr sous les coups d'un chasseur de vampires…

Il regrettait juste de ne pas avoir eu l'occasion de dire à Angelica qu'il l'aimait. Mais c'était peut-être mieux ainsi. Comme il s'apprêtait à fermer les yeux pour la toute dernière fois, un visage se pencha sur lui.

La femme blonde. Que pouvait-elle bien lui vouloir ?

— Cette fois, murmura-t-elle, tu es prêt.

16

Où Angelica Woodmore reçoit successivement une demande en mariage et une visite imprévue.

— Tu sais que je n'aime pas m'asseoir devant, murmura Angelica à sa sœur.

Mais celle-ci tenait toujours à se placer au premier rang chaque fois qu'elles assistaient à un récital.

— Que dirais-tu si tu devais jouer du piano pour deux ou trois rangées vides ? répliqua Maia.

— Je te rappelle que je ne sais pas jouer de piano, répliqua Angelica. Ni d'aucun instrument d'ailleurs.

— Tu vois très bien ce que je veux dire.

Elle soupira et se radoucit brusquement. Cela lui arrivait très souvent depuis qu'Angelica était rentrée de Paris et celle-ci se faisait un peu l'impression d'être une convalescente qui se remettait d'une très grave maladie.

— Bon, où veux-tu t'asseoir, alors ?

Nulle part, fut tentée de répondre Angelica.

— Au dernier rang, dans le coin, répondit-elle. De cette façon, personne ne viendra solliciter mon don de double vue.

Contrairement à sa sœur, Angelica ne se faisait aucune illusion : personne n'assistait à ces récitals par amour de la musique.

La plupart des jeunes femmes qui s'y rendaient le

faisaient pour voir et être vues, pour rencontrer de potentiels époux ou pour échanger les derniers ragots que chacun se devait de connaître.

Cela faisait maintenant deux semaines que Chas avait ramené Angelica de Paris. Elle ne savait toujours pas comment il s'y était pris alors que tant d'Anglais demeuraient bloqués de l'autre côté de la Manche et que le blocus était toujours en place.

Mais elle commençait à comprendre que son frère possédait bien plus de ressources qu'il ne voulait le laisser paraître. Le simple fait qu'il ait réussi à lui cacher durant toutes ces années la réalité de ses activités le prouvait de façon éloquente.

Le fait qu'Angelica ne soit pas venue à la fête de lord Harrington avait été justifié par un prétendu accident de voiture lors duquel elle aurait été blessée. Ce détail avait également permis d'expliquer son absence durant toute la semaine qui avait suivi.

Maia s'était alors montrée héroïque, dissimulant l'inquiétude qu'elle éprouvait pour sa sœur de façon à couvrir sa disparition. De retour à Blackmont Hall, Angelica avait eu la surprise de découvrir des dizaines de bouquets de fleurs et de boîtes de chocolat et de pâtes d'amandes accompagnés de vœux de prompt rétablissement.

Lord Harrington avait remporté la palme de la galanterie, lui faisant parvenir chaque jour un bouquet de roses couvrant toute la palette de variétés, du blanc le plus immaculé jusqu'au rouge le plus sombre. Il n'était point besoin de maîtriser le langage des fleurs pour comprendre l'allusion.

Deux jours après leur retour à Londres, Chas avait de nouveau disparu, confiant une fois de plus la garde de ses sœurs à lord Corvindale, qui l'avait acceptée avec un mélange de fatalisme et de résignation.

Chas était parti avec Narcise et s'était bien gardé de leur dire quand il reviendrait exactement.

Quant à Angelica, en apparence, elle avait repris sa vie normale. Ceux qui ne la connaissaient que superficiellement n'avaient rien remarqué d'anormal dans son attitude. Mais en réalité elle avait succombé à une étrange apathie.

Elle avait perdu le goût de danser, de sortir, de converser avec ses amies et même de manger et de dormir. Elle vivait dans une sorte d'état second, traversant sa vie quotidienne avec la plus totale indifférence.

Sa sœur faisait tout ce qu'elle pouvait pour la tirer de cet abattement, la menaçant même régulièrement de prendre contact avec Chas pour lui dire qu'elle était toujours amoureuse de son vampire.

Le fait qu'elle n'ait strictement aucun moyen de le faire n'enlevait rien à la véracité du propos. Angelica ne parvenait pas à oublier Voss. Bien sûr, elle savait que leur relation était sans avenir. Le simple fait que Voss soit immortel et qu'elle ne le soit pas leur interdisait toute relation durable.

De plus, elle ne s'imaginait pas vivre auprès d'un homme dont l'âme était condamnée aux tourments de l'enfer et qui était un esclave de Lucifer.

Mais tout cela ne l'empêchait pas de regretter la compagnie de Voss, leurs conversations, le trouble qui l'envahissait chaque fois qu'il la regardait et les quelques baisers passionnés qu'ils avaient échangés.

Elle ne savait pas s'il était vivant ou mort — comme le laissait entendre le rêve qu'elle avait fait à la veille de son enlèvement. Elle ne savait pas où il se trouvait ni s'il était encore de ce monde. Et elle était convaincue qu'ils ne se reverraient jamais.

Mais il lui manquait.

Une chose était sûre : elle comprenait mieux désormais l'importance que Maia accordait aux sentiments. Jusqu'à présent, elle n'avait jamais été amoureuse. Le choix d'un époux lui avait donc toujours semblé être la conséquence d'une décision rationnelle et informée.

Il y avait certes de nombreux critères à prendre en considération : le milieu social et la fortune, l'existence ou non d'amis communs et de goûts partagés, la sensibilité politique, morale et religieuse, et certains critères plus insaisissables comme le bon goût, le savoir-vivre et l'ouverture d'esprit.

Mais en définitive il s'agissait uniquement d'optimiser l'ensemble des critères pertinents de façon à sélectionner le candidat idéal…

Evidemment, cette savante mathématique avait volé en éclats dès l'instant où Voss l'avait embrassée au bal masqué des Sterlinghouse. Elle comprenait à présent qu'il existait certains impératifs qui dépassaient toute considération intellectuelle.

Elle avait enfin compris le sens de mots comme amour, passion ou désir.

— Tu dois être si heureuse qu'Alexander soit rentré, souffla-t-elle lorsque sa sœur et elle se furent installées à leurs places. Vous aviez fière allure, hier soir, lorsque vous dansiez chez les Harper.

— C'est vrai. Alexander est un excellent cavalier.

— Et un soupirant conquis, ajouta Angelica en souriant. J'ai bien vu la façon dont il te dévorait des yeux…

— Justement, répliqua Maia en se rembrunissant légèrement. Je ne suis pas certaine que ce soit très correct.

— Je sais que tu es très à cheval sur les conventions, mais vous allez vous marier. Vous avez bien le droit de prendre quelques libertés… Très franchement, je rêverais qu'un homme me regarde de cette façon.

— Lord Corvindale ne semblait guère ravi que nous valsions, Alexander et moi, fit Maia, pensive.

— Corvindale n'est *jamais* ravi, répliqua Angelica en haussant les épaules.

— Ce n'est pas faux, concéda Maia. Mais taisons-nous, à présent. Tilla va commencer…

De fait, la plus jeune des filles Stubblefield venait de prendre place au piano. Angelica se redressa sur son siège et s'efforça d'avoir l'air intéressée par la prestation qu'elle s'apprêtait à donner.

L'avantage de ces récitals, c'était qu'ils lui permettaient de réfléchir. Et comme souvent, ces derniers temps, c'est à Voss qu'elle pensa. Et plus précisément à la lettre qu'il lui avait écrite juste avant qu'elle ne se fasse enlever par les hommes de Moldavi.

Elle l'avait complètement oubliée, jusqu'à ce matin où elle l'avait retrouvée par hasard dans le tiroir où elle l'avait glissée sans la lire. Cette fois, elle l'avait ouverte, découvrant l'écriture volontaire de Voss qui s'étalait sur une demi-page.

Angelica,

Je vous suis très reconnaissant pour les informations que vous avez bien voulu me fournir. En échange de ce précieux service, je respecterai la promesse que je vous ai faite et je quitterai Londres.

Je tenais aussi à vous recommander de ne jamais porter les bijoux que je vous ai offerts en présence de lord Corvindale. Gardez-les précieusement pour le jour où vous ne vous trouverez plus sous sa responsabilité.

Il s'agissait d'une plaisanterie de ma part mais, en y réfléchissant, je me suis rendu compte qu'elle était de très mauvais goût.

Je vous fais donc mes adieux et vous souhaite tout le bonheur du monde.

Votre dévoué,

Voss

La signature était franche mais raffinée, à l'image de Voss lui-même.

Angelica avait relu cette missive trois fois de suite. Elle avait aussi réfléchi à ce qui se serait passé si elle l'avait ouverte aussitôt après l'avoir reçue. Sans doute n'aurait-elle pas porté le collier qu'il lui avait offert. Ainsi, Corvindale aurait peut-être pu prévenir son enlèvement. Et elle n'aurait jamais revu Voss…

Curieusement, elle ne parvenait pas à regretter que les choses ne se soient pas déroulées ainsi. Malgré l'angoisse qu'elle avait éprouvée lorsqu'elle se trouvait aux mains de Moldavi et de ses sbires, elle était heureuse d'avoir pu dire à Voss ce qu'elle éprouvait pour lui

— J'adore ce morceau de violon, déclara Maia en désignant l'une des lignes du programme. J'espère que Mélanie ne le massacrera pas trop. Elle n'est pas toujours d'une grande finesse…

Maia s'interrompit brusquement.

— Lord Harrington vient juste d'entrer, indiqua-t-elle à sa sœur.

Angelica s'aperçut que cette information n'éveillait en elle aucune réaction particulière : elle n'éprouvait ni excitation, ni impatience, ni brusque accès de timidité…

— Je crois qu'il nous a vues, souffla Maia. Il se dirige vers nous et il semble très décidé.

Sa sœur lui adressa un sourire complice. Angelica aurait aimé partager son enthousiasme, mais elle en était incapable. Elle n'aurait su dire si une telle indifférence était normale. Après tout, lord Harrington était son principal soupirant, l'homme avec lequel elle avait de fortes chances de se marier un jour.

Avait-elle envie d'une telle union ? Pourrait-elle vivre auprès de quelqu'un qu'elle n'aimait pas — du moins pas comme elle avait aimé Voss ?

Elle essaya de se convaincre que ce n'était pas si

important, qu'elle avait d'excellentes raisons d'épouser lord Harrington. Ce n'était peut-être pas très romantique mais était-il raisonnable de se fier à son cœur lorsqu'on prenait une décision aussi déterminante pour son avenir ?

— Je crois vraiment qu'il est très attaché à toi, déclara Maia.

Angelica ne pouvait le nier. Lord Harrington avait fait montre vis-à-vis d'elle d'une constance et d'une persévérance rares.

— Est-ce que tu lui as parlé lors de la soirée d'hier ?

Angelica se demanda pourquoi sa sœur se montrait si bavarde, elle qui insistait d'ordinaire pour assister aux récitals de ce genre dans le plus grand silence.

— Non, répondit-elle. Il n'y a pas assisté.

Une salve d'applaudissements salua le morceau que venait d'interpréter Tilla. Angelica et Maia s'y joignirent. Lord Harrington en profita pour venir se glisser sur la chaise voisine de celle qu'occupait Angelica.

— Je suis heureux de vous voir enfin, miss Woodmore, lui dit-il à mi-voix. Cela fait deux semaines que je compte vous parler et j'avoue que je commençais à désespérer de pouvoir vous croiser un jour...

— Je suis désolée d'avoir manqué votre fête, répondit Angelica en souriant. Mais je tenais à vous remercier pour toutes les fleurs que vous m'avez fait porter.

— J'ai été désolé d'apprendre votre accident, poursuivit-il. D'autant que cela a quelque peu retardé mes projets...

— Quels projets ? s'enquit Angelica, qui croyait le deviner.

— Avec votre bénédiction, j'aimerais beaucoup aller trouver votre tuteur pour lui demander votre main.

Tout en s'introduisant dans l'enceinte de Blackmont Hall, Voss se prit à songer qu'il ne lui serait pas si facile de renoncer à ses mauvaises habitudes. Il ne lui était plus du tout aussi facile qu'avant de s'adonner à ce genre de gymnastique.

Fort heureusement, la chambre d'Angelica se trouvait face à un chêne noueux dont l'une des branches venait presque caresser la façade. Cela lui permit de gagner une petite corniche qui courait le long du bâtiment. Il la suivit prudemment jusqu'à la fenêtre de la jeune femme.

Cela faisait trois jours qu'il surveillait la maison, attendant le moment idéal pour tenter sa chance. Il ne pouvait le faire qu'à la faveur de la nuit, qui dissimulerait son approche. Or Maia et Angelica avaient une vie mondaine très active et sortaient presque tous les soirs.

De plus, Corvindale veillait consciencieusement sur ses pupilles, ne tenant pas à ce qu'elles soient victimes d'une nouvelle tentative d'enlèvement de la part des hommes de Moldavi. Ce soir-là pourtant, il s'était absenté, probablement pour se rendre au White Club.

Voss était convaincu que le comte et ses partisans ne tarderaient pas à lancer une contre-attaque contre Moldavi. Ils ne pouvaient laisser impunie la provocation dont ce dernier s'était rendu coupable. Cela constituerait de leur part un aveu de faiblesse inacceptable.

Voss se sentait profondément soulagé de ne plus être directement concerné par cette querelle. Car, tôt ou tard, la guerre éclaterait entre les deux partis. Et elle serait très meurtrière.

Parvenu devant la fenêtre, Voss constata avec un certain soulagement qu'elle était entrouverte pour laisser passer la douce brise qui soufflait en cette soirée d'été. Précautionneusement, il se glissa à l'intérieur.

Là, il découvrit Angelica profondément endormie. A l'instant même où il posa les yeux sur elle, il sentit son cœur se serrer dans sa poitrine. Elle était si belle…

Jamais il n'avait rencontré personne qui sache éveiller

en lui un tel mélange de fascination, de tendresse et de désir. De toutes les femmes qu'il avait pu connaître au cours de son interminable existence, elle était celle qui l'avait le plus profondément touché, celle qui lui avait donné l'envie et la force de changer.

Mais, s'il était certain des sentiments qu'elle lui inspirait, il se demandait avec angoisse s'ils étaient réciproques. Certes, elle lui avait dit qu'elle l'aimait. Mais peut-être s'était-elle laissé influencer par l'intensité du moment. Après tout, son frère était alors sur le point de le tuer...

Il s'aperçut alors que les larmes avaient tracé des sillons sur ses joues. Cette seule vision éveilla en lui un élan de compassion et de tendresse dont l'intensité le prit de court. Qu'est-ce qui pouvait bien l'attrister au cœur même de son sommeil ?

Brusquement, elle ouvrit les yeux et se redressa à demi, fouillant la pièce du regard comme si elle avait senti sa présence.

— Vous n'êtes pas mort, murmura-t-elle.

— Je crois que je ne m'habituerai jamais à votre sens des priorités, rétorqua-t-il d'un ton malicieux. Vous pourriez me demander ce que je fais là, ou comment je suis entré... Vous pourriez me demander de repartir, comme vous l'avez fait la première fois que je suis venu vous rendre visite au beau milieu de la nuit.

Un sourire se dessina sur les lèvres d'Angelica.

— A vrai dire, reconnut-elle, je suis très surprise de vous voir.

Voss fut surpris par le ton de sa voix, qui trahissait une certaine émotion. Il s'aperçut alors qu'elle portait toujours le médaillon qu'il lui avait offert et qui contenait des fleurs d'hysope. Avisant son regard interrogatif, elle hocha la tête.

— J'ai dû remplacer les plantes qui se trouvaient à l'intérieur, lui dit-elle. Elles avaient séché.

Voss la considéra avec étonnement. Pourquoi avait-elle gardé ce talisman, alors que de toute évidence elle le croyait mort ?

— Vous pleuriez lorsque je suis entré, reprit-il. Puis-je savoir ce qui vous faisait de la peine ?

Il s'approcha un peu de son lit, espérant qu'elle ne se mettrait pas à crier. Car il lui serait beaucoup plus difficile de s'enfuir, cette fois-ci. Il ne pouvait notamment espérer sauter par la fenêtre comme il l'avait fait lors de sa précédente visite.

— Que faites-vous ici ? lui demanda-t-elle sans répondre à sa question. Chas m'a interdit de vous revoir. Et s'il apprend que vous êtes venu il ne vous le pardonnera jamais.

— Votre frère ne l'apprendra pas, déclara Voss. Sauf si vous le lui dites, bien sûr. Il est beaucoup trop obsédé par la sœur de Moldavi pour prêter attention à ce que fait la sienne. Remarquez, je ne m'en plains pas. Car, s'il était un peu plus précautionneux, je ne serais sans doute pas ici, à l'heure actuelle.

— Justement, pourquoi êtes-vous venu ? s'enquit Angelica. Vous savez que si quelqu'un découvre votre présence ma réputation sera ruinée. Et je ne peux me le permettre. Surtout aujourd'hui…

— Pourquoi précisément aujourd'hui ? lui demanda-t-il, curieux.

— Parce que je suis sur le point de me fiancer, répondit-elle.

Voss la fixa avec stupeur.

— Avec qui ? lui demanda-t-il.

— Avec lord Harrington. Il doit venir demander ma main à lord Corvindale demain.

Voss sentit un frisson le parcourir de la tête aux pieds. Arrivait-il trop tard ou juste à temps pour prévenir ces fiançailles ?

— Je croyais que vous m'aimiez, objecta-t-il. N'est-ce pas ce que vous avez dit à votre frère, lorsque nous étions à Paris ? Ou n'était-ce qu'un simple stratagème pour le dissuader de me tuer ?

— Ce n'était pas un mensonge, murmura-t-elle d'une toute petite voix.

— Vraiment ?

— Vraiment, souffla-t-elle. Mais je ne pensais pas vous revoir un jour…

— Pourtant, vous portez le médaillon que je vous ai offert, riposta Voss.

— C'est la seule chose que je tienne de vous, lui dit-elle. A part le collier de rubis que je ne peux porter dans cette maison et qui, de toute façon, ne m'était pas réellement destiné.

— C'est vrai, reconnut Voss. Je regrette d'avoir joué ce mauvais tour à Dimitri. C'est à cause de moi que vous avez été capturée par Bélial.

— J'aurais dû lire votre lettre, soupira Angelica. Si je l'avais fait, lord Corvindale serait peut-être parvenu à mettre en fuite nos agresseurs.

— Mais dans ce cas je n'aurais jamais su ce que vous ressentiez pour moi, répliqua Voss.

Angelica se rembrunit.

— Hélas, ce que j'éprouve ne change rien à la situation, soupira-t-elle. Il n'y a aucun avenir possible pour nous. Mon frère et lord Corvindale n'admettraient jamais que je puisse vivre avec vous. Et, même si c'était le cas, que pourrions-nous espérer ? Vous êtes un vampire. Vous serez encore jeune lorsque je ne serai plus qu'une vieille femme fatiguée et flétrie. Et vous servez un maître dont le seul nom me terrifie…

— Et si je n'étais pas un vampire ?

Elle lui jeta un regard incertain.

— Je ne comprends pas.

— Si j'étais un être humain, tout comme vous. Renonceriez-vous à ces fiançailles ?

— Bien sûr, répondit-elle sans hésiter un seul instant.

— Alors tout n'est peut-être pas encore perdu.

— Je ne comprends pas, objecta Angelica.

— Moi non plus, à vrai dire, répondit Voss en commençant à déboutonner sa chemise.

Angelica avala difficilement sa salive.

— Mais qu'est-ce que vous faites ? proféra-t-elle.

— Je veux vous montrer quelque chose, répondit-il en se défaisant de son vêtement.

Elle l'observa avec un mélange de désir et d'incompréhension. Et, soudain, ses yeux s'agrandirent sous l'effet de la surprise.

— Votre marque ! s'exclama-t-elle. Elle a disparu !

Il hocha la tête.

— Comment est-ce possible ?

— Je l'ignore, répondit-il gravement. Mais il semble que Dieu m'ait laissé une seconde chance.

Angelica tendit la main vers son épaule qu'elle effleura du bout des doigts, lui arrachant un frémissement de bien-être.

— Alors, vous n'êtes plus…

— Un vampire ? poursuivit-il. Non. Je suis redevenu un mortel comme les autres. Aussi fragile et aussi libre que tous vos semblables. Moi aussi, je vieillirai. Mais je voudrais le faire à vos côtés, si vous le voulez bien.

Angelica ne répondit pas. Mais l'émotion qui se lisait dans son regard disait mieux que des mots le bonheur qu'elle éprouvait en cet instant. Voss vit rouler une larme de joie le long de sa joue.

Le cœur gonflé par une intense émotion, il lui ouvrit les bras et elle vint se nicher contre lui. Ils échangèrent alors le plus doux des baisers. Mais, en sentant le corps tiède et souple d'Angelica se presser contre le sien, Voss sentit monter en lui une vague de désir.

Il se raidit aussitôt, anticipant la souffrance que lui prodiguerait certainement Lucifer ou la soif de sang qui allait déferler en lui. Mais rien de tel ne se produisit. La seule sensation qu'il éprouvait, c'était la joie de tenir la femme qu'il aimait entre ses bras.

Une bouffée de pur bonheur monta en lui, envahissant son corps et son esprit, lui donnant envie de crier son allégresse à tue-tête. Fort heureusement, il se rappela à temps où il se trouvait.

Maia devait dormir dans la chambre voisine. Mirabella et Iliana se trouvaient également au même étage. Il ne pouvait donc se permettre de laisser libre cours à sa passion. A contrecœur, il s'arracha aux lèvres d'Angelica.

— Je vais devoir vous laisser, lui dit-il.

— Ce serait plus raisonnable, approuva-t-elle d'une voix que le désir rendait légèrement rauque.

— J'ai déjà causé suffisamment de tort à votre réputation au cours de ces dernières semaines, ajouta-t-il avec un demi-sourire. Mais, si vous êtes d'accord, j'irai trouver lord Corvindale dès demain pour lui proposer de faire de vous une femme honnête.

Angelica lui répondit par le plus éloquent des sourires.

— Rien ne pourrait me faire plus plaisir, déclara-t-elle.

En voyant la joie qui brillait dans son regard, Voss sentit son cœur se serrer. Il n'avait rien fait pour mériter un tel bonheur, mais il se promit qu'il passerait le restant de sa vie à prouver à Angelica qu'il en était digne.

Epilogue

OÙ LE COMTE DE CORVINDALE VOIT SES INTUITIONS CONFIRMÉES DE FAÇON TRÈS INATTENDUE.

Bien qu'il soit déjà midi passé, Dimitri n'était toujours pas allé se coucher. Il s'était plongé dans l'étude d'un ouvrage qu'il venait tout juste de recevoir d'Allemagne où l'un de ses correspondants l'avait découvert.

Il s'agissait d'un très ancien grimoire qui parlait des démons, de la façon d'entrer en contact avec eux, de la possibilité de les contrôler, et des pactes qu'on pouvait passer avec eux. C'était d'ailleurs ce dernier point qui intéressait tout particulièrement le comte.

Reposant l'ouvrage, Dimitri se massa délicatement les tempes. Il laissa ses pensées dériver librement et, comme souvent au cours de ces derniers jours, il se prit à songer aux sœurs Woodmore.

Depuis qu'Angelica était revenue de Paris, Dimitri avait redoublé de précautions pour assurer leur sécurité. Il avait notamment chargé plusieurs *draculs* de les surveiller durant la nuit et plusieurs humains de prendre le relais pendant la journée.

Ni lui ni Woodmore ne pensaient pourtant que Moldavi réitérerait sa tentative d'enlèvement. Il devait savoir que Dimitri se montrerait dorénavant plus vigilant. Mais il était évident que leur ennemi n'en resterait pas là. Il n'avait pas pardonné à Chas le fait de lui avoir pris sa sœur et entendait bien le lui faire payer d'une façon ou d'une autre.

Evidemment, le mariage de miss Woodmore et d'Alexander Bradington rendrait plus délicat encore le fait de sécuriser Blackmont Hall. Cet événement nécessitait également de nombreux préparatifs qui monopolisaient le temps et l'attention d'une bonne partie de ses domestiques.

Il fallait prévoir les menus, commander le vin et le champagne — difficiles à se procurer en raison du blocus —, lancer les invitations en n'oubliant personne, établir les plans de table, concevoir et commander la décoration, penser à la robe de la mariée et à celles des demoiselles d'honneur...

Ces questions donnaient lieu à d'interminables discussions entre les sœurs Woodmore, Mirabella et même Iliana, qui s'était prise au jeu. Cela rendait les repas terriblement fastidieux et Dimitri regrettait de plus en plus amèrement sa vie de célibataire.

Il avait cependant dû reconnaître que Blackmont Hall était l'endroit idéal pour organiser cette grande réception. Or ce mariage serait probablement suivi d'un autre : celui d'Angelica et de lord Harrington, qui devait venir le jour même pour lui faire officiellement sa demande.

Comme il se faisait cette réflexion, on frappa à la porte de son bureau. Levant les yeux en direction de la pendule du bureau, Dimitri constata que le soupirant d'Angelica était en retard. Il aurait dû se présenter près d'un quart d'heure auparavant. Mais la ponctualité était une valeur que la nouvelle génération paraissait avoir en horreur.

— Entrez ! lança-t-il.

La porte s'ouvrit lentement, mais au lieu de lord Harrington ce fut Voss Dewhurst qui s'avança dans la pièce. L'audace dont il faisait preuve coupa littéralement le souffle à Dimitri.

— Bonjour, lui dit son hôte inattendu.

Le ton faussement léger de sa voix cachait mal la tension qui l'habitait en cet instant. Il devait savoir qu'il n'était pas le bienvenu dans cette maison.

— Par tous les diables de l'enfer ! s'exclama Dimitri, furieux. Mais qu'est-ce que vous faites ici ? Avez-vous perdu la raison ? Woodmore a demandé à ce que vous soyez abattu si vous vous montriez en ces lieux !

— Je ne savais pas que vous acceptiez les ordres d'un simple humain, répliqua Voss d'un ton moqueur. Et surtout d'un chasseur de vampires !

Dimitri le foudroya du regard. Voss se croyait-il donc intouchable ? Pensait-il être de taille à se mesurer à lui ? Si tel était le cas, il n'allait pas tarder à être amèrement déçu.

— Croyez-le ou non, je n'ai pas besoin d'ordres ni même d'encouragements pour vous tuer, déclara-t-il. Sans même parler de ce qui s'est passé ici, après ce que vous avez fait à Vienne, je n'aurais aucun état d'âme à le faire.

Aujourd'hui encore, malgré toutes les années qui s'étaient écoulées, il ne pouvait repenser aux événements de cette soirée fatidique sans sentir monter en lui une colère sourde.

Certes, c'était Moldavi qui était le principal responsable de la mort de Lerina et de la destruction de son club. Mais sans l'intervention de Voss, sans ses petits jeux de pouvoir, Dimitri aurait probablement pu éviter cette débâcle.

A sa grande surprise, le visage de Voss se rembrunit, exprimant un mélange de culpabilité et de regret.

— C'est vrai, soupira-t-il. Vous avez de bonnes raisons de m'en vouloir. Je m'en rends parfaitement compte à présent. Mais j'espère que vous saurez faire preuve de mansuétude…

Cette fois, Dimitri ne put dissimuler son étonnement. Il n'aurait jamais pensé que le terme mansuétude fasse seulement partie du vocabulaire de Voss. S'agissait-il d'une nouvelle ruse de sa part ? Etait-il une fois de plus en train de se moquer de lui comme il l'avait fait en offrant ces parures ornées de rubis aux sœurs Woodmore ?

— Ecoutez, lui dit-il, je n'ai ni le temps ni l'envie de m'entretenir avec vous. J'attends un autre visiteur d'un moment à l'autre. Alors je vous souhaite une bonne journée, Voss.

Comme il prononçait ces mots, il ne put s'empêcher de s'étonner de l'heure que ce dernier avait choisie pour venir lui rendre visite.

— J'imagine que vous voulez parler de lord Harrington, reprit Voss. J'ai bien peur qu'il ne vienne pas aujourd'hui. Mais d'une certaine façon je le remplace. Je suis venu vous parler de mes intentions à l'égard d'Angelica…

Dimitri demeura un instant interdit, bien trop stupéfait pour trouver ses mots. En fin de compte, il se fendit d'un sourire sardonique.

— Décidément, vous êtes devenu complètement fou, mon pauvre Voss.

— Peut-être, concéda ce dernier, pensif. Mais j'aime profondément Angelica et ces sentiments sont réciproques. Nous avons l'intention de nous marier, avec ou sans votre consentement et celui de Woodmore. Mais très franchement je préférerais bénéficier de votre soutien. Car je pense que, de tous, vous êtes celui qui pourra le mieux me comprendre…

Dimitri allait de surprise en surprise. Jamais il n'avait entendu Voss s'exprimer de cette façon. Contrairement à son habitude, il faisait preuve d'humilité et de déférence, comme s'il était réellement attaché à l'opinion de Dimitri.

Le fait même qu'il parle de ses sentiments de cette façon était assez stupéfiant. De tous les *draculs* qu'il connaissait, Voss était bien le dernier qu'il aurait imaginé en train de tenir de tels propos.

— A quoi jouez-vous, exactement, Voss ? lui demanda-t-il. Qu'espérez-vous gagner en séduisant cette fille ?

Voss soupira d'un air résigné.

— Je comprends que vous puissiez voir les choses de cette façon, concéda-t-il. Et je sais que vous avez de bonnes raisons de m'en vouloir. Après tout, je suis partiellement responsable de la mort d'une femme que vous aimiez…

Dimitri secoua la tête.

— Je n'ai jamais aimé Lerina, objecta-t-il.

Ce fut au tour de Voss de le considérer avec stupeur.

— J'ai pourtant toujours cru…

— Vous vous êtes trompé, répondit durement Dimitri. Lerina aussi se trompait sur mon compte. Elle espérait que je saurais lui rendre les sentiments qu'elle avait pour moi, mais cela fait bien longtemps que j'ai perdu cette faculté. Les *draculs* sont incapables d'éprouver de l'amour, Voss. Nous sommes bien trop égocentriques pour cela.

En prononçant ces mots, Dimitri n'avait pas réussi à dissimuler l'immense amertume qu'ils faisaient naître en lui. Et, à son grand étonnement, le regard de Voss se teinta d'une pointe de sympathie.

— Peut-être avez-vous raison, déclara-t-il enfin. Mais cela ne signifie pas qu'il n'y ait aucun espoir. Laissez-moi vous montrer quelque chose qui vous fera peut-être changer d'avis…

Dimitri ne put réprimer la curiosité qui le gagnait. Il suivit des yeux Voss tandis que celui-ci s'approchait de son bureau. Il ôta ses gants et les posa avec son chapeau sur le bord de son bureau.

— Mais qu'est-ce que vous faites ?

— Je vais vous montrer quelque chose qui devrait vous intéresser au plus haut point si j'en crois ce que j'ai vu dans la bibliothèque qui se trouve à l'étage.

Sur ce, Voss se dirigea vers la fenêtre la plus distante. Sidéré, Dimitri le vit poser les mains sur les rideaux.

— Ne faites pas de bêtise ! ne put-il s'empêcher de s'exclamer.

Quel que soit l'agacement que Voss lui inspirait la plupart du temps, il ne tenait pas vraiment à ce qu'il meure et moins encore à ce qu'il se suicide sous ses yeux. Mais Voss ne lui répondit pas et écarta les rideaux, laissant filtrer dans la pièce un flot de lumière qui l'enveloppa de toutes parts.

Le souffle coupé, Dimitri constata que, contre toute logique, il n'était pas en train de se tordre de douleur, mais offrait son visage au soleil de cette mi-journée, les yeux mi-clos et le visage empreint d'une profonde sérénité.

— Mon Dieu, murmura Dimitri, recouvrant enfin la parole après un très long silence. Ce n'est pas possible…

— Mais c'est pourtant vrai, répondit Voss en refermant les rideaux. Je ne suis plus un *dracul*, Dimitri. Tout ce qu'il me reste de cette malédiction, en fait, c'est un sens de l'odorat nettement plus développé que la moyenne et une force un peu supérieure à celle de la plupart des humains. Je n'ai pas bu de sang depuis mon départ pour Paris…

— C'est impossible, objecta Dimitri. Cela fait des dizaines d'années que je cherche la preuve qu'un tel miracle est possible. Mais je n'ai jamais trouvé le moindre cas vraiment convaincant.

Voss haussa les épaules.

— J'ignore s'il y en a eu d'autres avant moi, répondit-il. Mais je suis la démonstration qu'une telle chose est effectivement possible.

— Comment ? balbutia Dimitri, le cœur battant à tout rompre. Comment êtes-vous parvenu à renoncer au contrat qui nous lie avec le diable ?

Voss le regarda droit dans les yeux avec un mélange de compassion et de sympathie.

— C'est simple, répondit-il. J'ai changé…

*
**

Voss offrit son visage aux rayons du soleil qui venaient réchauffer doucement sa peau. C'était l'une des sensations les plus merveilleuses qu'il lui ait jamais été donné de vivre. Rétrospectivement, il se demandait comment il avait bien pu s'en passer durant plus de cent quarante ans.

Rouvrant les yeux, il contempla alors les couleurs éclatantes que révélait l'astre du jour et qui contrastaient de façon si vive avec toutes ces années de ténèbres. Son regard s'arrêta enfin sur la femme qu'il aimait.

Il avait obtenu l'autorisation de Dimitri de l'accompagner dans le parc. Le simple fait de se promener avec elle en plein jour lui procurait un bonheur dont la simplicité n'avait d'égale que l'intensité.

— Tu sais, reprit-il en caressant doucement sa main qu'il tenait dans la sienne. Ma plus grande angoisse pendant le voyage qui m'a conduit jusqu'à Paris, c'était que Moldavi ait fait de toi une *dracul*. Je ne sais pas ce que j'aurais fait si cela avait été le cas…

— J'avoue que j'ai très rapidement pensé qu'il pouvait faire une chose pareille, répondit-elle. Cela aurait constitué une vengeance idéale contre Chas… Alors je lui ai laissé entendre que mon don de double vue disparaîtrait s'il me transformait de cette façon.

Voss posa sur elle un regard plein d'admiration. Plus il apprenait à la connaître et plus il était frappé par l'intelligence aiguë dont elle faisait preuve en toutes circonstances.

— Je cherchais surtout à gagner du temps, reprit-elle. J'espérais que Chas viendrait me sauver. Après tout, il avait déjà libéré Narcise des griffes de Moldavi.

— J'espère que tu n'as pas été trop déçue de me voir arriver, répliqua-t-il.

Un léger sourire se dessina sur les lèvres délicieuses d'Angelica.

— A vrai dire, répondit-elle, je crois que j'espérais secrètement que tu me délivrerais. Je ne voulais pas me l'avouer, bien sûr, d'autant que j'étais convaincue que tu avais quitté Londres comme tu me l'avais promis.

— J'étais sur le point d'embarquer pour la France lorsque mon valet est venu me rejoindre pour m'annoncer que tu avais été enlevée. Rétrospectivement, il me semble que c'est à ce moment-là que j'ai compris que je t'aimais. J'étais prêt à ne jamais te revoir puisque tu en avais exprimé le désir. Mais l'idée que tu puisses te faire tuer m'était insupportable.

— Que va-t-il se passer, à présent ? s'enquit Angelica d'un ton préoccupé. Je doute que Moldavi renonce aussi facilement, d'autant qu'il a déjà failli réussir une fois. Et il voudra certainement te faire payer la façon dont tu l'as humilié. Ne sommes-nous pas encore plus exposés, maintenant que tu n'es plus un vampire ?

— Je ne suis pas complètement démuni, expliqua Voss. Ma véritable puissance provenait moins de mes capacités physiques que du réseau d'informateurs et de contacts que j'ai bâti au fil des années. Il existe toujours et je peux m'en servir pour contrer efficacement les projets de Moldavi. Nous avons sur lui un autre avantage non négligeable : nous pouvons nous déplacer de jour comme de nuit. Enfin, nous bénéficions de la protection de Chas, de Dimitri et de Giordan Cale. Rassure-toi, Angelica : tu es bien gardée. Nous ne laisserons personne te faire du mal.

Angelica hocha ma tête, mais il était évident qu'elle n'était pas complètement rassurée. Voss songea que cela valait peut-être mieux, au fond. La pire erreur qu'ils auraient pu commettre, c'était de sous-estimer l'adversaire redoutable auquel ils étaient confrontés.

Les craintes d'Angelica la conduiraient à demeurer sur ses gardes, réduisant ainsi le risque qu'elle ne se laisse surprendre.

— Crois-tu que Chas puisse un jour sortir de la

clandestinité et revenir s'installer auprès de nous ? lui demanda-t-elle alors.

Voss considéra longuement la question avant d'y répondre.

— Je ne sais pas, avoua-t-il enfin. Quelque chose me dit que, dès qu'il recevra le message de Dimitri lui indiquant notre intention de nous marier, il déboulera ici un pieu à la main. Je compte sur toi pour plaider ma cause une fois de plus. Et je te remercie de l'avoir fait de façon si éloquente à Paris. Sans toi, je ne serais pas ici aujourd'hui.

— Tout le plaisir est pour moi, répondit-elle malicieusement.

Ils poursuivirent leur promenade.

— Tu sais, lui dit Angelica, quelques instants plus tard. Je crois avoir compris quelque chose au sujet de mon don.

— Quoi donc ?

— Lorsque j'ai essayé de deviner ton avenir en me servant de ton gant, je n'ai rien pu voir. En revanche, j'ai rêvé de ce qui t'est arrivé à Paris après notre départ, comme j'avais rêvé de l'accident de Brickbank.

— Tu penses que c'est parce que nous étions des *draculs* ?

— Oui. Je crois que les seules visions que je puisse avoir à leur sujet me viennent en rêve de façon aléatoire.

— Es-tu certaine qu'elles soient si aléatoires que cela ? objecta Voss.

— Que veux-tu dire ?

— Eh bien, si tu n'avais pas rêvé de Brickbank, nous ne nous serions probablement jamais rencontrés. C'était peut-être une sorte de signe pour te guider jusqu'à moi.

— C'est possible, fit-elle, pensive. Mais, dans ce cas, pourquoi t'ai-je vu mourir en songe ?

— Parce que je suis effectivement mort à Paris, déclara Voss.

Angelica le considéra avec étonnement, se demandant probablement ce qu'il voulait dire par là.

— Je crois qu'il fallait que je meure pour pouvoir revivre, expliqua-t-il. Le *dracul* que j'étais a définitivement disparu, faisant place à un homme nouveau.

C'était l'aboutissement d'une longue initiation. Car il était désormais convaincu que la femme aux cheveux blonds était un ange qui l'avait guidé tout au long de cette transformation. Sans doute l'avait-il croisée de nombreuses fois avant de la revoir au Cerf gris

Elle avait patiemment attendu qu'il soit prêt. Prêt à changer, prêt à faire passer la vie de quelqu'un d'autre avant la sienne, prêt à se sacrifier sans avoir rien à y gagner.

On lui avait offert l'occasion de se racheter et il avait su la saisir.

Après avoir perdu connaissance sur le balcon de sa chambre d'hôtel, il était demeuré inconscient durant plusieurs heures. Lorsqu'il avait enfin recouvré ses esprits, il avait découvert avec stupeur qu'il était toujours en vie.

La lumière du jour ne le faisait plus souffrir et la marque de Lucifer avait disparu de son épaule. Sur le moment, il était demeuré immobile, trop stupéfait pour faire quoi que ce soit d'autre que de fixer le ciel dans lequel le soleil jouait à cache-cache avec les nuages.

Rétrospectivement, il avait compris que c'était en grande partie à Angelica qu'il devait cette improbable résurrection. La métamorphose qui s'était opérée en lui avait commencé à l'instant où il avait risqué sa propre existence pour l'aider à échapper à Bélial.

Il avait ensuite résisté à son instinct et à Lucifer, refusant de lui faire du mal alors que sa nature même l'y poussait. Puis il avait accepté de renoncer à elle malgré le désir brûlant qu'elle lui inspirait. Enfin il avait de nouveau risqué sa vie pour la sauver.

Chacun de ces actes l'avait un peu plus rapproché de ce moment de vérité qui s'était joué à Paris. La dernière épreuve avait exigé de lui un sacrifice total qui lui avait permis de briser une fois pour toutes le pacte qu'il avait passé avec Lucifer.

Voss se demandait parfois combien de fois déjà on lui avait offert cette chance et combien de fois il avait refusé de s'en saisir.

Nous nous sommes rencontrés auparavant. En plusieurs occasions même…

Les mots de l'ange semblaient indiquer qu'il avait bénéficié de plus d'occasions de trouver le salut qu'il ne le saurait jamais.

— Tu n'as pas revu cette fille ? lui demanda alors Angelica. Celle qui a failli tomber du balcon ? Tu n'as jamais su ce qui s'était passé exactement ?

Voss secoua la tête.

— Ne trouves-tu pas étrange que sa famille ne se soit jamais manifestée pour te remercier de lui avoir sauvé la vie ?

Voss avait beaucoup réfléchi à la question et en était venu à la conclusion que la fille en question n'avait peut-être jamais existé, qu'elle n'était qu'un produit de son imagination, une projection de son esprit, qui lui avait permis de donner corps à sa propre transformation.

— Cela n'a pas d'importance, lui dit-il. Ce qui compte, c'est que j'ai été récompensé de la façon la plus merveilleuse qui soit.

— C'est vrai, répondit-elle gravement.

Il discerna une pointe d'inquiétude dans son regard.

— Que se passe-t-il ? lui demanda-t-il.

— Crois-tu que Chas nous donnera sa bénédiction ?

Voss était bien décidé à faire tout ce qui serait en son pouvoir pour s'en assurer.

— Dimitri a accepté de plaider notre cause, lui dit-il. Et j'espère que le fait que je ne sois plus un *dracul* suffira à convaincre ton frère que j'ai vraiment changé. Je ne suis pas un mauvais parti et nous nous aimons… Mais, quoi qu'il arrive, je te promets que nous nous marierons, avec ou sans la permission de Chas. Ma vie est trop courte à présent pour que je ne passe pas chaque jour à tes côtés !

— Merci d'être revenu, murmura-t-elle.

— Je n'aurais pas pu faire autrement, lui avoua-t-il. Merci d'avoir été si patiente avec moi.

Un sourire malicieux se dessina sur les lèvres de Voss.

— Tu te rappelles lorsque nous avons pris notre bain dans la même pièce à Paris ?

— Très bien, répondit-elle en rougissant légèrement.

— Tu te souviens que tu fredonnais ?

— Oui, fit-elle. J'essayais de m'occuper l'esprit pour ne pas penser que tu te trouvais nu, à quelques mètres seulement de moi.

— Peux-tu me promettre de ne plus jamais recommencer ?

— Et pourquoi donc ? lui demanda-t-elle malicieusement.

— Parce que tu chantes terriblement faux, avoua-t-il.

Elle éclata de rire.

— Je sais désormais comment obtenir de toi tout ce que je voudrai, déclara-t-elle. Il me suffira de te menacer de chanter à tue-tête !

Le rire de Voss se mêla au sien.

— Mon amour, je t'assure que tu n'auras jamais besoin de recourir à de tels stratagèmes. Il n'y a rien au monde que je ne te donnerai si tu me le demandes.

— Dans ce cas, commence par un baiser, répondit-elle en s'arrêtant pour se tourner vers lui.

— Je ne suis pas sûr que ce soit très convenable, répliqua-t-il en se penchant vers elle pour l'embrasser avec une passion communicative.

NOCTURNE

A découvrir ce mois-ci, 5 nouveaux romans
de votre collection préférée.

MORTELLE DESTINÉE, de Bonnie Vanak - n° 91

- 1er volet de la trilogie : L'ordre des loups -

Un loup-garou ! Luttant contre une irrépressible envie de fuir, Sienna regarde l'homme au regard dur et à la posture pleine d'assurance qui se tient devant elle. Voilà donc celui avec lequel elle va devoir enquêter pour retrouver l'Orbe de lumière — la pierre qui ramènera la paix parmi les peuples de l'ombre. Pourtant, malgré le mélange de terreur et de répulsion qui l'envahit peu à peu, elle s'efforce de plaquer sur son visage une expression de totale indifférence. Car personne ne doit savoir qu'elle est la fille d'une fée et d'un loup, un monstre sanguinaire qui a violé sa mère et dont elle porte en elle une part qui la terrifie depuis l'enfance...

LA REVANCHE DU LOUP, de Karen Whiddon - n° 92

En voyant un inconnu approcher de la maison où elle se cache depuis des jours, Kelly glisse deux balles d'argent dans le canon de son fusil et ouvre brutalement sa porte. Devant elle l'homme se dresse, silhouette massive, regard d'or liquide, un léger sourire aux lèvres... Aussitôt elle comprend qu'il s'agit d'un loup. Comme elle. Et tandis qu'il abaisse doucement son arme et prétend être venu pour la protéger, elle s'interroge : peut-elle se fier à cet inconnu séduisant au discours rassurant ? Ou fait-il partie de ceux qui depuis des années les traquent, elle et ceux de son clan, parce qu'ils sont des Tearlach, des lycans venus d'Ecosse et possédant des pouvoirs rares ?

LÉGENDES NOCTURNES, de Maggie Shayne, Kendra Leigh Castle et Lisa Childs - n° 93

Jamais Anna n'a rencontré d'homme aussi mystérieux que Diego. Pourtant, même si elle brûle de connaître les raisons qui le poussent à l'abandonner chaque matin pour ne réapparaître qu'à la nuit, elle se refuse à l'interroger. Car elle aussi cache un terrible secret : elle n'a plus que quelques semaines à vivre et son amour pour Diego mourra bientôt. Avec elle…

Pour Vivi, chasser les vampires est plus qu'un métier : une passion. Jusqu'au jour elle rencontre Justin, un vampire très puissant qui vit sur l'île où elle a pris ses vacances. Amoureuse pour la première fois, Vivi refuse de penser à l'avenir. Sauf que ses supérieurs envoient des chasseurs pour traquer Justin, et Vivi, au désespoir, se retrouve partagée entre son devoir et son amour…

Un voyage en jet privé, une île paradisiaque, un maître des lieux séduisant et attentionné… Pour Patricia, le séjour qu'elle a gagné commence comme un rêve. Mais bientôt elle déchante. Car l'attitude de Roarke, son hôte, vient de changer à son égard. Comme s'il savait qui elle est réellement. Comme s'il connaissait le secret qui l'a contrainte autrefois à changer d'identité…

LE BAL DES IMMORTELS, de Colleen Gleason - n° 94

- 1er volume de la trilogie : Les princes de sang -

A Londres, sous la régence, les vampires se mêlent aux humains et fréquentent les salons de la haute société. Un soir, dans un bal, Voss, vampire solitaire et cynique, fait la connaissance d'Angelica Woodmore, une humaine d'une grande beauté dont il s'éprend aussitôt, ignorant que cette attirance va l'exposer aux pires ennuis...

L'ÉMERAUDE DES TÉNÈBRES, de Gena Showalter - n° 95

- 3ème volume de la série : Les seigneurs de l'ombre -

Pour retrouver sa sœur, sa mère et sa grand-mère, prisonnières des guerriers immortels, Danika Ford est prête à frayer avec ces créatures inquiétantes. Car elles possèdent parmi elles un allié, un homme qui, au péril de sa vie, lui a déjà permis d'échapper à ce monde obscur et terrifiant : Reyes, gardien de la douleur, guerrier taciturne et envoûtant dont l'image ne cesse de hanter ses jours et ses nuits…

NOCTURNE

**Pour profiter encore plus de l'univers fascinant
de votre collection préférée,
découvrez 5 nouveaux romans
à partir du 1er septembre.**

LE MAÎTRE DE LA NUIT, de Linda Thomas-Sundstrom - n° 96

Travaillant pour les services secrets, Blue Callahan a été chargée d'une mission très spéciale : protéger Noah Drake, un ancien agent contraint d'abandonner ses activités après avoir accepté de se prêter à une expérience scientifique qui a eu de graves effets secondaires sur son organisme. Elle arrive dans l'île de Saint Gabriel où Drake vit seul, cloîtré dans son immense manoir. Dès qu'elle le voit, Blue est intriguée par cet homme taciturne et mystérieux qui ne sort que la nuit…

LA COLÈRE DU LOUP, de Rhyannon Byrd - n° 97

- 4ème volume de la série : La légende des loups -

Pour retrouver sa sœur disparue, Chelsea s'est aventurée seule dans une région réputée dangereuse. Elle rencontre Eric, un homme au physique impressionnant et au regard de prédateur, qui, après lui avoir ordonné de quitter son territoire, décide de l'aider dans ses recherches. Bientôt, un lien très fort se noue entre eux. Pourtant, dans les yeux d'Eric, Chelsea surprend parfois une violence retenue, une colère secrète qui la trouble et lui fait peur…

CRUELLE ÉTREINTE, de Livia Reasoner - n° 98

En enquêtant sur Michael, Jessie assiste à une bataille qui oppose ce dernier aux vampires. Leur attirance est immédiate et Jessie arrache à Michael la promesse qu'il la formera pour qu'elle puisse lutter elle aussi contre les créatures de la nuit. En réalité, il ne compte pas tenir son engagement, car il a déjà perdu une femme qu'il aimait dans cette guerre sans pitié, mais les événements vont le prendre de vitesse. En effet, Jessie participe à l'attaque d'un repaire de seigneurs vampires. Malheureusement, elle est mordue lors de l'assaut…

LA PASSION CAPTIVE, de Gena Showalter - n° 99

- 9ème volume de la série : Les seigneurs de l'ombre -

Paris, seigneur de l'ombre bagarreur, est possédé par le démon de la luxure. Un hôte exigeant qui le contraint chaque nuit à coucher avec une femme différente avant de l'abandonner au matin. Mais cette fois Paris n'est pas décidé à obéir à son démon. Car il est tombé amoureux de Sienna, une guerrière farouche et magnifique avec qui il a déjà passé une nuit, autrefois, et qu'il compte bien faire sienne à nouveau… lorsqu'il l'aura libérée du roi des titans qui la retient prisonnière.

LE PIÈGE DES TÉNÈBRES de Gena Showalter - n° 100

- 4ème volume de la série : Les seigneurs de l'ombre -

Immortelle dotée de pouvoirs maléfiques, Gwendolyn désespère d'échapper un jour aux hommes impitoyables qui la retiennent prisonnière. Pourtant, elle nourrit encore l'espoir de voir son père, cet ange aux ailes blanches, la libérer de ses ravisseurs — et surtout de la moitié sombre de son être.
Mais au lieu de cela, c'est Sabin, un guerrier ténébreux, un prince des seigneurs de l'ombre, qui se présente à elle pour la délivrer. Et semer le trouble dans son esprit…